LA DISPARUE DU TITANIC

FRANCES QUINN

LA DISPARUE DU TITANIC

traduit de l'anglais
par Maryline Beury

l'Archipel

Ce roman a été publié sous le titre
The Lost Passenger
par Simon & Schuster, Londres.

Notre catalogue est consultable à l'adresse suivante :
www.editionsarchipel.com

Éditions de l'Archipel
92, avenue de France
75013 Paris

Contact : info@lisez.com

ISBN 978-2-8098-5172-4

Au groupe des D20, que je remercie
pour leur aide sur l'intrigue,
leur soutien moral,
leurs rires et quantité de bonnes lectures.

Le jour où j'ai volé la vie d'une femme est celui où j'ai vu New York pour la première fois, sous un ciel gris ardoise et une pluie tombant à verse. Le panorama n'avait rien de grandiose, mais cela m'importait peu, et je suppose que tel était également le cas pour tous ceux qui se tenaient sur le pont avec moi, trempés jusqu'aux os. Nous n'avions qu'une hâte : apercevoir enfin la terre, même si l'averse était tellement torrentielle que nous ne distinguions qu'à peine la forme des gratte-ciel qui se dressaient devant nous.

Brusquement, des lumières surgirent de la grisaille ; une flottille de remorqueurs fonçait dans notre direction avec, à leur bord, des caméras et des projecteurs braqués sur nous tandis que des hommes hurlaient des questions.

— Maudits journalistes, grommela quelqu'un derrière moi. Quelle bande de charognards, tous autant qu'ils sont.

Je m'empressai de reculer dans l'ombre. J'avais été tellement absorbée par mon plan, me demandant comment il pourrait fonctionner – s'il pouvait fonctionner – et me convainquant que je n'avais pas d'autre choix, que je n'avais pas songé au fait que nous ferions les gros titres des journaux. C'était pourtant évident : plus de mille personnes avaient perdu la vie dans le naufrage d'un bateau prétendument insubmersible, et nous étions les seuls qu'il restait pour raconter cette histoire. Pour ma part, je ne comptais pas leur raconter la mienne.

I

Si je ferme les yeux, je revois encore l'invitation par laquelle tout a commencé. Une carte épaisse, de couleur crème, imprimée à l'encre noire.

LORD ET LADY BURNHAM
ont le plaisir de vous inviter
au bal du Nouvel An à Chilverton Hall
le 12 janvier 1910

Mon père et moi avions passé tout l'après-midi à Star Mill, à négocier âprement autour des échantillons de teinture pour nos imprimés de printemps. J'avais fini par imposer mon choix d'un bleu saphir et d'un magnifique vert émeraude – les magazines pour dames raffolaient de ces couleurs évoquant les pierres précieuses – et, pendant qu'il passait la commande, je décidai de m'occuper du courrier. Il s'agissait principalement de factures. Jusqu'à ce que je tombe sur cette belle enveloppe crème.

Mon père haussa les sourcils en lisant l'invitation. Notre demeure, Clereston, ne se trouvait certes pas loin de la propriété de lord et lady Burnham, mais nous ne fréquentions jamais ce milieu.

— Pourquoi diable nous invitent-ils ?

Il tint le carton crème au-dessus de la corbeille à papier, une lueur de malice dans les yeux.

— Nous allons décliner, n'est-ce pas ?

Il savait pertinemment que je voudrais y aller. J'avais grandi avec le rêve d'aller à un bal depuis que ma mère m'avait raconté l'histoire de Cendrillon, quand j'étais petite. Et, dernièrement, j'avais lu tous les romans de Jane Austen – même *Lady Susan*, que peu de gens apprécient –, où les bals sont omniprésents. Alors bien sûr que nous irions !

Nous nous y rendions à pied ce soir-là, tous deux un peu nerveux sans nous l'être avoué, quand mon père me dit :

— Tu imagines comme ta mère serait fière ?

Il regrettait autant que moi qu'elle ne soit pas avec nous en cet instant. Il faut dire que, depuis cinq ans, pas un jour ne s'était écoulé sans que je pense à elle et qu'elle me manque. Mon père avait raison : elle aurait adoré aller à ce bal. Les femmes vêtues de soie et de satin, les parures de bijoux étincelant sous la lumière des lustres ; les hommes en queue-de-pie, gilet d'un blanc immaculé et cravate ; un quatuor de violons jouant de la musique, et le doux bourdonnement des conversations et des rires. Tout ce que j'avais imaginé.

Lady Burnham nous accueillit avec beaucoup de gentillesse et promit de nous présenter à « des gens délicieux » lorsque tout le monde serait arrivé. Nous restâmes un certain temps debout à regarder les autres danser, puis mon père alla remplir nos verres et elle l'emmena à l'autre bout de la salle, où il fut vite entraîné dans une conversation. Le souvenir de l'humiliation d'Elizabeth Bennet au bal de Meryton dans *Orgueil et Préjugés* étant encore frais dans ma tête, je n'avais aucune intention de rester plantée là, seule, à attendre désespérément que quelqu'un vînt m'inviter. Je m'étais repliée derrière un pilier quand un jeune homme dégingandé, âgé de quelques années de plus que moi, passa par là. Il recula et sourit en me voyant.

— Est-ce que vous vous cachez ? Je ne saurais vous le reprocher : il y a d'affreux individus ici.

J'étais flattée qu'il ne m'englobât pas dans le nombre des affreux, et son sourire, franc et direct, me le rendit immédiatement sympathique. Je m'efforçai d'avoir l'air de celle qui se rend à des bals tous les soirs de la semaine :

— J'attends juste que mon père revienne et m'apporte une coupe de champagne. Mais il est vrai que je me cache un peu, en effet. Je ne connais personne ici, avouai-je, trouvant qu'il avait un regard plein de gentillesse.

— Eh bien, remédions à cela. Frederick Coombes, répondit-il en me tendant la main.

— Elinor Hayward.

— Voilà, nous nous connaissons maintenant. Je vous aurais volontiers invitée à danser, malheureusement, je suis un peu handicapé.

Il tapota sa jambe.

— Accident de cheval. Je me suis foulé la cheville.

— Ce doit être bien douloureux. Êtes-vous tombé de votre monture ?

— De manière assez spectaculaire, oui. Mais cela se remettra, et puis cela me fournit une bonne excuse pour rester ici à bavarder avec vous.

Je procédai aux présentations lorsque mon père revint.

— Bien sûr ! Hayward ! J'aurais dû faire le rapprochement, s'enthousiasma Frederick. Le fameux roi du coton.

Mon père roula des yeux.

— Oh, ce n'est qu'une bête formule de journalistes.

En réalité, il adorait ce surnom. Tout le monde l'appelait ainsi, et la presse aimait s'adonner au récit de son parcours. Celui d'un homme qui avait commencé comme simple employé chez un drapier de Manchester, s'était rendu compte qu'il pourrait tenir ce commerce mieux que son propriétaire, avait économisé le moindre sou pour pouvoir l'acheter, puis bâti son petit empire à partir de là : les fabriques et les machines d'impression textile, deux magasins de plus et des centaines d'employés.

— Je suis très impressionné par la façon dont vous avez développé votre affaire, déclara Frederick. Je crois avoir lu quelque part que vous avez entièrement électrifié l'une de vos fabriques ?

— Celle de Star Mill, en effet, répondit mon père. Vous avez donc lu un article à ce sujet ?

— Tout à fait. C'était très intéressant.

Je scrutais son visage, y cherchant quelque indice de sarcasme – tout le monde ne trouvait pas le commerce du coton aussi fascinant que nous. Mais il semblait réellement intéressé et posa même une question tout à fait pertinente sur la manière dont nous étions passés de la vapeur à l'électricité. Il ne m'en plut que davantage, car j'étais fière de la réussite de mon père et de notre entreprise.

En dépit de cet intérêt manifeste, lorsque la cloche annonça l'heure du souper, je m'attendais à ce que Frederick prenne congé et s'excuse. Mon père lui parlait alors de ses nouveaux métiers à tisser, et ma mère avait coutume de dire que si on le lançait sur le sujet des machines, rien ni personne ne pouvait plus l'arrêter. Mais Frederick l'interrompit alors :

— Pardonnez-moi, Mr Hayward, puis-je vous présenter ma mère ? Mon père n'a pas pu se joindre à nous ce soir, de sorte qu'il m'incombe de l'accompagner au dîner. Si cette compagnie vous agrée, m'autoriseriez-vous à escorter miss Hayward ?

Mon père parut aussi surpris que je l'étais mais accepta. (Ce n'est que bien plus tard que je me rendis compte que ni l'un ni l'autre ne m'avait demandé mon avis.)

— Miss Hayward, Mr Hayward... ma mère, lady Storton.

Lady ? Je ne m'y attendais pas. Et mon père non plus, à en juger par son expression.

Lady Storton était une femme d'une élégance vertigineuse, très mince, presque maigre. Sa robe, d'une soie de grande qualité, attira immédiatement l'œil expert de mon père. Des diamants scintillaient à sa gorge. Je portais moi aussi un collier de diamants, mais le mien avait été acheté cette semaine et je ne cessais de m'assurer qu'il était toujours là. Le sien, en revanche, semblait être un bijou de famille, et elle le portait comme si elle avait totalement oublié sa présence.

Lady Storton nous sourit.

— Je vois que mon fils a trouvé une meilleure compagnie que la mienne. Puis-je vous demander de m'accompagner, Mr Hayward ?

Mon père imita le geste avec lequel Frederick m'avait offert son bras, et nous entrâmes dans la salle du souper, le roi du coton et sa fille au bras de l'épouse et du fils d'un comte.

Il était ridiculement facile de tomber amoureuse de Frederick ; j'avais déjà parcouru la moitié du chemin ce soir-là. Mais avant que vous ne me preniez pour une petite écervelée, je tiens à préciser que j'avais dix-neuf ans, qu'il était le premier homme à s'intéresser à moi et qu'il possédait beaucoup, beaucoup de charme.

Tandis que lady Storton emmenait mon père, Frederick s'occupa de moi comme d'une princesse, m'apporta un verre de champagne puis s'éclipsa et revint avec une assiette de poulet en sauce parsemé d'herbes.

— La cuisinière de lady Burnham est célèbre pour ses fricassées. J'ai dû distraire la duchesse de Bolton pour pouvoir subtiliser la dernière portion.

— Comment avez-vous fait cela ?

— Je lui ai dit que le prince de Galles venait de faire une apparition surprise. Elle ne voudra plus jamais me parler quand elle apprendra que c'est faux, alors j'espère que vous n'auriez pas préféré le rôti de bœuf.

J'avais lu qu'une femme du monde ne devait jamais terminer son assiette. Or la portion qu'il venait de m'apporter n'était guère copieuse.

— Je suis obligée de vous prévenir, dis-je. Il se trouve que j'ai très faim, et que je risque de vous mettre dans l'embarras en dévorant tout le contenu de cette assiette.

Il eut un grand sourire.

— Mangez donc à votre guise. Nous serons les deux parias de la soirée.

On ne m'avait jamais fait la cour avant ce jour, mais avec tous les romans que j'avais lus, je savais en quoi cela pouvait consister. Ce que j'ignorais, toutefois, c'est le sentiment que l'on éprouvait lorsqu'un jeune homme avenant ignore toutes les autres personnes d'une pièce pour ne parler qu'à vous, quand il vous regarde dans les yeux comme s'il n'avait jamais vu une paire d'yeux auparavant, ou qu'il effleure votre main de la sienne de temps à autre, comme par accident – alors qu'il n'en est rien. Et pendant tout ce temps, nous discutions comme de vieux amis et découvrions que nous partagions de multiples points communs. Ni lui ni moi n'avions apprécié le dernier film de Mary Pickford ; nous étions tous deux intrigués par les rumeurs évoquant une nouvelle tentative d'expédition au pôle Sud. Nous étions également au courant de la construction d'un nouveau navire à Belfast, le plus gros paquebot jamais construit, avec des restaurants, des courts de squash et une piscine ; lorsque j'annonçai à Frederick que mon père avait l'intention de nous y réserver des places pour son voyage inaugural, il eut l'air envieux.

— C'est formidable. J'adorerais vivre une telle aventure !

Nous avions réservé une voiture pour minuit – ce qui était tard pour mon père, qui aimait se lever tôt et commencer sa journée avant tout le monde. L'heure de partir arriva bien trop vite.

Au moment de se séparer, Frederick déposa sur ma main un baiser qui me fit rougir et nous dit :

— J'espère que ce n'est là qu'un au revoir. Je vais passer un certain temps ici, à Chilverton. Me permettez-vous de venir vous rendre visite avant que je reparte dans le Kent ?

Tout le monde sait ce que cela signifie quand un homme célibataire sollicite une visite dans une maison où réside une fille non mariée. Même mon père, qui prêtait rarement attention à tout ce qui ne concernait pas le coton.

— Eh bien, dit-il dans la voiture. Je ne m'attendais pas à cela.

Il se redressa sur la banquette et dit, d'une voix empruntée :

— Lady Elinor, ravi de faire votre connaissance.

— Arrête !

— Tu lui plais, ça aurait crevé les yeux de n'importe qui. Mais est-ce qu'il te plaît, à toi ? Sinon, lord ou pas, nous le lui ferons comprendre.

— Oui, il me plaît.

— Parfait, parce qu'il me plaît bien, à moi aussi. Et mon petit doigt me dit que nous le verrons à Clereston avant la fin de la semaine.

Frederick vint à deux reprises prendre le thé et nous raconta des anecdotes de ses années au collège d'Eton, où il prétendait n'être doué en rien sauf au cricket. Lors de sa deuxième visite, j'avais à côté de moi un exemplaire du roman *Villette*, et il demanda si j'aimais lire. Mon père se mit à glousser.

— Si elle aime lire ? Ma fille lit à peu près tout ce qui lui tombe sous la main. Personnellement, j'ai peu de goût pour ces histoires, mais elle en consomme par charretées !

À la façon dont il en parlait, on aurait pu croire que je ne lisais que des romans à quatre sous, aussi m'empressai-je de préciser :

— Je viens juste de finir *Sous la verte feuillée* de Thomas Hardy.

— Ah ! fit Frederick. L'un de mes auteurs favoris.

— À moi aussi ! Lequel de ses livres préférez-vous ?

Il réfléchit quelques instants, la tête inclinée sur le côté.

— Eh bien, je pense qu'il s'agit justement de *Sous la verte feuillée*.

— Vraiment ? Vous n'avez pas trouvé que la fin était peu convaincante ?

— Voilà bien longtemps que je l'ai lu mais, oui, en effet, il me semble que c'était le cas.

Il tendit sa tasse.

— Me permettez-vous de reprendre un peu de thé ?

Une fois que je l'eus resservi en thé et en cake aux fruits, la conversation s'orienta sur le temps qu'il faisait et quel genre d'été nous allions avoir, à mon grand dépit. Lorsque ce sujet ennuyeux fut épuisé et que je m'apprêtais à lui demander s'il avait lu *Le Maire de Casterbridge*, il se leva pour partir.

Après nous avoir remerciés pour notre compagnie, il s'adressa à mon père :

— Vous semble-t-il envisageable que je visite une de vos fabriques tant que je suis ici ? J'aimerais beaucoup voir comment tout cela fonctionne.

Après le départ de Frederick, mon père me dit :

— Si cet homme s'intéresse au tissage du coton, moi je suis Charlie Chaplin, ma fille. Veux-tu que je l'invite à dîner ici après sa visite à la fabrique ?

— Ma foi, j'en serais ravie.

J'avais mis ma robe vert pâle à l'imprimé de boutons de rose et demandé à ma femme de chambre, Rose, de reproduire une coiffure vue dans la *Ladies' Gazette*. Avec son aversion habituelle pour tout ce qui était nouveau, elle m'avait mise en garde – elle doutait d'être capable de le faire, et n'était pas sûre que cela m'aille bien. Mais j'étais satisfaite du résultat et le fus plus encore en constatant le regard charmé de Frederick quand il me vit.

Il faisait froid ce soir-là. Au moment où nous nous asseyions, il eut un geste en direction de nos gros radiateurs en fonte.

— Ces appareils sont formidables. Winterton est le palais des courants d'air, il y fait encore plus froid dedans que dehors. Avez-vous également l'électricité dans la maison ?

— Partout, répondit mon père. Pas vous, à Winterton Hall ?

— Seulement dans les pièces principales. C'est un sacré chantier – les murs du XVIe siècle n'ont pas été conçus pour accueillir des fils électriques.

Mon père émit un sifflement.

— Oh, c'est si vieux que ça ? L'entretien ne doit pas être simple.

— Ne m'en parlez pas. C'est un travail sans fin.

— Vous devriez faire comme nous ici : tout démolir et rebâtir du neuf. Vous y gagneriez financièrement, sur le long terme.

Pendant quelques instants, l'expression de Frederick se figea comme si mon père venait de lui suggérer de manger des bébés au petit déjeuner. Il parut prendre soin de choisir ses mots avant de répondre :

— Vous avez accompli un travail remarquable ici, c'est indéniable. Mais, voyez-vous, lorsque l'on possède un endroit qui est dans la famille depuis cinq siècles, cela implique une certaine responsabilité envers les générations qui nous ont précédés, ainsi que celles qui nous succéderont.

J'aurais dû accorder plus d'attention à cette remarque ainsi qu'à son expression, mais il s'empressa de sourire et d'ajouter :

— J'imagine que c'est un peu la même chose avec une entreprise comme la vôtre.

— Oh, oui, répondit mon père. J'aurais beaucoup aimé pouvoir la transmettre à un fils, le moment venu, mais le sort en a voulu autrement. Cela dit, Elinor a la bosse des affaires – c'était son idée de se lancer dans le coton imprimé et de le fabriquer nous-mêmes, au lieu de le confier à un imprimeur textile. Quel dommage qu'elle ne soit pas un garçon !

Il me coula un regard d'avertissement, mais je n'avais aucune intention de relancer ce débat. Nous nous étions déjà disputés à ce sujet jusqu'à ce que je sois bleue de rage, malade de frustration. Je ne m'attendais pas vraiment à pouvoir le faire changer d'avis, car en vérité, je savais qu'il avait raison : ce milieu n'accepterait jamais qu'une femme se retrouve à la tête de Haywards, et la solution pour laquelle il avait opté – léguer la société aux employés, avec un comité de gestion dont je ferais partie – était la meilleure que je puisse espérer, le jour venu.

Visiblement, Frederick avait assez entendu parler de coton pour ce soir, car il changea bientôt de sujet en s'extasiant sur la charlotte aux pommes et en nous demandant si nous possédions nos propres vergers.

Alors qu'il s'apprêtait à partir, je faillis tomber de ma chaise quand il demanda à mon père s'il pourrait s'entretenir avec lui en privé. Il n'allait tout de même pas... Je savais qu'il nourrissait peut-être certaines intentions à mon égard, mais j'aurais imaginé davantage de regards volés entre nous avant que la situation n'aille plus loin.

Je faisais les cent pas dans le salon, le ventre remué comme si j'avais avalé une chauve-souris. Puis la porte s'ouvrit, mon père m'adressa un clin d'œil, et je compris.

Le lendemain matin, j'étais sur des charbons ardents. Frederick devait venir à 11 heures et je n'avais pas envie de débouler en bas, rouge et mal coiffée, si jamais il se présentait en avance, si bien que dès 10 h 30, je l'attendais au salon, fin prête. Je m'assis d'abord sur un divan, puis sur un autre, arrangeant et réarrangeant mes jupes, courant vérifier ma coiffure devant le miroir avant de déplacer à nouveau quelques mèches de cheveux.

Mon père et moi avions évoqué la soudaineté de tout cela.

— Imagine que maman et toi vous soyez mariés aussi vite !

Mon père avait ri.

— Ce n'est pas comme si tu étais sans le sou pour fonder un foyer, comme nous l'étions. C'est à toi de voir : je pense que ce serait un beau mariage, mais tu n'es pas obligée de dire oui si tu n'es pas sûre d'en avoir envie.

Seulement, il se trouve que j'en avais envie. Très envie, même. Je rêvais d'amour, comme la plupart des jeunes filles de dix-neuf ans. Frederick était tellement charmant que j'en avais la tête qui tournait, et la soudaineté de notre histoire la rendait d'autant plus romantique à mes yeux – vous connaissez beaucoup de filles qui préféreraient une longue cour raisonnable à l'impétuosité d'un homme impatient de la prendre pour femme ? Et j'avais beau savoir que mon père était sincère en me disant cela, je voulais qu'il soit fier de moi.

Frederick arriva à l'heure prévue. Un sourire penaud sur les lèvres, il me dit :

— Je crois que vous savez pourquoi je suis ici.

J'acquiesçai tout en sentant mes joues s'empourprer.

— Dans ce cas, je ne vais pas perdre de temps à vous parler du temps qu'il fait. J'irai droit au but : voulez-vous me faire l'honneur de devenir ma femme ?

Quoi ?

N'était-il pas censé me dire d'abord qu'il m'aimait ? Même la première fois que Darcy avait fait sa demande à Elizabeth, à contrecœur, il lui avait dit cela. Ma surprise dut se lire sur mon visage.

— Votre père pensait que vous seriez d'accord, mais s'il s'est trompé...

La déception qui envahit soudain ses traits exprimait tout aussi bien ce qu'il n'avait pas formulé avec des mots. Peut-être que dans la vraie vie, les gens ne disaient pas ces choses-là explicitement – ou pas si vite ?

— Mon père ne s'est pas trompé.

— Donc, c'est oui ? demanda-t-il en prenant ma main et en me regardant dans les yeux.

J'acquiesçai, saisie d'une brusque angoisse à l'idée qu'il allait sûrement m'embrasser. Mais naturellement, il ne fit rien de tel : ce n'était pas un sauvage.

— Formidable ! dit-il. Allons annoncer la bonne nouvelle à votre père.

Ils annoncèrent nos fiançailles dès le lendemain, dans le journal *The Times*. Ne lisant pas cette rubrique, j'aurais facilement pu passer à côté s'il n'y avait eu, ce jour-là, un grand article à propos de ce nouveau bateau, le *Titanic*, qui expliquait que le navire ne serait pas prêt avant au moins deux ans.

— Eh bien, dit mon père, je pense que tu seras mariée d'ici-là. Nous pourrions peut-être demander à Frederick s'il serait partant pour une petite traversée de l'Atlantique ?

— Il le sera ! Il m'a dit qu'il trouvait l'idée formidable.

— Et tu n'auras rien contre le fait que ton vieux père tienne la chandelle ?

— Bien sûr que non.

Je découpai l'article pour le mettre de côté, et c'est en repliant le journal que je vis mon nom imprimé sur une autre page.

LORD ET LADY STORTON DE WINTERTON HALL
ont la joie d'annoncer les fiançailles
de leur fils Frederick avec Elinor Hayward,
fille de Mr et feue Mrs Robert Hayward de Clereston.

Frederick avait dû téléphoner immédiatement à la rédaction du journal. Quelle jeune fille n'aurait pas trouvé romantique un tel empressement à annoncer la nouvelle au monde entier ? Cela compensait un peu la déception relative que j'avais éprouvée lors de sa demande en mariage. Mais mon père, lui, fronça les sourcils en lisant l'avis.

— Il ne perd pas de temps, dis donc. Nous avons encore à discuter du contrat de mariage, et je n'ai pas envie qu'ils me mettent au pied du mur.

— Qui a jamais réussi à te mettre au pied du mur, papa ?

Il me sourit.

— Bref, ne te soucie pas de ça. Occupe-toi plutôt de réfléchir à ta robe de mariée.

2

Une semaine plus tard, nous fîmes le trajet en automobile pour descendre dans le Kent afin de rencontrer la famille de Frederick, avec une halte d'une nuit à mi-chemin. Lorsque la voiture s'engagea dans une longue allée de gravier bordée de tilleuls, traversant des bois et des prés où broutaient des daims d'un côté, des moutons de l'autre, mon père et moi échangeâmes un regard sidéré. Certes, nous possédions des terres à Clereston, mais rien de comparable à tout cela. Un dernier virage, et Winterton Hall apparut devant nous : un immense manoir de pierre couleur miel flanqué de tours à chaque angle. Pas tout à fait un château, mais presque.

Le hall d'entrée révélait un plafond voûté comme celui d'une cathédrale et des boiseries sombres où trônaient des portraits dans de lourds cadres dorés. Un large escalier de pierre menait à une galerie enserrant les quatre côtés, tel le centre d'une toile d'araignée, et reliait les deux ailes de part et d'autre. Vêtue d'une robe de crêpe de laine lilas sobrement rehaussée d'un long collier de perles, lady Storton était d'une élégance aussi frappante que le jour du bal. Elle nous présenta la sœur aînée de Frederick, Kitty – brune comme sa mère, et très jolie dans son ensemble rose, mais avec un air pincé sur le visage – ainsi que lord Storton. Grand et mince, celui-ci ressemblait à s'y méprendre à Frederick, avec les mêmes cheveux clairs et le même sourire facile.

— Quel plaisir de vous rencontrer, dit-il. Frederick m'a parlé de vos fabriques, Mr Hayward, et de l'intelligence de vos installations. Vous me raconterez tout cela pendant notre déjeuner.

Nous en étions au deuxième plat et la conversation était passée de nos fabriques aux articles de journaux relatant la santé du roi lorsque Kitty, assise à côté de moi, remarqua que je regardais l'un des portraits accrochés sur le mur d'en face.

— Notre arrière-arrière-grand-mère, murmura-t-elle à mon oreille. C'est par elle que nous avons un lointain lien de parenté avec le roi.

— Ah ? Je l'ignorais.

— Vraiment ?

Continuant de parler tout bas, elle me glissa :

— J'imagine pourtant que votre père a dû consulter notre arbre généalogique, n'est-ce pas ? C'est l'occasion rêvée pour lui de se faire mousser auprès de ses amis en se vantant des hautes sphères où sa fille va désormais évoluer grâce à ce mariage.

Elle prononça ces mots avec un sourire tellement angélique qu'il me fallut quelques instants pour me rendre compte de ce qu'elle venait de dire. Elle détacha alors un petit morceau de pain, le beurra et le déposa délicatement dans sa bouche aux lèvres roses, comme si nous discutions de la couleur du ciel.

— Parlons du mariage, maintenant, disait lady Storton lorsque je relevai la tête de mon assiette. Nous pensions à la date du 2 mars.

— C'est très rapide, répondit mon père. Nous avons beaucoup de détails à aborder au préalable.

Lord Storton lui sourit.

— Vous savez comment sont les femmes avec les mariages, Mr Hayward. Nous irons passer un moment dans la bibliothèque tous les deux, après le repas, pendant que Frederick montrera la propriété à Elinor. Et nous prendrons le temps de discuter.

— Très bien, répondit mon père.

Je reconnus cette lueur dans ses yeux – celle qu'il avait toujours lorsqu'il s'apprêtait à négocier un contrat. Il adorait marchander et possédait trois règles d'or dans sa pratique de cet art : regarder son interlocuteur dans les yeux et sourire au moment d'annoncer son prix ; conserver un calme absolu pendant tout le temps de la négociation ; et ne pas rater le moment où il avait réussi à emmener l'autre là où il voulait l'emmener. J'espérais simplement qu'il ne se montrerait pas trop intransigeant sur cette négociation-là, juste pour son petit plaisir.

Nous partîmes en promenade dans une automobile à deux places vert foncé avec une capote en toile. L'habitacle était minuscule, les sièges très rapprochés, et mon estomac faisait des sauts périlleux dans mon ventre ; Frederick allait-il profiter de l'occasion pour m'embrasser ?

Forçant le volume de sa voix pour couvrir le bruit du moteur, il me demanda :

— La maison est-elle conforme à ce que vous imaginiez ?

— Elle est immense. Combien de pièces y a-t-il ?

— Environ deux cents, je crois, si l'on inclut les pièces de stockage et le quartier des domestiques. Quand nous étions enfants, Kitty me disait qu'il y avait une pièce secrète où vivait un monstre qui dévorait les petits garçons.

— Ce n'est pas très gentil.

— J'ai eu ma revanche : j'ai mis une souris morte dans son lit.

J'espérai que c'en était une de belle taille, et morte depuis un certain temps déjà.

— Est-ce que vous vous entendez bien, tous les deux ? demandai-je, frappée par le contraste entre la gentillesse du frère et la méchanceté de la sœur.

— Assez bien, globalement.

— Globalement ?

— Kitty est l'aînée, et elle estime qu'il est injuste que ce soit moi qui hérite de la propriété, et pas elle.

— Vous ne pourriez pas partager ?

— Grands dieux, ne lui dites jamais ça. On ne divise pas une propriété si facilement – elle deviendrait de plus en plus petite au fil du temps, et un malheureux descendant finirait un jour par devenir comte d'une simple ferme. En outre, il n'est pas souhaitable que l'héritage se transmette par les femmes, puisqu'alors, bien sûr, tout passe dans la famille du mari. Voilà pourquoi la propriété est transmise intégralement au premier fils de l'héritier actuel. Ainsi, le titre va de pair avec la terre.

Ah. Je comprenais mieux le point de vue de Kitty sur ce sujet maintenant – ce qui ne l'autorisait pas pour autant à être désagréable avec moi.

— Et que se passe-t-il si vous n'avez pas de fils ?

— Ne parlez pas de malheur ! Le titre disparaît. Pour toujours. La substitution héréditaire s'effondre également, si bien que, théoriquement, la propriété pourrait être léguée à une fille. Mais comme je vous le disais, le patrimoine sortirait alors de la famille, donc c'est uniquement en ultime recours – dans l'idéal, on cherchera plutôt un cousin ou un neveu pour prendre la suite. Mais en treize générations, ce n'est jamais arrivé. Maintenant, fermez les yeux. Je vais vous montrer mon endroit préféré.

Il arrêta la voiture et, lorsque je rouvris les yeux, je découvris un paysage ressemblant à une peinture : de verts pâturages ondulant jusqu'à une rivière bordée de saules, avec, au loin, un hameau de chaumières.

— Rien n'a changé ici depuis plus de deux siècles. J'y viens depuis que je suis tout petit, et je ne me suis jamais lassé de cette vue.

Il prit ma main et me regarda dans les yeux.

— C'est une vraie responsabilité de posséder un domaine comme celui-ci, le titre et tout ce qui va avec. Mais je sais que vous aimerez cet endroit autant que je l'aime. Il s'agit de l'histoire de ma famille, mais également de l'avenir de nos enfants. J'espère que je n'aurai pas à attendre trop longtemps pour en profiter avec vous.

Et c'est ainsi que je mordis à l'appât.

3

C'était un beau matin du printemps 1910. Je me rappelle avoir souri quand Rose, tout en en fixant la dernière épingle de diamant dans mon voile, m'a demandé si je n'étais pas nerveuse à la perspective de vivre avec des « aristos ».

— Ce sont des gens comme nous, Rose. Ils ont certes des manières différentes, mais je m'y habituerai, et toi aussi, tu verras. Je suis sûre que leurs domestiques seront très sympathiques.

Elle eut une moue dubitative, ce qui ne m'étonna guère – Rose ne pouvait pas voir un nuage de pluie sans se demander si elle ne devrait pas commencer à construire une arche. Pour tout dire, j'étais effectivement un peu nerveuse à l'idée d'aller vivre avec des gens que je connaissais à peine, et dont le monde était si différent du mien. Mais je contrôlais cette peur en me disant que Frederick serait là. Il m'aimait et il m'avait choisie en dépit de notre différence de milieu. Ces choses-là n'avaient rien d'insurmontable, n'est-ce pas ? Dans les livres, l'amour parvenait à combler des fossés aussi larges que le nôtre, voire davantage : Elizabeth Bennet et Darcy, Gabriel et Bathsheba, Jane Eyre et Rochester. Même Cendrillon, quand on y songeait – bien sûr, je savais qu'il ne s'agissait que d'un conte de fées, mais lorsqu'une histoire avait traversé les époques à ce point, on était en droit de croire qu'elle devait bien receler une forme de vérité, non ?

C'est donc un peu tremblante que j'avançai sur les premières notes de la *Marche nuptiale*. Mais quelle future mariée serait restée impavide à un tel moment ?

Mon père serra ma main dans la sienne.

— Tu ressembles à une princesse.

Je ne m'en rendais pas compte, mais ma robe était en effet digne d'une princesse, avec un lourd crêpe de soie enserrant une taille haute, un corsage recouvert de dentelle des Flandres et sa longue traîne parsemée de minuscules perles de rocaille. La créatrice que lady Storton avait engagée avait rougi de colère, outrée, lorsque mon père lui avait demandé le prix de la robe, et j'avais été soulagée qu'il n'essaie pas de le négocier. Il s'était contenté de me couler un clin d'œil en me disant :

— Je veux ce qu'il y a de plus beau pour toi, ma fille.

Puis, s'adressant à elle :

— Ne lésinez pas sur les perles. Il faut qu'elles se voient.

Alors que nous entrions dans l'église, je ne pus m'empêcher de regarder du côté des invités de Frederick : il y avait là un océan de chapeaux sophistiqués, de toilettes et de costumes parfaitement taillés, et des yeux, des yeux, des yeux qui scrutaient ma robe, les perles à mon cou et à mes oreilles, mon visage.

Ils sont curieux, voilà tout. Tu devais t'y attendre.

Je m'efforçai ensuite de regarder droit devant moi, en direction de l'autel où Frederick m'attendait, vêtu d'une redingote violine et d'un pantalon gris, prêt à me prendre pour épouse. À cet instant, il se retourna et mon cœur fit un bond dans ma poitrine en constatant que lui aussi paraissait nerveux. Puis il me sourit, de ce même sourire charmant et naturel qui m'avait séduite dès notre rencontre, au bal. Je lui rendis son sourire et marchai vers l'heureux dénouement qui concluait tant de livres que j'avais lus.

Nous étions une petite famille – sans oncles, tantes ni cousins –, si bien que mon propre mariage était le tout premier auquel j'assistais ; je fus surprise de la rapidité avec laquelle la cérémonie se déroulait et du peu de mots que nous avions à prononcer pour nous retrouver liés pour la vie. C'est d'une voix ténue et un peu étranglée que je prononçai le premier « oui », mais je pris un peu d'assurance après cela et, en un rien de temps, j'avais la bague au doigt et l'affaire était terminée. Il ne restait plus qu'à signer le registre – oh, la fierté de mon père quand il écrivit son nom sous celui de lord Storton ! –, puis les cloches se mirent à carillonner et nous quittâmes l'église, mari et femme, sous une pluie de riz.

Une Rolls-Royce gris foncé attendait de nous ramener à Winterton Hall. Frederick m'aida à m'y installer en soulevant ma traîne avant de la déposer à l'intérieur.

— Eh bien, voilà une première chose de faite, dit-il. Au fait, vous êtes ravissante.

— Merci. Vous également.

Il rit.

— Êtes-vous prête à saluer ?

Il eut un signe de tête vers la route devant nous, où une foule se tenait de chaque côté.

— Qui sont tous ces gens ?

— Des villageois que nous employons sur le domaine.

— Vous les connaissez tous ?

— Non, bien sûr que non. Ils viennent juste nous présenter leurs hommages. Je vous conseille de les saluer en passant.

Je m'exécutai, fort maladroitement. J'avais l'impression de faire semblant d'être la reine, et j'exhalai un soupir de soulagement lorsque nous sortîmes du village pour monter la colline en direction du manoir.

— Cela fait partie du lot, dit Frederick. Mais vous prendrez le pli.

La maison était pleine de visages inconnus et, tandis que les invités bavardaient en buvant du champagne, je me rendis compte que j'avais besoin de me rendre aux toilettes. Je n'étais encore jamais montée à l'étage de cette immense demeure qui était désormais la mienne, et je ne voulais pas risquer de me perdre ; je demandai donc discrètement à une domestique de me montrer le chemin.

Je la suivis au premier étage. Là, nous passâmes devant d'autres portraits d'ancêtres Coombes, et je retrouvai les traits de Frederick chez une vieille femme au visage sévère, un homme en uniforme militaire et un garçon enlaçant d'un bras un épagneul à l'œil éteint. Tous, à en juger par leurs tenues, de générations anciennes.

— Ce sera votre chambre, madame. La salle de bains se trouve ici. Désirez-vous que je vous attende ?

— Non, merci. Je retrouverai mon chemin.

Je fermai la porte de la salle de bains et m'adossai contre elle, heureuse d'avoir un petit moment pour moi. Je baissai les yeux vers l'anneau doré à mon doigt et pensai à ma mère. Elle adorait me parler du jour de son mariage. Il avait eu lieu bien avant que mon père fasse fortune, et ne comportait donc ni robe de satin ni champagne. Les mariés portaient leurs plus beaux habits du dimanche et avaient fêté cela au pub, avec de la bière brune et des sandwiches au jambon.

— Le tien sera différent, disait-elle, sans savoir, en effet, à quel point il le serait. Mais le plus important, c'est d'être sûre que tu l'aimes et qu'il t'aime. C'est tout ce qui compte.

Tout à coup, j'entendis des voix en provenance de la chambre voisine.

— Eh bien, vous avez fini par parvenir à vos fins, dit une femme.

Où avais-je entendu cette voix ? Celle qui lui répondit était sans aucun doute la mère de Frederick :

— Enfin, oui ! Mais, Seigneur, on peut dire que ce n'est pas un homme facile.

Le mur qui nous séparait était fin comme du papier à cigarette – cette salle de bains avait dû être ajoutée dans une chambre quand Shakespeare était encore en culottes courtes.

L'autre femme se mit à rire.

— Espérons que ce ne soit pas héréditaire !

C'est uniquement lorsque ma belle-mère répondit à cela que je compris :

— Malheureusement, elle a été élevée avec beaucoup trop de laxisme, et elle se croit un peu trop intelligente. En conséquence de quoi, elle a des manières de petite effrontée. Et la façon dont elle parle ! Il y a beaucoup de travail à faire. Par chance, elle n'a que dix-neuf ans – elle est encore très malléable.

Petite effrontée ?

— Mais le père ! continua-t-elle. Quel homme épouvantable. Il n'a pas pu faire marche arrière, une fois l'annonce parue dans le journal, mais il a pinaillé sur le moindre détail du contrat. Aucune reconnaissance !

L'autre femme rit.

— J'imagine que c'est ainsi qu'il a réussi dans les affaires. Vous êtes tout de même heureuse de ce dénouement, j'espère ?

— C'est ce dont nous avions besoin, avec les impôts que ce maudit gouvernement risque de nous faire tomber dessus, répondit lady Storton. Et nous n'y serions jamais arrivés sans vous. Personne n'invite cet homme nulle part, et nous n'aurions pas pu avoir la fille sans le père.

J'eus le souffle coupé quelques instants. Je savais maintenant qui était l'autre femme.

4

Je n'ai pas dû bien entendre ? me disais-je tout en descendant l'escalier, en veillant à ne pas me prendre les pieds dans ma traîne. Parce que l'autre femme derrière le mur était lady Burnham. Celle qui, contre toute attente, nous avait invités au bal. Où Frederick s'était arrêté pour me parler, comme par enchantement. Sans savoir qui j'étais, ne reconnaissant notre nom de famille que lorsque je lui avais présenté mon père.

Personne n'invite cet homme nulle part, et nous n'aurions pas pu avoir la fille sans le père.

Lady Storton avait donc demandé que nous soyons invités afin que Frederick et moi fassions connaissance. Ils s'étaient intéressés à nous – à moi – en sachant que mon père était riche. Depuis le début, Frederick savait donc parfaitement qui j'étais.

Il avait fait comme si notre rencontre était due au hasard ce soir-là, puis comme s'il était tombé amoureux de moi. La première partie au moins était un mensonge. Et le reste, alors ? Parce que visiblement, ces gens avaient décidé que Frederick m'épouserait avant même qu'il me voie. Qu'il m'épouserait même s'il ne m'appréciait pas, sans parler de m'aimer, du moment que le prix leur convienne.

Le jour où nous étions venus les voir chez eux, elle avait dit qu'ils étaient ravis de m'accueillir dans leur famille. Et lord Storton avait fait semblant d'admirer la réussite de mon père. Mais pendant tout ce temps, ils ne faisaient que nous regarder de haut.

Élevée avec beaucoup trop de laxisme, elle se croit un peu trop intelligente. Et la façon dont elle parle !

Frederick avait-il la même opinion ?

Je n'étais pas idiote, j'avais lu suffisamment de romans de Jane Austen pour savoir que dans ce genre de familles, les unions et l'argent allaient de pair, et que les gens comme eux ne se mariaient pas toujours par amour. Seulement, je n'étais pas comme eux, et je voulais un mariage d'amour. Je pensais que c'était le cas, avec Frederick. Il me l'avait fait croire.

Les portes-fenêtres étaient ouvertes, donnant sur l'immense terrasse et, plus loin, l'allée entre les arbres. Que feraient-ils si je partais en courant ? Si je détalais, comme un chat échaudé ? Mais le pouvais-je seulement ? Le sort en était jeté. J'avais prononcé les mots et lui aussi. Je restai donc là, à siroter du champagne et à sourire jusqu'à avoir l'impression que mes joues allaient se fissurer tellement il m'en coûtait. Espérant encore que, peut-être, j'avais mal compris.

Peu après 16 heures, nous prîmes place dans la petite voiture décapotable de Frederick. Direction Broadstairs, où nous devions passer quelques jours de lune de miel. Le moteur était tellement bruyant qu'il me fallait crier pour me faire entendre, mais je ne pouvais pas me contenir plus longtemps :

— Je voudrais vous poser une question.

— Je vous en prie, Mrs Coombes.

J'aurais dû me réjouir de l'entendre m'appeler ainsi. Au lieu de quoi, j'éprouvai une montée de panique.

— Pourquoi avez-vous fait semblant de ne pas me connaître, le soir du bal de lady Burnham ?

Il eut son sourire décontracté, dénué de toute inquiétude.

— Que voulez-vous dire ?

— Vous saviez qui j'étais. J'ai entendu votre mère dire qu'elle avait demandé à lady Burnham de nous inviter.

— Vous avez dû mal comprendre.

Même ton désinvolte, comme si tout cela n'avait pas la moindre importance.

— J'ai très bien compris. Elle a remercié lady Burnham de son entremise.

Il hésita un instant avant de répondre, les yeux braqués sur la route :

— Eh bien, je suppose qu'elle était reconnaissante à lady Burnham de nous avoir permis de nous rencontrer, voilà tout.

Me croyait-il vraiment stupide à ce point ? Bien sûr que oui. Ils me prenaient tous pour une idiote.

Elle se croit un peu trop intelligente.

— Explication fort convaincante... Elle a également dit que mon père était un homme épouvantable. Avez-vous aussi une explication convaincante à cela ?

— Écoutez, tout cela est absurde...

— C'est pour cette raison que vous avez fait paraître l'annonce si rapidement dans *The Times*, n'est-ce pas ? Pour mettre mon père au pied du mur.

— Votre père était enchanté de cette proposition, ce qui se comprend.

— Sauf qu'il ne savait pas que vous nous mentiez, et moi non plus.

— Vous noircissez vraiment le tableau.

Le rouge lui monta aux joues. Il avait été percé à jour, et cela ne lui plaisait pas. Il y eut un moment de silence glacial. Lorsqu'il reprit la parole, sa voix trahissait son irritation :

— Vous auriez peut-être préféré que je vous dise : « Bonjour, miss Hayward, ravi de vous voir, parce que je recherche une épouse et que mes parents pensent que vous feriez l'affaire ? »

Nous y étions.

— Cela aurait eu le mérite d'être honnête. Plus honnête que de faire semblant de m'aimer.

Il lâcha un soupir.

— Je vous en prie, Elinor. Je n'ai jamais rien fait de tel. Vous êtes très jeune, et peut-être avez-vous lu trop de romans à l'eau de rose. Les gens comme nous ne se marient pas par amour, vous le savez sûrement ?

— Les gens comme moi le font. Mon père et ma mère ont fait un mariage d'amour. Et c'est ce que je croyais faire, moi aussi.

— Eh bien, il arrive parfois qu'on ne voie que ce que l'on a envie de voir. Je vous apprécie, je vous l'assure. Vous êtes maintenant ma femme, j'espère que vous serez bientôt la mère de mes enfants, et si vous chassez ces idées romantiques de votre esprit, nous avons toutes les chances de nous entendre parfaitement. Mais j'ai l'impression que la fatigue de cette journée vous a rendue un peu irritable… Voulez-vous faire une petite sieste et me laisser me concentrer sur la route ?

Irritable ? J'avais envie de lui coller mon poing dans la figure. Et pas seulement à lui – je ne cessais de penser à tous ces gens invités au mariage. Il y avait peu d'invités de notre côté, si bien que l'immense majorité des convives étaient de la famille ou des amis de Frederick. Lady ceci et lord cela, enchantée de faire votre connaissance, ma chère, félicitations, quelle robe magnifique, etc.

Personne n'invite cet homme nulle part, et nous n'aurions pas pu avoir la fille sans le père.

À combien d'entre eux avait-elle tenu ce discours ? Lesquels d'entre eux avait pris mon père de haut tout en se rinçant le gosier avec le champagne qu'il avait payé ? Pas étonnant que lady Storton n'ait pas voulu que le mariage se tienne à Clereston ; s'ils ne voulaient pas de mon père chez eux, ils n'allaient certainement pas s'abaisser à se rendre chez lui.

— Vous méprisez mon père mais vous étiez bien content de profiter de son argent, pas vrai ? lançai-je. Attendez un peu qu'il soit au courant de vos petites manigances.

Il me regarda comme si j'étais la dernière des abruties.

— Vous semblez oublier à quel point cette union est avantageuse pour vous, ma chère. Vous venez d'intégrer l'une des plus grandes familles de ce pays. Les petits-fils de votre père seront des aristocrates. L'un d'entre eux sera le comte de Storton. Beaucoup d'hommes seraient prêts à tuer pour une telle situation.

— Mon père se moque bien de tout ça ! Il voulait que je sois heureuse.

— Mais moi aussi, je le veux !

Il frappa un coup sur le volant avant de prendre une profonde inspiration et de poursuivre plus calmement :

— Pourquoi voudrais-je que vous soyez malheureuse ? Comme je vous l'ai dit, si vous cessez de vous conduire comme une héroïne de romance, tout ira bien entre nous.

— Si j'avais su, je ne vous aurais pas épousé.

— Eh bien, je suis navré de l'entendre, mais c'est trop tard. Nous sommes mari et femme. Et nous allons devoir faire de notre mieux avec cela, comme tout le monde.

J'aurais voulu hurler. Pleurer. Et j'avais toujours une furieuse envie de lui mettre mon poing dans la figure. Comment avais-je pu me laisser duper de la sorte ? Et mon père avec moi. Personne ne l'avait jamais berné ; il était aussi rusé qu'un renard. Et pourtant... Ce matin, avant que nous ne quittions l'hôtel, j'étais tombée sur une liste écrite de sa main, intitulée « Sujets de conversation ». Les derniers caprices du temps y figuraient, ainsi que la construction du nouveau navire à Belfast. Il avait souligné cela mais barré les lignes « maladie du roi » et « soulèvements dans les Balkans ». Cette journée l'angoissait, et ç'avait été un choc pour moi de m'en rendre compte. Parce que dans son monde – notre monde –, mon père était un homme sans peur. Qu'il s'adresse à un ouvrier de sa fabrique ou à un client important, il disait toujours ce qu'il pensait, de manière franche et directe. Mais en dépit de tout ce qu'il avait accompli dans sa vie, les gens de la haute société l'intimidaient toujours, et il avait à cœur de leur faire bonne impression.

Nous passâmes le reste de la journée dans le silence. La dernière fois que nous étions ensemble dans la voiture, le petit habitacle m'avait paru intime et excitant. Aujourd'hui, c'était un piège qui se refermait sur moi.

Au premier matin de ma vie de femme mariée, je m'éveillai avec une sensation de tiraillement et quelque chose de collant entre les jambes. Une gêne cuisante m'envahit comme je me remémorais ce qui s'était passé entre Frederick et moi la veille au soir.

Nous avions dîné dans la salle de restaurant de l'hôtel. Comme nous étions hors saison, seules quelques tables étaient occupées, et notre conversation tristement laborieuse n'avait pas échappé aux oreilles des autres clients. Frederick déblatérait à propos de Broadstairs et de ce que nous pourrions faire là-bas, comme si la discussion que nous avions eue dans la voiture avait dissipé tout malentendu ; de mon côté, je lui répondais à peine, polluée que j'étais par la voix qui hurlait dans ma tête : *Que vais-je faire ?* Question à laquelle je n'entendais qu'une seule et terrible réponse :

Nous allons devoir faire de notre mieux avec cela, comme tout le monde.

Alors que nous montions dans notre suite, Frederick me dit :

— Écoutez, je crois que nous avons pris un mauvais départ, tous les deux. Une cérémonie de mariage n'est pas un exercice facile, mais maintenant que tout cela est terminé, je suis sûr que nous allons nous entendre à merveille.

Comme je ne répondais pas, il toussota, embarrassé, et continua :

— Je vais vous laisser vous préparer à aller au lit, et ensuite je vous rejoindrai.

Je dus le regarder avec un air hébété car il ajouta alors, avec gentillesse :

— Vous savez ce qui est censé se passer, n'est-ce pas ?

Cela me revint brusquement – une conversation avec Rose, la veille, quand elle me peignait les cheveux avant que je me couche. Elle disait qu'avant de se marier, les filles recevaient habituellement certains conseils de leur mère – quelqu'un avait-il fait cela pour moi ? Je lui répondis que non, et, tout en s'empourprant jusqu'à la racine des cheveux, elle me répéta ce que sa sœur mariée lui avait confié : les hommes avaient certains besoins, et que cela se passait « en bas ».

— Mary dit que c'est dégoûtant mais qu'on s'y habitue, et que la meilleure attitude à avoir est de rester allongée sans bouger et de penser à autre chose jusqu'à ce que ce soit terminé.

Je ne parvenais nullement à imaginer ce qu'elle me décrivait, que je mis sur le compte de son pessimisme habituel. Mais ce devait être ce que Frederick suggérait.

— Je suis fatiguée, répondis-je. Je veux juste aller dormir.

— Autant que ce soit fait, qu'on n'en parle plus.

— Je n'ai pas envie.

Il soupira.

— Écoutez, je ne suis pas un monstre et je n'ai aucune envie de vous forcer. Je peux attendre demain si vous préférez, mais franchement, il me paraît préférable de ne pas attendre.

C'est donc raide et terrifiée que je le laissai retrousser ma chemise de nuit, m'écarter les jambes et s'affairer au niveau de mes parties les plus intimes. Tout à coup, j'éprouvai une douleur si vive qu'un cri m'échappa ; je voulus me dégager, mais le poids de Frederick sur moi me clouait au lit.

— Vous me faites mal !

Il plaqua une main sur ma bouche et me murmura :

— Chut ! Ce n'est rien. Je vais y aller doucement, ne vous en faites pas.

Mais il ne cessait de me labourer et la douleur était si terrible que je commençai à pleurer à chaudes larmes, mouillant l'oreiller. Au bout d'un moment, il poussa un grognement et s'arrêta.

— Ce sera moins désagréable la prochaine fois, je vous le promets, dit-il en me libérant de son poids pour se redresser. Et je suis sûr que nous ne tarderons pas à avoir une bonne nouvelle.

Puis il me borda soigneusement et ajouta :

— Voilà, vous êtes bien installée maintenant. Bonne nuit.

L'instant d'après, la porte se refermait derrière lui et je me retrouvai là, telle une chrysalide, sur l'oreiller humide de mes larmes, les yeux grands ouverts dans le noir. Comment tout cela était-il possible ? J'étais une future mariée aux anges en entrant dans l'église, quelques heures plus tôt ; et ce soir, j'étais liée pour toujours à un homme qui n'en voulait qu'à mon argent ainsi qu'à une famille qui avait tout prémédité dans ce but. Et maintenant, cette dernière humiliation. Rose avait affirmé que toutes les femmes devaient supporter la chose, ce qui m'aurait paru possible si j'avais encore cru que Frederick m'aimait. Mais ce soir, pendant qu'il me besognait, je ne cessais de me dire que je n'étais rien pour ces gens-là. Rien qu'un moyen pour eux de mettre le grappin sur l'argent de mon père. Ils l'avaient maintenant, et je faisais simplement partie du lot, comme les petits déchets qui s'échappent d'une balle de coton.

5

La première fois que je me réveillai à Winterton Hall, le cliquètement de la cuillère en argent dans une tasse de porcelaine comme Rose préparait mon thé me laissa d'abord croire que j'étais à la maison. Puis je sentis le froid. Frederick avait au moins dit vrai à propos des courants d'air ; même avec un feu allumé dans la cheminée, le froid me mordait le visage. J'avais envie de m'enfouir sous les couvertures et de ne plus jamais en sortir – et pas seulement à cause de la température. Je me redressai tout de même quand Rose m'annonça :

— Une lettre pour vous, mademoiselle... pardon, madame. Elle est arrivée hier.

Je m'empressai de l'ouvrir.

Ma chère fille,

Ça y est, te voilà mariée ! J'ai l'impression qu'hier encore, ta maman emmenait un bébé avec des boucles dorées et deux petites quenottes au dîner d'inauguration que nous donnions à Star Mill. Je dois me faire vieux pour dire des choses pareilles, mais je ne sais pas comment le temps a pu filer si vite depuis cette époque.

Je voulais mettre au clair une question épineuse entre nous, celle de la passation de l'entreprise. Nos disputes à ce sujet ayant souvent été plus enflammées qu'éclairantes, je tiens à m'assurer que tu aies bien compris ma position. Même aujourd'hui, à ton jeune âge, tu possèdes plus de sens des affaires que certains de mes cols blancs. Seulement, une société doit avoir un homme à sa tête, Ellie – et une femme doit avoir un mari et une famille.

C'est la raison pour laquelle j'ai décidé de prendre d'autres dispositions pour Haywards, et je suis bien aise de savoir que, grâce à ce mariage, tu auras une bonne vie malgré tout. Je n'ai certes pas pu t'offrir l'opportunité que j'aurais donnée à un fils, mais un bon mariage est le meilleur cadeau qu'un bon père puisse offrir à sa fille, et celui-ci est encore meilleur que tout ce que j'aurais pu imaginer. Qui aurait cru que la petite fille qui jouait avec des bobines de fil sous mon bureau deviendrait un jour comtesse ? Ta mère aurait été fière de toi, ma chérie, comme je le suis aujourd'hui. Je suppose que je te verrai beaucoup moins désormais, avec la distance qui nous sépare, mais pense à moi de temps en temps et écris-moi pour me raconter tout ce qui t'arrive.

Je me laissai retomber sur les oreillers, sonnée par une déception absurde. En voyant son écriture sur l'enveloppe, j'avais eu un vague espoir qu'il me dise avoir compris que tout cela était une erreur, et de rentrer à la maison. Mais bien sûr, il n'en était rien. Même le roi du coton ne pouvait renégocier ce contrat.

— Je suis chargée de vous dire que le petit déjeuner n'est pas servi avant 10 heures, m'informa Rose. La gouvernante a bien insisté sur ce point.

— Comment ça, elle a insisté ?

— Elle a dit qu'ici, on ne vivait pas à des horaires d'usine.

Voilà donc ce que je ruminais au moment de descendre le grand escalier en pierre : même les domestiques de cette maison allaient me prendre de haut. Je voulais me plaindre des propos de cette gouvernante, mais Rose m'avait suppliée de m'en abstenir, arguant que personne en bas n'avait été aimable avec elle et que cela ne ferait qu'aggraver la situation.

Il était un peu plus de 10 heures quand j'entrai dans la salle du petit déjeuner, ayant changé d'avis à la dernière minute sur ce que j'allais porter – j'avais délaissé mon corsage en flanelle pour un autre en coton, plus chic. La flanelle était confortable mais j'avais besoin d'une armure. Le coton raffiné me rappelait Haywards et me donnait le courage nécessaire pour me tenir bien droite, la tête haute.

Ils étaient déjà attablés et lord Storton consultait sa montre à gousset, les sourcils froncés. Mais tous me dirent bonjour avec beaucoup d'amabilité. Lorsque nous étions rentrés de Broadstairs la veille, fort tard en raison d'une panne de la voiture de Frederick, seuls les employés de maison étaient encore debout, et j'avais l'impression qu'il n'avait pas encore dit à sa famille ce que je savais de leurs manigances. Peut-être ne jugeait-il pas cela nécessaire : ces trois derniers jours, il ne m'en avait jamais reparlé, se contentant d'agir comme si nous avions eu un désaccord mineur et que l'incident était désormais clos. Pour ma part, je n'avais pas l'intention de les laisser continuer à ricaner en douce en me prenant pour une imbécile qui ne se doutait de rien.

Ma gorge était sèche comme un gâteau de trois jours. J'avais besoin d'un peu de thé et de quoi bercer mon estomac avant de dire ce que j'avais sur le cœur. Un buffet était dressé avec des chauffe-plats de kedgeree, des œufs brouillés, du bacon et des rognons, des plateaux de muffins et de petits pains. Kitty était en train de se servir ; je l'imitai et pris des œufs et un petit pain.

Je coupai le pain en deux et le tartinai de beurre. Au moment où je mordais dedans, je vis lady Storton sourciller. Quel était le problème ? Ma mère m'avait toujours appris à ne pas parler la bouche pleine et ne pas mettre les coudes sur la table, or je n'avais commis aucune de ces fautes.

Elle se pencha en avant.

— Je crois que vous aurez besoin de quelques indications concernant l'étiquette des repas, ma chère enfant. Lorsque nous mangeons du pain, nous en cassons un petit morceau, nous le beurrons légèrement et nous mangeons ce morceau avant d'en prendre un autre. Nous ne mordons pas dedans à pleines dents comme un enfant des rues affamé.

Lors du premier déjeuner, j'avais en effet vu Kitty déposer délicatement dans sa bouche un petit bout de pain beurré. De mon côté, j'avais dû manger mon pain comme je venais de le faire, ainsi que mon père. Et ils n'en avaient pas pensé moins qu'aujourd'hui.

Maintenant, j'étais prête.

— Je ne pense pas que les enfants des rues affamés aient souvent du beurre à leur disposition, dis-je. La comparaison ne me paraît pas pertinente. Peut-être vouliez-vous dire que je mange comme la fille d'un homme qui a réussi dans la vie grâce à son seul travail ?

Kitty resta bouche bée et lord Storton leva les yeux de son journal pour me regarder mais lady Storton ne broncha pas. Frederick lui avait donc parlé. On aurait pu s'attendre à ce qu'elle soit gênée de se faire ainsi démasquer, mais non, absolument pas. Un sourire glacial sur les lèvres, elle se contenta de me répondre :

— On dit *beurre*, Elinor, me reprit-elle en le prononçant à la manière du Sud.

Elle n'a que dix-neuf ans, elle est encore malléable.

C'est ce qu'on allait voir.

— Là d'où je viens, nous disons *beurre*, dis-je en accentuant le « eu » incriminé.

— Mais vous n'y êtes plus désormais, cela devra donc changer.

— Non, ça ne changera pas.

Je les regardai tous, un à un. Lord Storton me dévisageait comme s'il ne m'avait jamais vue avant ce jour. Kitty avait un sourire en coin ; quant à Frederick, il gardait les yeux rivés sur son assiette.

— Je sais que vous me méprisez, ainsi que mon père, commençai-je.

Ma voix tremblait dangereusement, ce qui ne m'empêcha pas de poursuivre sur ma lancée :

— Mais vous étiez tout de même bien contents de profiter de son argent, alors si vous n'aimez pas le reste de l'affaire, eh bien, sachez que je ne l'aime pas beaucoup non plus. Vous vouliez la fille du roi du coton ? Vous l'avez. Alors il n'est pas question que je change quoi que ce soit à ma façon de parler.

— Grands dieux, fit Kitty. On dirait que la vie va devenir plus intéressante.

— Silence, Kitty ! aboya lady Storton. Nous pouvons comprendre, Elinor, que vous ayez quelques appréhensions sur votre adaptation à notre vie ici.

— Ce n'est pas ce que je...

Elle leva une main en l'air.

— Mais ce n'est pas une raison pour être sur la défensive. Nous sommes tous là pour vous aider à dégrossir vos manières.

— Ma mère m'a appris comment me tenir à table.

— Excellente nouvelle ! Seulement, nous en attendons un peu plus que savoir simplement tenir un couteau et une fourchette.

Sur ces mots, elle se leva et dit :

— Si vous voulez bien nous excuser, Kitty et moi avons une réunion du comité de l'hôpital de campagne.

Je restai là, le visage rouge de colère et d'humiliation, tandis que lord Storton s'adressait à Frederick :

— Comptes-tu faire du cheval ce matin ? On dirait qu'il va pleuvoir.

Comme si de rien n'était, ils se mirent à parler d'un cheval ayant un problème à un boulet – quoi que cela puisse être. Je pris mon pain, puis le reposai. Je n'avais plus faim.

C'est ainsi que commença ma nouvelle vie. Ne souhaitant ni rester au lit toute la journée ni me jeter dans le lac, je n'avais d'autre choix que d'essayer de m'y habituer. C'était un peu comme dans ces cauchemars où l'on essaie de crier mais qu'aucun bruit ne sort de votre bouche. Bien sûr, je songeai à écrire à mon père pour lui révéler de quelle tromperie nous avions été l'objet. Je commençai cette lettre, plus d'une fois. Mais à chaque fois, elle terminait dans la corbeille à papier – car après tout, que pouvait-il faire ? À quoi bon lui dire que le mariage qui le rendait si fier et si heureux n'était rien de plus qu'une transaction commerciale lors de laquelle il avait été dupé ?

Toutes les amabilités du genre « Ravis de vous accueillir dans notre famille » avaient fait long feu. Désormais, j'étais tout juste tolérée et, aux yeux de ma belle-mère, je ne faisais rien comme il fallait.

« On prend la cuillérée de soupe en l'écartant de soi, Elinor. »

« Juste ciel, vous ne vous êtes donc jamais servie d'un couteau à poisson ? »

« Elinor, êtes-vous obligée de faire autant de bruit en marchant ? »

Même mes habits n'allaient pas. Ceux que je portais tous les jours étaient trop tape-à-l'œil – « Cet imprimé est beaucoup trop criard pour la journée, ma chère » – et je ne possédais pas assez de robes du soir, uniquement celle qui avait été confectionnée pour le bal. J'ignorais que je serais censée m'habiller comme Cendrillon pour un simple dîner ; en outre, on aurait pu croire que des gens habitant dans une maison aussi glaciale auraient renoncé aux épaules dénudées, mais non. Quant aux robes de thé, je n'en possédais tout simplement aucune. Chez nous, il n'y avait pas de manières autour des repas, et certainement pas en matière vestimentaire. Je me servis tout de même de l'argent de poche que mon père avait prévu pour moi dans le contrat pour me commander de nouvelles tenues, car même la plus belle des robes cesse d'être belle si vous vous sentez bête en la portant. Rose rangea mes anciennes dans un coffre afin qu'elles ne me jettent pas des regards tristes quand j'ouvrais ma penderie.

Au contact de ma belle-mère, je me mis tout de même à écouter et à apprendre – ç'eût été me tirer une balle dans le pied que de ne pas le faire. Elle ne cessait d'évoquer les fêtes qu'ils organisaient chez eux et celles auxquelles ils allaient, en été. Il y aurait là des gens qui étaient présents au mariage, les mêmes que ceux qui auraient refusé d'inviter mon père, et je ne comptais pas leur laisser l'occasion de se rire de moi une seconde fois.

En revanche, il était hors de question que je change ma façon de parler, en dépit de la façon dont Kitty roulait des yeux et lord Storton grimaçait en m'entendant prononcer les voyelles. Je dois dire que Frederick, lui, ne manifestait jamais de signe d'agacement à ce sujet – j'en avais déjà mon compte avec lady Storton, qui me reprenait douze fois par jour. J'aurais dû dire « glace » au lieu de « miroir », « serviette de table » et non simplement « serviette », « fragrance » au lieu de « parfum ». Je prononçais mal des mots tels que « lait » et « poulet », ou « chat » et « gras ». Je mettais un point d'honneur à lui répondre « C'est comme ça que l'on dit, là d'où je viens », ou « Ce mot est parfaitement correct, je l'ai vu dans des livres ». Elle me rétorquait que je devrais faire mieux avant d'être « vue en société », puis elle se détournait et parlait à Kitty ou à lord Storton, mettant un terme à notre conversation. Voilà un procédé fort malin – continuez la discussion, et vous avez l'air d'un enfant capricieux qui fait tout pour essayer de retenir l'attention de sa mère. Je la laissais donc croire qu'elle avait gagné puis me délectais de son irritation lorsque je redisais le « mauvais » mot un peu plus tard.

Les manières à table et les vêtements étaient une chose, mais la façon dont je parlais me venait de mon père et de ma mère ainsi que de l'endroit où j'avais grandi, et la modifier aurait été comme gommer toute une part de mon être. Si ça ne leur plaisait pas, ils pouvaient aller au diable !

6

Je m'efforçais de rester la fille du roi du coton, autant que je le pouvais. Lorsque lady Storton m'annonça que je devrais rejoindre ses œuvres de bienfaisance, je songeai : « Très bien, au moins j'apprendrai quelque chose là-bas et mon cerveau ne se dessèchera pas comme un vieux pruneau. » À l'hôpital de campagne, j'aperçus les livres de comptes et, bien entendu, je ne pus m'empêcher d'y jeter un œil. Visiblement, quelqu'un faisait son beurre sur le dos d'un de leurs fournisseurs – la combine sautait aux yeux –, mais quelle fut ma récompense pour l'avoir signalé ? Une belle réprimande, parce que j'avais embarrassé ma belle-mère en parlant d'argent devant les autres dames.

J'avais déjà compris qu'il était inutile de se disputer avec elle, je n'allais donc pas jusque-là. Mais, quelques jours plus tard, alors que nous prenions le thé au salon, je hasardai une suggestion à propos des difficultés que rencontrait le domaine – c'était un gouffre financier, et ni Frederick ni son père n'avaient le sens des affaires. Lord Storton, qui m'adressait rarement la parole, me coula un sourire condescendant.

— Vous n'avez pas à vous préoccuper des affaires de la propriété, Elinor.

— Mais je serais heureuse de me rendre utile. J'ai beaucoup appris avec mon père.

Il rit.

— Une propriété comme celle-ci n'a rien de commun avec une fabrique de coton.

— Je le sais, mais une affaire est toujours une affaire, n'est-ce pas ? Et une affaire est censée rapporter de l'argent, pas en perdre.

— La propriété de Winterton n'est pas une *affaire*.

Il jeta ce mot comme s'il en détestait le goût.

— Nous sommes les détenteurs d'un bien précieux ayant vocation à être transmis aux prochaines générations, nous ne cherchons pas à gagner de l'argent pour gagner de l'argent. Votre père s'est bien débrouillé dans sa branche, mais vous devez comprendre qu'il ne s'agit absolument pas de la même chose ici.

Dans sa branche.

Il plissa le nez, comme si l'activité qui donnait du travail aux gens, qui fabriquait des articles utiles et engendrait des bénéfices en récompense de tout ce travail était de mauvais goût. Levant les yeux, je vis les deux valets qui se tenaient à la porte échanger un sourire moqueur. C'est cela, autant que les paroles de lord Storton, qui me fit voir rouge. La colère monta dans ma voix sans que je puisse me contenir.

— Je vois bien que tout est différent ici, en effet. Mon père à moi n'a pas eu besoin de me faire épouser un homme riche pour redresser la barre de ses finances.

— Elinor ! s'indigna lady Storton. On ne hausse pas le ton dans cette maison.

Mais j'étais maintenant trop fâchée pour pouvoir m'arrêter :

— Si un seul d'entre vous avait été doté de la moitié du bon sens de mon père, vous n'auriez pas eu besoin de cet argent et je n'aurais pas eu à vivre ici, où vous ne voulez pas de moi et où je n'ai aucune envie de vivre ! Alors ne parlez pas de lui comme de quelqu'un dont je devrais avoir honte, parce que ce n'est pas le cas et ça ne le sera jamais.

Lord Storton haussa un sourcil en direction de sa femme et me dit d'un ton sec :

— Je suis navré que vous ne vous sentiez pas la bienvenue parmi nous, Elinor. Cela n'a jamais été notre intention. Mais pour ce qui est de la gestion de la propriété,

Frederick et moi avons la situation en main et je suis sûr que lady Storton a suffisamment d'œuvres de charité à vous proposer pour que vous soyez bien occupée.

Il eût été vain de répondre à cela. Je bus une gorgée de thé. Dans le silence qui suivit, on n'entendit que le bruit de ma tasse qui tressautait dans sa soucoupe; je tremblais de rage.

C'est Frederick qui reprit la parole en premier, pour demander à son père ce que celui-ci pensait d'une nouvelle voiture de sport italienne qu'il envisageait d'acheter, et ils devisèrent tranquillement, comme si la précédente conversation n'avait pas eu lieu. Mais elle flottait pourtant dans l'air comme un nuage glacial, et, dès que lord Storton et son fils s'en allèrent, lady Storton avança vers moi, les traits crispés.

— Vous êtes vraiment d'une ingratitude inqualifiable. Je ne veux plus jamais assister à une scène pareille dans cette maison. Est-ce clair ?

— Je voulais simplement me rendre utile.

— Pour l'amour du ciel, si vous tenez tellement à vous rendre utile, essayez plutôt de vous adapter ! Vous êtes la prochaine lady Storton - Dieu nous vienne en aide - et il serait temps que vous commenciez à vous comporter en conséquence. Vous pourriez déjà faire l'effort de parler correctement et de vous débarrasser de cet accent qui vous donne des airs de petite vendeuse illettrée.

Sur ces mots, elle quitta la pièce.

— Eh bien, fit Kitty. On peut dire que vous leur donnez du fil à retordre.

Je me levai pour partir à mon tour; les larmes me montaient aux yeux et je ne voulais pas qu'elle les voie. Je ne pleurais pas facilement, à cette époque. Mais la dernière saillie de lady Storton m'avait blessée. Je n'avais jamais eu le sentiment d'être particulièrement jolie ou de posséder une personnalité remarquable, mais j'étais loin d'être illettrée. Mon père m'avait offert une excellente éducation et j'aurais parié avoir lu plus de livres que n'importe lequel d'entre eux. Or chaque fois que j'ouvrais la bouche, voilà ce qu'elle pensait. Ce qu'ils pensaient tous.

Kitty me suivit et m'attrapa le bras.

— Venez, allons marcher un peu. Je veux vous parler.

Mon expression la fit rire – habituellement, elle évitait ma compagnie autant que j'évitais la sienne.

— Ne vous en faites pas, je ne compte pas vous pousser du haut d'une falaise !

Curieuse, je la suivis dans un chemin qui s'enfonçait dans les bois.

— Où allons-nous ? lui demandai-je.

— Vous verrez. Économisez votre souffle, la pente va devenir raide.

Peu après, je commençai à regretter que Rose ait serré mon corset à ce point ce matin, et à me demander si la remarque à propos de la falaise était ou non une plaisanterie. Alors que mes poumons menaçaient d'exploser, nous parvînmes à une clairière.

— Voilà, dit-elle.

En contrebas, une rivière serpentait entre des saules. C'était l'endroit que Frederick m'avait montré, mais d'un point de vue différent.

— C'est le coin préféré de Frederick, murmurai-je.

— Et je suppose qu'il vous a dit que ce paysage n'avait pas changé depuis plus de deux cents ans ?

— Oui.

— Sauf que vous n'avez pas compris ce que cela signifiait, n'est-ce pas ? Vous n'avez pas compris que sa famille, ainsi que toutes les familles de cette classe ont en commun la même obsession : conserver ce qu'elles possèdent. Transmettre leurs biens au prochain héritier, afin qu'il reste dans la famille. Ce qui veut dire que les femmes n'ont qu'une seule et unique utilité : leur fournir des héritiers mâles. Il n'y a aucun avenir pour les filles.

Elle se tourna vers moi.

— Vous savez, votre suggestion de vendre les parties non productives de la propriété – eh bien, je leur ai dit la même chose, il y a quelques mois. Mais ils ne veulent pas en entendre parler. Alors une fois que vous et mon frère chéri aurez un fils, ils auront besoin d'une autre héritière pour renflouer leurs caisses. Et entre-temps, j'aurai été mariée au premier qui voudra bien de moi, alors que je serais capable de gérer cette propriété dix fois mieux que Frederick.

— Au risque de vous surprendre, je pense que vous avez entièrement raison d'être fâchée de cette situation, tout comme je l'ai été lorsque mon père a décidé de ne pas me passer les rênes de Haywards. Mais ce n'est pas ma faute si vous n'hériterez de rien.

— En effet, et je reconnais qu'il est tout à fait injuste de ma part de vous en vouloir pour cela, mais c'est ainsi. Je suis déjà insignifiante ici, et ce sera pire encore lorsque vous aurez un enfant. Il aurait fallu que je sois une sainte pour vous accueillir à bras ouverts, or je ne le suis pas.

Je n'avais rien à redire à cela.

— Mais je ne suis pas entièrement mauvaise, continua-t-elle. Et si j'avoue avoir pris un certain plaisir à vous voir vous prendre le bec avec ma mère, cela commence à ressembler un peu trop aux jeux du cirque, où l'on jette un Chrétien aux lions dans l'arène.

Elle poussa un soupir.

— Vous ne pouvez pas gagner cette bataille, Elinor. Vous leur faites peur lorsque vous leur parlez avec autant de franchise. Ils ne vous comprennent pas. Ils ne me comprennent pas non plus, mais ils seront bientôt débarrassés de moi, donc cela importe peu. Vous devez comprendre que cette famille ne veut pas de ce que vous avez à offrir. Ils ne veulent pas de la fille du roi du coton ; ils veulent que vous rendiez les armes et que vous vous adaptiez à leur milieu, afin qu'ils puissent oublier qu'ils ont eu besoin d'un argent issu du négoce pour conserver leur mode de vie.

— Je ne veux pas m'adapter. Parce que je ne crois pas que vous valiez mieux que nous.

Je tendis une main vers le paysage devant nous.

— Frederick m'a dit comment vous aviez obtenu tout ça. Quelqu'un, au XVIe siècle, a fait des courbettes à la bonne personne et en a été récompensé. Tout ce que votre famille a fait depuis, c'est se cramponner à cet acquis.

— Au XVe siècle, rectifia Kitty. Le premier lord Storton.

— Grand bien lui fasse. Mais mon père, lui, a commencé avec trois fois rien et travaillé d'arrache-pied pour bâtir son petit empire. Je suis fière de cela, et je n'ai aucune intention de le renier et de faire semblant d'être quelqu'un que je ne suis pas.

Elle secoua la tête, l'air désabusé.

— Je craignais que vous ne répondiez cela. Eh bien, c'est à vous de voir… Mais j'aurai au moins essayé.

Je pensais sincèrement tout ce que j'avais dit à Kitty. Seulement, quand vous avez quitté un foyer aimant, où vous étiez utile, pour un autre où vous vous faites houspiller en permanence et devez réfléchir à deux fois avant d'ouvrir la bouche, il devient difficile de garder la tête haute et de continuer à se battre seule dans son coin. Après cet épisode, je décidai donc de garder mes opinions pour moi. Certains jours, je prononçais à peine quelques mots, sans que personne ne semble le remarquer – et encore moins s'en soucier.

La seule personne avec qui je parlais vraiment était Rose. La pauvre n'avait pas plus de satisfaction que moi à vivre ici.

— Même ceux d'en bas, c'est une bande de snobs, me confia-t-elle. Ils font comme s'ils avaient du sang bleu dans les veines eux aussi, tout ça parce qu'ils travaillent ici, et moi je ne suis qu'une pauvre fille parce que…

Elle rougit et ne termina pas sa phrase – ce n'était pas nécessaire. À sa place, j'aurais déjà quitté cette maison, mais je priais pour qu'elle ne le fasse pas, redoutant la solitude qui serait la mienne sans sa compagnie.

Quant à mon mari, il se conduisit d'abord comme si tout allait bien entre nous : au petit déjeuner, il me parlait de ce qu'il comptait faire dans la journée ou me lisait des passages du journal qu'il jugeait susceptibles de m'intéresser. Mais très vite, mes réponses laconiques mirent un terme à cette habitude et, à part les visites humiliantes dans ma chambre tous les mercredis et samedis, nous nous évitions autant que possible et nous parlions à peine, même quand nous étions contraints d'être dans la même pièce.

Je m'efforçais de ne pas trop songer aux espoirs que j'avais autrefois nourris. Dans les livres, le mariage est une fin heureuse, n'est-ce pas ? Personne n'écrit d'histoires où, à la dernière page, l'héroïne épouse un homme qui « l'apprécie ». Qui voudrait lire cela ? Désormais, lorsque j'essayais de me perdre dans *Orgueil et préjugés*, *Middlemarch* ou *Jane Eyre*, ces romans ne faisaient que me rappeler à quel point je m'étais fourvoyée.

Parfois, je me demandais si les choses auraient pu être différentes si ma mère avait encore été en vie. C'était une femme très sage, qui savait juger le caractère des gens. Peut-être aurait-elle flairé l'entourloupe et m'aurait-elle mise en garde. Mais en même temps, mon père était lui aussi un homme intelligent, et il avait tout de même été berné.

Il me manquait affreusement. Il avait beau m'avoir écrit qu'il ne s'attendait pas à me voir souvent en raison de la distance, j'avais pensé que je pourrais peut-être lui rendre visite à Clereston une fois par mois. Mais je n'y arrivais pas. Je craignais de ne pas être capable de faire comme si tout allait bien, et l'idée de me retrouver dans ce lieu, où j'avais été tellement heureuse, puis de devoir rentrer ici... Non, c'était trop pour moi. Je lui écrivais donc ; au début, une fois par semaine, mais l'exercice se révélait difficile – lui faire croire que j'étais heureuse. Au bout d'un moment, la fréquence de mes lettres s'espaça à une lettre toutes les deux ou trois semaines, où je lui racontais n'importe quelle nouvelle sans aucun lien avec la façon dont la vie se passait réellement ici. Il répondait toujours immédiatement, et je lisais et relisais ses lettres en entendant sa voix comme il me parlait d'un gros contrat qu'il venait de signer, ou de l'idée d'un nouveau marché à conquérir. Je mourais d'envie d'être à nouveau auprès de lui, à me rendre utile, à faire marcher ma matière grise. Et pour la première fois de ma vie, je regrettais de ne pas être un garçon.

7

Je fis la connaissance de Lissy Harcourt lors de la première réception de la saison donnée au manoir. Je l'avais déjà entrevue lors du mariage, où nous n'avions échangé que quelques mots, mais je me rappelais l'avoir remarquée à plusieurs reprises ce jour-là. Il était difficile de ne pas remarquer Lissy – elle accrochait les regards sans avoir rien à faire pour cela. Petite et menue, dotée d'une superbe chevelure auburn, elle était vêtue d'une robe en soie eau de Nil et portait un chapeau orné de roses fuchsia. Chaque fois que mes yeux tombaient sur elle, elle était en train de rire ou de dire quelque chose qui faisait rire les autres. Elle semblait être le genre de femme que tout le monde souhaite avoir pour amie, et, lorsque je la revis, j'avais terriblement besoin d'une amie.

Les réceptions festives avaient été repoussées pendant un moment cet été-là en raison de la mort du roi, mais la première approchait à grands pas. Ce serait un « samedi au lundi », comme l'appelait lady Storton ; trente invités, les mêmes que ceux présents au mariage, ainsi qu'un certain Mr Bannerman, dont ils espéraient qu'il s'intéresse à Kitty. Ce jour-là, je me réveillai avec une boule au ventre à l'idée de ce qui m'attendait. Difficile de croire que j'étais la même personne que celle qui organisait une fête de Noël chaque année pour les centaines d'employés de mon père – ces gens-là, au moins, ne se moquaient pas de moi derrière mon dos.

Les domestiques préparaient l'événement depuis une semaine déjà, mais ce matin, l'effervescence était à son comble. Ici, on portait des carafes d'eau et des boîtes de biscuits dans toutes les chambres ; là, on dressait une immense table pour le déjeuner, avec toute l'argenterie disponible dans la maison ; dehors, trois valets de pied ratissaient le gravier. Il y avait des fleurs partout : des petits bouquets de boutons de rose sur les oreillers de toutes les dames, et d'énormes compositions de lys et de roses un peu partout au rez-de-chaussée. On aurait pu croire que la reine de Saba allait débarquer avec toute sa suite.

À midi, une procession d'automobiles commença à déverser le flot des invités. Voyant une voiture bleu foncé fermer le cortège, Frederick sourit en agitant la main.

— George et Lissy, toujours derniers, comme d'habitude.

Ce jour-là, Lissy portait une robe d'été d'un blanc pur ornée de volants de dentelle. Elle tenait dans ses bras un chiot labrador au regard triste. Son mari déposa une couverture en tartan entre les mains d'un domestique.

— Ce satané animal a vomi pendant tout le trajet. Je lui avais bien dit de le laisser à la maison, mais elle n'a rien voulu savoir.

Elle embrassa Frederick sur la joue puis en fit de même avec moi. Elle sentait délicieusement bon – un parfum de roses épanouies.

— Elinor, quelle joie de vous revoir. Nous n'avons pas eu le temps de discuter pendant le mariage.

Elle releva le chiot entre ses bras.

— Voici Rollo, mon nouveau bébé. Je n'ai pas eu le cœur de le laisser tout seul, il est tellement petit.

Le chiot était adorable. Dès que je le caressai, il se mit à me lécher la main. Le mari de Lissy soupira.

— Bon, il y a moyen de boire quelque chose ici, ou bien va-t-on passer la journée à regarder ce maudit chiot ?

Devant moi, tout le monde était poli, mais croyaient-ils vraiment que je ne remarquais pas leurs regards en biais pleins de mépris ? J'entendis même un crétin de fin de race marmonner :

— Le père est riche comme Crésus mais ne possède même pas un seul cheval. On se demande pourquoi ces gens cherchent à gagner de l'argent.

Quelques mois plus tôt, je lui aurais jeté au visage que c'était l'argent de mon père qui avait payé le champagne qu'il était en train de siroter, mais à quoi bon ? Il ne risquait pas de me répondre « Vous avez raison, veuillez excuser mon incorrection ». Et cela ne ferait que confirmer ce que tous pensaient – que je ne savais pas me conduire en société.

Lissy se trouvait à côté de moi à ce moment-là. Elle dut entendre la remarque, elle aussi.

— J'imagine que tout cela est un peu difficile pour vous, me dit-elle tout bas. Ça ne doit pas être simple, pour quelqu'un venant d'un autre milieu.

Je fus prise au dépourvu, et vous savez ce que c'est lorsque quelqu'un vous témoigne de la gentillesse au moment où vous vous sentez blessé et fragile – les résistances peuvent s'effondrer d'un seul coup. À ma grande consternation, je sentis les larmes me monter aux yeux. Je vous jure pourtant que je n'étais pas du genre à pleurer facilement ; mais Winterton m'avait peu à peu transformée en héroïne pleurnicharde d'un roman à quatre sous.

— Juste ciel, dit-elle. Venez, allons faire un petit tour dehors.

Les portes-fenêtres étaient grandes ouvertes, et nous marchâmes jusqu'à la fontaine sur la grande pelouse. Elle s'assit sur le bord de l'édifice et me désigna la place à côté d'elle.

— Allez, dites-moi tout. Est-ce vraiment si dur pour vous de vivre ici ?

Mes confidences allaient-elles remonter directement aux oreilles de lady Storton ? Mais après tout, ma belle-mère était déjà au courant, et ce serait un soulagement de parler.

— En effet, oui. Je ne trouve pas ma place ici, et je n'ai pas envie de la trouver. Je ne m'y plais pas du tout.

— Vous savez, c'est le début. C'était étrange aussi pour moi d'aller vivre avec la famille de George, alors que nous les connaissions depuis des années, donc je comprends que ce soit vraiment compliqué pour vous. Mais les choses vont finir par s'arranger, j'en suis certaine. Un jour, vous vous réveillerez en vous sentant chez vous.

Les poules auraient des dents avant ce jour, mais je m'abstins de le dire. Elle continua :

— J'espère que Freddie est gentil avec vous ?

— Il n'est pas méchant... Mais je ne peux pas dire mieux. Et vous allez penser que c'est idiot, parce que les gens comme vous ne se marient pas par amour, et vous trouvez tous que c'est normal, mais moi non, et j'ai cru que j'allais faire un mariage d'amour, et il m'a fait croire que lui aussi, débagoulai-je d'une seule traite.

— Je vois.

Elle arracha un peu de mousse de la pierre puis releva les yeux et me dit :

— Je connais Freddie depuis toujours, et je peux vous dire qu'il n'est pas du genre à tromper les gens. Il a dû vous séduire un peu, j'imagine, mais il faut savoir que personne ne joue jamais totalement franc jeu dans ce domaine. Personne ne se dresse à l'église pour dire « t'honorer et t'être fidèle, d'accord, mais je ne peux pas promettre de t'aimer ». Nous jouons tous le jeu, tout en en connaissant les règles. Ce qui est dommage, c'est que personne ne vous les ait expliquées avant.

— Vous n'aimez donc pas votre mari ?

— À ma manière. Mais pas comme vous l'entendez, pas de manière romantique. Si j'avais dû me marier par amour, ce n'aurait pas été avec George.

— Vous désiriez vous marier avec quelqu'un d'autre ?

— Il se trouve que oui, en effet. Mais ne me demandez pas de qui il s'agit, car je ne vous le dirai pas, répondit-elle en souriant.

— Et lui, aurait-il voulu vous épouser ?

— Oui. Mais ce n'est pas ainsi que les choses fonctionnent. J'ai quatre sœurs, ce qui réduisait d'office ma capacité à renflouer les caisses d'un mari. Heureusement, la famille de George n'avait pas besoin de ça ; ma belle-mère était une « princesse dollar », qui cherchait à se marier dans la bonne société britannique et apportait avec elle son argent d'Amérique, si bien qu'elle avait déjà sauvé la propriété avant que j'arrive.

— Pour ma part, je suis donc une « princesse coton ».

Elle me sourit.

— Écoutez, vous aviez un rêve romantique, et moi aussi, quand j'étais petite. Mais on ne peut pas toujours avoir ce que l'on désire, et, dans l'ensemble, je suis assez satisfaite de mon sort. Freddie n'est peut-être pas votre prince charmant, mais c'est quelqu'un de bien et je pense que si vous tentiez de vous rapprocher de lui, vous pourriez avoir une vie tout à fait satisfaisante également.

Elle tapota gentiment ma main.

— Songez-y. Maintenant, essuyez-moi ces yeux et retournons avec les autres.

À l'intérieur, George et Frederick bavardaient à côté du piano. Lissy alluma le gramophone et, les mains sur les hanches, leur lança :

— Allez-vous danser avec vos femmes, vous deux, ou comptez-vous rester plantés là comme deux vieux schnocks ?

Frederick posa sur moi des yeux pleins d'hésitation.

— Voulez-vous danser, Elinor ?

Lissy me coula un regard d'encouragement ; dire non aurait été un affront à la gentillesse qu'elle venait de me témoigner. Mon mari se révéla être un bon danseur, mais le fait de danser avec lui me rappela le bal chez lady Burnham. Habituellement, ce souvenir me remplissait de colère. Cette fois, il me rendit simplement triste.

Au bout de deux morceaux, Lissy se pencha vers nous.

— Je peux vous l'emprunter un moment ? Le mien n'est bon qu'à vous écraser les orteils.

George prit ma main et me dit :

— Je vais essayer de ne pas vous marcher sur les pieds, mais je ne vous garantis rien. Je n'ai pas la jambe légère de notre ami Freddie.

Sans un bon partenaire pour m'accompagner, j'étais moins sûre des pas, et lorsque George me fit tourner, je trébuchai. Au moment où il me rattrapa, sa main pressa mes fesses, et il continua ce petit manège à chaque tour que je faisais sur moi, comme si de rien n'était. J'ignorais s'il s'agissait juste de m'empêcher de tomber, mais cela ne me plaisait pas du tout. Dès que le disque fut fini, je m'excusai et allai m'asseoir. Lissy et Frederick dansèrent sur le morceau suivant, puis elle alla prendre son petit chien et vint se poser à côté de moi.

— Kitty et Mr Bannerman semblent bien s'entendre, dit-elle en caressant les oreilles du chiot. Peut-être aurons-nous un autre mariage cette année. J'espère que Kitty prendra nos fils comme garçons d'honneur – ils étaient encore trop petits pour le vôtre.

— Vous avez des enfants ?

— Des jumeaux, oui. Ils viennent juste d'avoir deux ans. Ce sont des petits monstres, mais je les adore.

— Ils ne voulaient pas venir avec vous aujourd'hui ?

Elle partit à rire.

— Personne n'amène ses enfants à un samedi au lundi. De toute façon, Henry a la varicelle et leur nourrice dit que cela le rend particulièrement grincheux.

— Le pauvre. C'est affreux, la varicelle, dis-je. Je me souviens que, lorsque je l'ai eue, ma mère est restée des heures à mon chevet, à me raconter des histoires pour me faire oublier les démangeaisons.

— Vraiment ? C'est très malin. Personnellement, j'évite la nursery – je n'ai pas envie de l'attraper.

Elle me sourit et lança alors :

— Que diriez-vous d'une petite expédition toutes les deux, un de ces jours ? À Londres, pour faire un peu de shopping.

La fête se poursuivit bien après minuit, et c'est recrue de fatigue que je tombai sur mon lit. J'attendais que Frederick vienne frapper à ma porte, comme nous étions samedi, mais il ne vint pas. Peut-être s'était-il déjà endormi, avec tout le champagne qu'il avait bu ; ou alors, cela ne se faisait pas de rejoindre le lit de sa femme lorsqu'on avait des invités plein la maison. Quoi qu'il en fût, je n'allais pas m'en plaindre.

Le lundi matin, Lissy et George furent les derniers à partir.

— À très bientôt, me dit-elle avant de sourire et de m'adresser un signe de la main en montant dans la voiture.

Lissy avait un beau sourire, franc et ouvert – de ceux qui inspirent la confiance. Je pense maintenant que les gens seraient bien avisés de s'inspirer des chiens et de se méfier des individus qui montrent leurs dents. Mais, comme on dit, il faut se tromper pour apprendre.

8

Il s'avéra que Frederick avait déjà accompli son devoir : deux semaines après la réception, je découvris que j'étais enceinte. Dès le lendemain matin, lady Storton me sauta dessus en bas de l'escalier.

— Alors, ma chère, il semble que nous avons enfin de bonnes nouvelles.

Je savais comment elle l'avait appris. Rose lavait mon linge périodique et, quand elle m'expliqua de quelle manière je saurais que j'étais enceinte, elle m'avoua qu'on lui avait demandé de prévenir la gouvernante sitôt qu'elle n'aurait plus à effectuer cette tâche. Il eût été vain de lui demander de transgresser cette règle : c'est le domaine qui la rémunérait maintenant et, dans son intérêt comme dans le mien, je ne voulais pas lui faire prendre le risque d'être congédiée pour désobéissance.

— Oui, je le pense, répondis-je.

— Je crois savoir que vous êtes normalement très régulière de ce côté-là ?

Y avait-il une seule chose dont elle ne se mêlait pas, dans cette maison ?

J'acquiesçai sans rien dire.

— Formidable ! Il est encore un peu tôt pour en parler à tout le monde, mais nous annoncerons la nouvelle au reste de la famille au dîner de ce soir.

Allais-je vraiment la laisser leur annoncer ma grossesse comme s'il s'agissait de sa réussite personnelle, alors que c'était moi qui avais dû supporter l'horrible affaire ayant causé mon état ? Certainement pas. Rien que pour la contrarier, je décidai donc d'en informer Frederick moi-même.

Je le trouvai aux écuries, alors qu'il revenait de sa promenade à cheval de l'après-midi. Il était rare que j'entame une conversation avec lui, et encore moins que je recherche sa compagnie. Il s'étonna donc de me voir l'attendre.

— Elinor... Que se passe-t-il ?

— Rien. Je voulais juste vous annoncer la nouvelle : nous allons avoir un enfant.

À ma grande surprise, il me prit les mains et m'embrassa sur la joue.

— Quelle merveilleuse nouvelle ! Mère et Père vont être ravis. Nous leur dirons ce soir ?

— Votre mère est déjà au courant. Elle avait pris certaines dispositions pour le savoir.

Il rit de bon cœur.

— Ne lui en veuillez pas, cela partait d'une bonne intention.

Il serra ma main dans la sienne.

— Je sais que votre arrivée parmi nous n'a pas été facile à vivre pour vous. Mais les choses vont changer maintenant. Vous allez voir.

L'annonce arracha une savoureuse moue de déconvenue à lady Storton – qui détestait voir ses plans contrecarrés – et, d'un seul coup, je devins la vedette du jour. On alla chercher du champagne à la cave et lord Storton porta un toast :

— À Frederick et notre merveilleuse Elinor !

Notre merveilleuse Elinor ? Mon beau-père me parlait si peu souvent que j'étais surprise qu'il se rappelle encore mon prénom. Frederick leva son verre en direction d'un des portraits accrochés au mur.

— Que dites-vous de ça, arrière-grand-père ? Le quatorzième lord Storton est en route !

Tous partirent à rire, à l'exception de Kitty.

— Qui te dit que ce sera un garçon ? aiguillonna-t-elle. Il ne faudrait pas que tu sois aussi déçu de ton premier-né que notre père l'a été.

— Kitty ! s'indigna lady Storton. Es-tu vraiment obligée de jouer à chaque fois les trouble-fêtes ?

— C'est que je n'ai guère d'autre rôle, si je ne m'abuse.

Lord Storton exhala un soupir.

— Personne n'a été déçu lorsque tu es née.

Kitty étouffa un petit rire moqueur.

— Bien sûr que si.

— En revanche, sache que je suis déçu de te voir incapable de te réjouir pour ton frère, pour Elinor et le reste de la famille. Cette attitude ne t'honore guère.

Elle me jeta un regard noir puis se détourna tandis que le feu lui montait aux joues. Je n'avais pas d'affection pour Kitty, pas plus qu'elle n'en avait pour moi, mais, peut-être parce que j'étais heureuse d'avoir enfin fait quelque chose comme il fallait, j'eus de la peine pour elle à ce moment-là. Même si mon père aurait beaucoup aimé avoir un fils, pas une seule fois il ne m'avait donné le sentiment de l'avoir déçu.

Lissy se montra ravie de la nouvelle elle aussi. Deux ou trois semaines après que j'ai découvert ma grossesse, elle téléphona au manoir pour me proposer d'aller à Londres avec elle ; et au bout de quelques minutes passées avec elle dans sa voiture, elle devina.

— Comment l'avez-vous su ? demandai-je.

Elle eut un vague geste de la main.

— Oh, j'ai un sixième sens pour ces choses-là.

— Je ne suis pas censée en parler pour le moment...

— Je ne dirai rien, promis. C'est une excellente nouvelle. Freddie doit être ravi.

— C'est vrai. Ils sont tous ravis. Sauf Kitty.

— Est-ce qu'elle continue de se monter la tête avec cette idée ridicule d'hériter du domaine ? Franchement, c'est d'une absurdité !

— À vrai dire, je peux comprendre son point de vue sur ce sujet. J'ai ressenti la même chose en apprenant que mon père ne me léguait pas Haywards.

— Mais votre cas est différent. Les fabriques de votre père pourraient tout à fait continuer à produire du coton avec quelqu'un d'autre à leur tête, n'est-ce pas ? En revanche, le domaine et le titre sont dans la famille depuis...

— Treize générations, je sais. Je crois l'avoir entendu une ou deux fois déjà.

Elle rit et renchérit :

— Mais c'est important, cette continuité. Les familles comme les nôtres constituent la colonne vertébrale de ce pays, et nous avons une responsabilité envers les générations à venir – celle de perpétuer la lignée.

Si lady Storton m'avait dit cela, j'aurais répliqué *illico* que si quiconque constituait la colonne vertébrale de ce pays, ce serait plutôt quelqu'un comme mon père ; il ne pouvait peut-être pas retracer son arbre généalogique jusqu'à Henri VIII, mais il avait fourni du travail à la moitié de Manchester. Seulement, je ne pouvais me permettre de contredire Lissy et de risquer ainsi de compromettre notre première sortie ensemble. Je me sentais très seule à Winterton, et je voulais que nous devenions amies. Et puis, après tout, les amis n'étaient pas obligés d'être du même avis sur tous les sujets, me semblait-il.

Après avoir fait quelques boutiques à Knightsbridge, nous descendîmes de la voiture remplie de paquets afin de nous rendre chez le tailleur de Lissy pour un essayage.

— Qu'en pensez-vous ? demanda-t-elle en tournant sur elle-même dans une tunique et une jupe entravée d'un superbe damas gris argent. Est-ce que ça me va bien ?

— Tout vous va, dis-je – et c'était vrai, on aurait dit une poupée aux proportions parfaites. Mais je pense que la jupe devrait être plus étroite ; ce tissu mérite un peu plus de structure.

— Quel œil vous avez ! Oui, rétrécissons-la un peu.

— Très bien, madame, grommela la couturière entre ses dents serrées (ce damas allait être terrible à dépiquer ; elle allait me maudire, à notre départ).

Après cela, nous allâmes au Ritz prendre le thé. Alors que nous buvions notre Earl Grey, Lissy me dit :

— Vous allez très vite avoir besoin d'une nouvelle garde-robe. C'est tout à fait épuisant, la grossesse – personnellement, je suis devenue aussi large qu'une baleine quand j'attendais les jumeaux – mais autant tourner cela à votre avantage. Dites que vous avez besoin de faire une sieste l'après-midi, et vous échapperez à toutes ces missions de charité d'un ennui mortel où lady Storton vous traîne constamment.

Elle mordit dans un éclair et ajouta, un ton plus bas :

— Et puis, bien sûr, il y a ce que ma mère appelait toujours « le fardeau de la femme ».

Elle se pencha vers moi et murmura :

— La chambre à coucher. Je suppose que Frederick a cessé de vous importuner à ce niveau-là ?

— Oui.

Elle me sourit.

— Eh bien, vous voyez, un nouvel avantage. Mais servez-vous, prenez donc un macaron. Ils sont délicieux, et vous n'avez plus à vous soucier de votre silhouette désormais.

Alors que j'hésitais entre un macaron à la framboise et au citron vert, elle poursuivit :

— Je sais que ç'a été dur pour vous de vous adapter à ce milieu qui est si différent du vôtre. Mais, vous savez, il ne faut pas hésiter à me parler si vous avez besoin d'une oreille amicale.

Elle me sourit.

— Nous avons passé une bonne journée, n'est-ce pas ? Nous pourrions aller faire une petite balade tous les quinze jours, comme ça, toutes les deux ? Si vous parvenez à vous échapper de temps en temps, cela mettra un peu de gaieté dans votre vie.

Après ce jour, nous prîmes l'habitude d'aller faire du shopping à Londres ou de visiter une jolie ville comme Tunbridge Wells ou Lewes, toutes les deux semaines. Lissy était également présente aux réceptions de cet été-là, ce qui me rendait ces événements moins pénibles. Lorsque mon état commença à se voir et que je ne fus plus en mesure de marcher pendant des heures, elle venait me voir pour prendre le thé, ou je lui rendais visite à Bellingham Hall. Et à chaque fois, elle se montrait très attentionnée, me demandant comment évoluait la relation avec Frederick et si j'étais un peu plus heureuse.

J'étais effectivement plus heureuse, en partie grâce à ses conseils avisés. Suivant ses suggestions, j'avais déclaré avoir besoin de faire la sieste l'après-midi – ah, quelle joie de pouvoir m'échapper dans ma chambre avec un livre pendant des heures ! Ce simple fait rendait déjà mes journées bien plus agréables. Son autre conseil, selon lequel je devais essayer de « me rapprocher » de Frederick, se révélait plus dur à suivre. À mes yeux, cela revenait un peu à reconnaître que la façon dont il m'avait trompée n'était plus un problème, or, cela l'était encore. Lors des réceptions au manoir, j'observais Kitty quand elle était avec George. Ils n'avaient rien d'un couple de tourtereaux, c'était évident, mais ils s'entendaient bien et force était d'admettre que cela paraissait plus enviable que la façon dont Frederick et moi nous côtoyions, en nous parlant rarement et en évitant l'autre autant que possible.

Je ne me pensais pas capable de pouvoir un jour lui pardonner de m'avoir piégée de la sorte. Seulement, j'étais coincée maintenant, et je n'avais aucun autre moyen d'améliorer mon sort. Lors du déjeuner ou du dîner, je me forçais donc à lui demander ce qu'il avait fait la journée, ou ce qu'il pensait de telle ou telle chose dans les nouvelles. Il semblait heureux de me répondre, et je me sentais un peu moins seule en ayant quelqu'un d'autre que Rose à qui parler.

Le médecin de famille m'avait conseillé de prendre l'air tous les jours. Je pris donc l'habitude d'aller marcher dans les jardins avant l'heure du dîner. Un soir, Frederick me demanda s'il pouvait m'accompagner. Nous marchions tranquillement dans le jardin des roses et je m'arrêtai devant une arche de fleurs rose pâle pour en sentir les boutons. Il fit halte également et me déclara alors :

— Je voulais vous dire… Je pense avoir sous-estimé la difficulté que vous auriez à vous acclimater ici. Alors je suis heureux de voir que vous paraissez plus à l'aise, depuis que nous attendons cet heureux événement. Je sais que je ne suis pas le prince charmant dont vous aviez rêvé, mais je pense que nous allons bien ensemble.

Je n'avais pas rêvé d'un prince charmant – juste d'un homme qui m'aime. Or ce rêve était mort. Une entente cordiale, voilà tout ce que je pouvais espérer désormais.

— Lissy m'a beaucoup aidée, répondis-je. Elle m'a donné de bons conseils.

— C'est une femme très sage. Elle m'a donné de bons conseils à moi aussi par le passé.

Il se pencha, cueillit une rose et me la tendit. Le geste n'avait rien de romantique, mais c'était gentil tout de même.

— Elle sera une bonne amie pour vous, dit-il. Nous devrions peut-être rentrer maintenant ? Je crois avoir entendu le gong du dîner.

J'étais dans mon cinquième mois lorsque lady Storton déclara qu'il était temps de trouver une nourrice.

— Il faut s'y prendre en avance avec les Norland. Leurs filles sont très demandées, et il n'y a aucun autre endroit où l'on peut être sûr de trouver une personne qualifiée.

— Je pensais que nous pourrions simplement trouver une gentille fille du coin pour m'aider, répondis-je. C'est ce que ma mère avait fait.

Lorsque j'étais arrivée dans leur vie, mes parents habitaient une grande maison dans un quartier chic et mon père avait déjà engagé toute une brigade de domestiques, disant à ma mère que dorénavant, elle n'aurait plus à lever le petit doigt. Mais lorsqu'il avait suggéré de prendre une nourrice, elle avait éclaté de rire, m'avait-elle raconté, avant de lui demander à quoi elle allait consacrer son temps si quelqu'un d'autre qu'elle s'occupait de sa fille.

— Juste ciel, fit lady Storton. Quelle curieuse idée. Mais votre situation est un peu différente de celle de votre mère. Alors, désirez-vous rencontrer les candidates, ou préférez-vous que je m'en occupe toute seule ?

Je les rencontrai toutes, mais j'aurais aussi bien pu m'abstenir. Ma préférence pour la seule que je trouvais gentille et engageante, une jeune femme du Yorkshire fraîchement formée au métier, fut purement et simplement ignorée par ma belle-mère, qui lui préféra une certaine miss Cairns, laquelle avait déjà travaillé pour deux duchesses et semblait avoir un manche à balai de planté dans les fesses. Elle ne sourit qu'une fois, lorsque lady Storton la complimenta sur sa diction et lui dit qu'il était important que le bébé ne prenne pas « un accent déplacé ». Avais-je rêvé, ou miss Cairns m'avait-elle jeté un regard à ce moment-là ? Quoi qu'il en soit, elle avait en tout cas bien compris qui était décisionnaire et n'adressait ses réponses qu'à ma belle-mère, même lorsque c'était moi qui posais des questions. À la fin de l'entretien, elle déclara espérer que « Madame la comtesse » jugerait ses références satisfaisantes. Elle fut embauchée en bonne et due forme, et prendrait ses fonctions quinze jours avant l'arrivée prévue du bébé.

Eh bien, s'ils avaient envie de dépenser leur argent pour une employée qui n'aurait presque rien à faire, grand bien leur fasse. C'était mon bébé et je m'en occuperais moi-même, fidèle à l'exemple de ma propre mère.

9

J'avais été horrifiée d'apprendre la façon dont mon bébé allait venir au monde, et la réalité se révéla aussi effarante que l'avaient été les mises en garde de Rose. Plus que jamais depuis son décès, je regrettais que ma mère ne fût pas à mes côtés – pour me tenir la main et me dire que j'étais courageuse, comme elle l'avait fait quand je m'étais cassé le poignet, à l'âge de neuf ans. Mais lorsque l'infirmière venue avec le médecin de famille déposa notre fils dans mes bras et que je découvris son petit visage, la douleur et l'angoisse s'évanouirent comme un mauvais rêve se dissipe au matin. Je n'avais jamais vu de nouveau-né avant ce jour. Pour moi, c'était un véritable miracle de voir un être si minuscule, qui était déjà une vraie personne, agiter ses petits poings serrés et poser sur moi ses yeux bleu nuit. Je touchai sa main et il referma ses doigts autour du mien. Tout allait sûrement être différent à partir de maintenant : je leur avais donné ce qu'ils désiraient, un garçon, et j'avais quelqu'un à aimer et entourer de mes soins.

Il n'était que 19 heures mais les rideaux avaient été fermés depuis mes premières contractions, la veille ; l'infirmière éteignit les lumières tandis que le docteur rangeait ses affaires dans sa sacoche.

— Vous pouvez laisser allumé, dis-je. Je n'ai pas envie de dormir, je veux le regarder.

— Les jeunes mères sont souvent très excitées, répondit le docteur, mais pour le bien du bébé et pour le vôtre, il faut vous reposer, dans le silence et l'absence totale de stimulation.

Il hocha la tête en direction de l'infirmière, qui éteignit la lampe posée sur ma coiffeuse, ne laissant que celle sur ma table de chevet.

— Une brève visite de votre époux, un repas très léger, puis vous dormirez, continua-t-il. Et au cours des trois prochains jours, évitez de rester assise plus de quelques minutes d'affilée – vous devez rester allongée pour que votre ventre se rétablisse.

Dès qu'ils furent partis, Frederick entra. Nous avions alors atteint une sorte de trêve et nous entendions un peu comme Lissy et George. Et à cet instant, j'étais heureuse et fière de lui montrer son fils.

— Regardez-le. Il est beau, n'est-ce pas ?

— Bonjour, dit-il en effleurant la joue du bébé du bout du doigt. Bonjour, mon fils.

Je lui montrai comment tendre son doigt pour que le bébé le tienne, et il rit comme les petits doigts se refermaient sur le sien.

— Eh bien, quelle poigne il a !

Il me sourit en agitant légèrement son doigt toujours captif.

— J'étais sûr que nous aurions un garçon, mais c'est un soulagement d'en être sûr maintenant. Mère et Père sont ravis, ils vous adressent leurs félicitations.

On frappa à la porte et miss Cairns, la nourrice, apparut.

— Félicitations, dit-elle avec un sourire mielleux qui s'adressait surtout à Frederick. Je suis venue prendre le bébé.

— Ce n'est pas la peine, répondis-je. Je vais le garder avec moi un moment.

— Ordre du docteur, répliqua-t-elle. La mère doit se reposer.

Elle se pencha pour le prendre, mais je me détournai.

— Revenez le chercher un peu plus tard.

Elle regarda Frederick comme si je n'étais pas là en disant :

— Lady Storton a donné des instructions strictes...

— Ce n'est pas le bébé de lady Storton, c'est le mien. Il vient juste de naître et je veux le garder avec moi. Frederick, dites-le-lui.

Il me tapota la main.

— Soyez raisonnable, Elinor. Si le docteur affirme que vous avez besoin de repos, il faut vous reposer. Laissons la nourrice l'emmener à la nursery.

Elle tenta à nouveau de le prendre et je résistai, mais il se mit à gémir et je finis par le lâcher, craignant de lui faire mal. Sitôt dans les bras dans cette femme, il commença à pleurer. Je ne pouvais le supporter.

— Rendez-le-moi ! Vous lui faites peur !

Frederick se tourna vers elle.

— Est-ce qu'il va bien ?

— Parfaitement bien, monsieur. Il est tout à fait normal pour un bébé de pleurer, cela les aide à développer leurs poumons. Je vais l'emmener à la nursery et laisser madame dormir.

La porte se referma derrière elle, étouffant les cris de mon enfant.

— Comment avez-vous pu la laisser le prendre ?

Je pleurais maintenant à chaudes larmes sans pouvoir m'en empêcher.

Frederick se leva pour partir.

— Ne vous mettez pas dans un tel état, il n'y a vraiment pas de quoi. Je suis sûr que vous vous sentirez mieux après avoir pris du repos.

Je guettai les pleurs comme il ouvrait la porte, mais la nursery se trouvait à l'autre bout de l'aile opposée et était fermée par une lourde porte. Mon bébé pourrait bien pleurer toutes les larmes de son corps, je ne l'entendrais même pas. Je restai allongée dans la pénombre, le visage baigné de larmes. Il était tellement petit, sans aucune défense. Mon devoir était de le protéger, et j'avais déjà échoué.

J'essayai de me calmer, mais je ne cessais de l'imaginer, seul dans son berceau, en train de pleurer. Se demandait-il pourquoi j'avais laissé cette femme l'emmener ? J'ignorais si un bébé aussi petit était seulement capable de pensées, mais il devait tout de même éprouver des sensations. Je l'imaginais esseulé et effrayé, même s'il ne savait pas pourquoi.

Je ne pouvais pas rester ici sans rien faire. Il fallait que je le voie, que je sache s'il allait bien. J'attendis donc que la maison fût plongée dans le noir et le silence, puis, pieds nus, je me rendis à pas de loup jusqu'à la nursery, à l'autre bout de la maison. La poignée étant dure, je laissai la porte entrouverte derrière moi et restai immobile quelques instants, le temps de laisser mes yeux s'adapter à l'obscurité et de distinguer le berceau, installé sous la fenêtre. Malheureusement, j'avais oublié un détail : le lit de miss Cairns se trouvait juste à côté de celui de mon bébé.

J'hésitai, sondant la pénombre et tendant l'oreille. La nourrice ne bougeait pas et respirait profondément. Elle devait avoir le sommeil lourd, sans quoi elle aurait déjà entendu la porte s'ouvrir. Et je ne pouvais pas faire marche arrière sans avoir vu mon fils, maintenant que j'étais là.

Je traversai la chambre sur la pointe des pieds. Mon cœur se gonfla lorsque je vis mon enfant. Il était endormi sur le dos, les bras écartés comme une étoile de mer, son petit visage respirant la paix. Retenant mon souffle, je me penchai pour le prendre et le posai contre ma poitrine au cas où il se réveillerait et ferait du bruit. Mais il se laissa aller dans mes bras, comme s'il savait que là était sa place.

Miss Cairns marmonna dans son sommeil. Je me figeai.

Ne vous réveillez pas. Par pitié, ne vous réveillez pas.

Elle marmonna encore, mais ses yeux demeurèrent fermés. Je ne pouvais pas rester là, seulement, je ne supportais pas l'idée de laisser mon enfant. Le serrant bien fort contre moi, je me dirigeai lentement vers la porte. Je l'avais presque atteinte lorsque mon pied se prit dans un tapis. Je trébuchai et percutai une table. Un cri s'éleva du côté du lit et, l'instant d'après, la lumière inondait la pièce. Éblouie, je clignai des yeux tandis que miss Cairns se redressait entre ses draps et portait une main à son cœur. Le bébé se réveilla avec un petit cri de surprise avant de se mettre à pleurer.

— Ce n'est que moi ! dis-je en m'efforçant à la fois de chuchoter et de me faire entendre par-dessus les pleurs. Pardon, je ne voulais pas vous faire peur.

— Mrs Coombes ! J'ai cru que c'était un intrus !

Je tapotai le dos du bébé en essayant de l'apaiser, mais il devait sentir ma panique et redoubla de pleurs.

— Écoutez, miss Cairns, je voulais juste...

La porte s'ouvrit à toute volée. C'était Frederick, en chemise de nuit, les cheveux en bataille.

— Que se passe-t-il ? J'ai entendu un cri.

Il me vit alors.

— Elinor ?

Il me regarda de pied en cap, l'air affolé. J'étais pieds nus, j'avais les yeux bouffis à force d'avoir pleuré, des auréoles au niveau des seins sur ma chemise de nuit – ma première montée de lait. Et je serrais contre moi mon bébé qui hurlait comme s'il était terrifié.

— Mais qu'est-ce que vous fabriquez ?

— Je suis juste venue le prendre, il est trop petit pour être séparé de sa mère.

— Mais, nous sommes au milieu de la nuit !

— Eh bien, si vous me l'aviez laissé, je n'aurais pas eu à aller le chercher au beau milieu de la nuit !

Le bébé hurlait maintenant à pleins poumons et devenait rouge pivoine.

— Pouvez-vous l'empêcher de pleurer ? aboya mon mari en direction de la nourrice. Il va réveiller toute la maisonnée !

Elle approcha pour le prendre mais je me détournai.

— Non ! Vous aimeriez, vous, qu'on vous arrache à votre mère alors que vous n'êtes né que depuis une heure ?

— Elinor, ne soyez pas ridicule. La nourrice est là pour s'en occuper.

Le visage pincé, miss Cairns déclara posément :

— Je vous conseille d'appeler le docteur demain matin, monsieur. Parfois, l'accouchement peut provoquer des troubles mentaux.

— Je n'ai pas de troubles mentaux !

Je me remis à pleurer, versant un torrent de larmes de colère et de frustration. Cette fois, Frederick me parla gentiment :

— Vous êtes fatiguée, Elinor. Allons, retournons à votre chambre. Je suis sûr que tout cela n'est pas bon pour le bébé, n'est-ce pas, mademoiselle ?

— Certes non, monsieur.

Le voyant hocher la tête, elle me prit mon enfant des bras. Frederick me retint par le coude comme je résistais, et finit par me pousser hors de la chambre.

— Retournez vous coucher avant de réveiller tout le monde. Nous appellerons le docteur demain matin.

Lady Storton accompagnait le médecin lorsque celui-ci arriva. Elle se posta devant la fenêtre tandis qu'il se livrait à un examen embarrassant de mes parties les plus intimes.

Lorsqu'il eut terminé, il s'adressa à ma belle-mère plus qu'à moi :

— Aucun signe d'infection, le problème est donc d'origine mentale, je le crains. Il n'est pas rare que les mères soient perturbées par l'accouchement, et le somnambulisme est le signe certain d'un organisme surmené.

Quoi ?

— Ce n'était pas du somnambulisme, j'étais parfaitement éveillée. Je voulais juste avoir mon fils près de moi.

— Votre instinct maternel vous honore, dit-il avant d'ajouter, comme s'il parlait à un enfant attardé : Mais il faut vous concentrer sur votre convalescence, maintenant.

Quelle mouche les avait donc tous piqués ?

— Je me remettrais mieux si je n'avais pas à m'inquiéter de le savoir seul, en train de pleurer. C'est mon fils, je veux qu'il sache que sa mère l'aime, et je ne vois pas ce qu'il pourrait y avoir d'étrange à cela.

Je parlais d'une voix haut perchée ; ils échangèrent un regard.

— Comme je vous le disais, déclara tranquillement lady Storton, Elinor a toujours été d'un tempérament quelque peu imprévisible. Pensez-vous que cela puisse la prédisposer à ce genre d'instabilité ?

— C'est possible, répondit le docteur. Mais ne vous inquiétez pas trop. Il est rare que des manies puerpérales comme celle-ci nécessitent un internement dans un asile.

Je crus me liquéfier. On ne pouvait tout de même pas enfermer une femme dans un asile d'aliénés juste parce qu'elle voulait être avec son enfant ?

— En général, un traitement à domicile suffit, continua-t-il, à condition que la patiente coopère. Le repos est la clé, avec une prise de sédatif.

Il se tourna vers moi.

— Mrs Coombes, vous allez garder le lit pendant quatre semaines. Repos et silence complets, pas de visites, pas de discussions, pas d'excitation. Après cela, vous pourrez essayer de vous asseoir sur une chaise, une heure par jour pour commencer, en portant uniquement des vêtements souples, et vous pourrez peu à peu augmenter ce temps si vous ne ressentez pas d'effets délétères.

— Quatre semaines ? C'est absurde, je ne suis pas malade !

Il ouvrit sa sacoche et en sortit une seringue.

— Je veux voir mon bébé !

— Je le déconseille fortement, en attendant que vous ayez recouvré vos esprits.

— Je ne vais pas le voir pendant un mois ? Il va croire que je l'ai abandonné !

Lady Storton leva les yeux au ciel.

— Avez-vous vraiment besoin d'en faire une telle histoire, Elinor ? Les bébés sont comme les chiots : du moment qu'on leur donne à boire et à manger, ils grandissent très bien. N'est-ce pas, docteur ?

— Tout à fait. En outre, ce ne serait pas rendre service à votre enfant que de l'exposer à des émotions exacerbées.

Si vous souhaitez vraiment ce qu'il y a de mieux pour lui, Mrs Coombes, vous devez avant tout prendre soin de vous. Il serait fâcheux que votre état s'aggrave et nécessite un traitement plus fort.

Sur ces mots, il tourna les yeux vers l'infirmière, qui s'approcha et m'agrippa le bras pendant qu'il m'injectait le sédatif.

— Voilà. Vous allez vous sentir plus calme maintenant, et vous pourrez dormir.

Le soleil dardait ses rayons de fin d'après-midi par la fenêtre lorsque je me réveillai, la bouche sèche et l'esprit embrumé. La colère m'envahit dès que je me remémorai les événements de la matinée. Comment osaient-ils suggérer que j'étais folle ? S'ils croyaient vraiment qu'ils allaient me séparer de mon bébé pendant un mois, ils se mettaient le doigt dans l'œil. Je m'apprêtais à appeler Rose pour qu'elle vienne m'aider à m'habiller, mais me ravisai. J'étais encore trop léthargique, je risquais de me rendormir avant qu'elle n'arrive et, si je ne réglais pas cela tout de suite, mon pauvre bébé allait passer une nuit de plus sans sa mère. Je nouai donc fermement le col de ma chemise de nuit et descendis au rez-de-chaussée.

Je trouvai Frederick au salon, seul. Il me regarda de la tête aux pieds.

— Elinor, que faites-vous là ? Vous êtes censée garder le lit.

— Je n'ai pas besoin de garder le lit, je ne suis pas malade. Et je ne suis certainement pas folle.

— Personne n'a dit que vous étiez folle, mais...

— Le docteur a parlé de me placer dans un asile !

— Non, pas du tout, objecta mon mari en me parlant sur le même ton que le docteur – comme à un enfant. Si j'ai bien compris, il a dit que...

— J'ai entendu ce qu'il a dit, et c'est ridicule. Je ne souffre d'aucun trouble mental.

Je n'avais pas entendu lady Storton arriver, mais elle parla soudain derrière moi :

— Elinor, vous vous êtes promenée en pleine nuit, vous avez effrayé la nourrice, vous hurliez comme une poissonnière. Cela n'a rien d'un comportement normal, ma chère. Et regardez-vous un peu, maintenant.

— Je ne hurlais pas comme une poissonnière. Et ce qui n'est pas normal, c'est de retirer un bébé à sa mère.

— Il est fort mauvais pour vous de vous énerver de la sorte tant que votre esprit est encore perturbé par l'accouchement. Si vous retournez vous coucher, j'irai personnellement voir le bébé et je viendrai ensuite vous donner de ses nouvelles. Est-ce que cela vous convient ?

Non, cela ne me convenait pas. Pas du tout. Mais je me rappelais très bien ce que le docteur avait dit : *si la patiente coopère.*

— Oui, répondis-je. Merci.

Je n'étais pas convaincue qu'elle viendrait, mais elle tint parole.

— Il dort en toute quiétude. La nourrice dit qu'il prend bien son biberon et qu'il s'endort facilement après, m'annonça-t-elle.

— Merci.

Ma belle-mère s'assit au bord de mon lit.

— Écoutez, vous devez vraiment vous reposer maintenant. Il s'agit de votre propre bien, et du sien aussi. Je sais que vous n'auriez pas envie de nuire à votre fils.

— Que voulez-vous dire ?

Elle hésita un instant.

— Eh bien, d'après le Dr Wilson, les femmes ayant des troubles mentaux après l'accouchement ont tendance à faire du mal à leur bébé.

— Jamais je ne lui ferais de mal !

Elle se leva. J'attrapai sa main au passage.

— Attendez ! Vous ne pensez tout de même pas que je serais capable de ça ?

— Lâchez-moi, Elinor. Je suis sûre que vous n'en avez pas l'intention, mais c'est pour votre propre bien que nous ne prendrons pas ce risque.

Lorsqu'elle referma la porte derrière elle, j'entendis une clé tourner dans la serrure.

10

Pendant toute une semaine, je pris les comprimés qu'ils me donnaient ; c'était toujours mieux que de rester couchée, enfermée, à me demander sans cesse si mon bébé me réclamait. Je dormais presque continuellement, sans toucher aux plats que Rose m'apportait. En revanche, j'avais une soif terrible chaque fois que je m'éveillais, si bien que Rose avait pris l'habitude de mettre trois sucres et beaucoup trop de lait dans mon thé.

— Il faut bien vous nourrir un peu, madame, sinon vous allez dépérir.

C'était écœurant, mais je le buvais tout de même. Résister me demandait trop d'efforts.

La nuit, je me réveillais souvent et tendais l'oreille dans le noir, guettant d'éventuels pleurs de mon bébé. Mais aucun bruit ne s'échappait de la nursery, trop éloignée. C'était uniquement parce que j'avais laissé la lourde porte entrouverte que Frederick avait entendu le cri de la nourrice, cette nuit-là.

Un matin, je m'éveillai au son des cloches de l'église qui retentissaient dans le village, et ma première pensée fut que mon fils avait une semaine et un jour. L'envie de le voir et de le tenir dans mes bras était pareille à une souffrance physique et se faisait plus aiguë chaque jour. Malheureusement, je ne parvenais plus à me rappeler son visage. Le reconnaîtrais-je seulement, si je le voyais parmi dix autres nourrissons ? Une autre pensée me frappa soudain : et lui, me reconnaîtrait-il ? En tout et pour tout, je l'avais vu moins d'une heure, le jour de sa naissance. Comment pourrait-il se rappeler que j'étais sa mère ?

Je ne pouvais pas les laisser me priver de lui pendant trois semaines de plus. Il fallait que je les convainque que je n'étais pas dérangée.

Lorsque le docteur vint me rendre visite, le lendemain, j'étais assise dans mon lit, en train de lire *Raison et sentiments*. Du moins avais-je le livre ouvert devant moi – j'étais tellement nerveuse que le texte demeurait flou sous mes yeux. J'avais une chemise de nuit propre, Rose m'avait coiffée d'un chignon et, lorsqu'elle le fit entrer, je posai mon livre et lui adressai un grand sourire.

— Bonjour, docteur.

— Vous semblez être plus en forme, Mrs Coombes. Cela fait plaisir à voir.

— Je me sens beaucoup mieux. Vous aviez raison, j'avais besoin de repos.

— Formidable. Si vous continuez ainsi, vous serez totalement remise à la fin du mois.

— Pour tout vous dire, je me sens si bien que garder le lit me donne l'impression de paresser. Je suis sûre que je pourrais reprendre une activité normale sans le moindre problème.

Il agita devant moi un doigt moralisateur.

— Malheureusement, les dames dans votre état ne savent pas toujours ce qui est le mieux pour elles. Il ne faudrait pas être obligé de devoir reprendre cette convalescence à zéro, n'est-ce pas ?

— Dans ce cas, pensez-vous que je pourrais juste voir mon bébé pendant un petit moment ? Je suis sûre que cela me ferait du bien.

— Il vaut mieux l'éviter. Mais je vous assure qu'il se porte bien. Je suis allé le voir ce matin, à la demande de lady Storton.

La peur me prit.

— Pourquoi ? Il est malade ?

— Oh, juste un peu de température et de petites rougeurs.

Je me redressai brusquement.

— A-t-il la fièvre ?

— Il n'y a pas de quoi s'inquiét...

— Je veux le voir.

J'écartai draps et couvertures et me levai d'un bond.

— S'il est malade, vous ne pouvez pas m'en empêcher.

D'un geste, il me retint par le poignet.

— Lâchez-moi !

Il resserra son étreinte.

— Mrs Coombes, il est inutile de...

Sans réfléchir – il *fallait* que j'aille à la nursery –, je me penchai et lui mordis la main. Le docteur poussa un cri et me lâcha. L'homme était plutôt costaud et, le temps qu'il parvienne à la porte, j'avais déjà parcouru la moitié du couloir, courant pieds nus sur le parquet. Ses cris alertèrent les domestiques, mais un peu tard. J'étais déjà parvenue à la nursery.

Le berceau était vide. Je restai figée quelques instants à le contempler. Puis, je me rappelle avoir crié « Où est mon bébé ? », encore et encore, en tombant à genoux devant le berceau. Brusquement, tout était clair pour moi : mon bébé était mort, et c'est pour cette raison qu'on me l'avait caché.

Au bout du compte, ils furent contraints de me laisser le voir. Le Dr Wilson avait essayé de m'injecter un sédatif, mais je m'étais débattue comme un beau diable sous les yeux écarquillés des femmes de chambre ; ce qui ne manquerait pas d'aggraver mon cas, mais je refusais de les laisser m'abrutir pour me réveiller dans ma chambre, des heures plus tard, sans savoir ce qui s'était passé.

— Où est-il ? répétais-je sans cesse. Qu'avez-vous fait de lui ?

Lady Storton apparut dans l'embrasure de la porte. Elle devait être sortie – elle était en manteau et coiffée d'un chapeau.

— Juste ciel, que se passe-t-il ici ?

Je m'entendis lui hurler :

— Où est mon bébé ?

— Il est dans le jardin clos. Sa nourrice l'a sorti dans son landau, pour qu'il prenne l'air.

— Il est vivant ?

— Bien sûr qu'il est vivant !

Elle regarda le docteur et demanda :

— Mais enfin, que s'est-il passé ?

Il baissa les yeux vers sa main, où je l'avais mordu.

— Je pense que nous devrions avoir une discussion en privé, lady Storton.

Hélas, qu'avais-je fait ? En me conduisant comme une folle, je leur avais donné raison. Et maintenant, ils allaient à nouveau m'enfermer dans cette chambre pendant trois semaines. Ou pire. Je fonçai alors vers la fenêtre, l'ouvris en grand et montai sur le rebord.

— Si vous me laissez le voir, je retourne dans ma chambre, je prends les sédatifs et je reste au lit aussi longtemps que vous le voudrez, leur dis-je. Mais si vous refusez et n'allez pas le chercher tout de suite, je saute.

En aurais-je été capable ? Je l'ignore. Quoi qu'il en soit, c'est la seule chose qui me vint à l'esprit sur le moment. Je n'aurais pas supporté d'être à nouveau confinée dans cette chambre sans avoir la certitude que mon fils allait bien.

Ma belle-mère regarda le docteur. Il acquiesça et s'adressa à l'une des femmes de chambre :

— Allez trouver la nourrice et dites-lui de revenir avec le bébé.

J'eus droit à dix minutes avec lui, sous la surveillance de la nourrice faisant une tête de dix pieds de long et du docteur, prudemment posté entre moi et la fenêtre. Sitôt qu'elle me le mit entre les bras, le lait jaillit de mes seins et mon bébé sembla chercher à téter, mais je n'osai pas l'allaiter. Je m'enivrais du spectacle de son visage, de ses mains aux ongles miniatures d'un rose nacré, et de ses pieds, si petits, si parfaits. J'essayais d'imprimer tous ces détails dans ma mémoire afin de pouvoir m'y raccrocher jusqu'à la prochaine fois où je le reverrais. Je humai la douce odeur de sa tête et caressai ses joues veloutées. Je tâtai son front afin d'évaluer sa fièvre, mais il était frais et, s'il avait eu des rougeurs, elles avaient disparu.

— Je suis ta maman, murmurai-je à son oreille. Et je t'aime très fort. Souviens-toi de ça, souviens-toi de moi, et on se reverra dès que je le pourrai.

11

Neuf semaines après la naissance de Teddy, je retrouvai mes corsets et ce qui était censé être la vie normale à Winterton Hall. Mais j'étais désormais une personne différente – du moins, de l'extérieur. J'avais demandé à participer aux rendez-vous quotidiens entre lady Storton et Mrs Farnie, la gouvernante, auxquels j'assistais munie d'un cahier dans lequel je notais les réponses aux questions de lady Storton. D'où venait le cheddar que lord Storton appréciait tellement ? Quel serait le meilleur moment pour manger la viande de gibier de la propriété ? Autant de choses inutiles, dans la mesure où Mrs Farnie savait tout cela par cœur et lady Storton n'avait nul besoin de le savoir, mais ma belle-mère approuvait mes efforts pour tenter d'apprendre ce qu'elle appelait « la tenue de la maison ». Je me portai volontaire afin d'encadrer les femmes qui confectionnaient des guirlandes pour la fête du village et, à l'hôpital de campagne, au lieu de suivre lady Storton lorsqu'elle faisait brièvement l'honneur de sa présence au chevet des malades, je proposai de rendre visite aux dames âgées pendant que ma belle-mère visitait le service réservé aux hommes.

Ce jour-là, alors que nous rentrions à Winterton en Rolls, elle me déclara :

— Vous comprendrez que j'aie eu quelques doutes sur votre capacité à endosser votre rôle parmi nous, ma chère. Mais il me semble que vous vous adaptez enfin, et je veux que vous sachiez que j'apprécie votre dur labeur.

Mon *dur labeur* ?

Cette femme n'avait pas la moindre idée de ce que signifiait le mot labeur. Pas plus que le reste de sa famille. Si elle estimait qu'aller bavarder avec de vieilles femmes était un dur labeur, j'aurais aimé la voir passer une seule journée à la fabrique.

— Merci, répondis-je. Je me sens davantage à ma place depuis que Teddy est né.

Elle eut un petit sourire crispé.

— J'aurais espéré que ce surnom ne dure pas...

Eh bien, pas de chance. Ils l'avaient baptisé sans m'en informer – Edward, comme lord Storton. Se l'appropriant ainsi. Mais cet enfant était aussi à moi, et jamais, jamais je ne l'appellerais par ce prénom. Mais je ne leur avais rien dit de tel. Aussi me contentai-je d'acquiescer, en bonne petite souris docile que j'étais devenue.

Sept semaines, trois jours et quatre heures. C'est le temps pendant lequel ils m'avaient tenue à l'écart de mon fils. Lorsqu'ils m'avaient enfin permis de le revoir, c'était un enfant différent. Pas seulement plus grand, mais plus dense, comme s'il avait poussé dans sa propre peau. Il avait maintenant des joues bien rebondies et son regard était plus acéré. J'étais encore confinée dans ma chambre à ce moment-là, et, quand la nourrice me l'avait passé, il ne l'avait pas quittée des yeux. Je lui avais dit bonjour tout doucement mais, lorsqu'il m'avait regardée, il s'était mis à geindre.

Il ne me connaissait pas.

Je n'ai pas pleuré. J'ai eu un grand sourire et j'ai dit à miss Cairns que je le tenais peut-être mal, si elle voulait bien me montrer comment faire ? Elle est restée dans la chambre pendant tout ce temps – ainsi qu'on avait dû le lui demander – et j'ai entretenu gentiment la conversation sur le bébé. Lorsqu'elle m'a dit qu'il était temps de le ramener à la nursery, j'ai lutté contre mon envie de le garder contre moi et, toujours souriante, je le lui ai passé avant de me réinstaller contre mes oreillers, comme si ce repos était bienvenu. Après leur départ, j'ai sangloté dans mon lit pendant une heure.

Il fallait que je sois patiente – je n'avais guère le choix. Tous les jours, j'acceptais le temps que l'on m'offrait avec lui, en bonne fille soumise, et je lui parlais tout bas, avec douceur, comme ma mère le faisait avec moi quand j'étais petite. Je lui parlais de son autre famille, de son grand-père, le roi du coton, et de sa grand-mère, qu'il ne verrait jamais mais qui l'aurait tellement aimé. Je lui parlais de mon enfance et de Haywards. Parler, parler, même s'il ne pouvait pas comprendre ce que je disais, afin qu'il se souvienne du son de ma voix et sache enfin que j'étais sa maman. Et le premier jour où il s'assoupit dans mes bras, comme à sa naissance, fut le plus heureux pour moi depuis fort longtemps.

Lorsque l'on m'autorisa enfin à redescendre au rez-de-chaussée, la vie reprit son cours avec sa rigidité habituelle et, vingt-trois heures et demie par jour, nul n'aurait pu deviner qu'il y avait un bébé dans la maison. L'unique changement – exception faite de mon simulacre de docilité – était qu'avant le dîner, la nourrice amenait Teddy en bas pendant vingt minutes. Pensant toujours être sur la sellette et surveillée de près, j'attendis un certain temps avant d'aborder le sujet avec lady Storton, un jour que nous rentrions de l'hôpital de campagne.

— Je me disais que je pourrais emmener Teddy faire un tour en landau le soir, dans le jardin clos. J'imagine que cela lui ferait du bien de prendre l'air.

— Aujourd'hui, pourquoi pas, répondit-elle. Il fait suffisamment doux.

— Je voulais dire, pas seulement ce soir... Mais tous les jours.

Elle n'aurait pas paru plus surprise si je lui avais annoncé que je voulais aller au village pieds nus en promenant Teddy dans une brouette.

— Mais vous le voyez déjà juste avant le dîner.

— C'est un peu bref. J'aimerais commencer à passer davantage de temps avec lui.

— Pourquoi cela ?

— Parce que je suis sa mère.

Je m'empressai de sourire pour adoucir la note de mordant contenue dans ma réponse.

— Je suppose que vous-même passiez du temps avec Frederick quand il était petit ?

— Bien sûr. Je le voyais tous les après-midi, comme vous avec Edward. Et le reste du temps, il était avec son excellente nourrice, comme Edward.

C'est alors que je compris. Il ne s'agissait pas seulement de ma prétendue folie. C'était ainsi que les choses étaient censées se passer, quoi qu'il arrive. Les familles de cette classe procédaient toujours de cette manière. Parce que, maintenant que j'y pensais, Lissy non plus ne passait pas de temps avec ses garçons.

Je poursuivis avec infiniment de prudence et de calme :

— Je sais que notre nourrice est une femme compétente et expérimentée, mais je n'avais pas compris que vous comptiez lui confier Teddy toute la journée. À vrai dire, je préférerais m'occuper de lui moi-même.

— Ne dites pas de bêtises. Vous n'êtes pas une blanchisseuse, Elinor, vous êtes la future lady Storton. Je pensais que vous commenciez à assimiler les devoirs liés à votre rang, mais si vous considérez cela comme une façon de les éviter...

— Pas du tout ! Je désire juste être une mère pour mon fils. Je ne vois pas ce que cela peut avoir d'étrange.

— On dirait que l'hystérie vous reprend...

Je pris une grande inspiration pour mieux poser ma voix.

— Je ne suis pas hystérique, sincèrement. Pas du tout. Il se trouve juste que je ne pensais pas passer si peu de temps avec lui, rien de plus.

— Eh bien, vous continuerez d'apprendre comment les choses se passent. Il faut bien vous rendre compte qu'Edward est l'avenir de cette propriété, ma chère. Il doit apprendre nos valeurs, notre mode de vie, et ce n'est pas vous qui pouvez le lui enseigner, n'est-ce pas ?

Elle sourit sans me regarder.

— Et puis, vous imaginez comment ce pauvre enfant finirait par parler s'il passait trop de temps en votre compagnie ?

Lorsque nous fûmes de retour à Winterton, je montai dans ma chambre et fermai la porte. Une fois seule, je pressai mon visage contre un oreiller et criai ma rage contre lui. Puis je m'assis devant ma coiffeuse et contemplai mon reflet dans le miroir. Le visage qui me regardait ressemblait encore à celui de la fille du roi du coton, mais je les avais tout de même laissés me changer. Toutes ces semaines loin de mon fils m'avaient tellement choquée que j'étais devenue l'épouse obéissante qu'ils voulaient voir, celle qui pour occuper son temps n'avait rien de mieux à faire que de choisir la couleur des guirlandes de fanions pour la kermesse de l'hôpital. Et maintenant, si je voulais avoir une chance de passer plus de temps avec mon fils, j'allais devoir changer la seule chose que je m'étais promis de garder intacte. Parce que Kitty avait raison depuis le début.

Vous ne pouvez pas gagner cette bataille, Elinor.

Il eût été vain de remettre cela à plus tard. Ils avaient gagné. Voilà comment ce soir-là, pendant le dîner, j'en vins à dire à lady Storton :

— Je pense que j'aimerais prendre des leçons d'élocution.

12

C'est une chose bien étrange que de changer sa façon de parler. Le professeur d'élocution que lady Storton me trouva était un Londonien flamboyant qui se targuait d'avoir appris à de nombreuses actrices à « se débarrasser d'horribles accents pour devenir des reines de la scène ». L'homme connaissait son affaire et, en dépit de ma réticence initiale, j'étais motivée à progresser. D'un côté, je m'en voulais d'avoir cédé, mais de l'autre, je pensais à Teddy et au temps que nous pourrions ensuite passer ensemble, comme ma mère l'avait fait avec moi. En moins de deux mois, je parlais avec l'accent de la royauté anglaise. Nul n'aurait pu se douter que j'avais un jour mis les pieds dans une fabrique de coton.

Mais c'est aussi une chose terrible que de savoir qu'à chaque fois qu'on ouvre la bouche, votre voix renie vos origines. Comme si vous aviez honte du père et de la mère qui vous ont élevée. Je n'avais pas honte d'eux, et cela ne m'arriverait jamais. Pourtant, je venais de rejeter une part de leur héritage, et je n'étais pas fière de moi. Par-dessus le marché, il est épuisant de devoir toujours se surveiller et se demander si l'on a dit les bons mots, de la bonne manière. Cela ressemble au fait de jouer un rôle, à ceci près que les anecdotes de Mr Fletcher cherchaient à rendre ce jeu amusant, alors que ça ne l'était pas du tout pour moi.

Quand je m'entendais parler avec le comité des actes de bienfaisance, je me rappelais la jeune fille qui se rendait aux fabriques avec son père, qui tenait les comptes pour lui, l'aidait à choisir les couleurs et imprimés de la prochaine saison et discutait des grandes décisions qu'il avait à prendre. J'avais l'impression de l'avoir connue autrefois, et perdue de vue depuis longtemps.

Comment lady Storton avait-elle tourné cela, le jour de mon mariage ?

Elle n'a que dix-neuf ans, elle est encore très malléable.

Eh bien, elle avait raison.

Mais le pire dans tout cela était qu'après avoir changé ce qui me tenait le plus à cœur, je ne fus nullement récompensée : lady Storton tenait toujours à ce que Teddy ne descende au salon que vingt minutes par jour.

— Miss Cairns possède la formation et l'expérience idoines afin d'élever Edward au niveau requis pour la vie qu'il mènera plus tard. Vous, non ; et j'espère qu'en tant que mère, vous ne désirez que ce qu'il y a de mieux pour lui.

Je ne discutai pas. Je craignais trop qu'elle puisse décider de m'accorder encore moins de temps avec lui. Il ne me restait plus qu'à profiter du bref moment dont je disposais pour lui assurer qu'il avait une maman qui l'aimait. Alors je le prenais dans mes bras et je lui parlais – si lady Storton était là, je racontais à mon fils ce que j'avais fait dans la journée, mais si elle s'absentait, je lui parlais de son autre famille. À mesure qu'il grandissait, je me mis à jouer avec lui et à lui chanter des comptines ; il me fixait alors de ses grands yeux et me gratifiait d'un sourire gingival qui faisait chavirer mon cœur.

J'ignorais totalement à quelle vitesse un bébé grandit et évolue, et je n'avais que de brefs aperçus de tous ces changements. Un jour, alors qu'il avait environ sept mois, il voulut attraper ma boucle d'oreille ; c'était la première fois que je le voyais se concentrer et essayer de saisir quelque chose. Mais lorsque j'en parlai à miss Cairns, elle me dit :

— Il fait cela depuis un certain temps déjà, madame. Il a failli retourner un gobelet de lait, l'autre jour.

Ce n'est pas moi qui l'entendis prononcer son premier mot. C'est elle. Et c'est encore elle qui le vit faire ses premiers pas dans la nursery. Il avait un an, et, ce jour-là, je me rendis compte que je n'avais passé qu'une centaine d'heures avec lui depuis sa naissance. Un peu plus de quatre jours entiers, si l'on faisait le total. Mais je ne me plaignais pas. Je vivais pour ces vingt minutes quotidiennes, et je n'allais certainement pas leur fournir la moindre raison de m'en priver.

Parfois, quand sa nourrice venait le chercher pour le ramener à la nursery, il s'accrochait à mon cou et pleurait, et cette séparation me faisait l'effet d'une douleur physique. Un après-midi où il avait un début de rhume, il se mit à sangloter comme miss Cairns essayait de le prendre. Je suggérai donc de l'emmener moi-même se coucher afin de l'apaiser. Lady Storton roula des yeux, me le prit des bras et le tendit à la nourrice comme s'il s'agissait d'un vulgaire paquet.

— Vous commencez à trop le couver, Elinor, ça ne va pas du tout, me dit-elle lorsqu'ils furent partis. Je me demande s'il ne serait pas préférable qu'il reste là-haut quand il n'est pas en forme.

— Je ne le couve pas, répliquai-je. Je pensais juste que cela pourrait aider miss Cairns.

— Nous ne pouvons pas nous permettre d'en faire une mauviette. Votre attitude lui portera préjudice lorsqu'il devra partir à l'école.

Aussi poliment que je le pouvais, je répondis :

— Je ne pense pas que le fait que je l'installe dans son lit fera de lui une mauviette quand il aura treize ans.

— Sept ans, vous voulez dire.

— Frederick m'a dit qu'il était allé à Eton à treize ans.

— Oui, bien sûr, mais il est allé à l'école primaire avant cela, dans le Dorset.

— En pension ?

— Évidemment. Il aurait eu du mal à faire l'aller et retour chaque jour, pas vrai ?

J'étais outrée. Quelle personne sensée aurait envoyé un enfant de sept ans vivre seul parmi des inconnus ? Certes, ce n'était pas pour demain, mais j'avais retenu la leçon de mon expérience avec miss Cairns ; si je ne réagissais pas, les choses se passeraient ainsi et je n'aurais aucun moyen de protéger mon enfant.

J'interpellai Frederick après le petit déjeuner, le lendemain matin.

— Puis-je vous parler de Teddy ? À propos de sa scolarité.

Il me sourit.

— Je sais que notre fils est destiné à devenir un génie, mais vous ne croyez pas que c'est un peu tôt ?

— C'est exactement le sujet. Votre mère pense que Teddy devrait partir en pension à sept ans, comme vous autrefois. Mais je trouve que c'est beaucoup trop tôt. N'avez-vous pas souffert de devoir quitter le foyer à un si jeune âge ?

Il haussa les épaules.

— Je ne me rappelle plus vraiment.

— Vous ne vous rappelez pas avoir quitté votre famille pour aller vivre parmi des inconnus ?

— Oui, certes – je suppose que ç'a été un choc. Mais c'est aussi cela, le rôle de l'école : vous endurcir.

— À sept ans ? Je jouais encore avec mes nounours, à cet âge-là.

Il eut un petit rire.

— Je vais vous confier un secret : moi aussi. Enfin, c'était un lapin en peluche. Je l'avais depuis ma naissance, ou presque. Ma nourrice essayait toujours de me l'enlever, mais je ne pouvais pas dormir sans lui. Alors je l'ai caché dans ma malle, en pension. Mais un garçon plus âgé l'a vu et mes camarades de dortoir ont fait brûler mon pauvre lapin avant de le jeter dans les toilettes. L'incident m'a un peu chamboulé, si bien qu'ils m'ont traité de « bébé pleurnichard » pendant des semaines.

Sa voix vacilla légèrement et, l'espace d'un instant, je crus voir en lui un petit garçon effrayé. Il se ressaisit en riant.

— Par chance, Forbes Minor a fait pipi au lit après un cauchemar, ce qui a détourné l'attention de mon cas.

— C'est affreux. Vos parents savaient-ils que cela se passerait de cette manière ?

— Le contraire me surprendrait – mon père et mon grand-père sont passés par là, eux aussi. Mais ne vous méprenez pas : c'est une bonne école. Elle m'a appris à ne compter que sur moi-même et à garder la tête haute, ce qui est une bonne chose.

— Mais sept ans, c'est trop jeune... Teddy devrait être avec nous à cet âge, pas à pleurer dans un dortoir parmi des inconnus.

— N'exagérez rien, personne ne pleure plus au bout de deux semaines. En outre, ce serait pire encore s'il se retrouvait d'un coup parachuté à Eton, à treize ans. Il faut déjà être un peu endurci quand on arrive là-bas.

— Je n'ai donc pas mon mot à dire à ce sujet ?

— Il n'y a rien à dire à ce sujet. Les garçons de la famille Coombes vont à Crown Hill puis à Eton. C'est la tradition chez nous.

Il posa une main sur mon bras.

— Je vois bien que vous êtes encore un peu émotive depuis la naissance d'Edward, mais, sincèrement, vous n'avez pas à vous inquiéter. Notre fils aura l'éducation qu'il lui faut ; et, qui sait, peut-être aurons-nous une fille entre-temps ? Le cas échéant, vous pourrez la garder à la maison et la dorloter.

Lorsque vous êtes jeune et pétrie de rêves d'amour, personne ne vous explique ce que signifie le mariage pour une femme. On vous encourage à le désirer et à craindre, par-dessus tout, de finir seule – regardez cette pauvre Charlotte dans *Orgueil et préjugés*, qui préfère épouser l'horrible Mr Collins plutôt que devenir vieille fille. Peut-être certaines filles apprennent-elles la vérité en regardant leur mère, mais, en ce qui me concerne, je n'en ai pas eu l'occasion. Mon père et ma mère étaient d'accord sur la plupart des sujets et, même après sa mort, quand il discutait affaires avec moi, il disait encore : « Je me demande ce que ta mère en penserait. » Je n'avais jamais eu à me demander qui prendrait la décision finale en cas de désaccord sur un point important, et j'aurais encore moins pu imaginer que la loi ait son mot à dire dans cette affaire. Mais il me restait encore quelques surprises dans ce domaine, comme le jour où le notaire de la famille, Mr Conway, vint prendre des instructions au sujet du testament de Frederick.

Lord et lady Storton étaient à Londres ce jour-là, mais le notable resta à déjeuner avec Frederick, Kitty et moi. La conversation était d'un ennui mortel – Mr Conway évoquait ses affaires juridiques –, si bien que je n'y prêtais qu'une oreille distraite. Il est assez aisé d'opiner du bonnet en souriant sans écouter après des mois à avoir peur de dire quelque chose de déplacé, et en sachant que, de toute façon, nul ne se soucie de votre opinion.

Le notaire retint pourtant mon attention au moment du dessert.

— Comme je le dis toujours, on ne peut pas empêcher le pire d'arriver, mais avec un minimum de prévoyance, on peut en amoindrir les conséquences. Il est fort regrettable que tout le monde ne pense pas à protéger l'avenir de ses enfants avec des dispositions comme celles que nous avons prises aujourd'hui.

— Quelles dispositions ? demandai-je.

Mr Conway se tourna vers moi avec un sourire bonhomme.

— Des dispositions tutélaires, Mrs Coombes. Pour Edward, et tout autre enfant à venir. Une précaution fort raisonnable.

— Une précaution contre quoi ?

Il regarda Frederick comme pour lui demander l'autorisation de répondre, mais mon mari parla en premier :

— Il s'agit juste de désigner mon père et ma mère comme les tuteurs de Teddy, si je venais à disparaître.

Mr Conway renchérit :

— Lord et lady Storton exécuteraient alors les souhaits de votre époux concernant l'éducation de votre fils.

— Et mes souhaits, à moi ?

Le notaire eut un sourire mielleux.

— Nous ne parlons là que de théorie...

— Et donc, dans cette situation théorique, je suis encore vivante, si je ne m'abuse ?

— Chère madame, j'espère sincèrement que vous resterez vivante aussi longtemps que possible !

Et l'homme de partir à rire comme s'il venait d'accoucher d'une excellente blague, avant de continuer :

— C'est très simple. Un père possède, bien entendu, l'autorité légale de décider de tout ce qui concerne ses enfants. Si le père en question devait décéder avant la majorité du ou des enfants, cette autorité est transmise aux tuteurs, qui exécutent ses souhaits jusqu'à ce que l'enfant atteigne la majorité.

Kitty eut un petit rire.

— Donc vous n'avez aucune importance, Elinor. Comme moi.

Je regardai Frederick.

— N'est-ce pas moi qui devrais être le tuteur de Teddy, dans un tel cas ?

— Le conseil de Mr Conway est qu'il est plus simple de nommer mon père et ma mère.

— Pourquoi ?

— C'est ainsi que l'on procède habituellement, intervint le notaire. Vous pouvez être tranquille : votre époux a pris la décision la plus raisonnable qui soit.

Kitty leva les yeux au ciel.

— C'est évident, Elinor. Ils ont pris cette décision pour le cas où vous feriez un second mariage après la mort de Frederick, et où vous voudriez embarquer avec vous le fils héritier.

— Il s'agit d'une formalité, rien de plus, aboya Frederick. En outre, cette conversation est totalement stérile, dans la mesure où je n'ai aucune intention de mourir avant qu'Edward soit grand. Alors peut-être pourrions-nous parler d'autre chose, maintenant ?

On pourrait penser que cela ne changeait rien. Que le jour où j'avais dit oui à Frederick devant l'autel de l'église, j'étais déjà pieds et poings liés. Seulement, je ne parvenais pas à me sortir ce maudit document de la tête. Pas un instant je n'avais imaginé que Frederick puisse mourir pendant l'enfance de Teddy et prendre des dispositions pour cette éventualité, mais la manière dont ils m'avaient exclue du tableau me rendait folle de rage et d'inquiétude à la fois. J'aurais pu me rendre sur le toit et hurler que j'étais la mère de Teddy, cela n'aurait rien changé. J'avais encore moins de marge de manœuvre dans ma vie que les domestiques de cette maison – eux, au moins, ils pouvaient partir.

Parfois, la nuit, je me surprenais à nourrir des rêveries où j'échafaudais un plan pour m'enfuir: me sauver et devenir gouvernante, comme Jane Eyre, ou disparaître dans un village très éloigné et faire croire que j'étais veuve, comme Helen dans *La Dame du manoir de Wildfell Hall.* Mais on finissait toujours par être retrouvée, pas vrai ?

Edward est l'avenir de cette propriété, et de cette famille.

Ils seraient peut-être contents de me voir disparaître, mais ils remueraient ciel et terre pour le retrouver, c'était certain. Tout cela n'était qu'une simple rêverie, de toute façon. Je ne pouvais aller nulle part et, que cela me plaise ou non, Teddy ne quitterait sa nourrice que pour se rendre en pension et être façonné en futur comte de Storton. Grandir comme son père, puis épouser une femme qu'il n'aimait pas, juste parce qu'ils étaient obsédés par – comment Kitty avait-elle dit ? « Conserver ce que nous possédons. Conserver les choses dans le même état qu'avant. Les transmettre au prochain héritier mâle, afin que cela reste dans la famille. »

13

Lorsque j'étais encore la jeune fille qui aidait son père à choisir les chefs adjoints de son entreprise, je pensais être bonne juge de la personnalité des gens. Mais il s'avéra que Frederick n'était pas la seule personne que j'aie mal jugée. Il me fallut un certain temps, et un autre mariage, pour m'en rendre compte.

Après avoir vu Kitty et Mr Bannerman s'entendre si bien à la fête, nous nous attendions tous à ce qu'il la demande en mariage. Mais il ne donna pas de nouvelles et, peu de temps après, Lissy apprit qu'il faisait la cour à la fille d'une marquise, quelque part dans le Somerset. Visiblement, cela ne donna rien de concluant et, au printemps, il écrivit à lord Storton en l'informant qu'il serait bientôt de passage dans la région, et lui demandant s'il pourrait passer nous voir. Il finit par rester trois jours, au cours desquels Kitty ne cessa de l'aguicher. Au bout du compte, il lui fit sa demande, qu'elle accepta.

Teddy avait alors dix-huit mois. Il était encore trop petit pour être garçon d'honneur mais, comme Lissy l'espérait, Kitty sollicita pour ce rôle ses jumeaux, Henry et William, si bien que tous arrivèrent la veille et que nous nous retrouvâmes à sept à dîner. Après deux tournées d'un cocktail appelé « la piqûre de scorpion » – qui faisait fureur à Londres, d'après Lissy –, toute la tablée était de bonne humeur. J'étais assise à côté de George, habituellement peu enclin à discuter, mais qui se montrait plus bavard qu'à l'accoutumée et nous raconta une longue anecdote mettant en scène une de ses tantes, assez excentrique. Je ris par pure politesse, en espérant que mon rire forcé ne se remarque pas.

Il hocha la tête en regardant Frederick qui parlait avec Lissy, de l'autre côté de la table.

— Je ne suis pas aussi doué que notre Freddie pour raconter les histoires. Lui, il sait comment faire rire les gens.

Prise de pitié, je lui répondis :

— Allons donc ! Vous m'avez fait rire.

— Ah ! J'en suis heureux.

À ce moment-là, lord Storton fit tinter sa cuillère contre son verre et porta un toast en l'honneur de Kitty. Alors que chacun reposait son verre sur la table, la main de George s'aventura sur ma cuisse et s'y attarda pour caresser ma jarretière à travers la soie de mes jupes. Rien de tel ne s'était reproduit depuis la fois où il m'avait touché les fesses en dansant, de sorte que je m'étais dit que le geste n'était pas volontaire. Mais cette fois, on ne pouvait s'y méprendre.

— Arrêtez, dis-je en me détournant afin que personne d'autre ne voie mon visage. Arrêtez ça tout de suite.

Sa main décrivit un dernier petit cercle, puis il se tourna vers lord Storton en l'interpellant :

— Ce bœuf est excellent. Vient-il de la propriété ?

Je baissai les yeux vers mon assiette, priant pour que mon rougissement – de colère autant que d'embarras – disparaisse avant que quelqu'un s'en aperçoive. Et si Lissy nous avait vus ? Ce serait terrible pour elle d'apprendre que son mari se conduisait ainsi. Ou pire : si elle croyait que c'était moi qui l'avais encouragé ?

Après dîner, lorsque Lissy sortit le gramophone, je lui annonçai que j'allais me coucher. Elle fit la moue.

— Allez, Elinor, ne soyez pas rabat-joie.

George se tenait près de la cheminée et, de toute évidence, il avait continué de boire une fois que nous avions laissé les hommes aller fumer leurs cigares. Son élocution était pâteuse.

— Laissez Elinor tranquille. Elle sait très bien que vous allez danser avec Freddie et lui imposer mes grands pieds maladroits. Pas étonnant qu'elle préfère s'enfuir.

— Regardez, fit Lissy, vous avez vexé notre pauvre George. Vous devez rester, chère amie, sans quoi il noiera son chagrin dans ce délicieux brandy et aura la gueule de bois demain pour le mariage.

Elle tendit la main à Frederick.

— Elinor doit se racheter auprès de George, alors faites-moi danser.

J'essayai de me tenir à distance de George, mais il m'attira près de lui et murmura à mon oreille :

— Détendez-vous. Nous méritons bien de prendre un peu de bon temps, vous et moi.

Lorsque le morceau de musique s'arrêta, je m'efforçai de sourire et souhaitai bonne nuit à tout le monde. Kitty annonça qu'elle aussi allait se coucher, et nous sortîmes ensemble du salon.

— Tout va bien ? me demanda-t-elle. Vous n'avez pas l'air dans votre assiette.

Je m'imaginais mal me confier à elle.

— Oui, tout va bien. Je suis juste un peu fatiguée.

Je me réveillai en entendant frapper doucement à ma porte. C'était étonnant : Frederick ne venait jamais me rejoindre dans ma chambre lorsque nous avions des invités. Je me redressai dans mon lit, contrariée. Mais lorsque la porte s'ouvrit, ce n'est pas Frederick que je vis apparaître, en chemise de nuit. C'était George.

— Désolé de vous avoir fait attendre, votre satané mari n'était pas pressé d'aller se coucher.

— Sortez d'ici ou je hurle.

— Ce n'est pas très gentil.

— Sortez !

À ma grande stupéfaction, il m'ignora complètement et s'approcha tranquillement pour venir s'asseoir sur mon lit ; là, il commença à enrouler une mèche de mes cheveux autour de son doigt.

— Il est temps que nous fassions un peu mieux connaissance, vous et moi. Comme je vous l'ai dit, nous méritons un peu de bon temps.

Avant que je puisse répondre, il était sur moi, en train de m'embrasser dans le cou et de pétrir mes seins, exhalant une haleine fétide de cigare et d'alcool.

Je repoussai George et bondis de mon lit par l'autre côté afin qu'il nous sépare. Mon cœur battait à tout rompre. Je n'arrivais pas à croire ce qui était en train de se passer.

— Sortez. Si vous partez tout de suite, je ne dirai rien à Frederick et à Lissy.

Il rit.

— Oh, ils seraient mal placés pour me juger.

Il me regarda quelques instants puis secoua la tête.

— Non… Ne me dites pas que vous ne saviez pas ? Non, sans blague, Elinor ! Vous les avez pourtant bien vus ensemble. Elle ne peut pas s'empêcher de le tripoter.

Ce moment fut des plus curieux. D'abord, ces mots me parurent n'avoir aucun sens. Puis, tout s'éclaira subitement.

Ne me demandez pas de qui il s'agit, car je ne vous le dirai pas.

Je sentais quasiment les engrenages tourner dans mon cerveau comme tout se mettait en place. Comment avais-je pu être aussi naïve alors que tous les éléments étaient là, sous mes yeux ? Certes, j'avais remarqué qu'elle ne cessait de mettre la main sur le bras de Frederick lorsqu'ils parlaient, ou qu'elle posait toujours la tête sur son épaule lorsqu'ils dansaient, mais Lissy était comme ça – affectueuse avec tout le monde. Et c'était mon amie.

— Ils sont ensemble en ce moment même, me dit George. Alors pourquoi ne pas nous amuser un peu, nous aussi ?

Bien sûr qu'ils étaient ensemble. Ce n'était pas le fait d'avoir des invités dans la maison qui empêchait mon mari de venir dans ma chambre ; c'était elle.

Il fit le tour du lit pour s'approcher de moi.

— Allez, ce sera agréable, je vous le promets. Notre Freddie n'est pas le meilleur dans tous les domaines, vous savez.

Je reculai, mais je trébuchai et tombai sur le lit. Alors qu'il se penchait en avant, la fureur me prit – contre lui, contre eux, contre tout ce qui se passait – et je fléchis une jambe pour lui décocher un coup de pied bien senti dans l'aine. George poussa un glapissement de douleur et recula en titubant, se retenant à la table de chevet. La carafe d'eau se renversa et atterrit sur le parquet en acajou.

— Bon Dieu, grommela-t-il en se relevant, une main plaquée sur l'aine. Vous n'étiez pas obligée de faire ça.

— Ne vous approchez plus de moi !

— Chut ! C'est promis. Je vous demande de m'excuser. J'ai beaucoup trop bu, et je croyais que vous étiez partante. Vous avez dit que je vous avais fait rire !

— Comment avez-vous su ? Pour eux deux ?

— C'est elle qui me l'a annoncé. Deux jours avant notre mariage. Elle m'a dit qu'elle estimait qu'il valait mieux que je le sache, qu'elle était amoureuse de lui et qu'elle ne pensait pas être capable de renoncer à cette liaison. Ma femme est une personne très honnête.

— Et vous l'avez épousée malgré tout ?

— Je n'allais tout de même pas tout annuler et crier sur les toits que ma charmante fiancée copulait avec un autre homme à la moindre occasion ? Je serais passé pour le dernier des imbéciles. Elle m'a promis de cesser de le voir jusqu'à ce que nous ayons un enfant, et je me suis dit qu'avec le temps, il se désintéresserait d'elle et trouverait quelqu'un d'autre avec qui se divertir. Mais Lissy a le chic pour que les choses se passent comme elle le souhaite – elle est tombée enceinte rapidement, et nous avons même eu deux enfants d'un seul coup. Après cela, ils ont repris comme avant.

Il se passa une main dans les cheveux.

— Je suis navré, sincèrement. Je pense qu'il vaudrait mieux que nous gardions cela pour nous. Vous comprenez ?

— Sortez d'ici maintenant.

Lorsqu'il quitta ma chambre, je l'entendis marmonner :

— Oh, merde.

Un frisson me parcourut l'échine. Quelqu'un nous avait entendus. Je n'avais rien fait de mal, mais qui allait me croire ?

La voix dans le couloir était celle de Kitty.

— Si j'étais vous, dit-elle à George d'un ton glacial, je me dépêcherais de retourner dans ma chambre. Avant que je ne réveille toute la maisonnée.

Elle entra et ferma ma porte derrière elle, les cheveux pleins de papillotes pour sa coiffure de mariée.

— Kitty, ce n'est pas ce que vous croyez...

— Je sais.

Elle vit la carafe renversée et l'eau sur le parquet.

— Je l'ai vu vous tripoter, tout à l'heure, mais je ne pensais pas qu'il oserait aller plus loin. Je n'arrivais pas à dormir, alors je suis descendue un moment et j'ai entendu du bruit. Ça va ? Il ne vous a pas... ?

Je fis non de la tête.

— Je lui ai donné un coup de pied. Là où vous savez.

— Bien joué. Je regrette juste que ce soit l'unique punition qu'il recevra pour ça.

— Vous n'allez pas le dire à tout le monde, j'espère ?

— Ne dites pas de bêtises, à quoi est-ce que cela servirait ? On mettrait ça immédiatement sous le tapis, et le seul résultat serait un total déshonneur pour vous. Les gens pensent toujours que c'est la faute de la femme. Je suis sûre que même une oie blanche comme vous en est consciente.

— Eh bien, au risque de vous surprendre, Kitty, je dois être encore plus naïve que vous ne le pensiez. Il m'a dit que Frederick et Lissy étaient ensemble. Au lit.

Elle ne parut nullement surprise de cette annonce.

— Vous le *saviez* ? demandai-je.

— Je le soupçonnais. Il a toujours été fou d'elle, aussi loin que mes souvenirs remontent. Et si vous comptez me demander pourquoi je ne vous l'ai pas dit, réfléchissez deux secondes : qui auriez-vous cru ? Votre grincheuse de belle-sœur, qui vous en veut du simple fait que vous existiez, ou la radieuse Lissy, que tout le monde adore et qui a si bien joué le rôle de votre amie ?

Elle lâcha un soupir.

— Avez-vous l'intention de lui dire que vous savez ? Parce que vous devez vous rendre compte que cela ne changera probablement rien à la situation. Ils continueront malgré tout.

— Vous croyez que je devrais m'abstenir ?

— À votre place, je garderais cela en réserve dans ma manche. Je connais mon frère, ce n'est pas un salaud intégral. Attendez donc d'avoir quelque chose à lui demander, et mettez-le face à la vérité à ce moment-là. Il se sentira coupable, et cela pourrait vous aider à tirer avantage de la situation.

14

Kitty avait raison. Je n'avais rien à gagner en en parlant à Frederick ou à Lissy. Il était déjà assez humiliant que cela se passe derrière mon dos – et c'eût été pire encore s'ils avaient continué en sachant que je le savais. Je gardai donc le silence.

Au début, je trouvai difficile de ne pas jeter à Lissy « Arrêtez de faire semblant d'être mon amie » ; et à Frederick « Arrêtez de faire comme si vous vous étiez noblement sacrifié pour votre famille. Vous n'avez fait aucun sacrifice. Vous avez obtenu mon argent et vous avez conservé l'amour de cette femme. » Mais je m'offrais de menues satisfactions en trouvant des manières de mettre des petits bâtons dans les roues de leur bulle de bonheur. La fois suivante, lorsque Lissy ouvrit la danse, je saisis la main de Frederick avant qu'elle me mette George dans les pattes.

Au bout de deux danses, elle se rebiffa :

— George, c'est la troisième fois que vous me marchez sur les pieds ! Elinor, occupez-vous de lui. Il danse moins mal avec vous.

J'eus un petit rire léger et lui répondis :

— Non, merci, je n'ai pas plus envie que vous de me faire piétiner les orteils.

Elle me regarda comme si elle n'avait pas compris, interloquée, la main tendue vers Frederick. Comme je me contentais de sourire, elle dut finalement se résoudre à poursuivre avec George en grommelant :

— Je parie que j'aurai les doigts de pieds noirs et bleus demain…

De temps en temps, je les laissais danser une fois ensemble avant de réclamer mon mari. Parfois deux danses, mais jamais plus. Un soir, elle me dit en riant qu'il n'était pas fair-play de ma part de « m'accaparer » Frederick.

Je posai sur lui des yeux adorateurs et répondis :

— Peut-être que c'est lui qui m'accapare, qui sait ?

Bien entendu, il n'en était rien. Mais il n'allait pas dire le contraire devant tout le monde. J'éprouvais un petit plaisir vengeur à savoir que lui aussi devait mourir d'envie de la toucher, alors que je le forçais à faire semblant d'être heureux de danser avec moi.

Ces menues victoires ainsi que le temps que je pouvais grappiller avec Teddy m'aidaient à tenir bon. Je demeurais toutefois affreusement triste à l'idée que ce soit là tout ce que la vie avait à m'offrir désormais. Vivre dans cette maison froide, avec cette famille froide, voir mon fils être élevé de la manière froide dont ils l'avaient été eux-mêmes, et maintenant, par-dessus le marché, devoir assister au spectacle de mon mari et sa maîtresse se jouant de moi.

La trahison de Lissy m'affligeait plus encore que celle de Frederick. Je savais depuis longtemps qu'il ne m'aimait pas, mais j'avais réellement cru à l'amitié qu'elle me portait. En réalité, il s'agissait juste d'un arrangement bien pratique pour eux deux, qu'ils avaient dû mettre au point ensemble. Je ne me pardonnais pas d'avoir été assez bête pour ne rien voir de ce que j'avais sous les yeux, ou d'avoir cru qu'elle essayait sincèrement de m'aider avec ses conseils, alors que son seul but était de faciliter la vie de son amant. Si je me sentais bien seule avant de rencontrer Lissy, je l'étais encore plus aujourd'hui.

Pour toutes ces raisons, lorsqu'une lettre de mon père arriva avec des billets pour le voyage d'inauguration du *Titanic*, j'avoue que je fondis en larmes. Voilà fort longtemps que je n'avais pas pensé à ce voyage, mais les petits cartons à l'en-tête de la White Star Line me rappelèrent le jour où j'avais découpé l'article de journal à propos du bateau et vu l'annonce de nos fiançailles.

Jusqu'alors, je n'avais pas versé une seule larme sur la relation qui unissait Frederick et Lissy. J'avais mis toute mon énergie dans ma colère. Mais à cet instant, je ne pus m'en empêcher. Quelle imbécile j'avais été, depuis le début ! Penser qu'il s'était empressé de faire paraître l'annonce parce qu'il avait hâte de dire au monde entier qu'il m'aimait, alors qu'il ne faisait que me mettre le grappin dessus, au cas où je flairerais la combine et voudrais faire marche arrière. Il n'avait pourtant pas à s'inquiéter : j'étais trop naïve, trop crédule, trop amourachée pour soupçonner quoi que ce soit de ce genre. Il avait raison ; j'avais lu trop de romans, et Jane Austen, Charlotte Brontë et leurs semblables m'avaient vendu un beau mensonge.

Je pris le livre posé sur le haut de la pile de ma table de nuit – *Orgueil et préjugés*. Un paquet de mensonges aussi. Mr Darcy était comme Frederick, avec sa grande propriété et son illustre lignée. Probablement avait-il sa propre Lissy. Je jetai le livre à travers la chambre, et il alla percuter la porte avec un bruit sourd qui me fit du bien. Quant à *Jane Eyre*... on n'avait pas eu connaissance de l'histoire de l'épouse folle, me semblait-il. Peut-être avait-elle été rendue folle par son mari, amoureux de quelqu'un d'autre et qui ne l'avait voulue que pour son argent, la forçant à vivre dans une horrible maison froide où elle ne trouverait jamais sa place ? Celui-là vola également jusqu'à la porte. Suivi de *Nord et Sud*, du *Retour au pays natal* et des *Grandes Espérances* – tous ridicules. À quoi pensaient-ils, tous ces auteurs, en colportant de tels mensonges ? En faisant croire aux gens – non, pas aux gens, aux filles et aux femmes – que l'amour finissait toujours par l'emporter et qu'un mariage était une fin heureuse ?

Je ne m'arrêtai qu'après que *Middlemarch*, un gros volume, faillit percuter le miroir de ma coiffeuse. Assise dans mon lit, je regardai les livres éparpillés sur le sol de la pièce. Les larmes avaient cessé et j'étais étrangement calme. J'ouvris la lettre de mon père.

Ma chère Ellie,

Les voilà enfin, les billets pour l'aventure ! Imagine que ton petit Teddy va voir l'autre côté du monde à deux ans à peine.

L'employé de la compagnie maritime m'a dit que les passagers de première classe doivent emmener leurs propres valets et femmes de chambre. En ce qui me concerne, je n'ai pas besoin de personnel, mais j'ai acheté cinq billets pour vous et mes gens de maison sont bien jaloux de la chance de Rose, je peux te l'assurer.

J'ai grand hâte de passer du temps avec Teddy sur le bateau, et il me tarde aussi de mieux connaître Frederick. Et, bien sûr, de revoir ma fille chérie qui me manque tellement.

Ton père qui t'aime fort,
Robert Hayward

Je pris l'un des billets et lus ce qui était écrit sur le recto :

WHITE STAR LINE
Billet passager de première classe
Paquebot transatlantique *Titanic*

————

Départ le 10 avril 1912

Les billets du retour indiquaient la date du 20 avril. J'avais lu que le voyage durait six jours, nous devions donc en passer quatre à New York, et six de plus pour le retour. Soit seize jours loin de Winterton Hall. Et mon père – Dieu merci – n'avait visiblement pas pensé à la présence de notre nourrice. J'aurais donc Teddy rien que pour moi pendant tout ce temps. Et je reverrais mon père, qui rencontrerait enfin son petit-fils. Pendant tous ces mois où je m'efforçais de leur prouver que je n'étais pas folle, je n'avais pas osé suggérer d'emmener Teddy à Clereston ; et ensuite, chaque fois que je le demandais, on avait toujours besoin de la Rolls pour une raison ou pour une autre, comme par hasard – ils ne voulaient déjà pas de moi dans la vie de Teddy, alors ils n'avaient certainement aucune envie que leur petit-fils se rapproche de son grand-père maternel.

Je commençai donc ma lettre à mon père par des excuses : le trajet jusqu'à Clereston était long, Teddy ne supportait pas bien les voyages en voiture, j'étais très prise par mes œuvres de bienfaisance avec lady Storton, etc. Mais ces seize jours ensemble seraient une occasion rêvée pour eux de faire connaissance.

S'il n'avait tenu qu'à moi, j'aurais préféré que mon père ne prenne pas de billet pour Frederick, mais naturellement, il ignorait quelle était la situation entre nous. En outre, je me réjouissais déjà à l'idée que Lissy soit privée de son amant pendant quelques semaines. Peut-être allais-je lui proposer de venir faire les boutiques avec moi lorsque je m'achèterais des tenues pour le voyage, rien que pour la faire bisquer. Je m'essuyai les yeux et me jurai que plus jamais je ne verserais de larmes à cause d'eux.

Le lendemain matin, j'allai trouver Frederick alors qu'il était seul dans la salle du petit déjeuner. Je posai les billets à côté de son assiette et m'assis.

— De quoi s'agit-il ?

— Un cadeau de mon père. Vous vous rappelez qu'il avait proposé de nous emmener sur le *Titanic* pour son voyage inaugural ? Il a acheté des billets pour nous et Teddy, pour lui, ainsi que pour Rose et Terence.

Il releva les yeux, les sourcils froncés.

— Cinq billets de première classe ? Cela a dû coûter une fortune.

— Probablement. Il ne s'agit pas non plus du premier vieux rafiot venu.

Il feuilleta la pile de billets.

— J'aurais préféré qu'il nous offre cet argent pour faire réparer la toiture. Peut-être pourrions-nous lui demander si c'est envisageable… Je suis sûr qu'il pourrait se faire rembourser les billets.

Il dit cela sur un ton parfaitement anodin, comme s'il répondait « non, merci » à quelqu'un lui proposant de reprendre un peu de rôti. Une vague de panique me traversa. J'étais tellement excitée à l'idée de ce voyage que je n'avais même pas pensé qu'il puisse refuser.

— Pour ma part, cette perspective me réjouit, dis-je. Et vous pensiez la même chose que moi il y a quelque temps.

— Comprenez-moi : je trouve ridicule que votre père dépense de telles sommes, comme un petit Rockefeller anglais, alors que nous autres avons tant d'obligations ici.

Oh, le mépris dans sa voix ! Ma réplique fusa sans que j'aie le temps de réfléchir :

— Il a gagné cet argent et a le droit d'en faire ce qu'il veut. M'est avis qu'il vous en a déjà donné bien plus que vous ne le méritez dans le contrat de mariage que vous lui avez extorqué avec de fausses intentions. Alors si vous croyez que je vais lui en demander davantage, vous vous mettez le doigt dans l'œil jusqu'au coude.

Son air choqué me ravit. Ah, il ne s'attendait pas à cela, n'est-ce pas ? Il devait penser que toute cette histoire était derrière nous, maintenant que nous nous étions « rapprochés ». Eh bien, l'heure était venue de lui montrer que non. Et de voir si Kitty avait raison.

Je connais mon frère, ce n'est pas un salaud intégral. Attendez donc d'avoir quelque chose à lui demander, et mettez-le face à la vérité à ce moment-là.

Je tremblais intérieurement mais m'efforçai de parler avec calme :

— Je suis au courant pour vous et Lissy. Je le sais depuis des mois. Vous m'avez humiliée en m'encourageant à être amie avec elle alors que, pendant tout ce temps, vous sautiez dans son lit à la première occasion. Et vous m'avez dit que les gens comme nous ne se mariaient pas par amour, et j'ai été assez bête et naïve pour attendre de l'amour alors que, pendant tout ce temps, vous l'aviez déjà avec elle. Je pense que si j'ai pu supporter tout cela, vous devriez pouvoir supporter une toiture qui fuit. Et de vous abaisser à passer un peu de temps avec mon père. Afin que son généreux présent ne lui soit pas renvoyé à la figure.

Le rouge lui monta aux joues. Il prit les billets, les feuilleta et, sans me regarder, il dit :

— Nous ne pourrons pas emmener Edward. Il n'y a pas de billet pour la nourrice, et ce n'est pas moi qui lui en paierai un.

Pas un mot à propos de lui et Lissy. Ni tentative de déni, ni excuses non plus. Rien. La cafetière se trouvait juste à côté de moi, et je lui aurais volontiers versé son contenu sur la tête. Au lieu de quoi, je roulai ma serviette en boule et me levai pour partir.

— Nous ferons ce voyage, déclarai-je. Et Teddy viendra avec nous. Voilà ce que vous direz à votre mère quand elle vous opposera ses objections. C'est le moins que vous puissiez faire.

15

Bien entendu, lady Storton s'opposa à ce que nous emmenions Teddy, mais Frederick lui assena, avec une certaine brutalité, que ce ne serait que pour deux semaines et que Rose serait là pour m'épauler. L'expression qu'eut ma belle-mère à ce moment-là valait toutes les récompenses pour moi.

De nouveau, mon mari et moi nous adressions à peine la parole depuis lors. La veille de notre départ, je lui demandai tout de même si nous pourrions parler un peu du voyage.

— Je ne veux pas que mon père se rende compte de la situation entre nous. Il ignore totalement la tournure que les choses ont prise et aurait le cœur brisé s'il savait comme j'ai pu être malheureuse.

Il soupira.

— Elinor, j'aimerais que vous...

Je levai une main pour l'interrompre. Rien de ce qu'il pourrait dire ne m'intéressait.

— Tout ce que je vous demande, c'est de faire semblant pendant quinze jours. Vous voulez bien ?

— Si je peux vous demander une faveur en échange.

— Quoi donc ?

Il se passa une main dans les cheveux.

— Ne dites pas à Lissy que vous savez... pour elle et moi. Je ne voudrais pas que cela l'embarrasse, et que la situation devienne inconfortable.

Je ne pus m'empêcher de rire.

— Je crois que la situation l'est déjà, non ?

— Elle vous a aidée lorsque vous vous sentiez seule.

— Oui, parce que cela vous facilitait la vie ! C'était le seul but de cette prétendue amitié.

— Ce n'est pas vrai. Elle vous apprécie réellement.

Encore cette formule.

— Permettez-moi d'en douter. Mais c'est entendu, je ne lui dirai rien si vous jouez le jeu pendant ce voyage. Sommes-nous d'accord ?

Il acquiesça et sortit de la pièce.

Nous fîmes le trajet jusqu'à Southampton en Rolls, conduits par Wilson ; Rose et Terence – le valet de Frederick – nous suivaient dans une autre automobile plus petite. Pendant tout le trajet, Frederick garda le silence, le regard perdu par la fenêtre, affichant une vraie tête d'enterrement.

Il nous apparut dès notre arrivée au port, sa silhouette imposante surplombant le quai : le *Titanic*. Tellement grand que, de l'intérieur de la voiture, je n'en distinguais même pas le sommet. Je dus incliner la tête en regardant par la vitre pour voir tous ses ponts d'un blanc éblouissant et les quatre cheminées rouges et noires qui se dressaient contre le ciel chargé. Les journaux prétendaient que c'était le plus gros navire jamais construit, ainsi que le plus luxueux. J'avais hâte de découvrir sa piscine, son restaurant français et, bien sûr, sa bibliothèque avec tous les derniers livres parus ; mais avant tout, j'avais hâte de revoir mon père. Il avait effectué tout le trajet depuis le Lancashire en train, de sorte que nous avions convenu de nous retrouver à bord. Je souris toute seule. À cette heure, il devait sûrement être en train d'examiner la qualité du linge de lit de sa cabine et d'en évaluer le prix.

Le quai grouillait de monde, obligeant Wilson à une lente et pénible progression parmi la foule. Teddy s'était mis debout sur mes genoux et ses petites chaussures neuves s'enfonçaient dans mes cuisses tandis qu'il contemplait tout ce monde, les yeux écarquillés. À mon grand étonnement, je constatai qu'il y avait deux fois plus d'hommes que de femmes, dont la plupart paraissaient loin d'être riches. Il ne m'était pas venu à l'esprit que des gens puissent voyager sur un bateau aussi luxueux pour une autre raison que leur plaisir, comme nous. Mais à en juger par les adieux larmoyants qui avaient lieu partout autour de nous, une grande partie des passagers embarquaient pour commencer une nouvelle vie aux États-Unis. Juste à côté de notre voiture, un couple disait au revoir à deux jeunes hommes en costume, chacun portant un énorme sac. L'homme leur serra la main, la femme les étreignit chacun leur tour puis leur donna une petite tape affectueuse sur la joue en agitant un doigt sous leur nez.

— Travaillez dur, ne faites pas de bêtises et n'oubliez pas de nous écrire tous les mois, dit-elle. Allez, filez maintenant, on ne va pas rester plantés là toute la journée.

Dès qu'ils s'éloignèrent, la femme éclata en sanglots. L'homme passa une main dans son dos pour la réconforter.

— C'est pour leur bien, ma chérie. La chance de leur vie, ne l'oublie pas.

Juste avant que nous nous éloignions, j'entendis la femme répondre :

— Mais on ne les reverra jamais, tu te rends compte ?

J'avais déjà fait des cauchemars où je devais dire au revoir à Teddy quand on me l'enlevait, alors je n'osais imaginer ce que l'on pouvait éprouver au moment de faire des adieux définitifs à ses enfants. Je le serrai contre moi, mais il se dégagea de mon étreinte pour continuer de scruter l'effervescence qui nous entourait. Je ne pus réprimer un pincement de tristesse à ce mouvement ; le bébé d'autrefois était en train de devenir un petit garçon, et je l'avais si peu vu au cours de ses toutes premières années. Je m'efforçai de repousser cette pensée. Ce voyage était l'occasion pour moi de rattraper tout ce temps perdu, du moins pendant un court moment.

— C'est insensé, lâcha Frederick. Regardez-moi ce chaos ! Ils auraient dû faire monter ces gens-là à bord avant l'arrivée des passagers de première classe.

Ces gens-là. On aurait dit qu'il parlait d'une espèce différente. Je ne pris même pas la peine de répondre.

— Regarde, Teddy, dis-je. Regarde le gros bateau. C'est le *Titanic*, et on va monter dessus pour traverser la mer.

— G'os bateau ! s'exclama-t-il dans son babillage qui se situait encore entre celui d'un bébé et d'un petit garçon. T'averser la mer !

La Rolls s'arrêta devant une passerelle où un marin s'époumonait :

— Passagers de première classe, par ici ! Première classe uniquement !

Teddy choisit ce moment pour perdre une de ses chaussures, que je dus chercher à tâtons sur le sol de la voiture. Frederick roula des yeux et marmonna « C'est ridicule ! » avant de sortir du véhicule. Le temps que je récupère la chaussure et la remette au pied de mon fils, tous les autres étaient descendus sur le quai. Terence aidait Wilson à décharger nos bagages, mais Rose restait figée sur place, les traits décomposés. Je savais que Terence faisait partie de ceux qui s'étaient montrés méprisants avec elle à Winterton ; l'avait-il à nouveau contrariée pendant le trajet ?

— Que se passe-t-il, Rose ?

Elle se tourna vers moi, les yeux écarquillés, et me dit :

— Je ne peux pas, madame. Je ne peux pas monter sur ce bateau.

— Allons donc, bien sûr que tu le peux.

— Il est trop gros. Ce n'est pas possible d'être si gros, pour un bateau... Je n'ai pas confiance.

Je réprimai un soupir. C'était du Rose tout craché – ma Cassandre à moi.

— Écoute, c'est le bateau le plus sûr qui ait jamais existé. Ils l'ont dit dans tous les journaux : il est insubmersible.

Elle secoua la tête.

— Je n'ai pas voulu vous en parler, madame, mais j'ai fait des rêves à ce sujet. Des mauvais rêves.

Frederick se gaussa tandis que son valet arborait un rictus moqueur. Je les ignorai tous deux.

— C'est absurde, Rose, lui dis-je. Viens, nous allons monter à bord, nous installer, et tout ira bien, tu verras.

Elle fit non de la tête, la lèvre tremblante.

— S'il te plaît, insistai-je. J'ai besoin de toi pour m'aider avec Teddy.

— Je ne peux pas. Je préfère perdre ma place plutôt que de monter dans ce bateau.

— Tu n'es pas sérieuse.

— Si, parfaitement.

Bien entendu, Frederick se délectait de cette petite scène.

— Bon, fit-il, voilà qui clôt l'affaire de ce voyage, n'est-ce pas ? Nous n'allons pas la traîner de force sur ce navire, et vous ne pouvez pas voyager sans femme de chambre *ni* nourrice.

— Je suis sûre de pouvoir me...

— J'en doute fort. Et quand bien même vous le pourriez, que penseront les gens ? Non, nous allons devoir annuler. Il est peut-être encore temps de se faire rembourser les billets.

Mes seize jours bénis me filaient entre les doigts. Cette idée m'était insupportable.

— Eh bien, moi, j'y vais, déclarai-je. Faites ce que vous voulez, mais j'y vais.

— Ne dites pas de bêtises.

Il se tourna vers son valet.

— Terence, trouvez le bureau de la compagnie et renseignez-vous sur les formalités à accomplir pour annuler nos billets et faire passer un message à Mr Hayward qui se trouve à bord.

Teddy ne cessait de gigoter dans mes bras. Je le posai à terre et lui tins fermement la main, craignant de le perdre dans cette cohue. Il commença alors à gémir. J'essayai de le distraire, mais les gémissements menaçaient de se transformer en hurlements d'un instant à l'autre.

— Vous voyez ? dit Frederick. C'était une idée ridicule de venir sans la nourrice, je n'aurais jamais dû...

— Excusez-moi, madame ?

Tournant sur nos talons, nous vîmes une jeune femme qui devait avoir à peu près mon âge, vêtue avec simplicité et soin à la fois, tenant à la main une valise usée.

— Je n'ai pas pu m'empêcher de vous entendre, dit-elle avec un accent de Manchester aussi marqué que l'était le mien autrefois. J'ai de l'expérience en tant que femme de chambre, et je sais également y faire avec les enfants – j'ai eu cinq frères cadets. Je prends ce bateau et je ne serais pas contre le fait de gagner un peu d'argent pendant le trajet. Donc si vous souhaitiez m'embaucher, juste temporairement, je pourrais vous aider.

— Je ne pense pas, non, répondit Frederick en même temps que Rose s'exclamait :

— Ça alors, quel culot !

La jeune femme les ignora, s'adressant uniquement à moi :

— Je sais que vous ne me connaissez ni d'Ève ni d'Adam, mais j'ai de bonnes références.

Elle fouilla dans son sac et me tendit une lettre. Celle-ci venait d'une certaine Mrs Fieldwood, habitant dans un quartier chic de Londres, et confirmait que Molly Mortimer – c'était le nom de la jeune femme – y avait travaillé comme femme de chambre, qu'elle était honnête, fiable, et qu'on ne pouvait que la recommander à un futur employeur.

— Pourquoi avez-vous quitté cette place ? demandai-je.

— J'ai de la famille à New York. Ils se sont bien débrouillés là-bas et m'ont invitée à les rejoindre.

Elle poursuivit tandis que je passais la lettre de recommandation à Frederick :

— Chez Mrs Fieldwood, j'étais payée 24 shillings par semaine. Ce tarif me conviendrait très bien pendant le temps de notre voyage.

— A-t-on jamais vu un culot pareil ! s'indigna Rose. Madame, vous n'allez tout de même pas...

— Je crois que notre problème est réglé, tranchai-je.

Frederick releva le nez de la lettre, visiblement très contrarié. Je ne lui laissai pas le temps d'argumenter.

— Vous me devez bien ça, dis-je.

Il me fixa quelques instants avant de capituler.

— C'est bon. Vous avez gagné.

16

Mon père nous avait réservé une suite, et même Frederick eut la décence de paraître impressionné lorsque le steward nous montra nos quartiers. Nous disposions de deux grandes chambres avec salle de bains, d'un salon et d'un espace séparé pour les domestiques. Les murs étaient tapissés d'un brocart de soie bleu pâle, la moquette bleu marine et or offrait une belle épaisseur et le mobilier, tout en bois verni sombre et sculpté, aurait presque fait paraître misérable celui de Winterton.

— C'est magnifique, m'extasiai-je. Je n'imaginais pas que ce serait aussi beau.

— Attends un peu de voir le reste, fit soudain la voix de mon père.

Je me retournai. Il était là, dans l'encadrement de la porte, souriant jusqu'aux oreilles. Avec un peu moins de cheveux, un ventre plus rond, mais cela faisait déjà plus de deux ans que nous ne nous étions vus. Avais-je changé, moi aussi ? Probablement, surtout dans ma façon de parler. Quoique son expression semblât indiquer qu'il l'avait remarqué, il ne fit cependant aucun commentaire à ce sujet et se contenta de m'embrasser chaleureusement en me disant :

— Tu m'as manqué, Ellie.

Il sourit à Frederick.

— J'espère que vous avez pris soin de ma fille.

— Ravi de vous revoir, Mr Hayward.

Ils échangèrent une poignée de main. Le sourire de Frederick était si naturel qu'on aurait pu le croire sincère. Teddy fixait mon père, intrigué.

— Et ce jeune homme doit être mon petit-fils !

Mon père s'accroupit devant lui.

— Comme tu es grand, dis donc ! Alors, tu es content de traverser la mer, mon garçon ?

Teddy se cacha derrière mes jupes, sa petite main cramponnant la mienne. L'expression de Frederick se durcit.

— Edward, dis bonjour à ton grand-père.

— C'est normal, il ne me connaît pas encore. Mais nous allons faire connaissance pendant cette aventure, tous les deux, hein ?

D'un geste, il désigna notre cabine.

— Pas mal, non ? J'avoue que lorsque j'ai vu le prix des billets, les yeux me sont un peu sortis de la tête. Mais on ne peut pas avoir un tel luxe pour le prix du ferry de Thelwell, pas vrai ?

Le sourire de Frederick se fit plus pincé à cette remarque.

Le steward toussota poliment.

— Puis-je vous demander si vous avez déjà fait une croisière, messieurs-dames ?

— Non, jamais, répondit Frederick.

— Dans ce cas, sachez qu'en général les passagers apprécient de se trouver sur le pont au moment du départ, expliqua l'homme. Il y aura de la musique et tous les gens présents sur le quai vous salueront de la main. Je peux vous montrer le chemin si vous le désirez – ce navire est tellement grand que je m'y suis perdu moi-même à plusieurs reprises.

Laissant Molly et Terence défaire nos bagages, nous suivîmes le steward jusqu'au pont. Là, je calai Teddy sur ma hanche en le tenant fermement pendant qu'il adressait de grands signes à la foule massée sur le quai – si loin, si bas par rapport à nous que cela me donnait le vertige. J'expliquai à mon père ce qui s'était passé avec Rose et comment Molly, ayant entendu notre discussion, avait proposé ses services.

— Quelle chance. Rose est bien bête d'avoir manqué une occasion pareille. Elle le regrettera quand elle suivra les nouvelles dans les journaux.

Nos voitures avaient disparu – ils devaient être repartis directement à Winterton. Rose s'était montrée très chamboulée au moment de nous quitter, et je lui avais promis d'écrire sans tarder à lady Storton afin que sa place au manoir soit conservée. Elle était mon seul lien quotidien à mon passé et ma seule amie désormais, et elle savait combien ce voyage comptait pour moi. J'avais conscience que sa peur devait être totalement insoutenable pour qu'elle me laisse tomber de la sorte, si absurde que cette peur puisse paraître. Il ne me restait plus qu'à prier pour que lady Storton ne prenne pas la peine de la congédier et de me trouver une nouvelle femme de chambre.

À midi pile, un bruit de sifflet retentit, si fort que Teddy poussa un cri et plaqua les mains sur ses oreilles. Mon père l'imita, les yeux ronds comme des soucoupes, ce qui fit rire mon fils aux éclats. Avais-je rêvé, ou y avait-il une ressemblance dans leur façon de rire ? Je l'espérais. Je ne me reconnaissais pas du tout en Teddy ; il avait les traits et le teint des Coombes, à l'instar de son père, de son grand-père et de tous les ancêtres qui nous toisaient depuis les murs de Winterton. Mais à les voir ensemble, je me dis qu'il y avait bel et bien quelque chose de mon père dans son sourire. Cela aurait agacé Frederick. Heureusement, il n'en remarqua rien, trop occupé qu'il était à regarder la foule d'un air maussade. On aurait dit un homme se rendant à l'échafaud plutôt que quelqu'un partant vers New York sur le plus gros bateau du monde. Qu'avait-il dit, le soir de notre rencontre, lorsque je lui avais fait part de notre envie de prendre part au voyage inaugural du *Titanic* ?

C'est formidable. J'adorerais vivre une telle aventure !

Peut-être le pensait-il vraiment, sur le moment. Qui sait ? J'avais cessé d'essayer de deviner les fois où il m'avait menti. Je n'étais même pas sûre qu'il le sache lui-même.

La fanfare entama « Land of Hope and Glory » tandis que l'on retirait les passerelles. Je m'efforçai de me ressaisir. Frederick pouvait bien bouder s'il le voulait, mais je ne comptais pas le laisser me gâcher ce voyage. Pendant seize jours entiers, j'allais être loin de l'atmosphère glaciale de Winterton. La voix de mon père vint m'arracher à mes pensées :

— Regardez-les !

Il pointa du doigt un endroit du quai où quatre hommes en combinaison de travail couraient en direction du bateau, leur paquetage de membre de l'équipage accroché à l'épaule.

— Dépêchez-vous, les gars ! cria-t-il. Vous allez le rater !

Les hommes parvinrent à la dernière passerelle en place, mais l'officier qui la gardait refusa de les laisser embarquer et, après moult discussions et gesticulations, ils firent marche arrière, vaincus, tandis que l'on retirait la passerelle.

— Ils vont se maudire à jamais d'avoir pris cette dernière pinte, commenta mon père. Vous imaginez ça ? Rater un voyage pareil.

Le bateau commença à s'éloigner du quai sous les acclamations de la foule toujours aussi dense. Fasciné, Teddy regardait les remorqueurs qui guidaient notre énorme navire vers la sortie du port et avaient l'air de jouets pour enfant à côté de lui. Alors que nous tournions en direction du large et que les cheminées crachaient plus de fumée à mesure que le bateau prenait de la vitesse, nous dépassâmes deux autres paquebots amarrés ensemble. Mon père était en train de dire que même ces bateaux avaient l'air petits à côté du *Titanic* quand on entendit soudain une série de claquements inquiétants, comme des coups de feu. Les cordes qui retenaient l'un des paquebots sautaient et allaient frapper le quai tels des coups de fouet, éparpillant la foule alentour. Ce bateau avait perdu ses amarres et dérivait maintenant vers nous, lentement d'abord, mais de plus en plus vite.

— Juste ciel ! s'exclama Frederick en m'éloignant de la rambarde. Il va nous heurter ! Reculez !

Le paquebot se dirigeait droit vers le flanc du *Titanic*. Serrant Teddy contre moi, je me plaquai contre la paroi la plus proche. La panique semblait régner sur le pont de l'autre paquebot, où les membres d'équipage couraient en tous sens, montant puis abaissant des drapeaux rouges et blancs tandis que d'autres sonnaient des cloches et criaient des ordres dans un porte-voix. En surface, les petits remorqueurs essayaient de ramener le paquebot vers le quai, or celui-ci ne cessait sa progression vers nous, comme si le *Titanic* l'aspirait littéralement vers lui. Comme nous, d'autres personnes avaient reculé par prudence, mais la plupart des passagers continuaient à observer la scène depuis le bastingage, comme s'il s'agissait d'un spectacle prévu pour les divertir. Un homme était même en train de le filmer, tournant la manivelle de sa caméra avec un calme absolu.

Je me crispai, me préparant au choc. Mais tout à coup, le *Titanic* cessa de bouger et l'autre bateau passa à côté. Des applaudissements et des cris enthousiastes retentirent autour de nous puis de vives discussions éclatèrent, chacun spéculant sur les raisons de l'incident.

— Eh bien, fit mon père, nous n'avions pas besoin de ce petit supplément d'aventure, mais tout est bien qui finit bien.

— Tout cela me paraît dangereusement chaotique, commenta Frederick. Comment diable ont-ils pu laisser une telle chose se produire ?

— Ce bateau a été conçu pour pouvoir encaisser des chocs bien plus sérieux. D'une certaine manière, ç'aurait été un bon test, mais réjouissons-nous tout de même qu'il n'y ait pas eu de dégâts, et que la croisière commence !

Je n'osais même pas imaginer comment Rose aurait réagi si elle avait été présente ; malgré une pointe de culpabilité, j'étais finalement contente qu'elle ne soit pas venue avec nous. J'allais avoir suffisamment à faire pour maintenir la paix entre mon père et Frederick – je n'aurais pas aimé avoir, en plus, à apaiser ses peurs en permanence. Force était d'admettre que, sur le coup, il avait été assez effrayant de voir le paquebot se rapprocher autant ; mais le danger réel n'était probablement pas si important que cela.

Un couple passa devant nous. J'entendis l'homme dire :

— Voilà un mauvais présage des plus clairs. Si vous voulez mon avis, je suis bien content que nous descendions à Queenstown.

Mon père secoua la tête quand ils furent passés.

— Qu'est-ce qu'il ne faut pas entendre ! Tant mieux, tiens : ça fera plus de champagne et de filet de bœuf pour nous.

Lorsque nous revînmes à notre suite, Molly avait défait nos valises et rangé toutes nos affaires. Elle tendit les mains pour prendre Teddy.

— A-t-il faim ? Voulez-vous que je lui donne à manger et que je lui fasse faire une petite sieste ensuite ?

La question me déconcerta un instant ; personne ne m'avait jamais demandé ce genre de choses.

— Oui, s'il vous plaît.

J'hésitai, puis décidai de me lancer. Après tout, Frederick était dans sa propre cabine, il ne nous entendait pas et n'avait même pas besoin de le savoir.

— Mais une fois que Teddy aura fait sa sieste, pourriez-vous déplacer son petit lit ici, près du mien ?

Si j'avais osé proposer une chose pareille à Winterton, ils auraient immédiatement rappelé le docteur ; Molly, elle, ne cilla pas.

— Bien sûr, madame. Je pense qu'il appréciera d'être près de sa maman, comme il n'est pas encore habitué à cet endroit. Allez, viens, Teddy, nous allons te chercher quelque chose à manger et ensuite, tu pourras dormir un peu.

Habituellement, Teddy se montrait assez timide avec les inconnus, mais il rejoignit ses bras de bonne grâce et Molly l'emmena dans sa cabine. Je ne croyais pas aux miracles à cette époque. Pourtant, le fait que Molly se soit trouvée près de nous sur le quai à ce moment précis en était un. J'avais bien failli perdre ce précieux moment en famille, et c'est elle qui m'avait sauvée. Qui nous avait sauvés, Teddy et moi.

Pour être honnête, je dois dire que lorsqu'elle nous avait fait cette proposition, je l'aurais engagée même sans la moindre référence. Mais jusqu'ici, elle se montrait tout à fait à la hauteur de ce qu'elle nous avait annoncé, et de la recommandation de son ancienne maîtresse. Pendant quelques minutes, je me laissai aller à rêver : pendant notre absence, miss Cairns s'était envolée avec le charbonnier, ou était morte – franchement, entre les deux, peu m'importait – et Molly rentrait avec nous et prenait la place de la nourrice, et tout était différent. Bien entendu, cela n'avait rien de vraisemblable, jamais ma belle-famille ne laisserait faire une chose pareille. Mais, à cet instant, je me laissai croire que tout était possible. Nous étions en route vers New York, sur le plus gros bateau du monde. Si une telle chose pouvait arriver, peut-être que *tout* pouvait arriver ?

17

Mon père avait très envie d'explorer le navire et, si Frederick ne souhaitait visiblement guère passer de temps en sa compagnie, ou en la mienne, ses bonnes manières eurent tout de même raison de lui. Il pouvait difficilement faire bande à part sachant que c'était mon père qui avait payé les billets. Nous commençâmes par le cœur des quartiers de première classe, où un superbe escalier en bois desservait sept niveaux depuis le pont supérieur, et était surmonté d'un immense dôme en verre qui le baignait de lumière. Nous l'empruntâmes sur tous ces niveaux, nous arrêtant pour jeter un œil dans la salle à manger où plus d'une centaine de tables étaient dressées avec des nappes d'un blanc immaculé et des verres en cristal ; ici, une magnifique salle de lecture tout en boiseries, avec un feu crépitant dans la cheminée ; là, un immense salon aux murs couverts de lambris sculptés, avec de grands miroirs, des fauteuils tapissés de velours vert, et un gigantesque lustre électrique suspendu au plafond. Tout était grandiose. Où que vous regardiez, les gens restaient bouche bée devant le décor. Difficile de croire qu'une telle somme de luxe et de confort était en train de flotter sur l'océan – on sentait à peine le navire bouger. Je m'étais demandé si j'aurais le mal de mer, mais la sensation était si douce que nous aurions aussi bien pu nous trouver sur un simple lac.

— Regarde ! dit mon père en me désignant un panneau accroché au mur. Il y a bel et bien une piscine ! Tu te souviens que nous n'arrivions pas à y croire quand nous avions lu ça ? Allons voir.

La piscine se trouvait dans une belle pièce lumineuse, avec des hublots d'un côté et, de l'autre, des cabines pour se changer. Elle mesurait une trentaine de mètres de long et était remplie d'une eau bleu clair qui ondulait au gré des mouvements du navire – seul signe, ou presque, que nous étions en train de nous déplacer. Une affiche sur le mur indiquait que l'accès à la piscine coûtait vingt-cinq cents, location d'un costume de bain comprise, et précisait les horaires réservés aux hommes ou aux femmes.

— Ça alors, fit mon père. Imaginez un peu : nager *sur* la mer, mais pas *dans* la mer. Voilà qui mérite bien qu'on claque mille livres !

Une expression de dégoût absolu se lut sur les traits de Frederick. Il marmonna quelques mots que je ne saisis pas, tourna le dos à la piscine et lança :

— Si nous allions nous promener sur le pont ?

Dieu merci, mon père ne semblait pas avoir remarqué quoi que ce soit. Nous allâmes marcher sur le pont et nous attardâmes un moment à la poupe du navire, à regarder l'Angleterre disparaître dans le lointain.

J'avais entendu dire que c'était le commissaire de bord lui-même qui décidait des places qui nous seraient attribuées dans la salle à manger. Lorsque nous y entrâmes pour déjeuner, j'espérai que nous serions placés à l'une des grandes tables qui occupaient le centre de la salle. En partie parce que je craignais que mon père ne se rende compte de l'atmosphère glaciale qui régnait entre Frederick et moi, mais aussi parce que j'avais très envie de rencontrer des Américains – on les disait très divertissants. Hélas, on nous mena à une table pour trois située en bordure de la pièce. Je ne pus m'empêcher de lorgner du côté de la grande table à côté de nous, où un groupe de huit convives, avec deux couples plus âgés et deux dans nos âges, semblaient passer un excellent moment. Ils levèrent leurs coupes de champagne en portant un premier toast – « À notre retour chez nous ! » – puis un second – « À notre retour *à bord du* Titanic ! ».

Mon père leur sourit mais Frederick roula des yeux.

— Ce qu'ils sont tapageurs, ces Américains... Ce n'est décidément pas la même culture que la nôtre. Dieu merci, nous avons une table pour nous tout seuls.

— Merci à toi de nous avoir invités, dis-je à mon père.

— Oui, dit Frederick. C'est formidable, merci beaucoup.

Sans le connaître, on aurait pu croire à sa sincérité. Et mon père ne le connaissait pas assez.

— C'est un plaisir pour moi, répondit-il. Elinor m'a beaucoup manqué, et j'espère que vous et moi aurons l'occasion de mieux nous connaître au cours de ce voyage.

Ignorant la dernière partie de la réponse de mon père, Frederick reprit d'un ton posé :

— Elle était très occupée. Il lui a fallu apprendre quantité de choses en vue de diriger Winterton Hall, quand le moment viendra.

— Bien sûr, dit mon père. C'est une fille intelligente, et elle a le sens des affaires. Je parie qu'elle vous a donné de bonnes idées pour faire tourner votre propriété, pas vrai ?

Juste ciel. Je ne voulais pas que Frederick monte sur ses grands chevaux en assenant à mon père que Winterton Hall n'était pas une affaire, et m'empressai d'intervenir :

— En fait, j'apprends surtout des choses d'ordre domestique. Comme gérer les rapports avec le personnel, ou organiser des réceptions, par exemple. Ce sont Frederick et son père qui dirigent la propriété.

— Ah, parce que vous recevez beaucoup ? s'enquit mon père.

Je regrettai tout de suite mes paroles. Dans mes lettres, je ne lui avais jamais parlé des réceptions et fêtes que nous donnions. Je ne voulais pas qu'il soit blessé de ne jamais avoir été invité.

— C'est une chose attendue des gens dans notre position, répondit Frederick. On n'y prend pas toujours plaisir, mais c'est un mal nécessaire.

Quel mensonge éhonté ; mon mari prenait toujours beaucoup de plaisir avec sa maîtresse lors de ces réceptions. Mais sa réponse avait au moins le mérite d'avoir épargné mon père, et de me donner l'occasion de changer de sujet.

— Je me demande combien de passagers il y a en tout, dis-je. Nous étions des centaines sur le quai.

— Moins que ce qu'ils attendaient, répondit mon père. J'ai discuté avec un steward en montant à bord, et il me disait que le bateau peut embarquer jusqu'à deux mille cinq cents personnes, mais qu'ils n'ont eu de réservations que pour la moitié. Apparemment, il existe des superstitions tenaces à propos des voyages inauguraux... Ce qui est complètement absurde, mais que voulez-vous, les gens sont comme ça.

— Cela fait tout de même beaucoup de monde. Où sont tous ces gens ?

— Les deuxième et troisième classes ont leurs propres quartiers, m'expliqua Frederick. Cela ne vaudrait pas vraiment la peine d'acheter des billets de première classe s'ils mélangeaient tout le monde.

— Il y en a deux fois plus en troisième classe qu'ici, précisa mon père. Plus de sept cents personnes, m'a dit le steward.

J'avais vu le commandant flâner sur le pont comme nous allions déjeuner, souriant et serrant la main des passagers de première classe qui croisaient son chemin ; il n'avait pas l'air d'un homme ayant la responsabilité de tant de gens, mais il devait en avoir l'habitude.

— Cette fille, la femme de chambre, a fait une bonne affaire alors, dit Frederick. Elle a payé un billet de troisième classe et voyage finalement en première... Je ne vois vraiment pas pourquoi nous devrions la payer, par-dessus le marché.

Le visage de mon père se rembrunit. Il ouvrait la bouche pour répondre quand, par chance, nos desserts arrivèrent – des soufflés à la cerise avec une sauce au chocolat veloutée – et, le temps que les serveurs aient fait un trou dans les soufflés et versé la sauce avec beaucoup de cérémonie, chacun était passé à autre chose. Après cela, la conversation se déroula sans accroc ; pour une fois, j'étais heureuse du talent que possédait Frederick (et tous ses semblables) pour entretenir une conversation facile et agréable sans dire grand-chose. Nous discutions de New York, à quoi cette ville devait-elle ressembler, et qu'allions-nous faire là-bas, ce genre de futilités. J'avais lu quelque part qu'il y existait des immeubles que l'on appelait des gratte-ciel et qui faisaient plus de cinquante étages, un immense parc avec un zoo – Teddy allait adorer ça –, ainsi qu'une gigantesque statue que l'on pouvait gravir par l'intérieur pour en émerger au niveau de la tête. Tout cela semblait être un autre monde, et j'avais vraiment hâte de le voir.

— Ils ont des grands magasins à côté desquels ceux de Kendal et Lewis ont l'air de petites échoppes de village, déclara mon père. Je me disais qu'on pourrait peut-être aller y jeter un œil et voir ce qui se vend là-bas, toi et moi, si ton mari veut bien te laisser une matinée de libre.

Il se tourna vers son gendre.

— Ellie a toujours eu l'œil pour repérer les nouvelles modes. Pour tout vous dire, ses conseils me manquent un peu.

Je dus me détourner à ce moment, car les larmes me montèrent soudain aux yeux. Voilà tellement de temps que je ne m'étais pas sentie utile, et l'entendre prononcer ces mots me toucha profondément. Je me promis qu'une fois à New York, je lui dénicherais la prochaine tendance qui ferait fureur en Angleterre, et qu'il serait le premier à commercialiser.

En dépit de toutes les merveilles que recélait ce navire, ce à quoi j'aspirais le plus était de passer du temps avec Teddy. Je me réjouis donc lorsque mon père nous dit qu'il devait écrire une lettre qui partirait avec le courrier lors de notre escale à Queenstown, en Irlande, le lendemain matin. Lorsqu'il fut parti, Frederick marmonna quelques mots à propos de son intention de fumer un cigare au salon. Je ne pris pas la peine de répondre – moi non plus, je n'avais pas envie de rester avec lui. Je savais pertinemment pourquoi il avait fait cette tête d'enterrement sans dire un mot, pendant le trajet en voiture. L'après-midi précédent, je l'avais entendu demander au majordome de joindre Bellingham Hall par téléphone ; j'étais restée en haut de l'escalier, tendant l'oreille. Son chaleureux « Bonjour, George » ne m'avait pas dupée. C'est à Lissy qu'il parlait. Et apparemment, sa maîtresse était assez mécontente. Par deux fois, il lui répéta « Bien sûr que non », puis il y eut une longue pause où elle devait parler, avant qu'il dise : « Désolé, mais vraiment, je ne peux pas. » Un silence s'ensuivit. Je jetai un œil par-dessus le balustre. Il s'en allait. Sa belle avait dû raccrocher. À mon avis, il devait lui aussi avoir une lettre à écrire – sa dernière occasion de lui envoyer des mots d'amour avant que nous ne traversions l'Atlantique.

J'envisageai un moment d'écrire moi-même à Lissy, pour lui dire que Frederick et moi passions un très bon moment ensemble. Je revoyais encore son sourire crispé lorsque je lui avais décrit la joie de Frederick quand nous avions reçu nos billets. Il n'avait pas dû lui donner le même son de cloche, bien entendu, mais j'aimais à penser que cela suffisait à semer le trouble en elle.

Et puis non, je ne prendrais pas cette peine. Je ne comptais pas perdre un seul instant de ce voyage pour elle, ou pour lui. J'allais profiter de ce temps béni avec mon fils et mon père et me fabriquer des souvenirs que je pourrais convoquer plus tard, quand je serais rentrée. Je tirai la langue dans le dos de mon mari comme il s'éloignait et descendis chercher Teddy.

18

Je venais de quitter l'ascenseur donnant dans notre couloir – un ascenseur dans un bateau, quelle étrangeté ! – quand je vis Molly sortir de notre suite, tenant Teddy par la main. Son petit visage s'illumina et il s'écria « Maman ! » en courant vers moi. Je sentis mon cœur fondre.

— J'allais justement l'emmener sur le pont, madame, me dit Molly. Il a la bougeotte depuis qu'il est réveillé de sa sieste.

Avoir la bougeotte. Voilà bien longtemps que je n'avais pas entendu cette expression. Ma mère l'employait souvent à propos de mon père quand il avait une nouvelle idée pour ses affaires. J'avais eu l'impression d'entendre sa voix quand Molly avait dit ces mots.

— Molly, vous êtes originaire de Manchester, n'est-ce pas ?

— Oui, madame.

— C'est bien ce que je pensais. Nous venons de là également – enfin, ma famille à moi, je veux dire. Mes parents ont tous deux grandi à Ancoats.

À la façon dont elle avisa ma robe en soie française et les perles à mon cou, je vis qu'elle ne savait que répondre et décidai de lui venir en aide :

— Vous avez peut-être entendu parler de Robert Hayward ?

— Le roi du coton ? Bien sûr.

— Je suis sa fille. Il voyage avec nous.

Sa mâchoire se décrocha.

— Eh ben, ça alors ! fit-elle avant de se ressaisir, embarrassée : Pardon, madame. C'est juste que, enfin, vous ne...

— Je ne parle pas comme une fille d'Ancoats ? C'est vrai... Disons que j'ai été obligée de corriger un peu certaines choses depuis mon mariage. Mais, sacré nom, lançai-je en reprenant mon ancienne façon de parler, je peux vous dire que j'ai Manchester dans le sang, autant qu'un bâtonnet de Blackpool Rock* !

Cette dernière phrase jaillit sans que je le veuille. Elle éclata de rire, et moi aussi, avant qu'un silence un peu gêné ne s'installe entre nous. Les maîtres n'étaient pas censés rire avec leurs employés, elle le savait aussi bien que moi ; en revanche, elle ne pouvait savoir que cela faisait des lustres que je n'avais ri avec personne – pas sincèrement, en tout cas –, au point que j'avais presque oublié cette sensation.

— Alors, dit-elle, désirez-vous que j'emmène Teddy se promener un peu sur le pont ?

— J'aimerais l'emmener moi-même.

Même dans la position où je me trouvais, je ne pus éradiquer entièrement toute hésitation dans ma voix – on m'avait trop longtemps dicté ce que je pouvais ou ne pouvais pas faire.

Molly dut le remarquer et trouver cela curieux mais elle se contenta de me répondre :

— Bien sûr, madame.

Alors qu'elle tournait les talons pour nous laisser, je lui proposai sans réfléchir :

— Et si vous veniez avec nous ?

Il y avait beaucoup de monde sur le pont, et une certaine excitation dans l'air. Les gens souriaient et de petits groupes de passagers, tous élégamment vêtus, bavardaient et riaient

* Les Blackpool Rocks sont des sucreries en forme de petits bâtons originaires de la ville de Blackpool, non loin de Manchester. (*Toutes les notes sont de la traductrice.*)

autour de nous. La plupart étaient des Américains. J'adorais saisir des bribes de leur conversation avec cet accent si particulier qui était le leur.

Alors que nous passions à côté d'un de ces groupes, Molly et moi tenant la main de Teddy, une très jolie femme en manteau rouge cerise et chapeau à la mode orné de plumes s'exclama :

— Bien sûr que je suis tout excitée ! Ce navire n'est pas comme les autres, et nous sommes les premiers à naviguer à son bord. Vous allez voir le nombre de photographes qui nous attendront sur le quai, à New York.

— Nul doute que vous figurerez sur ces photos, la flatta l'homme à côté d'elle.

Elle rit.

— Je l'espère bien ! Une femme doit savoir se montrer si elle veut rester au sommet.

Cette femme avait l'air tellement sûre d'elle ; mais tel était également le cas de tous ces gens qui n'avaient qu'à lever le bras pour gratter le ciel, me semblait-il.

Molly la fixa comme nous passions et me chuchota ensuite :

— Madame, vous avez vu qui c'était ? Dorothy Gibson !

— L'actrice ?

— Oui ! Je la reconnaîtrais entre toutes ! Elle jouait dans *Miss Masquerader*. Je l'ai vu à la Gaiety.

— La Gaiety sur Peter Street ? Le théâtre ?

— C'est un cinéma maintenant. *Miss Masquerader* est le premier film qu'ils ont projeté.

— J'y allais autrefois avec ma maman, dis-je.

Je n'avais pas prononcé ce mot depuis bien longtemps ; mais le fait d'entendre l'accent dans lequel on a grandi contribue souvent à vous mettre à l'aise avec les gens. Peut-être est-ce pour cette raison que je me laissai aller à dire la bêtise suivante :

— C'est drôle de penser que nous aurions pu nous connaître à Manchester, si les choses avaient été différentes.

Molly me sourit.

— Je pense qu'il aurait fallu qu'elles soient *très* différentes pour que nous puissions nous connaître, madame. Je doute que j'aurais pu tomber sur vous au stand de tripes du marché de Church Street.

Lady Storton se serait étranglée en entendant une domestique lui parler de la sorte, mais je ne pus m'empêcher de rire.

— Vous avez raison, je ne traînais pas souvent dans ce coin-là. Et je ne crois pas avoir jamais mangé de tripes.

— Eh bien, vous avez raté quelque chose.

— Vous savez ce qui me manque, Molly ? Le *rag pudding*. On en mangeait tous les mercredis, chez moi.

C'était le plat préféré de mon père : de la viande émincée, des oignons et de la sauce dans une épaisse pâte de suif, le tout cuit dans un tissu en mousseline.

— Notre cuisinière avait pour instruction de suivre strictement la recette que préparait ma mère depuis les premiers jours de leur mariage, racontai-je. La première fois que nous en avons mangé après sa mort, cela nous a fait pleurer tous les deux.

Je n'avais pas pensé à cette soirée-là depuis des années – mon père et moi en train de sangloter sur notre repas, parce qu'elle ne serait plus jamais là le mercredi soir. Je n'avais pas pensé au *rag pudding* depuis longtemps non plus, mais j'en sentais presque le goût en cet instant.

— Oui, dit Molly, certains plats peuvent faire ça. Moi, c'est la bouillie de pois qui me fait penser à ma mère. Elle m'a appris à en faire avant de mourir, mais je n'ai jamais réussi à obtenir le même goût.

— Quand avez-vous perdu votre mère ?

— Il y a six ans, répondit-elle. J'avais quinze ans.

— Comme moi. C'est dur pour une fille de perdre sa mère à cet âge. Et vous aviez... que disiez-vous ? Cinq petits frères, en plus ?

— C'est ça. Le plus jeune n'était qu'un bébé, si bien que c'est vraiment moi qui ai dû les élever.

À cet instant, Teddy, qui courait devant nous, trébucha et tomba de tout son long sur le pont. Il releva la tête et ouvrit la bouche pour crier mais, rapide comme l'éclair, Molly courut le remettre sur ses pieds, lui adressa un grand sourire et lui dit :

— Ne pleure pas Teddy, tout va bien. Je parie que tu ne t'es même pas fait mal, je me trompe ?

Sur ce, elle l'invita d'un geste à reprendre sa course et il partit à nouveau comme une flèche.

— Est-ce que cette méthode fonctionne toujours ? demandai-je.

— Uniquement si vous intervenez avant qu'ils commencent à pleurer. J'ai appris ça avec mon deuxième frère – il avait un problème aux chevilles, le pauvre chéri, il n'arrêtait pas de tomber et je ne pouvais pas le laisser hurler à la maison quand ma mère était malade.

— Qui s'occupe de vos frères maintenant ?

— Ils ont une belle-mère, mon père s'est remarié.

— Cela a dû être particulier, non ? Je ne sais pas ce que j'aurais ressenti si mon père avait pris une nouvelle femme.

— Pour être franche, ça ne m'a pas beaucoup plu. On ne s'entendait pas, elle et moi, ce qui a fini par créer une brouille entre mon père et moi. C'est pour cette raison que je suis partie à Londres et que j'ai pris cette place chez Mrs Fieldwood.

— Que pense-t-il du fait que vous partiez vivre aux États-Unis ?

Elle haussa les épaules.

— Ils ne le savent pas. Je n'avais pas de raison de leur dire – je suis partie il y a cinq ans. Je leur ai écrit en indiquant mon adresse, mais mon père n'a pas répondu et je n'ai eu aucune nouvelle de leur part depuis. Si ça se trouve, le petit dernier ne se souvient même pas de moi.

— C'est bien triste.

— Oui, mais que voulez-vous, je ne peux rien y faire. Et si j'étais restée à la maison, je suppose que je n'aurais pas eu l'occasion de voguer vers une nouvelle vie en Amérique. Alors finalement, ils m'ont peut-être rendu service.

Le dîner de ce soir-là fut délicieux – une soupe à l'orge, des asperges à la vinaigrette, une mousseline de saumon, du filet mignon aussi tendre que du beurre –, et il me ravit d'autant plus que je ne le pris pas sous le regard glaçant de treize générations d'ancêtres.

— Vous ne devinerez jamais avec qui j'ai discuté à la bibliothèque, cet après-midi, dit mon père. L'homme qui a conçu ce bateau, ni plus ni moins ! Un type charmant, qui s'est fait tout seul en commençant comme simple apprenti. Il m'a dit qu'il participait au voyage inaugural de chacun de ses bateaux, juste pour voir s'il y avait besoin d'améliorer quoi que ce soit. Il aime contrôler le moindre détail lui-même.

— Comme toi, dis-je en souriant.

— Ça ne fait jamais de mal de suivre les choses de près. J'imagine que c'est la même chose pour vous avec la propriété, Frederick ?

— Absolument, répondit mon mari. Nous avons un intendant, bien entendu, mais c'est lord Storton et moi qui contrôlons les grandes décisions.

Je dus me retenir de rire en entendant cette phrase. Si ces deux-là contrôlaient quoi que ce soit, moi, j'étais Cléopâtre. Mon père aurait eu une attaque s'il avait vu la façon dont étaient tenus les livres de comptes que j'avais aperçus un jour sur le bureau de lord Storton.

— C'était vraiment très intéressant de voir comment tout ça s'est goupillé, poursuivit mon père. Ils n'ont pas regardé à la dépense, m'a-t-il dit – il fallait ce qui se fait de mieux, pour tout. La seule chose sur laquelle la compagnie a rogné, c'est le nombre de canots de sauvetage. Il en voulait davantage, mais on lui a dit que cela gâcherait la vue depuis les ponts.

— Il y en a tout de même assez ? demandai-je.

— Oh oui, bien plus que nécessaire, il n'y a pas à s'inquiéter pour ça. Et il m'a parlé de la construction du bateau, en m'expliquant comment ils avaient procédé pour le rendre aussi sûr.

Ainsi que je l'ai déjà évoqué, mon père était fasciné par tout ce qui concernait les machines et autres questions techniques ; visiblement, l'homme qu'il avait rencontré devait être du même pedigree. Il entreprit de nous relater tout ce que cet individu lui avait expliqué – comme cette histoire de compartiments et de portes étanches qu'ils pouvaient fermer rien qu'en appuyant sur un interrupteur, si bien que même un trou dans la coque n'aurait pas fait couler le navire. Frederick hochait la tête de temps en temps sans écouter vraiment. Pour être honnête, moi non plus. Je me contentais de savourer ce délicieux repas en tendant l'oreille vers les conversations des Américains derrière nous, tout en me disant que ce n'était que le premier des seize jours de bonheur que j'avais devant moi.

Lorsque le café et les digestifs arrivèrent, Frederick se leva et, avec un bâillement ridiculement exagéré, déclara :

— Notre départ bien matinal commence à se faire sentir. Vous voudrez bien m'excuser si je vous laisse pour aller me coucher ?

Dès qu'il fut parti, mon père but une gorgée de brandy et, adossé dans sa chaise, me dit :

— Je suis vraiment content de te voir, Ellie. Et de voir Teddy. C'est un chouette petit gars.

— Je suis désolée que tu n'aies pas pu le rencontrer plus tôt, répondis-je. C'est un peu…

— Compliqué ? Je ne suis pas idiot, ma belle. Pas besoin d'être un génie pour comprendre que Frederick et sa famille ne m'estiment pas d'assez bonne compagnie pour le futur lord Storton. Mais j'aimerais être sûr que tu ne penses pas la même chose, et que ce n'est pas un effet de ta volonté si je n'ai pas pu voir Teddy avant.

— Bien sûr que non !

Le coup était rude. Pourtant, j'aurais dû me douter que mon père devinerait ce qu'ils pensaient de lui ; il était plus intelligent que n'importe lequel d'entre eux. Je ne pouvais nier les faits, mais je ne voulais pas non plus que cette conversation aille plus loin. Car même si je n'avais pas eu le choix, j'éprouvais une sorte de manque de loyauté en m'étant ainsi laissé absorber dans la famille de Frederick alors qu'ils estimaient si peu la mienne. Je me rappelai l'expression de mon père dans la suite, ce matin, lorsqu'il m'avait entendue parler comme eux. Comme si j'avais honte de mes origines. J'aurais aimé pouvoir le lui dire, et il allait bien falloir que je lui explique à un moment ou à un autre, mais je ne supportais toujours pas l'idée qu'il sache qu'ils me méprisaient autant qu'ils le méprisaient, lui.

Je préférai donc changer de sujet :

— Je trouve que Teddy a un petit air de toi, tu n'as pas remarqué ?

— C'est possible, oui. Quel dommage que ta mère n'ait pas pu le connaître. Elle aurait été tellement fière.

— Mais lui la connaît, comme il te connaît, toi. Je lui parle de vous depuis qu'il est né, ou presque. De Clereston, et des fabriques aussi.

— J'espère qu'un jour, il viendra les voir lui-même.

Je l'espérais tout autant, mais si Frederick s'en mêlait, Teddy avait plus de chances d'aller un jour sur la lune. Je changeai à nouveau de sujet :

— Au fait, as-tu constitué ton nouveau comité de direction ?

Après que mon père avait décidé de ne pas me léguer la société dans son testament et d'en confier la gestion à l'ensemble de ses employés, il avait pris un certain plaisir à mettre ses chefs adjoints à l'épreuve en leur faisant miroiter une place au comité. Il se lança avec ravissement dans un récit détaillé de sa liste finale, m'expliquant pourquoi il les avait choisis, et, s'il avait noté que je n'avais pas répondu à sa remarque concernant la visite de Teddy aux fabriques, il ne m'en dit pas un mot.

Nous restâmes là une heure de plus, à bavarder et écouter un groupe de jazz avant de regagner nos chambres. Dans ma suite, Teddy dormait profondément dans un petit lit près du mien. Une fois que Molly m'eut aidée à me mettre en chemise de nuit et m'eut brossé les cheveux, je me couchai dans la même chambre que mon fils pour la première fois de ma vie. En m'endormant au doux son de sa respiration, ma dernière pensée fut que je passerais volontiers le reste de ma vie sur ce bateau.

19

Le lendemain matin, je m'éveillai en entendant Teddy parler tout seul dans son petit lit, et je dois dire que ce fut l'un des plus beaux moments de mon existence. Son visage s'illumina comme je me penchais pour le prendre avant de l'installer avec moi dans mon lit. Là, nous passâmes une vingtaine de minutes à regarder ensemble l'un de ses livres d'images, et ce n'est que lorsqu'il me dit avoir faim que je me rendis compte que je ne savais rien de ses habitudes. Rose avait reçu de la nourrice une liste d'instructions sur laquelle je comptais me baser une fois à bord afin de m'occuper moi-même de Teddy. Et voilà que je me retrouvais seule avec mon enfant, ignorant ce qu'il mangeait au petit déjeuner – à vrai dire, je ne l'avais même jamais vu prendre un repas. Et j'avais beau savoir que miss Cairns l'avait initié à utiliser un pot à partir de ses six mois, mon ignorance était tout aussi grande en ce qui concernait ses besoins de toilette. Il ne me restait donc plus qu'à solliciter Molly.

— Excusez-moi, madame, dit-elle en arrivant précipitamment, un peu pâlotte. Je ne voulais pas risquer de vous déranger, au cas où vous dormiriez encore. Mais je peux le prendre maintenant.

— Non, ce n'est pas la peine, j'ai envie de passer du temps avec lui – ça ne m'arrive pas si souvent, chez nous, dis-je en riant pour dissimuler mon embarras. Pour tout vous dire, je ne sais même pas ce qu'il mange le matin.

— Eh bien, mes petits frères adoraient tous le pain trempé dans du lait chaud à cet âge. Voulez-vous que je demande au steward d'en apporter, et nous verrons bien ?

À en juger par son expression, Teddy n'avait jamais vu de pain trempé dans du lait ; mais, suivant les conseils de Molly, je saupoudrai le dessus d'un peu de sucre de canne, soufflai sur la cuillérée pour la refroidir, et un sourire gourmand se dessina sur ses lèvres comme il engouffrait la première bouchée. Il fallut une demi-heure pour lui faire avaler l'intégralité du petit bol – Teddy aimait manger mais se révéla être maladroit, lent et rêveur pendant tout ce temps. Cette tâche me ravit cependant, tout autant que le moment où il fallut le débarbouiller et l'habiller de son petit costume marin. Et s'il me faut avouer que j'appréciai moins de voir mes chaussons de satin neufs souillés d'urine – il était moins doué que Molly le pensait pour utiliser le pot –, son hilarité devant mon expression choquée était tellement contagieuse que je partis moi aussi à rire de bon cœur.

J'étais tellement focalisée sur lui que je ne vis pas que Molly n'était pas seulement pâle, mais « verte jusqu'aux branchies », comme disait ma mère. Au moment où je finissais d'habiller Teddy, elle porta une main à sa bouche, murmura « Oh, non » et détala dans la salle de bains. Ça ne pouvait tout de même pas être le mal de mer ? On sentait à peine le bateau bouger. Avait-elle mangé quelque chose qui ne passait pas ? Elle avait pourtant dit que la nourriture était excellente dans le quartier des domestiques, et il me paraissait peu vraisemblable de trouver des aliments avariés sur un navire comme celui ci. J'imaginai la réaction de lady Storton si une femme de chambre avait vomi dans sa salle de bains : un jour où j'étais enceinte de Teddy, elle avait eu une expression outrée et horrifiée lorsque je m'étais soudain levée pour quitter la table du petit déjeuner. C'est en pensant à cela que j'eus le déclic.

Lorsque Molly revint, je notai un détail qui m'avait échappé jusqu'ici : un épaississement de la taille assez éloquent sur une silhouette fine comme la sienne, et des boutons défaits pour gagner en confort.

— Veuillez m'excuser, madame, dit-elle. Je crois que c'est le mouvement du bateau.

— C'est autre chose, n'est-ce pas ? Je préfère que vous me disiez la vérité, Molly. Êtes-vous enceinte ?

— Oui, répondit-elle d'une voix blanche.

— Est-ce pour cette raison que vous avez quitté votre place ?

Elle acquiesça.

— La maîtresse m'a dit qu'elle était désolée que je parte, mais...

Elle n'avait pas besoin de terminer sa phrase. Aucune maison « respectable » ne voudrait d'une domestique dans sa situation. Frederick serait blême s'il l'apprenait.

— Mais honnêtement, à part ces nausées, qui passent dès le milieu de la matinée, je suis tout à fait capable de travailler.

Je ne pouvais pas la laisser partir. J'avais besoin de son aide et, en outre, je l'aimais déjà beaucoup – sans parler du fait qu'elle se trouvait dans une situation assez embarrassante pour que je me permette, en plus, de la juger.

— Je pense qu'il vaut mieux que nous gardions ça pour nous. Évitez de trop vous approcher de mon mari, lui dis-je. Bon, il faut que je m'habille pour aller déjeuner maintenant.

J'étais tout juste prête quand Frederick frappa à ma porte. Ne voulant pas qu'il voie le petit lit de Teddy près du mien, je sortis immédiatement en refermant la porte derrière moi. Nous retrouvâmes mon père à table et la conversation autour du petit déjeuner fut cordiale. J'eus un petit moment de frayeur quand Frederick annonça qu'il comptait aller faire quelques brasses dans la piscine, et priai pour que mon père ne propose pas de l'accompagner. Mais il ne le fit pas et, après avoir récupéré Teddy et déposé ma lettre pour lady Storton à propos de Rose au bureau du commissaire de bord, nous partîmes tous trois marcher sur le pont.

La mer était très calme et le temps serein, avec juste une petite brise. Nous nous tenions au bastingage tandis que le navire approchait du port de Queenstown en Irlande, notre dernière escale avant de traverser l'Atlantique. De dimensions bien trop imposantes pour le port, le *Titanic* jeta l'ancre à proximité et deux petits bateaux amenèrent une douzaine de nouveaux passagers puis emportèrent des sacs de courrier. Y avait-il une lettre pour Lissy dans l'un d'eux ? Probablement, mais je ne voulais même pas m'en soucier. Une demi-douzaine de passagers nous quittèrent également ; que devaient-ils ressentir, une fois à quai, en voyant ce somptueux navire mettre le cap sur New York, sans eux ?

Le sifflet retentit et le paquebot se remit en mouvement.

— Prochain arrêt, New York ! s'exclama mon père.

C'était une chose bien étrange que de songer que les cinq prochains jours, nous serions au beau milieu de l'océan, à des lieues de toute terre. Que se passerait-il si, par exemple, quelqu'un tombait gravement malade alors que nous étions loin de tout ? Je repoussai cette pensée ridicule : il y avait forcément un médecin à bord. Il y avait tout à bord.

Tandis que le navire s'éloignait paisiblement des côtes d'Irlande, dans un mouvement toujours à peine perceptible, nous poursuivîmes notre promenade tous les trois. Teddy me tenait la main et posait de grands yeux curieux sur tout ce qui l'entourait. Je me réjouissais constamment de voir les gens lui sourire à notre passage. Encore un peu timide, il se cramponnait à moi, mais, dès que mon père parlait, il paraissait fasciné et, au bout d'un petit moment, il lui prit la main – au grand ravissement de mon père. Était-ce parce que son grand-père parlait avec le même accent que celui avec lequel je m'adressais à lui quand il était bébé ? Cela pourrait aussi expliquer qu'il ait si vite adopté Molly – après tout, ç'avait été mon cas.

Un petit groupe s'était formé près de la proue du bateau. Quelqu'un disait avoir repéré des tortues de mer. Mon père prit Teddy dans ses bras afin qu'il puisse voir. C'est alors qu'apparut Frederick, les cheveux mouillés après son saut dans la piscine.

— Vous êtes là ! dit-il en ébouriffant les cheveux de son fils. Regardez-moi ce petit marin dans son bel uniforme.

Si ses mots étaient plaisants, son visage trahissait la contrariété qu'il avait à voir son enfant dans les bras de mon père. Je m'empressai d'intervenir :

— Il adore marcher sur le pont et regarder les gens. Si nous faisions un dernier tour ensemble, avant le déjeuner ?

— Bonne idée, répondit Frederick.

Puis il ajouta, comme mon père posait Teddy par terre :

— Tu veux tenir la main de papa, Edward ? Il ne faudrait pas que tu te perdes.

Il lui tendit la main, mais Teddy préféra prendre celle de son grand-père.

— Sois gentil, prends la main de papa maintenant, intervins-je. Nous allons lui montrer tout ce que nous avons vu ce matin.

Il prit alors la main de Frederick tandis que j'évitais le regard intrigué de mon père.

Nous fîmes halte pour regarder trois Américains corpulents en train de faire une partie de jeu de palets, au cours de laquelle ils se servaient de sortes de balais pour pousser un disque noir sur une allée peinte à même le sol du pont. Fasciné, Teddy applaudissait chaque fois que le palet glissait sur sa trajectoire en direction des chiffres inscrits. L'un des hommes lui tendit son bâton.

— Tu veux essayer, mon p'tit gars ?

Le bâton-balai était plus haut que lui, mais je l'aidai à le tenir et il frappa le disque avec une force étonnante, l'envoyant sur un huit. Les trois hommes l'acclamèrent.

— C'est un vrai petit champion que vous avez là, dit l'un d'eux. Il faudra lui apprendre le billard, plus tard.

Teddy ne se montra guère disposé à rendre le bâton, mais il se laissa distraire quand mon père s'accroupit devant lui pour lui expliquer les règles de ce jeu. Son petit-fils était pendu à ses lèvres, n'en perdant pas un mot. Ce spectacle me fit chaud au cœur et, en même temps, m'emplit de tristesse à l'idée qu'ils aient dû attendre tout ce temps pour se voir et que cela recommencerait à notre retour à Winterton. Ce n'était pas juste. Teddy faisait tout autant partie de notre famille, il avait du sang Hayward dans les veines et aurait peut-être une plus belle vie devant lui s'il dirigeait des fabriques de coton plutôt que le domaine des Storton. Or, on ne lui laisserait jamais l'occasion de le savoir. Le regard maussade que posait Frederick sur eux l'exprimait clairement. Il n'y aurait de place que pour un seul grand-père dans la vie de mon enfant.

Depuis le matin, je repensais régulièrement à la révélation que Molly m'avait faite. J'étais inquiète à l'idée qu'elle parte dans un pays étranger dans une situation aussi délicate. Ce soir-là, alors qu'elle me coiffait avant le dîner, je lui demandai si elle avait pensé retourner dans sa famille quand elle s'était rendu compte de sa grossesse.

— Pas une seconde. Ils ne voulaient pas de moi avant, alors ce n'est sûrement pas maintenant que ça va changer, et je ne veux pas avoir à mendier quoi que ce soit. Ma mère parlait tout le temps de sa cousine à New York, qui s'était fait une belle vie là-bas. Elle aurait aimé partir avec elle, à l'époque, mais mon père n'a pas voulu. Alors je me suis dit, je vais faire ce qu'elle n'a pas pu faire. J'ai écrit à Ruth, et elle m'a dit de venir.

— Vous avez donc un endroit où aller en arrivant ?

— Oh oui, tout est arrangé. Ils n'ont pas bien grand, mais il y a de la place pour moi et ils me trouveront du travail.

— Et ça ne les ennuie pas que...

Elle se mordit la lèvre.

— Ils ne sont pas au courant. J'ai pensé que si je leur disais, ils risquaient de refuser. Parce qu'ils ne me connaissent pas encore ; pour l'instant, je ne suis qu'un nom sur une lettre. Mais une fois que je serai là-bas, sur le pas de leur porte, ils ne vont tout de même pas me mettre dehors avec le bébé, pas vrai ?

— Eh bien... Cela me paraît, disons... un peu risqué.

— Je sais, dit-elle avant de hausser le menton et de poursuivre. Mais parfois, il faut savoir prendre des risques dans la vie, pour avancer. C'est pour ça que je suis allée à Londres, alors que j'aurais pu trouver une place – excusez-moi de dire ça, mais j'aurais aussi bien pu trouver une place à la fabrique de coton. Il est vrai que les choses ne se sont pas passées comme je l'espérais, mais plutôt mourir que rentrer chez moi la queue entre les jambes. J'ai encore plus de bonnes raisons d'essayer de faire quelque chose de ma vie maintenant – pour offrir un bel avenir à mon bébé. Et c'est aux États-Unis que ce sera possible.

Molly épingla une boucle rebelle sur ma tête puis en détacha quelques-unes afin qu'elles viennent joliment encadrer mon visage. Elle était bien plus douée que Rose pour les coiffures.

— Voudrez-vous porter les boucles d'oreilles en diamants ce soir, madame ? Ou les pendentifs en émeraude ?

— Les diamants, merci. Vos projets sont bien excitants. Cette cousine de votre mère, est-elle gentille ?

— Je ne l'ai jamais vue. Je n'étais pas née quand elle est partie en Amérique. Mais ma mère nous lisait souvent ses lettres. Elle s'est trouvé un mari, peu de temps après son arrivée là-bas, et ils habitent dans un appartement – on appelle ça comme ça à New York, quand vous avez plusieurs logements avec d'autres gens dans le même bâtiment. Ils vivent avec la mère de son mari et ont un garçon et une fille.

— Le mari est américain ?

— Non, suédois. Elle dit que dans leur quartier, il y a des gens qui viennent de partout – des Italiens, des Allemands, des Irlandais, des Juifs de Pologne et de Lituanie – mais que tout le monde s'entend bien, même s'ils vivent un peu les uns sur les autres. La belle-mère a l'air un peu pénible, cela dit. D'après Ruth, elle aime commander son petit monde.

J'étais bien placée pour savoir ce que c'était et me sentis navrée pour Molly.

— Vous ne craignez pas d'avoir le mal du pays ?

— Oh, rien de mon pays ne me manquera, vous savez. Vous avez compris ce qu'il en était pour ma famille, et j'ai appris un peu tard que le père de mon enfant a déjà une femme et trois enfants avec qui il vit tranquillement à Deptford.

— Je suis désolée pour vous. Vous l'aimiez beaucoup ?

— Je trouvais qu'il y avait du soleil dans ses yeux. Et il me disait qu'il y en avait dans les miens. Voilà le genre de phrase avec lequel je me suis fait avoir.

Je m'étais fait avoir avec bien moins.

Son regard croisa le mien dans le miroir.

— Ma mère avait coutume de dire que les choses arrivent toujours pour une bonne raison. Aujourd'hui, j'ai l'occasion de transformer une mauvaise expérience en quelque chose de positif. Ça peut vous paraître bête, madame, mais c'est comme ça que je vois les choses.

Elle avait l'air tellement déterminée que, à cet instant, j'oubliai mon inquiétude pour lui envier son courage. Molly avait déjà agi avec la même trempe quand elle nous avait abordés sur le quai de Southampton – y voyant une opportunité, qu'elle avait immédiatement saisie. Un peu comme mon père avec son magasin, quelques décennies plus tôt. Et pendant ce temps-là, moi, la fille du roi du coton, je n'avais fait que subir ce qui m'arrivait et me résigner à accepter que d'autres gens décident pour moi. Ainsi que pour Teddy.

— Ça ne me paraît absolument pas bête, répondis-je. C'est courageux, au contraire, et je vous souhaite bonne chance, Molly.

20

J'avais beau adorer ce navire et l'aventure que cela représentait d'aller à New York, j'avoue que j'aurais été tout aussi heureuse de faire ce voyage sur un bateau de pêche, rien que pour le temps dont je disposais avec Teddy. Même lorsqu'il s'éveilla d'humeur grincheuse, le deuxième matin, et se mit à chipoter dans son bol puis à geindre et se tortiller comme je l'habillais, je chérissais ces petits moments de vie ordinaires avec lui, dont j'étais habituellement privée. À Winterton, il avait toujours le ventre plein et une mise parfaite quand je le voyais ; maintenant, je pouvais le prendre dans mes bras et le cajoler sans avoir à craindre que lady Storton me reproche de trop le couver et décide de me l'enlever.

Je m'efforçais de toute mon âme de ne pas penser à la fin de cette parenthèse. Je m'étais réjouie de ces seize jours pendant tellement longtemps que je tenais à ce qu'ils soient parfaits, sans laisser la réalité de l'avenir entacher ma joie. Seulement, plus je passais de temps avec Teddy, plus nous nous connaissions, et plus la sombre perspective du retour s'immisçait en moi.

La troisième nuit, j'étais assise au bord de son lit, à le regarder dormir. L'air marin m'avait fatiguée, mais j'essayais de garder les yeux ouverts et de profiter de chaque minute qui m'était donnée. De temps en temps, un petit sourire se dessinait sur ses lèvres, et j'espérais qu'il faisait de beaux rêves. L'idée qu'on me l'enlève à nouveau une fois que nous serions rentrés à Winterton m'était insupportable. Comment allais-je pouvoir le rendre à miss Cairns au bout de vingt minutes, après tout cela ? Je m'inquiétais également de ne pas lui rendre service en l'habituant à ma présence permanente alors qu'il devrait réintégrer la nursery à notre retour. Avais-je été égoïste en l'emmenant avec nous ? Puis je songeai aux souvenirs que j'avais de ma propre enfance : ma mère me lisant des histoires quand j'étais petite, m'apprenant ensuite à lire ; mon père me faisant découvrir les fabriques quand j'étais un peu plus grande, en m'expliquant comment tout cela fonctionnait. Peut-être Teddy garderait-il de bons souvenirs de ces seize jours ? Cela paraissait pourtant bien peu. Certainement pas assez pour le protéger lorsqu'ils l'enverraient « s'endurcir » en pension, en tout cas.

Je ne cessais de penser à Molly, au courage dont elle faisait preuve en prenant un tel risque pour son enfant. J'espérais qu'elle avait raison, que sa famille l'accueillerait bel et bien ; mais même si tel n'était pas le cas, j'avais le sentiment que Molly se débrouillerait et trouverait une autre solution. Elle ne semblait pas être du genre à se laisser abattre.

Ce soir-là, pendant qu'elle me coiffait pour le dîner, nous avions parlé de Manchester et des endroits que nous connaissions toutes deux là-bas. Je les avais peut-être vus depuis l'arrière d'une voiture avec chauffeur et elle depuis un tram, mais nous avions beaucoup de souvenirs en commun. Et lorsque nous reprîmes cette discussion plus tard, alors qu'elle me brossait les cheveux et rangeait mes habits avant que j'aille me coucher, elle me parla davantage de sa famille : sa mère qui allait rarement bien, son père qui semblait être un tyran absolu et n'aimait pas beaucoup travailler, ses cinq petits frères qui s'attiraient toujours des ennuis. Elle ne le formula pas ainsi, mais il paraissait clair que c'était elle qui avait tenu la maisonnée à bout de bras depuis un très jeune âge. Après quoi, son père lui avait renvoyé tout cela à la figure en lui imposant une belle-mère qui lui signifia clairement qu'ils n'avaient plus besoin de Molly, et qu'elle n'était plus la bienvenue dans cette maison.

— Désolée, madame, dit-elle en boutonnant ma chemise de nuit. Vous devez en avoir ras la casquette de mes histoires, pas vrai ?

— Pas du tout.

Je lui tendis mes bagues pour qu'elle les range, me passai de la crème à la lavande sur les mains et enfilai mes gants de nuit.

— Je suis juste triste que les choses aient été aussi difficiles pour vous.

— Le plus dur a été de quitter mes frères, dit-elle. Les petits n'y comprenaient rien et le plus grand, Sam, se mordait les lèvres pour ne pas pleurer.

— Vous n'avez pas eu de nouvelles d'eux depuis ?

Elle fit non de la tête.

— Je me suis dit que, pour eux, une coupure nette était préférable. La nouvelle femme de mon père allait s'occuper des garçons – j'en étais sûre, sinon je ne serais pas partie. Mais elle voulait qu'ils la considèrent comme leur maman, et Sam aurait eu du mal à le faire si j'avais encore été là. Je suppose que les plus petits se souviennent à peine de moi maintenant, et tant mieux.

Elle baissa les yeux vers son ventre.

— Si c'est un garçon, je l'appellerai Sam. Et peut-être qu'un jour je lui parlerai de ses oncles à Manchester.

— Vous ne pensez pas revenir un jour ?

— Pour que mes enfants grandissent dans la pauvreté, comme moi ?

Elle secoua encore la tête.

— Les enfants de Ruth vont à une bonne école, totalement gratuite, et à partir du moment où l'on reçoit une bonne éducation, tout est possible là-bas. C'est ce que je désire pour lui. Ou elle.

Avant qu'elle retourne à sa cabine, je lui demandai si elle pourrait m'écrire pour me donner des nouvelles, une fois qu'elle serait installée. J'avais envie de savoir si l'histoire de Molly aurait une fin heureuse.

21

Nous adoptâmes bientôt une agréable routine : mon père et moi allions nous promener sur le pont avec Teddy pendant que Frederick allait nager, et, le quatrième matin, Teddy s'était totalement pris d'affection pour mon père. Il lui tenait la main quand nous marchions, bavardant gaiement avec lui. Et mon père, même s'il ne comprenait pas tout au babillage de son petit-fils, lui faisait la conversation comme s'ils avaient tous deux le même âge.

Nous étions maintenant à la poupe du bateau, d'où nous regardions les longues volutes d'écume blanche marquer le sillage du paquebot dans la mer.

— Je crois que nous avons pris de la vitesse, dit mon père. C'est peut-être vrai qu'ils essaient de battre le temps de trajet de l'*Olympic.*

Nous avions lu dans *The Times* que le *Titanic* allait peut-être essayer de rallier New York en un temps plus court que celui qu'avait mis un navire de la même compagnie lors de sa traversée inaugurale.

— J'espère que non, répondis-je. J'adore être là, moi. Je préférerais qu'il mette plus de temps.

Il rit.

— Eh bien, tu as encore le trajet du retour devant toi.

Je ne répondis pas. La simple idée de ce trajet retour était comme un épais nuage noir flottant au-dessus de ma tête. La vie à Winterton Hall allait être plus difficile que jamais, maintenant que j'avais goûté à autre chose.

Même sur le *Titanic*, avec tous les plaisirs qu'il proposait, mon père gardait l'habitude de se coucher et de se lever tôt. Dans le cadre de notre accord visant à ne pas laisser paraître la froideur de nos rapports, Frederick et moi restions au salon une dizaine de minutes après qu'il nous avait souhaité bonne nuit, afin de sauver les apparences. Ensuite, une fois que j'étais sûre que mon père était couché, je laissais Frederick et regagnais ma chambre.

Ce quatrième soir, après le départ de mon père, Frederick me dit qu'il nous avait aperçus au gymnase, pendant l'après-midi, alors qu'il passait par là pour aller au fumoir. Le temps s'était sensiblement rafraîchi après le déjeuner et j'avais vu que les enfants pouvaient accéder à la salle de sport entre 13 et 15 heures. Teddy avait passé un bon moment sur le cheval électrique – je le tenais fermement pendant que le cheval basculait d'avant en arrière, et il riait aux éclats, absolument ravi.

— Il avait l'air de bien s'amuser sur cet engin en forme de cheval, dit Frederick. Il faudra songer à lui trouver un poney bientôt.

— Peut-être que je devrais apprendre à monter, moi aussi. Comme ça, nous pourrions y aller tous les trois.

Je n'avais aucune intention de fréquenter les chevaux mais, quelques semaines plus tôt, j'avais croisé Frederick alors qu'il rentrait de sa sortie à cheval quotidienne, exhalant un puissant parfum de rose. Pas étonnant qu'il sorte si souvent.

Ma remarque avait fait mouche : une lueur paniquée se lut un instant dans ses yeux à l'idée qu'il puisse perdre une occasion de passer un moment secret avec Lissy.

— Je ne suis pas sûr que cela vous plairait, argua-t-il.

— Peut-être pas autant qu'à vous, j'en conviens. Mais vous avez tellement d'expérience en la matière…

Il ne releva pas et se contenta de prendre son verre de whisky, dont il fit tourner le contenu avant de l'avaler. Nous restâmes sans rien dire pendant un moment, lui, le regard perdu par la fenêtre, moi, regardant l'orchestre sans vraiment le voir. Il posa son verre.

— Je croyais que nous payions cette fille pour qu'elle s'occupe d'Edward ? Elle n'était pas avec vous cet après-midi.

— Nous la payons pour qu'elle soit ma femme de chambre. C'est moi qui m'occupe de Teddy. Il dort dans ma cabine, et je le couche le soir et le lève le matin. Molly reste uniquement avec lui pendant sa sieste de l'après-midi et quand nous prenons nos repas, le midi et le soir.

— Je vois.

Son visage demeura impavide. Je regrettais maintenant de l'avoir provoqué avec mon commentaire sur les promenades à cheval. Après cela, le moment n'était peut-être pas le mieux choisi pour lui dire ce qui me trottait dans la tête, mais puisque le sujet était sur le tapis, peut-être devais-je tout de même me lancer ? Il ne servait à rien d'attendre le dernier jour – ainsi, il aurait le temps de voir de ses propres yeux que mon idée pouvait fonctionner.

— Au fait, je me disais qu'à notre retour, nous pourrions peut-être employer deux gouvernantes au lieu d'une nourrice ? Ainsi, je pourrais m'occuper de Teddy une partie du temps tout en ayant quelqu'un pour prendre soin de lui quand je suis prise. J'aurais toujours du temps pour mes obligations à Winterton, si bien que votre mère ne devrait pas y trouver d'inconvénient.

— Vous savez qu'elle n'appréciera pas l'idée, même avec de tels arguments.

— Parce qu'elle croit que je couve trop Teddy et que je risque d'en faire une mauviette, comme elle dit. Eh bien, mes parents ne m'ont pas trop couvée. Ils voulaient juste que je sois heureuse et aimée, et c'est aussi ce que je souhaite pour Teddy. Je sais que ce n'est pas ainsi que procède habituellement votre famille, mais moi, j'ai été élevée de cette manière, et Teddy est aussi mon fils. Et j'aime m'occuper de lui.

— Il me semble que vous faites cela très bien.

Je n'en croyais pas mes oreilles.

— Donc vous allez me soutenir ? Je suis sûre que si vous disiez...

— Mais qu'y aura-t-il encore, après cela ?

— Que voulez-vous dire ?

— Même si je jugeais qu'il s'agit d'une bonne idée, ce qui n'est pas forcément le cas, je suppose que ce ne serait pas encore assez, n'est-ce pas ? Ensuite, vous vous opposeriez à ce qu'il parte en pension.

— Je m'oppose déjà à ce qu'il parte en pension.

— Voilà. Sauf qu'il doit y aller.

— En quoi est-ce une obligation ?

— Parce que c'est ainsi que ça se passe. C'est ce que tout le monde fait. Si nous ne l'envoyions pas en pension, les gens croiraient que notre fils a un problème.

— Nous pourrions l'envoyer à l'école du village.

Il se passa une main dans les cheveux et soupira.

— Allons, Elinor, ne soyez pas ridicule. Edward est le futur lord Storton. Il ne peut pas aller à l'école avec les fils du boulanger et du boucher, sans parler de ceux des braconniers du coin.

— Ce qui me paraît ridicule, et cruel, c'est d'envoyer un enfant de sept ans loin de chez lui. Vous m'avez dit vous-même que vous aviez été bien malheureux quand cela vous était arrivé.

Il agita une main devant lui.

— J'ai été perturbé pendant quelques jours, rien de plus. Il n'y a pas mort d'homme.

— Ce n'est pas l'impression que j'ai eue.

— Eh bien, force est de constater que sur ce sujet, nous ne sommes pas du même avis.

Il avait employé le même ton que sa mère, celui qui signifiait : « Le sujet est clos. » La réalité me percuta comme une vague glaciale : ce moment n'était qu'un interlude et, sitôt cet interlude terminé, je reviendrais à ma vie d'avant.

— Vous avez vu comme Teddy est heureux, vous avez vu comme je le suis moi-même davantage. Tout cela vous laisse donc de marbre ? Parce que tout doit rester comme avant, quel qu'en soit le prix ?

Je me rendis compte que j'avais élevé la voix en voyant deux femmes se retourner à la table voisine. Mais cela m'était égal.

Frederick jeta un regard anxieux autour de nous.

— Parlez moins fort, on nous regarde, murmura-t-il.

— Qu'est-ce que cela peut vous faire ? Vous avez dit vous-même que ces gens n'étaient pas comme vous.

Cette fois, on nous écoutait pour de bon. Plusieurs têtes se tournèrent vers nous et les conversations cessèrent aux deux tables les plus proches.

— Elinor ! Pour l'amour de Dieu, quelle mouche vous a piquée ?

— C'est vous ! Vous, et votre famille, et votre manoir, et vos... vos stupides traditions !

Je posai mon verre avec fracas et me levai.

— J'ai besoin de prendre l'air.

22

Une vague de froid me frappa de plein fouet dès que je sortis sur le pont-promenade. La température baissait tous les soirs, mais il faisait simplement frais jusqu'à présent. Cette fois, le froid était mordant. J'étais sur le point de faire demi-tour – ma robe de soirée avait les épaules dénudées et je n'avais pas pensé à prendre mon étole en mohair – quand je tombai sur Frederick qui gravissait les marches deux à deux.

— Eh bien, bravo pour cette scène ! La moitié de la salle parle de nous maintenant.

— Je me répète, mais qu'est-ce que ça peut vous faire ? Vous méprisez tous ces gens, comme vous méprisez mon père. Et, avouez-le, comme vous me méprisez, moi.

— Ne dites pas de bêtises. Vous êtes ma femme. Je ne vous méprise pas, c'est absurde.

Il chercha à prendre ma main, mais je la lui refusai.

— Pourquoi faut-il que vous soyez ainsi ? dit-il. Je sais que vous avez éprouvé des difficultés au début, mais je trouvais que nous nous en étions plutôt bien sortis, au bout du compte.

— Oh, parlez pour *vous*. Vous vous êtes dégoté une femme pleine aux as et vous avez une maîtresse dont vous pouvez sauter dans le lit quand ça vous chante. Donc, oui, on peut dire que vous vous en êtes bien sorti. Mais moi, non.

— C'est donc Lissy, le problème ?

— Non. Il s'agit de Teddy. Mais puisque nous en parlons, vous pensiez vraiment que je ne m'en apercevrais jamais ? Ou bien cela vous était-il égal ?

— Elinor…

— Avez-vous idée de l'humiliation que j'ai pu ressentir en sachant que vous vous moquiez de moi, tous les deux ?

— Nous ne nous sommes jamais moqués de vous ! Je vous l'assure ! Vous vous sentiez seule… J'ai pensé que cela pourrait vous faire du bien d'avoir une amie.

C'était absurde. Mais il pensait réellement ce qu'il disait ; cela se voyait dans ses yeux.

— Je me sentais seule parce que c'est mon argent que vous désiriez, pas moi.

Je tremblais maintenant, et cela faisait vaciller ma voix, ce qui redoubla ma frustration. Je voulais avoir l'air en colère, pas blessée.

— Je voulais vous aider, dit-il. Je ne voulais pas que vous soyez malheureuse.

— Mais comment avez-vous pu penser que prendre le thé et faire les boutiques avec votre maîtresse arrangerait ça ?

— Cessez de l'appeler ainsi.

— C'est pourtant ce qu'elle est, Frederick. Et c'était votre choix. Elle m'a dit un jour qu'elle aimait quelqu'un qu'elle ne pouvait pas épouser, parce qu'elle n'était pas assez riche. C'était vous, n'est-ce pas ?

Il soupira.

— Oui.

— Et vous l'aimiez aussi, pas vrai ? Et vous l'aimez encore.

— Écoutez, sommes-nous vraiment obligés de parler de cela ? Il fait froid, rentrons.

— J'ai le droit de savoir. L'aimez-vous, oui ou non ?

— D'accord ! capitula-t-il en levant les mains en l'air. Oui. Je l'aime. Je l'aime depuis longtemps, et je l'aimerai toujours.

— Dans ce cas, vous auriez dû avoir le courage de l'épouser ! Nous serions plus heureux tous les trois si ç'avait été le cas.

— Ce n'aurait pas été courageux, mais égoïste de ma part. Vous ne comprenez donc toujours pas ? Il y avait bien plus de choses en jeu que mes propres désirs, ou les siens. Elle l'a compris, elle.

— Et vous étiez heureux de la voir épouser quelqu'un d'autre ?

— Bien sûr que non ! J'ai détesté la voir épouser cet imbécile, comme je déteste toujours la voir avec lui maintenant. Mais ce n'est pas le sujet !

Il souffla, l'air exaspéré.

— Comment vous faire comprendre ? Bon. Imaginons que vous soyez un garçon et que vous héritiez de la société de votre père, celle à laquelle il a consacré sa vie entière. Les décisions que vous prendriez à ce moment-là n'obéiraient pas qu'à vos simples désirs, n'est-ce pas ? Vous auriez le poids de ses attentes sur vos épaules, et en outre, il vous faudrait penser à tous ses employés – puisque vous seriez responsable de leur sort. Eh bien, c'est la situation dans laquelle je me trouve. Je ne peux pas me contenter de faire ce qui me plaît. Je n'ai pas le choix. J'ai le poids de treize générations sur mes épaules, et je ne peux pas me permettre de les laisser tomber.

Il avait réellement l'air triste. Mais en étais-je émue pour autant, à ce moment-là ? Non, il ne serait pas juste de le dire. En revanche, cela me permit de prendre conscience que je n'étais pas la seule à être malheureuse.

— Imaginez, poursuivit-il, imaginez que l'affaire de votre père ait rencontré des difficultés et qu'il ait voulu que vous épousiez quelqu'un ayant la possibilité d'investir et de la sauver. Ne l'auriez-vous pas fait pour lui ?

— Jamais mon père n'aurait voulu que j'épouse quelqu'un que je ne pourrais pas aimer.

— Je n'ai pas épousé quelqu'un que je ne pourrais pas aimer. Je vous appréciais, et je savais que je pourrais vous aimer en tant qu'épouse et mère de mon fils.

— Mais jamais comme vous aimez Lissy.

— Que cherchez-vous à me faire dire, Elinor ? Je l'aime, je vous l'ai dit. Et je ne compte pas la laisser tomber, si c'est là où vous voulez en venir.

C'est à ce moment-là que je sus de quelle manière je pouvais agir.

— Je ne compte pas vous le demander, dis-je. Je supporterai que vous la voyiez, quand il vous plaira, sans me plaindre, et je continuerai même de faire comme si elle et moi étions encore amies, si c'est ce que vous souhaitez. Mais en échange, je veux que vous me souteniez à propos de Teddy. Que vous me laissiez être une vraie mère pour lui à partir de maintenant, comme je vous l'ai dit tout à l'heure, et qu'il ne parte pas en pension à un si jeune âge.

Il lâcha un nouveau soupir.

— C'est ridicule. On dirait que nous parlons de l'envoyer travailler à la mine ! Il ira étudier à Eton, comme moi, comme mon père et mon grand-père, et il partira même avant cela, parce que c'est le meilleur moyen de le préparer à la vie qui sera la sienne. Quant à ce que vous êtes en mesure de supporter ou non, il suffit de regarder où nous en sommes aujourd'hui pour savoir exactement ce que vous allez être obligée de supporter.

Je pris une grande inspiration.

— Non. Parce que si vous ne faites pas ce que je demande, je dirai à tout le monde ce que vous avez mijoté tous les deux, et quel genre de femme est Lissy Harcourt.

Chacun de nous soutint le regard de l'autre pendant un temps qui me parut interminable. Puis il partit à rire.

— Pour que votre père lise tout ce déballage dans la rubrique potins mondains des journaux ? Je ne pense pas, Elinor. Vous savez très bien que ce serait aussi douloureux et humiliant pour lui que pour nous, et qu'il en serait dévasté. Et si je vous imagine prendre un certain plaisir à nous rendre malheureux, Lissy et moi, vous ne feriez jamais une chose pareille à votre père. Allez, rentrons maintenant. Il gèle ici.

23

Nos chemins se séparèrent en bas du grand escalier. Frederick partit en direction du salon, et moi vers notre suite. Il avait raison, bien entendu. Je n'aurais jamais pu mettre cette menace à exécution. L'idée m'était venue dans le feu de la discussion, et j'avais fait ce que mon père n'aurait jamais fait – annoncer mon prix sans avoir réfléchi. Frederick avait vu juste : une telle chose briserait le cœur de mon père, et, à supposer que je puisse le supporter, cela ne me donnerait pas pour autant ce que je voulais. Au contraire, cela ne ferait qu'aggraver la situation.

Rien n'allait changer. Encore douze journées de liberté et je serai de retour à Winterton, où je ne verrai mon fils qu'une fois par jour, jusqu'à ce qu'on l'envoie en pension pour le préparer à la vie qui avait rendu Frederick si malheureux, écrasé sous le poids de générations de tradition et piégé par son devoir. Quant à moi, il ne me resterait plus rien d'intéressant une fois que Teddy serait parti. Si nous avions un autre fils, je devrais le perdre à sept ans aussi, et si nous avions une fille, je l'aurais peut-être plus longtemps, mais quel avenir l'attendrait ? Mon argent servait à soutenir la propriété et, au train où allaient les choses, il n'en resterait pas grand-chose pour lui offrir une belle dot. Elle épouserait le premier homme qui voudrait bien d'elle, comme Kitty.

Nous étions tous acculés par ce système. Moi, Frederick, Teddy, même les enfants que nous n'avions pas encore. Lissy également, d'une certaine manière. Et il n'existait pas d'échappatoire.

Lorsque Molly fut partie, je m'assis à côté du lit de Teddy pour le regarder dormir. Je dus m'assoupir dans le fauteuil, car je m'éveillai en entendant Frederick rentrer dans sa cabine. Je me mis alors au lit mais ne parvins pas à trouver le sommeil. J'étais en train de me demander si je pourrais me faire apporter un lait chaud quand un bruit intrigant me parvint – pas très fort mais assez étrange, comme si l'on déchirait un énorme morceau de tissu. Je me redressai pour tendre l'oreille, sans rien entendre de plus. Je jetai un œil vers le lit de Teddy : il ne s'était pas réveillé. Je me blottis donc à nouveau sous les couvertures, espérant enfin dormir.

Il y avait pourtant quelque chose de différent. Mais quoi ? Je m'assis à nouveau dans mon lit. Ah, voilà : le ronronnement des moteurs du bateau, que l'on percevait en permanence sans vraiment s'en rendre compte, avait cessé. Pourquoi cela arrivait-il au beau milieu de la nuit ?

Entendant du mouvement dans la chambre de Frederick, puis la porte de la suite s'ouvrir, j'enfilai mon peignoir et le rejoignis à la porte.

— Vous avez entendu ce bruit ? me demanda-t-il.

Mais avant que je réponde, un steward arriva dans la coursive.

— S'est-il passé quelque chose ? s'enquit Frederick. Nous avons entendu un bruit.

— Pas de quoi vous inquiéter, monsieur, répondit l'homme. Un petit problème avec le moteur, je crois. Ce sera bientôt réglé. À votre place, je retournerais me coucher.

D'autres portes s'ouvrirent dans le couloir, laissant apparaître des têtes inquiètes. Le steward alla rassurer tous ces passagers. La porte de mon père, elle, demeurait close. Il avait le sommeil lourd ; le bruit n'avait pas dû le réveiller.

Nous retournâmes dans la suite, un peu mal à l'aise après nous être quittés en si mauvais termes ; de sorte que nous fûmes tous deux soulagés de voir que Molly et Terence s'étaient eux aussi réveillés et émergeaient de leurs quartiers.

— Que s'est-il passé ? demanda-t-elle.

— Il y a un problème du côté des moteurs, répondis-je. C'est pour ça qu'ils les ont coupés.

Au même moment, j'entendis Teddy m'appeler. Il avait dormi d'une traite toutes les autres nuits, mais le bruit des conversations avait dû le réveiller. Je me retirai dans ma cabine et Molly me suivit, laissant Frederick et Terence aller retrouver leurs lits.

Je sortis Teddy de ses draps et le serrai contre moi. Son petit corps avait la chaleur du sommeil et sa tête cette odeur douceâtre que j'aimais tant.

— Je peux le remettre au lit si vous voulez aller vous recoucher, madame, me proposa Molly.

— Ce n'est pas la peine, merci. Je suis bien réveillée maintenant. Vous pouvez retourner vous coucher, Molly.

— Vous êtes sûre ?

— Sûre.

Je m'assis au bord du lit, Teddy sur mes genoux, et lui frictionnai doucement le dos. Il passa son petit bras autour de mon cou et posa la joue contre mon épaule. Sa respiration ralentit bientôt, encourageant la mienne à en faire de même.

Une fois certaine qu'il s'était rendormi, je me levai pour aller le remettre dans son lit. C'est alors qu'on frappa à ma porte.

— Je peux entrer ? demanda la voix de Frederick.

Il sentait l'air frais de l'extérieur et avait passé un pantalon et un pull-over par-dessus son pyjama, dont le tissu rayé dépassait à ses chevilles. Ses joues étaient rouges.

— J'ai vu qu'il y avait encore de la lumière chez vous, dit-il avec une certaine brusquerie. Bon, je suis allé sur le pont avec Terence. Apparemment, nous avons heurté un iceberg. Rien d'inquiétant, mais je me suis dit que vous aimeriez le savoir. Il y a de gros morceaux de glace sur le pont supérieur et les cheminées font un bruit de tous les diables – pour relâcher la vapeur des chaudières, semble-t-il.

— Comment est-il possible que tout cela ne soit pas inquiétant ?

— J'ai entendu un membre de l'équipage l'expliquer : le choc a provoqué une voie d'eau, mais le bateau tiendra le coup jusqu'à New York et ils pourront le réparer, là-bas. Tout a été conçu pour parer à cette éventualité, a-t-il dit.

Mon père avait lui aussi entendu parler de ce cas de figure par le concepteur du bateau lui-même, me semblait-il. Une histoire de compartiments étanches qui pouvaient se remplir d'eau sans que le navire ne coule. Je n'y avais guère prêté attention sur le moment, mais il était réconfortant de s'en souvenir en un tel instant. Sans aller jusqu'à croire que nous étions en danger, je me rappelais avoir contemplé l'océan qui nous entourait de toutes parts, ce matin, et m'être dit que nous étions décidément bien loin de toute terre.

Frederick regarda Teddy, blotti contre moi, les bras autour de mon cou.

— J'aimerais que vous essayiez de comprendre, dit-il. Je l'aime, lui aussi, vous savez. Mais j'ai vécu la vie qu'il va devoir vivre, et vous, non.

— Et s'il ne veut pas de cette vie-là ?

— On ne peut pas toujours avoir ce que l'on souhaite. Nous devons faire ce qui est attendu de nous. Accepter nos responsabilités.

— Et m'épouser en faisait partie – accepter vos responsabilités.

Il soupira.

— Elinor...

— C'est pourtant vrai, n'est-ce pas ? À vous entendre, on pourrait croire que vous avez accepté un grand sacrifice, mais à quoi avez-vous renoncé, en fin de compte ? Vous avez encore Lissy, et elle vous a encore aussi.

Il s'apprêtait à répliquer quand on frappa brusquement à la porte en même temps que quelqu'un criait :

— Tout le monde sur le pont ! Mettez vos gilets de sauvetage !

Frederick ouvrit et appela le steward qui allait frapper à toutes les autres portes en répétant son message d'alerte.

— Je croyais qu'il n'y avait pas de quoi s'inquiéter ? lança-t-il.

— Simple précaution, monsieur. Mais j'insiste pour que vous veniez, et rapidement, s'il vous plaît – ordre du commandant.

Mon mari revint à l'intérieur et, quelques secondes plus tard, nous vîmes mon père apparaître en chemise de nuit et robe de chambre.

— Que se passe-t-il ?

Frederick lui fit part de ce que nous savions.

— Mais c'est ridicule, réagit mon père. Il n'y a aucun danger. Pourquoi diable nous tirent-ils du lit comme ça, pour rien ? Enfin, je suppose que nous allons tout de même devoir suivre le mouvement.

— Je vais prévenir Terence et Molly, dit Frederick. Et je vous conseille de passer des vêtements chauds, tous les deux. Il gèle à pierre fendre, là-haut.

M'attendant à me promener dans les rues de New York par un temps printanier, je n'avais pris qu'un manteau léger ; même ma robe la plus chaude n'était faite que d'une fine laine. Elle avait de minuscules boutons à l'arrière, que j'avais toutes les peines à faire rentrer dans leurs boutonnières – c'était la première fois que je devais m'habiller toute seule. Je n'en étais qu'à la moitié quand Molly arriva, avec un simple manteau jeté sur sa chemise de nuit. Elle habilla Teddy tandis que je prenais une couverture dans son petit lit pour l'envelopper, puis nous passâmes nos gilets de sauvetage – de gros attirails en toile blanche avec d'énormes poches carrées remplies de blocs d'une matière dure mais légère. Alors que Molly fixait les lanières du mien, je me souvins soudain de Rose et de son mauvais rêve.

Il est trop gros. Ce n'est pas possible d'être si gros, pour un bateau. Je n'ai pas confiance.

C'était ridicule. Il ne pouvait pas y avoir de réel danger. Le navire était on ne peut plus stable sous mes pieds et ma chambre, avec ses beaux meubles en bois foncé, ses épaisses moquettes et ses lumières électriques, ressemblait tellement à une chambre sur la terre ferme que l'idée qu'une catastrophe puisse nous arriver paraissait absurde. Lorsque la porte se referma derrière nous, je m'attendais à être de retour dans mon lit sous peu de temps.

24

Le pont grouillait déjà de monde lorsque nous arrivâmes. Quelques-uns avaient eu la bonne idée de se vêtir chaudement : il y avait des dames en fourrure, et certains hommes semblaient prêts à partir pour une promenade en campagne. Mais la plupart des gens étaient encore en tenue de soirée, ou bien avec un manteau sur leur pyjama ou leur chemise de nuit. Si la mer autour de nous se révélait d'un calme rassurant, le froid était mordant et le vacarme émis par les cheminées assourdissant, si bien qu'il fallait crier pour se faire entendre. Quelques personnes se plaignaient d'avoir été forcées de quitter leur cabine mais, en dehors de cela, personne ne semblait très inquiet. Nous nous trouvions vers le milieu du bateau, devant le grand salon, de l'intérieur duquel nous parvenait de la musique – l'orchestre jouait un quickstep, comme si de rien n'était.

Le flot continu de passagers arrivant par l'escalier encombrait de plus en plus le pont – sans compter que tout le monde portait un volumineux gilet de sauvetage, sur soi ou à la main. Frederick pointa du doigt l'avant du bateau.

— Sortons de cette foule et allons plutôt là-bas, il y a davantage de place.

Alors que nous nous déplacions vers l'avant, nous vîmes les membres de l'équipage commencer à faire descendre des canots de sauvetage suspendus au bord du pont. Un frisson me parcourut l'échine. Pourquoi une telle manœuvre, s'il n'y avait aucun danger ?

Tout à coup, un sifflement strident retentit au niveau de la proue. Une lumière aussi vive qu'un feu d'artifice monta dans le ciel et explosa en une pluie d'étoiles. Frederick et mon père échangèrent un regard.

— Une fusée de détresse ? dit mon père.

Frederick fronça les sourcils.

— Je n'aime pas la tournure que ça prend.

Il s'approcha d'un membre de l'équipage avec qui il eut un bref échange puis revint vers nous, la mine sombre.

— Il dit que le navire est bien endommagé et prend sérieusement l'eau. Il n'y a pas de danger, ils sont en train de passer des messages radio pour qu'un autre bateau vienne tous nous récupérer, mais il faut du temps pour faire monter tout le monde dans les canots de sauvetage, donc ils vont commencer dès que les canots seront descendus devant le pont d'embarcation. Je suggère que nous y allions tout de suite. Ce sera les femmes et les enfants d'abord, donc vous irez en premier et nous vous rejoindrons ensuite.

— J'ai laissé toutes mes économies dans la penderie, déclara Molly. Il faut que j'aille les chercher.

— Alors allez-y tout de suite et revenez vite, répondit Frederick.

Sur le pont d'embarcation, un niveau plus bas, nous attendîmes sans rien dire en regardant les membres de l'équipage positionner les canots le long des rambardes. J'avais l'impression d'être dans un mauvais rêve. Ce matin encore, nous voguions sous le soleil, nous plaisantions avec les joueurs de palet et n'avions d'autre préoccupation que le menu du dîner ce soir ; et maintenant, nous étions sur le point de monter dans des canots de sauvetage pour être ensuite descendus sur une mer gelée. Les canots, auxquels nous n'avions guère prêté attention jusqu'à présent, ressemblaient à de grosses barques en bois munies de rames. Comment pourrions-nous être en sécurité sur l'océan dans de telles embarcations ? Combien de temps devrions-nous patienter là, dans le noir et dans le froid ? Mais avant tout, comment allions-nous pouvoir y monter ? Il y avait un espace béant entre la rambarde et les canots, et je ne cessais de penser à la hauteur colossale qui nous séparait de la mer. Je tremblais maintenant de la tête aux pieds – de froid ou de peur, je n'aurais su dire.

— Tout va bien se passer, dit Frederick. Un officier m'a affirmé que les autres bateaux doivent déjà être en route pour venir nous chercher.

— Il a raison, renchérit mon père. On va venir nous chercher, et nous aurons une histoire incroyable à raconter quand nous rentrerons chez nous.

Molly n'était toujours pas revenue. Je regardai en direction de l'escalier, espérant la voir, mais en vain. Où était-elle passée ?

À ce moment, un officier avança, les mains posées en porte-voix autour de sa bouche, et s'écria :

— Les femmes et les enfants, par ici ! Les femmes et les enfants uniquement !

Deux femmes s'approchèrent, mais la plupart des autres continuaient de discuter tranquillement, certaines avec un verre ou une cigarette à la main, comme s'il s'agissait d'un cocktail mondain. Les deux matelots postés près de l'embarcation continuaient d'appeler les femmes et les enfants, sans que personne ne semble en faire grand cas.

Une dame portant une robe de soirée en satin argenté avec une étole de fourrure blanche se mit à rire et claironna :

— Si vous comptez me faire monter dans cette coquille de noix, vous rêvez, mon vieux.

Resserrant son étole autour de sa gorge, elle se tourna vers une autre femme.

— Venez, allons plutôt au salon prendre un whisky, le temps que tout ce bazar rentre dans l'ordre.

— Bon, fit Frederick. Montez dans ce canot avec Teddy.

— Non, je veux attendre Molly. Il n'y a pas d'urgence, personne ne bouge pour l'instant.

— Je pense que vous devriez y aller sans tarder.

— Et Molly ?

— Elle montera dans un autre canot.

— Non, je vais aller la chercher. Je me demande pourquoi elle met autant de temps à revenir.

Il me prit par le bras.

— Non, Elinor, vous n'irez pas. Montez dans ce canot.

— Ne me parlez pas sur ce ton ! Nous avons le temps, et je ne partirai pas sans Molly.

— Nous irons la chercher une fois que Teddy et vous aurez pris place dans ce canot.

Il se tourna vers mon père.

— N'est-ce pas, Mr Hayward ?

— Bien sûr, répondit mon père. Vas-y, Ellie. Je pense qu'il est sage de suivre la recommandation de Frederick.

— Je veux d'abord savoir si elle est en sécurité. Elle… enfin, elle attend un bébé !

Frederick roula des yeux, excédé.

— Juste ciel !

Je l'ignorai et mis Teddy dans les bras de mon père.

— Garde-le une minute. Je vais juste courir jusqu'en haut de l'escalier et voir si je la trouve.

Je m'empressai de gagner l'escalier, mais il y avait maintenant tellement de monde sur le pont que j'avais du mal à avancer. Frederick me rattrapa bien avant que j'atteigne mon but. Là, il me retint par le bras et chuchota à mon oreille :

— Elinor, écoutez-moi. Pour l'instant, les gens ne paniquent pas. Mais dès qu'ils vont laisser passer les passagers de deuxième et troisième classes et que les ponts vont être surchargés, cela risque fort d'arriver. Je veux que Teddy et vous ayez votre place dans un canot avant que cela se produise.

— Mais ils ont dit qu'il n'y avait pas de danger.

— C'est probable. Je préfère tout de même que vous y alliez maintenant plutôt qu'au moment où ce sera la bousculade. Cela pourrait faire peur à Teddy.

— Vous me promettez, vous me promettez *solennellement* que vous irez chercher Molly ?

— Je vous le promets. Maintenant, dépêchez-vous.

Au moment où nous revenions à l'endroit où se trouvait mon père, un officier s'écria :

— Allez, c'est bon, on descend celui-là.

— Quoi ? s'indigna Frederick. Mais... il est à moitié vide !

Il alla parler à l'officier tout en gesticulant dans ma direction. La discussion dura une bonne minute, puis Frederick revint vers moi en hochant la tête.

— Il vous prend. Mais faites vite.

J'avais les jambes tremblantes quand l'officier, un pied sur le canot et l'autre sur la rambarde, m'aida à monter dans l'embarcation. Frederick garda Teddy dans ses bras jusqu'à ce que je prenne place sur l'un des bancs qui traversaient le canot, et je crus mourir de frayeur quand l'officier me le passa. J'enveloppai soigneusement mon fils dans sa couverture afin que seul son visage soit exposé au froid, puis je le tins tout contre moi pour lui tenir chaud et le bercer.

Il y avait environ vingt-cinq femmes dans le canot, et il restait de la place pour trente ou quarante de plus, mais le matelot qui appelait les gens avait décidé de le faire partir sans qu'il fût complet.

Trois hommes membres de l'équipage se trouvaient avec nous. Ils ne portaient pas d'uniforme comme ceux du pont – à en juger par leurs tenues blanches, ce devaient être des cuisiniers. Curieusement, leur présence me rassura – si nous devions passer un certain temps dans les canots de sauvetage, ils nous auraient plutôt placées avec de vrais marins. L'embarcation commença à descendre avec des à-coups d'une brutalité effrayante.

Frederick, mon père et Terence nous regardaient depuis la rambarde. Alors que nous étions sur le point de disparaître de leur vue, mon père mit ses mains autour de sa bouche et me lança :

— Ne t'inquiète pas, on se retrouve très vite.

25

Le canot de sauvetage se posa brutalement et de guingois, provoquant sur un côté une grande éclaboussure qui vint mouiller nos pieds. L'eau était glacée. Je retins mon souffle.

— Ce n'est pas vrai ! vociféra une vieille dame américaine assise devant moi. Regardez-moi ça... Maintenant nous allons avoir les pieds trempés jusqu'à ce qu'ils nous ramènent sur le bateau.

— Pour l'amour du ciel, Mère... Nous ne retournerons pas sur le bateau, dit une jeune femme à côté d'elle.

Elle devait crier pour se faire entendre parmi le vacarme produit par les cheminées.

— Tu sais ce que je t'ai dit : les dégâts sont importants, continua-t-elle. Le bateau va couler.

— Ne dites pas de bêtises, intervint une autre femme – américaine également, mais avec un accent plus pointu, qui me faisait penser à lady Harcourt, la belle-mère de Lissy. Il ne va pas couler, c'est impossible. C'est le bateau le plus sûr du monde.

— Dans ce cas, à votre avis, pourquoi est-ce qu'ils évacuent tout le monde ? répliqua la jeune femme. Pour le plaisir, peut-être ?

Deux des hommes assis au milieu commencèrent à manier les rames. Le troisième fixa une lampe à huile à un crochet situé à l'avant de l'embarcation, puis la traversa pour se rendre au gouvernail.

— Est-ce exact ? demanda la femme à l'accent pointu comme l'homme passait à côté d'elle. Parce que l'on m'avait dit qu'il s'agissait d'une simple précaution.

— C'est pour votre sécurité, répondit-il.

— Jusqu'à ce que nous retournions sur le bateau ?

— Je crains que non, madame. Mais ne vous en faites pas, un autre navire est en chemin. Il ne devrait pas tarder à arriver.

— Mais j'ai laissé pour deux mille dollars de bijoux dans le coffre-fort. C'est terrible ! Pourquoi ne nous l'a-t-on pas dit ? Je vais me plaindre à...

D'autres voix se joignirent à la sienne :

— Quelle honte ! Des billets à ce prix-là, et on nous traite comme du bétail !

— Je peux vous dire que mon mari va écrire une lettre où il dira clairement sa façon de penser.

— Si c'est ainsi que la White Star Line considère que l'on peut traiter ses passagers...

L'homme au gouvernail intervint :

— Mesdames, s'il vous plaît, un peu de calme. Nous faisons de notre mieux et...

Derrière moi, une autre femme lâcha soudain d'un ton paniqué :

— Et les hommes, alors ? Si le bateau coule, que vont devenir les hommes ?

Avant que quiconque puisse répondre, la jeune femme assise devant moi s'écria :

— Oh, mon Dieu ! Regardez !

Tout le monde tourna la tête sur le côté, et nous vîmes alors ce qui n'était pas visible depuis le bateau. La longue guirlande des hublots de cabines éclairées était plus haute à l'arrière qu'à l'avant du navire. Beaucoup plus haute. Le gigantesque paquebot piquait du nez et, sous nos yeux, l'extrémité de la rangée de lumières la plus basse disparaissait peu à peu dans l'eau. Le *Titanic* était bel et bien en train de sombrer. Et il sombrait rapidement.

Moi-même, je n'y avais pas vraiment cru avant ce moment. Même quand j'avais entendu ce que l'officier avait dit à Frederick, quand j'avais compris l'intérêt de monter dans un canot avant que la panique s'installe, même quand j'avais franchi la rambarde pour m'y installer, la réalité de la situation était trop difficile à appréhender. Un peu comme les fois où vous regardez la lune en sachant pertinemment qu'elle est énorme, comme la terre, alors qu'au fond, vous ne parvenez pas tout à fait à le concevoir. Chacune de ces petites lumières disparaissant dans la mer était une cabine, un endroit où quelqu'un s'était endormi le soir et réveillé le matin. Ces cabines devaient désormais être totalement inondées. Affolée, j'essayai de comprendre où pouvait se situer notre suite dans cette rangée de lumières, mais en vain.

Frederick a dû retrouver Molly. Il me l'a promis.

Il y eut une seconde de silence avant que les questions se mettent à fuser :

— Que va-t-il se passer maintenant ?

— Quand vont-ils évacuer les hommes ?

Les hommes cessèrent de ramer et l'un d'eux se leva.

— Mesdames, il ne sert à rien de paniquer.

Il tendit un bras en direction du bateau, où l'on affalait maintenant des canots des deux côtés.

— Comme vous pouvez le voir, on met à l'eau tous les canots. Les hommes partiront une fois que toutes les femmes et les enfants auront été évacués. Maintenant, notre tâche est de veiller à votre sécurité jusqu'à l'arrivée du navire qui va nous secourir, et vous pouvez nous aider dans cette tâche en gardant votre calme.

On entendit marmonner la femme qui avait laissé ses bijoux dans le coffre-fort mais, dès qu'elle se tut, le silence se fit dans l'embarcation. Les hommes recommencèrent à ramer. Ils étaient les seuls à regarder devant eux. Nous autres ne pouvions plus quitter le bateau des yeux. De plus en plus de canots de sauvetage étaient mis à l'eau, et de plus en plus rapidement, avec de grands à-coups dans la descente. Les passagers se réduisaient à de minuscules silhouettes à contrejour des lumières, mais il semblait évident qu'à l'instar de la nôtre, aucune des embarcations n'était remplie. On voyait encore énormément de monde sur le pont. Les gens n'avaient-ils donc pas encore compris qu'il fallait à tout prix quitter ce navire ? Mais si l'on descendait les canots à moitié vides, comment l'équipage allait-il pouvoir évacuer tout le monde ?

Molly devait être montée à bord de l'un d'eux maintenant. Frederick avait dû la retrouver et s'assurer qu'elle ait une place, comme il l'avait promis. Et dès qu'ils en auraient le droit, mon père et lui, ainsi que Terence, évacueraient à leur tour. Mon mari avait pressenti le danger pendant que tous les autres traînaient comme s'ils étaient à une soirée mondaine. Il s'était assuré de notre sécurité, à Teddy et moi, et allait en faire de même pour eux quatre.

Dès qu'un canot de sauvetage touchait l'eau, il s'éloignait pour partir dans une direction ou dans une autre. Les lumières du navire étaient éblouissantes dans le noir et, une fois qu'un canot s'en était écarté de plus de quelques mètres, on n'en distinguait plus que la lampe à huile accrochée à l'avant, qui semblait flotter dans les ténèbres. Je sondais désespérément l'obscurité, cherchant à repérer Frederick, mon père, Molly et Terence, mais je n'y voyais rien.

L'avant du bateau continuait de s'enfoncer dans l'eau à une vitesse effarante, comme sous la pression d'une main géante. Il penchait également d'un côté maintenant. Et tout cela avait beau se dérouler sous mes propres yeux, j'avais encore du mal à croire à ce que je voyais. Personne ne parlait mais, derrière moi, une femme commença à sangloter – puis une autre, et une autre.

Lorsque nous fûmes à bonne distance du bateau, les hommes cessèrent de ramer et se retournèrent pour voir. Ils échangèrent un regard, et l'un d'eux secoua la tête. C'est alors que je compris. On mettait encore à l'eau des canots de sauvetage ; l'un se posa avec fracas à la surface à ce moment même. Mais il n'y aurait pas assez de temps. C'était impossible. J'avais du mal à me rendre compte de ce que pouvaient représenter mille trois cents personnes – à bord, nous n'avions même pas vu les passagers de deuxième et troisième classes –, mais tout cela se produisait à une telle vitesse qu'il était impossible qu'ils aient déjà mis autant de gens sur les canots.

Je me mis alors à prier. J'avais beau ne pas être particulièrement croyante, je priai, je priai de toute mon âme. *Seigneur, faites qu'ils soient sur un canot de sauvetage et je ne me plaindrai plus jamais de rien. Je retournerai à Winterton et je serai telle qu'ils veulent que je sois.* Il fallait qu'ils soient sur un canot. Il le fallait à tout prix.

Je ne pouvais plus détacher mes yeux du bateau ; personne ne le pouvait. C'était un bâtiment tellement colossal – même vu de loin – et pourtant, il était maintenant renversé comme un simple jouet d'enfant. J'entendis des exclamations et un « Seigneur Dieu » murmuré derrière moi tandis que la proue du navire s'enfonçait encore dans l'eau. Nous nous trouvions à cet endroit précis, ce matin même. Les guirlandes horizontales de lumières scintillaient encore dans le noir et allaient rejoindre leur reflet dans l'eau comme le navire sombrait peu à peu, telle une gigantesque flèche pointée vers nulle part. On affalait encore des canots, mais il restait toujours beaucoup de gens sur le pont.

Une femme assise devant moi murmura :

— Comment vont-ils faire pour le remettre en marche ?

La question pourrait paraître stupide – les hommes de l'équipage ne prirent même pas la peine d'y répondre –, mais il faut comprendre que, même pour nous qui étions en train d'assister à ce naufrage, il était impossible de croire que le *Titanic* allait sombrer complètement. Il était tellement grand, tellement solide, et nous avions marché à son bord, dormi à son bord, dîné à son bord. Comment pouvait-il disparaître dans l'océan ? Et pourtant, c'est exactement ce qui était en train de se passer sous nos yeux.

Quelques minutes plus tard, tout l'avant du bateau fut englouti sous l'eau. L'arrière se redressa alors comme s'il ne pesait rien, révélant les hélices, et, soudain, la première cheminée se brisa et alla s'écraser en mer dans une pluie d'étincelles.

— Ça y est, fit un des hommes. Ça ne va plus être long maintenant.

On entendit bientôt un vacarme terrible et assourdissant, comme si le moindre élément du bateau était déchiqueté ou arraché de ses gonds, et, sous ce bruit atroce, une multitude de cris. Les lumières vacillèrent puis s'éteignirent. Le navire parut alors se briser en deux et, pendant un court moment, la moitié arrière revint se poser sur l'eau, comme si elle pouvait continuer de flotter ainsi. Mais elle ne tarda pas à s'incliner, pointant en diagonale vers le ciel, avant de s'enfoncer dans l'eau pour disparaître à son tour. Devant nous, il n'y avait plus que la mer d'un noir d'encre. Le *Titanic* n'était plus.

26

Des cris et des hurlements s'élevaient de partout dans le noir avec, en toile de fond, un terrible gémissement, semblable à celui d'un animal blessé. Des centaines de voix ensemble. Des centaines de personnes en proie à la mer glacée, qui appelaient à l'aide.

— Il faut que l'on fasse demi-tour, dit la jeune Américaine. Il y a des gens dans l'eau !

D'autres voix se joignirent à la sienne, dont la mienne. Mais l'un des hommes leva une main, demandant le silence.

— Si nous faisons demi-tour, nous allons être surchargés et nous allons couler.

— Mais le canot n'est qu'à moitié rempli ! objectai-je. Nous pourrions facilement prendre quarante personnes de plus.

— Et vous pensez que les quarante après eux se contenteront d'attendre ? dit-il. Vous voyez bien comme ils sont nombreux. Il faut choisir entre sauver nos vies ou les leurs.

La femme qui s'était plainte d'avoir perdu ses bijoux intervint :

— Il a raison. On ne peut pas prendre ce risque.

Une autre lança de l'arrière :

— Nous devrions écouter les hommes, ils savent ce qu'il faut faire.

Une cacophonie s'ensuivit pendant plusieurs minutes – moi, la jeune Américaine et trois ou quatre autres femmes affirmant qu'on ne pouvait pas laisser les hommes se noyer, que nous devions au moins remplir notre canot, les autres arguant qu'il serait trop dangereux de faire demi-tour.

L'homme qui se tenait au gouvernail se leva brusquement, faisant tanguer l'embarcation. Le mouvement nous réduisit au silence.

— Taisez-vous ! jeta-t-il. Tout le monde, taisez-vous ! Nous ne reviendrons pas en arrière. Il est déjà trop tard pour ceux qui sont dans l'eau. Elle est trop froide. Par la grâce de Dieu, vous avez la chance d'être encore en vie, et le commandant nous a confié la tâche de veiller sur vous. Alors je vous demande de vous taire et de nous laisser faire.

J'aurais aimé être un homme à ce moment-là, pour pouvoir m'emparer des rames et partir secourir tous ces gens. Mais peut-être que même un homme n'aurait pu le faire, sachant que la plupart des passagers étaient d'avis de ne pas intervenir.

Une femme assise à l'avant s'écria :

— Est-ce qu'aucune d'entre vous n'a laissé son mari à bord ? Parce que moi, oui ! Je vous en supplie, faisons demi-tour !

— Calmez-vous, répondit quelqu'un. Les passagers de première classe ont été évacués en premier ; votre mari est sain et sauf.

Ces propos me choquèrent et m'indignèrent. Mais, à ma grande honte, ils me rassurèrent aussi. Et je ne devais pas être la seule ; après cela, plus personne ne demanda à faire demi-tour. Les hommes continuèrent de ramer doucement, et nous restâmes sans rien dire, à écouter les cris affreux qui s'élevaient autour de nous, sachant que tous ces gens flottant dans l'eau glacée pouvaient voir les lumières des canots de sauvetage. Ils nous suppliaient de venir les secourir, et devaient peu à peu se rendre compte que leur effort était vain. Personne ne venait. Il fallut au moins une heure pour que la totalité des voix s'éteignent progressivement.

Le froid était de plus en plus vif. J'ignorais que l'on pouvait avoir froid à ce point et être encore en vie. Mes mains étaient paralysées et je ne sentais plus mes pieds. J'avais terriblement peur que cet air glacial s'immisce dans les poumons de Teddy et bloque sa respiration. Je l'avais tellement bien emmitouflé dans sa couverture que seuls son nez et sa bouche en dépassaient, et je le berçais tout contre moi, l'enveloppant de mon corps autant que je le pouvais malgré les blocs rigides du gilet de sauvetage entre nous. Dieu merci, nous l'avions bien fatigué en le laissant courir sur le pont cet après-midi-là ; il était somnolent quand nous l'avions sorti de son lit, et s'était rendormi une fois que nous étions dans le canot. Toutes les deux ou trois minutes, je plaçais une main devant sa bouche pour m'assurer qu'il respirait encore.

Le ciel était parfaitement dégagé et parsemé d'étoiles mais il n'y avait pas de lune, si bien qu'une obscurité profonde régnait. L'unique lampe à l'avant de notre embarcation jetait un petit halo de lumière jaune devant nous et, çà et là, celles des autres embarcations luisaient faiblement dans le noir. Rien de plus. Seules les vestes blanches des hommes de l'équipage ressortaient dans l'obscurité ; à part cela, il était impossible de distinguer le visage des autres passagères. Je savais juste que nous étions environ vingt-cinq, toutes des femmes, et je n'avais entendu aucune voix anglaise – seulement des américaines.

Peu après que le navire avait été englouti, la jeune Américaine avait demandé aux hommes s'ils savaient où se trouvait le navire le plus proche.

— On a envoyé des signaux de détresse, répondit l'un d'eux. Quelqu'un les aura reçus, ne vous en faites pas.

— Mais à quelle distance se trouve le bateau le plus proche ? Combien de temps va-t-il mettre pour arriver jusqu'ici ?

— La vérité, c'est que nous n'en savons rien, madame. Mais ils vont venir. Une dizaine de bateaux ne devraient pas tarder à arriver, ne vous inquiétez pas.

Pendant les deux premières heures, peut-être, deux des hommes avaient ramé. Or il n'y avait aucun moyen de s'orienter dans le noir qui nous entourait ; ils finirent donc par s'arrêter. Sans le grincement régulier des rames, le silence qui régnait sur l'océan était écrasant. En l'absence totale de vent, la mer était si calme qu'on n'entendait même pas le clapotis de l'eau contre la coque du canot en bois. De temps à autre, quelqu'un apercevait une lumière et lançait un « Regardez ! » ou « Là ! », alors qu'il ne s'agissait finalement que d'une étoile ou de la lanterne d'un autre canot de sauvetage.

Je ne cessais de me rappeler le moment que nous avions passé accoudés au bastingage ce matin-là, avec la mer pour seul horizon, dans toutes les directions – sans voir de terre, bien sûr, mais sans voir d'autre navire non plus. Combien de temps pourrions-nous tenir dans un tel froid ? Et si le bateau le plus proche était trop loin ? Pouvions-nous seulement être sûrs que les signaux de détresse avaient été bien reçus par un autre bateau ?

Le jour semblait ne jamais vouloir se lever. Et puis, enfin, le ciel commença à s'éclaircir. Nous les découvrîmes alors : des montagnes de glace flottant dans la mer, par dizaines, leurs crêtes acérées accrochant la lumière du petit jour avec des reflets rose et or. La plupart d'entre elles s'élevaient à quinze ou vingt mètres au-dessus de la surface de l'eau, mais d'autres étaient beaucoup, beaucoup plus hautes. Si nous nous demandions comment le *Titanic* avait pu être endommagé de la sorte en un rien de temps, la réponse était là, sous nos yeux. Et nous avions navigué entre ces géants de glace à une vitesse qui paraissait désormais absurde.

Nous pouvions aussi voir d'autres canots de sauvetage maintenant. L'un, à environ trois cents mètres de nous, paraissait plein, et rempli d'hommes aussi bien que de femmes et d'enfants. Mais d'autres étaient à moitié vides, comme le nôtre. J'en voyais un autre qui semblait ne compter qu'une douzaine de personnes et, en scrutant les alentours, je n'en dénombrai que huit en tout. Je me dis que ceux lancés depuis l'autre côté du bateau avaient dû partir dans la direction opposée, qu'ils devaient être quelque part dans les environs sans que nous puissions les voir. Mais ces cris horribles continuaient de me hanter. Combien de personnes n'avaient pas été sauvées ? Et malgré la honte qui m'étreignait à cette pensée, je ne cessais de me rappeler ce qu'avait dit une des femmes : les passagers de première classe avaient été évacués en premier. Frederick, mon père, Molly et Terence devaient être sains et saufs. Ils étaient dans un canot de sauvetage, en sécurité.

Un vent glacé se leva en même temps que le jour et la mer, jusqu'ici très calme, commença à former de petites vagues qui faisaient tanguer notre embarcation. Le vent me fouettait le visage, me faisant pleurer ; j'avais les lèvres tellement gercées que le moindre de leur mouvement était douloureux. Mes bras étaient engourdis à force de serrer Teddy contre moi et je n'avais toujours aucune sensation dans les pieds.

Un mouvement près du bateau, ainsi qu'une couleur vert émeraude, attirèrent mon attention. Les restes d'un des beaux fauteuils en velours du salon de première classe flottaient près de nous, laissant dans son sillage une partie de son rembourrage. Moins de douze heures auparavant, quelqu'un était assis dans ce fauteuil, en train de siroter un cocktail, riant peut-être. Comment était-ce possible ?

Le découragement m'envahit. Personne n'allait venir nous secourir. S'il y avait réellement eu des navires à proximité, ils seraient déjà là à cette heure-ci. Nous ne pourrions pas tenir bien longtemps dans un froid pareil, et la houle ne cessait de s'accentuer, agitant notre frêle embarcation. Les hommes avaient dû reprendre les rames afin d'éviter les icebergs, mais ils étaient fatigués et se disputaient la place au gouvernail. C'est l'un de ces icebergs qui avait éventré le *Titanic*. Déchiré une coque d'acier qui devait faire des dizaines de centimètres d'épaisseur. Notre petite barque, elle, n'était qu'en bois. Quelles chances aurions-nous si elle était projetée contre l'une de ces montagnes de glace ?

Nous connaissions très bien la réponse : aucune chance.

Il est trop tard pour tous ces gens dans l'eau. Elle est trop froide.

Il me fallait un plan. Pas question de laisser Teddy souffrir ainsi si le pire devait se produire. Il ne tiendrait pas longtemps, à son âge, mais l'idée qu'il périsse lentement dans cette eau glacée m'était intolérable. Je regardai son petit visage. S'il le fallait, serais-je capable de l'étouffer ? Ce serait faisable avec la couverture ; au moins serait-ce une fin rapide, et sans douleur pour lui. Ensuite, je retirerais mon gilet de sauvetage et je le tiendrais contre moi afin que nous soyons ensemble lorsqu'on retrouverait nos corps.

Pitié, laissez-nous vivre, priai-je intérieurement. *Ce n'est pas juste, il n'a que deux ans. Il n'a pas encore vécu.* Je songeai au jour de sa naissance, quand il était si petit, si vulnérable. Mon rôle était de le protéger et ici, maintenant, j'en étais incapable.

Je sursautai en entendant une femme à l'avant du canot s'écrier :

— Qu'est-ce que c'est ?

Elle tendit le doigt vers la gauche.

— Là, regardez !

Une tache noire se dessinait à l'horizon.

— Seigneur tout-puissant, murmura quelqu'un derrière moi. Pitié, faites que ce soit un bateau.

Les hommes cessèrent de ramer et tout le monde se figea tandis que la tache sombre grossissait lentement.

— Des lumières ! cria quelqu'un. Je vois des lumières !

Je plissai les yeux, essayant de voir si l'espoir était permis.

Plus de faux espoirs. Pitié, faites que ce soit vrai.

S'agissait-il de lumières ? Oui ! Encore minuscules, certes, mais c'étaient bien des lumières. Et elles venaient vers nous. Je crois que toutes les personnes présentes dans le canot ont retenu leur souffle jusqu'à ce que se dessine clairement la silhouette d'un paquebot, avec sa fumée noire sortant d'une cheminée rouge. À cette distance, il ressemblait encore à un jouet, mais il se rapprochait de nous plus vite que nous ne l'aurions cru. Les femmes éclatèrent en sanglots de soulagement, ce qui réveilla Teddy. Il gémit et commença à pleurer. Je le serrai contre mon cœur.

— Ça va aller, lui dis-je. Tout va bien se passer.

27

Le paquebot s'appelait le *Carpathia*. Lorsqu'il fut assez près de nous pour que nous puissions lire le nom inscrit sur sa coque, l'atmosphère était passée de l'abattement total aux larmes de joie dans notre canot. Nous étions sauvés. Une des femmes commença à prononcer le Notre Père, et tout le monde se joignit à sa prière.

Nous étions le quatrième canot à l'aborder. Il avait fallu longtemps pour vider les trois premiers. Nous avions regardé les passagers, raides de froid et d'épuisement, comme nous, grimper avec lenteur à l'échelle de corde accrochée au pont du navire. Notre canot était suffisamment proche pour que je puisse voir que ni Frederick, ni mon père, Molly ou Terence ne se trouvait parmi eux, mais je continuais de me dire qu'ils devaient être sur un autre canot. Ils avaient dû évacuer par l'autre côté du *Titanic* ; et si ces canots étaient partis dans la direction opposée à la nôtre, il était possible qu'ils n'aient même pas encore vu le *Carpathia*.

Celui-ci était bien plus petit que le *Titanic*, mais le pont se situait tout de même très en hauteur par rapport à nous, et notre petit canot était secoué par les vagues. Des visages anxieux nous regardaient depuis la rambarde – hélas, aucun d'eux ne m'était familier. Il devait s'agir des passagers et de l'équipage du paquebot.

Un marin nous lança depuis le pont :

— Nous allons faire monter l'enfant en premier. Je vais descendre l'écharpe.

Je sentis la panique m'envahir tandis qu'une écharpe de toile descendait vers nous. Elle paraissait bien légère, et Teddy gigotait et pleurait maintenant.

— Je ne peux pas le mettre là-dedans !

Le deuxième homme de l'équipage, celui qui avait le moins parlé entre tous, s'approcha de moi.

— Je sais que c'est effrayant, me dit-il avec douceur. Mais je vous assure que ça ne craint rien. Je vais l'envelopper bien comme il faut là-dedans, et il sera là-haut en quelques secondes seulement.

Je n'avais pas le choix ; je ne pouvais pas le porter en montant à l'échelle de corde.

Mes bras l'avaient serré si fort contre moi pendant tellement de temps qu'ils étaient comme bloqués autour de lui. Croyant que je refusais de lâcher mon fils, l'autre homme aboya :

— Ne faites pas d'histoires, madame, il faut qu'on débarque tout le monde.

— Fiche-lui la paix, dit son collègue. Allez, laissez-moi vous aider.

Il prit Teddy de mes bras et le tint contre sa poitrine tout en se retournant pour attraper l'écharpe. Puis il testa les lanières par trois fois avant de crier vers le haut :

— C'est bon. Vous pouvez y aller, doucement.

Je retins mon souffle tandis que l'on faisait remonter l'écharpe d'où dépassaient les petites jambes de Teddy. Mais peu de temps après, il était en effet sur le pont, sain et sauf. Je suivis le même chemin, les jambes tremblantes, et le trouvai bientôt dans les bras d'une femme au visage avenant.

— Regarde, voilà ta maman, dit-elle. Maintenant, on va aller chercher du lait chaud pour toi, mon bonhomme, et de la soupe pour ta mère. Tu n'as plus rien à craindre, vous êtes en sécurité.

J'aurais aimé pouvoir rester un peu ici, seulement le pont était déjà encombré par l'équipage et les passagers du *Carpathia*, et il fallait que j'aille mettre Teddy au chaud.

Je suivis donc la femme dans un salon du bateau, où l'on m'offrit un bol de soupe chaude et une couverture pendant qu'elle donnait du lait chaud à Teddy. J'étais tellement épuisée que je ne parvenais même pas à boire ma soupe. Je la posai quelques instants et fermai les yeux.

J'ignore combien de temps je dormis. Mais lorsque je m'éveillai, le salon était rempli de passagers du *Titanic* – ceux vêtus de tenues de soirée ou de chemises de nuit désormais enroulés dans des couvertures. Il s'agissait principalement de femmes. Certaines pleuraient en silence, d'autres avaient le regard hébété, perdu dans le vide. Teddy était blotti sur les genoux de la gentille femme, qui lui racontait une histoire. Il ne semblait pas avoir souffert de la terrible nuit que nous avions passée. Elle leva les yeux vers moi comme je m'étirais en me réveillant.

— Vous aviez besoin de dormir. Si vous voulez reprendre ce petit jeune homme, je vais aller voir si je peux vous trouver des chaussures sèches. Quelle taille faites-vous ?

Elle se leva, et c'est uniquement lorsqu'elle se retint à la table pour se stabiliser que je m'en aperçus :

— Le bateau avance.

— Oui, nous nous sommes remis en route il y a environ vingt minutes. En avant toute jusqu'à New York maintenant.

— Tous les gens qui étaient sur les canots sont à bord ?

— Oui.

— Vous voulez bien vous occuper de mon fils un peu plus longtemps ? Il faut que je retrouve le reste de ma famille.

Je croyais encore qu'ils seraient là. Même après avoir entendu toutes ces voix qui appelaient à l'aide. Même après avoir vu si peu de canots de sauvetage mis à l'eau, dont la plupart n'étaient qu'à moitié remplis, j'étais convaincue qu'ils avaient été sauvés. Je fis le tour du salon, de la bibliothèque, même du salon de coiffure, et, comme ils ne se trouvaient dans aucun de ces endroits, je me mis à courir comme une démente en demandant à tout le monde si quelqu'un les avait vus – n'obtenant pour toute réponse qu'un signe de tête et un « Non, désolé, madame ». Je finis par remonter sur le pont. Il y avait beaucoup moins de monde désormais et la plupart, à en juger par leurs habits, étaient des passagers du *Carpathia*. Je restai là un moment, scrutant tous ces gens. Ils devaient être là ; ils ne pouvaient pas être ailleurs.

Un jeune homme d'équipage me dévisagea, l'air inquiet.

— Madame, est-ce que vous vous sentez bien ?

— Je cherche mon père et mon mari, ainsi que ma femme de chambre et notre valet, dis-je. J'ai regardé partout. Quelqu'un m'a dit que tous ceux qui se trouvaient sur des canots de sauvetage étaient à bord, mais ce n'est pas possible. Est-ce que nous sommes en route pour aller chercher les autres ?

Il baissa les yeux vers ses pieds.

— Nous sommes en route pour New York, madame. Nous avons récupéré tous ceux qui étaient dans des canots de sauvetage.

— Mais ils ne sont pas là. Mon mari m'avait promis qu'il les ferait tous monter à bord d'un canot. Ils ont dû quitter le *Titanic*, alors où sont-ils ?

— Je ne peux pas vous le dire, madame.

Un homme d'équipage plus âgé intervint alors.

— Inutile de dissimuler la vérité, Joe. Il faudra bien que les gens sachent, à un moment ou à un autre.

Il se tourna vers moi et me dit :

— Apparemment, il n'y a qu'environ un tiers des passagers qui ont pu évacuer. Des femmes et des enfants, en grande majorité. Nous avons secouru tous les canots de sauvetage et le commandant a pris la peine de chercher d'éventuels survivants dans l'eau. Si vos proches ne sont pas à bord, je crains bien qu'ils n'aient pas survécu.

J'ignore comment les autres avaient appris la nouvelle mais, visiblement, elle se répandait rapidement. Partout, des femmes pleuraient ; certaines sans bruit, d'autres agitées de sanglots bruyants. Je cherchai à nouveau. C'était mieux que de rester plantée là, à encaisser le choc sans bouger. Dans le fumoir, je vis une jeune femme qui répétait en boucle « Mon fils, où est mon fils ? ». Certaines avaient-elles aussi perdu leurs enfants ? Si l'ensemble des femmes et des enfants n'avait pas eu le temps d'être évacués, qu'en était-il des hommes ?

C'est à ce moment que je perdis espoir. Je retournai au salon et pris Teddy des bras de la femme qui avait eu la gentillesse de le garder. Je crois que je ne l'ai même pas remerciée. J'ai simplement pris mon fils et je suis sortie en le serrant fort contre moi. Il y avait une coursive dehors, que j'ai arpentée sur toute sa longueur, aller et retour, aller et retour, je ne sais combien de fois. Je ne pleurais pas. J'étais trop sidérée, trop hébétée. Je ne cessais de ressasser : comment est-ce possible ? Comment tant de gens ont-ils pu périr ?

Je revoyais constamment l'image de mon père me faisant signe depuis le pont en me criant : « On se retrouve très vite ! ». Comment était-il possible qu'il soit mort ? Et Frederick, et Terence ? Et Molly – mon Dieu, cette pauvre Molly, cette femme si courageuse, pleine d'espoir et de joie, qui s'apprêtait à prendre un nouveau départ ? Comment était-il possible qu'elle soit morte, elle aussi ? Je songeai soudain à son bébé, qui n'aurait même pas eu le temps de vivre. C'est à ce moment-là que je commençai à pleurer. Mes larmes effrayèrent Teddy, qui se mit à sangloter à son tour. Je cessai de faire les cent pas et essayai de le réconforter, mais en vain. Ses pleurs se muèrent rapidement en hurlements, me laissant désemparée.

— Pouvons-nous vous aider ? dit une voix derrière moi.

Je me tournai et vis deux dames âgées. Celle qui avait parlé avait un accent étranger – allemand, peut-être.

— Aimeriez-vous vous reposer un peu au calme ? reprit-elle. Nous pouvons vous laisser notre cabine. Venez, elle se trouve juste par ici.

Je les suivis au bout d'un couloir, où l'autre dame ouvrit une porte et m'invita à entrer.

— Elle est à vous maintenant. Installez-vous. Nous dormirons au salon.

Elle essuya une larme sur la joue de Teddy.

— Nous sommes vraiment désolées pour vous.

La cabine était petite et meublée sommairement, avec deux couchettes étroites superposées, un haut placard et un lavabo. Je pensai à ma chambre sur le *Titanic*, avec ses soieries, ses dorures, ses boiseries, son lit en bois sculpté et le petit lit à côté. Là où j'avais réveillé un Teddy gazouillant joyeusement près de moi pour la première fois, où je l'avais couché et regardé rêver. Rien de cela n'existait plus, tout avait été englouti dans les profondeurs de l'océan. Je ne parvenais toujours pas à y croire. Ni à croire au reste. Que mon père, cet homme si malin, sans peur, cette force de la nature, était mort ? Qu'à vingt-deux ans, j'étais désormais veuve ? Non, ce n'était pas possible. Et pourtant, tout cela était vrai.

Je songeai ensuite à ce que le décès de Frederick signifiait pour mon fils et moi. Le futur qui était auparavant tracé venait d'être balayé. Frederick ne serait jamais lord Storton. C'était maintenant Teddy, l'héritier du titre et du domaine. Cette brusque prise de conscience se révélait des plus étranges – un peu comme s'endormir dans un endroit pour se réveiller dans un autre. Et tout à coup, tel un coup de poing dans l'estomac, me vint une autre prise de conscience. Le document du notaire que j'avais jugé irritant mais sans conséquence, parce que Frederick n'était pas censé mourir, venait juste de prendre effet. Lord et lady Storton étaient désormais les tuteurs officiels de Teddy. Je n'avais jamais eu grand-chose à dire sur sa vie auparavant mais, maintenant, la loi elle-même décrétait que je n'étais plus personne pour lui.

Même avant le naufrage, je redoutais le retour à Winterton. Ces quelques jours passés avec mon fils, loin de ma belle-famille, n'avaient fait que me montrer plus clairement encore combien j'étais malheureuse là-bas. Et seule aussi, puisque même Lissy n'était plus mon amie. Ce serait bien pire dorénavant, pas seulement pour moi, mais pour Teddy également – j'en avais la conviction. Lady Storton n'avait jamais fait mystère de son opinion selon laquelle je le couvais trop. Elle estimait qu'il avait besoin d'être endurci, qu'il était trop timide, trop sensible, et, selon elle, tout cela était ma faute.

Alors, que deviendrais-je une fois que nous serions rentrés ? Même quand les choses étaient au plus mal entre Frederick et moi, après que j'avais appris sa liaison avec Lissy, le fait d'être sa femme m'offrait au moins une certaine protection. Il y avait une place pour moi. Quelle place avais-je désormais ? Je n'étais plus la femme de Frederick, plus la future lady Storton, et même plus vraiment la mère de Teddy. Et malgré tout, j'allais être coincée là-bas pendant des années. Que m'avait dit Kitty, déjà, à propos des dispositions sur la garde ?

Au cas où vous feriez un second mariage et voudriez embarquer avec vous le fils héritier.

Me remarier était le cadet de mes soucis ; en revanche, les choses se passeraient de la même manière si je voulais simplement quitter Winterton pour n'importe quelle autre raison. De sorte que même si j'héritais de Clereston, je ne pourrais pas y aller. Ils seraient sûrement heureux de se débarrasser de moi mais jamais ils ne me laisseraient emmener Teddy loin de Winterton, et si j'y allais, ils seraient capables de me tenir à l'écart de sa vie, comme ils l'avaient fait avec mon père. En outre, si je restais parmi eux, dans cinq ans ils l'enverraient en pension et je devrais continuer de vivre là-bas, plus indésirable que jamais, en ne voyant mon fils que pendant les vacances, jusqu'à ce qu'il ait l'âge de prendre ses propres décisions. Et comment savoir quel genre de garçon ils auraient fait de lui à ce moment-là ?

Je regardai Teddy qui jouait par terre.

Tu es tout ce que j'ai maintenant.

Ma mère était morte, mon père était mort. Frederick ne m'avait jamais aimée comme je l'espérais, mais il se souciait tout de même un peu de moi, et voilà que lui aussi avait disparu. Il n'existait plus aucune personne en Angleterre pour prier pour mon salut. Quant à lord et lady Storton, ils auraient certainement trouvé plus arrangeant que je périsse aussi, du moment qu'ils récupèrent leur petit-fils.

Et mon pauvre petit Teddy qui allait devoir vivre la même existence que son père, esclave d'un titre, d'un domaine et de ces générations d'ancêtres dont les portraits toisaient tout le monde depuis les murs du manoir. Après cette dernière dispute avec Frederick sur le bateau, je savais bien qu'il avait été malheureux.

Je porte le poids de treize générations sur mes épaules, je ne peux pas les laisser tomber.

Assise dans cette cabine, je contemplai l'avenir qui nous attendait, Teddy et moi, tout en ne cessant de penser à ces gens qui nous appelaient à l'aide dans le noir après le naufrage. Ces cris résonnaient en permanence dans ma tête. Quantité de voix dans un premier temps, puis l'horreur d'en entendre de moins en moins tandis que les gens périssaient les uns après les autres, de froid ou noyés. Et maintenant, lorsque ce son me hantait, c'était en sachant que mon père, Frederick, Molly et Terence devaient être parmi eux. Je ne sais pas s'il est possible de survivre à une telle chose sans devenir un peu fou – et peut-être étais-je en train de le devenir, car une idée des plus folles me vint alors.

Nous avions eu la chance de survivre quand tant d'autres avaient péri. Et si je décidais de m'emparer de cette occasion de laisser derrière nous une vie qui nous rendrait tous deux malheureux ? Et si nous ne rentrions pas ?

28

Pendant quelques minutes, je me laissai aller à rêver que nous restions aux États-Unis, où nous commencions une nouvelle vie et ne retournions jamais à Winterton. Mais ce n'était qu'une rêverie, rien de plus. Parce que je ne pouvais pas garder Teddy pour moi toute seule. Les documents notariés qui me privaient de toute autorité sur lui en cas de remariage s'appliqueraient de la même manière là-bas. Ce n'était pas à moi de l'élever ; c'était à eux, et je voulais être là où il serait. Il n'y aurait donc pas de nouvelle vie, rien que l'ancienne – en pire.

Aux alentours de midi, on frappa à la porte. Les adorables dames allemandes nous avaient apporté des sandwiches, du café pour moi et une tasse de lait pour Teddy. Elles m'informèrent que le commandant avait demandé que tous les passagers du *Titanic* se présentent au salon à 19 heures ce soir en donnant leur nom, afin de pouvoir établir une liste officielle des disparus. Ce qui permettrait de suspendre les formalités habituelles au moment de notre arrivée à New York, et de faire débarquer les gens plus rapidement.

— Tenez, dit l'une d'elles en me tendant un stylo et un morceau de papier – un formulaire de marconigramme. Pour dire à votre famille que vous êtes saine et sauve. Un membre de l'équipage l'enverra pour vous.

Lorsqu'elles furent parties après m'avoir assuré que nous pouvions disposer de la cabine pour la nuit, je découpai un des sandwiches en petits morceaux pour Teddy. Il mangea avec appétit, la mine réjouie et satisfaite. Je sirotai mon café, amer et fort, en regardant le formulaire du marconigramme. Comment écrire les mots qui vont briser le cœur de quelqu'un ? À leur manière, si froide et étrange qu'elle fût, lord et lady Storton devaient aimer Frederick, et le choc et le chagrin de le perdre de cette manière défiaient l'imagination. La nouvelle du naufrage devait être parvenue en Angleterre à l'heure actuelle ; ils devaient être fous d'inquiétude. Il fallait qu'ils sachent, et qu'ils informent la famille de Terence également. Mais comment allais-je trouver les mots ?

Il y avait aussi la famille de Molly. Qui allait les prévenir ? Je ne connaissais que son nom et sa ville d'origine, Manchester. Je n'avais aucune idée de l'endroit où vivaient son père et sa belle-mère. Puis, je me rendis compte qu'ils ne devaient même pas savoir qu'elle se trouvait à bord du *Titanic.*

Je suis partie, je suis allée à Londres, j'ai trouvé une place chez Mrs Fieldwood et je n'ai eu aucune nouvelle de ma famille depuis.

Ceux-là ne devaient pas s'inquiéter pour elle, à l'inverse de tant d'autres familles. L'injustice de la situation me frappa. Il y avait tant de gens qui aimaient profondément leur fille, leur fils, leur frère, leur sœur, et allaient recevoir un coup dont beaucoup ne se remettraient peut-être jamais ; alors que le père et la belle-mère de Molly, qui l'avaient laissée partir sans le moindre scrupule, allaient continuer tranquillement leur vie, ne sachant même pas qu'elle était morte, et encore moins dans quelles circonstances tragiques.

Je pris le stylo et le reposai. Parce que tout à coup, je croyais entrevoir une issue. C'était... pour tout dire, c'était complètement fou. Je n'arrivais pas à croire que j'avais la simple audace de l'envisager, et pourtant, une fois que l'idée eut germé, je ne pouvais plus l'ignorer.

Frederick ayant tout de suite snobé les passagers américains, nous n'avions parlé à presque personne sur le bateau et ne nous étions jamais présentés à quiconque. Les gens présents dans le canot de sauvetage n'avaient pas vraiment vu le visage des autres, ils ne s'étaient pas communiqué leur nom, et les deux dames allemandes ne savaient pas qui j'étais. Donc, jusqu'à ce que j'envoie le marconigramme, personne ne pouvait savoir si Teddy et moi étions en vie ou non. Personne non plus ne savait que Molly était morte. Et la liste qu'ils allaient établir ce soir constituerait le seul recensement des rescapés montés à bord du *Carpathia*. Si je laissais Teddy dans cette cabine et allais donner le nom de Molly au lieu du mien, lui et moi serions déclarés disparus et personne ne saurait jamais que nous avions survécu. Je pourrais m'enfuir avec lui. Nous n'aurions jamais à retourner à Winterton.

Seulement, il nous faudrait disparaître de manière absolue. Parce qu'à cause de ce document notarié, si je ne ramenais pas Teddy à Winterton, cela me rendrait coupable de kidnapping de mon propre enfant. Si lord et lady Storton apprenaient que nous étions encore en vie, ils nous chercheraient, et, s'ils nous trouvaient, la loi les autoriserait à reprendre mon fils.

C'était ridicule, irréalisable. Nous n'aurions nulle part où aller et aucune ressource pour vivre. J'avais apporté une somme rondelette pour ce voyage, espérant faire les boutiques à New York, mais tout cet argent reposait maintenant au fond de l'océan, avec mes bijoux. Je ne pourrais pas non plus réclamer mon héritage. Nous serions sans le sou. Alors comment pouvais-je espérer disparaître, même seule, et plus encore avec un enfant de deux ans ? Pourtant, au moment même où je me posais cette question, j'entrevoyais déjà des solutions.

Molly avait de la famille qui l'attendait à New York mais ne l'avait jamais vue, n'est-ce pas ? Nous avions presque le même âge, nous venions du même endroit et je pourrais reprendre mon ancienne façon de parler en un clin d'œil. Certes, ils ne s'attendaient pas à la voir arriver avec un enfant, mais ils ne s'attendaient pas non plus à la voir arriver enceinte, et cela n'avait pas arrêté Molly.

Ils ne me connaissent pas encore ; pour l'instant, je ne suis qu'un nom sur une lettre. Mais une fois que je serai là-bas, sur le pas de leur porte, ils ne vont tout de même pas me mettre dehors avec le bébé, pas vrai ?

Il faudrait que j'invente une histoire, mais cela n'avait rien d'impossible. Je pourrais me baser sur le récit que m'avait confié Molly – en forçant un peu le trait. Ainsi, nous aurions au moins un toit sur la tête, le temps de nous retourner. Je pourrais travailler, comme Molly comptait le faire, et dès que j'aurais gagné suffisamment d'argent, nous irions vivre ailleurs.

Je savais que c'était mal. De voler l'identité d'une femme, de tromper sa famille. Mais surtout, d'infliger une telle peine à lord et lady Storton en leur faisant croire qu'ils avaient perdu leur petit-fils en plus de leur fils. Une petite voix dans ma tête me murmurait que cela les chagrinerait uniquement parce que Teddy était leur héritier, mais au fond, je savais que cette pensée était injuste. Ce n'étaient pas des monstres ; ils aimaient Teddy, à leur manière. En même temps, c'était justement parce qu'il était l'héritier que je devais manigancer tout cela. S'il avait été une fille, ils n'auraient pas pris la peine de prendre ces dispositions de tutelle, et mon enfant et moi aurions pu aller vivre tranquillement à Clereston.

Je cogitai ardemment tout l'après-midi, changeant d'avis toutes les demi-heures. Un moment je me disais que c'était impossible. Je pensais alors à notre retour à Winterton, à ce que cela impliquerait pour lui et pour moi, et il me paraissait tout aussi impossible de choisir cette option. Molly avait essayé de transformer un mauvais choix en quelque chose de positif, afin de se créer une nouvelle vie, pour elle et pour son enfant. Elle n'allait finalement pas pouvoir goûter à cette vie. Mais si moi, je le pouvais, si nous le pouvions, ne fallait-il pas saisir cette chance ?

Lorsque les dames allemandes nous apportèrent notre dîner, je leur demandai si elles voulaient bien rester avec

Teddy quelques minutes, proposition qu'elles acceptèrent avec joie. Je marchai à pas lents jusqu'au salon. Allais-je réellement sauter le pas ? Raconter un mensonge pareil, me prétendre morte en même temps que mon fils, puis descendre de ce bateau pour me lancer dans une nouvelle existence dont j'ignorais tout ? J'étais complètement folle. Et pourtant, j'y allais.

Dans le salon, on avait disposé une rangée de trois tables derrière lesquelles étaient assis des membres de l'équipage. Les gens faisaient la queue puis donnaient leur nom. Je rejoignis une file d'attente, le cœur battant, les jambes tremblantes. Plus je m'approchais de la table, plus mon initiative me paraissait ridicule et impossible. Mais je ne cessais de penser à Molly. Elle qui n'avait joui d'aucun des privilèges qui avaient été les miens, mais qui avait eu tant de courage. Elle qui avait été dupée par un homme, comme moi, mais qui s'était prise en main et avait trouvé le moyen de repartir de zéro, de l'autre côté de l'océan.

Je ne voulais plus être Elinor Coombes et vivre une vie où d'autres décidaient de tout pour moi. Je voulais être Molly – cette brave, courageuse Molly qui décidait elle-même de là où elle voulait vivre, et comment. Qui n'avait pas eu la chance de continuer de vivre, mais qui l'aurait certainement saisie si elle l'avait eue.

Mon tour arriva. L'officier leva les yeux, son stylo prêt à noter.

— Puis-je connaître votre nom, mademoiselle ?

Je déglutis à vide et pris une grande inspiration.

— Molly Mortimer, déclarai-je.

29

Quatre jours après le naufrage du *Titanic*, nous arrivâmes à New York en fin de soirée, par un temps exécrable. Le ciel était d'un gris ardoise et la pluie tombait à seaux. Peut-être était-ce mieux ainsi : une journée ensoleillée nous aurait cruellement rappelé l'arrivée heureuse que nous attendions tous, au terme d'un voyage enchanté sur le paquebot le plus luxueux du monde. L'expérience n'en était pas moins amère pour autant. J'avais laissé Teddy profondément endormi dans la cabine et étais montée sur le pont, où s'étaient rassemblés la plupart des rescapés du *Titanic*. Malgré la pluie battante, je pense que nous avions tous terriblement hâte de voir la terre.

L'averse était si torrentielle que nous distinguions à peine les silhouettes des immeubles qui se dressaient devant nous. En revanche, alors que nous approchions du port, nous vîmes clairement une salve de flashes. Une flottille de remorqueurs fonçait vers nous, avec une armée d'appareils photo braqués vers le pont.

— Maudits journalistes, grogna quelqu'un derrière moi. Quelle bande de charognards, tous autant qu'ils sont.

Je m'empressai de reculer pour me soustraire à leur vue. Comment n'y avais-je pas pensé plus tôt ? Il était évident que la presse nous attendrait pour nous mettre à la une des journaux : plus de mille personnes avaient péri sur un navire censé être insubmersible, et nous étions les seuls qu'il restait pour raconter cette histoire. Or si l'un de ces journalistes prenait une photo de moi ou de Teddy et la publiait, tout mon plan s'écroulerait. Lord et lady Storton sauraient que nous étions vivants, ils nous retrouveraient et m'enlèveraient mon fils.

Lorsque nous descendîmes enfin la passerelle, vêtus des quelques habits que les passagers du *Carpathia* nous avaient donnés, Teddy était enveloppé dans une couverture que j'avais prise dans une des couchettes, et je m'étais confectionné un foulard à partir d'un bout de soie prélevé dans la doublure de mon manteau. Il me couvrait complètement les cheveux et, en tenant Teddy face contre moi, je parvenais du même coup à dissimuler mon visage. Même si quelqu'un nous photographiait, on ne nous reconnaîtrait pas.

Mes jambes tremblaient lorsque je posai le pied sur le quai. Il devait y avoir des centaines de gens d'amassés ici, mais la foule était silencieuse. Au loin, des cloches sonnaient. Tenant Teddy serré contre moi, je me frayai un chemin parmi ces inconnus et n'aperçus que quelques retrouvailles larmoyantes. La plupart des gens restaient immobiles sous la pluie sans rien dire, les yeux braqués vers la passerelle.

On nous avait indiqué que ceux qui étaient attendus devraient se diriger vers des files en fonction des initiales de nos noms. Avec tout ce monde, il n'était pas évident de les repérer, mais je finis par voir la file réservée au M. Et ils étaient là. Une femme âgée et un couple d'une quarantaine d'années, l'homme tenant une pancarte où était inscrit « Molly Mortimer ». La cousine de la mère de Molly, Ruth, son mari Per, et la mère de celui-ci, Anna. Leurs yeux scrutaient la foule sans s'attarder sur nous – puisque, bien sûr, ils cherchaient une jeune femme seule.

J'avançai vers eux sans me laisser le temps de réfléchir. Reprenant la voix et la façon de parler qui avaient été les miennes pendant longtemps, je dégoisai d'un coup les mots que j'avais préparés :

— Je suis Molly, et voici mon fils, Teddy. Je sais que vous n'attendiez que moi et je suis désolée de ne pas vous l'avoir dit, mais j'avais peur que vous ne nous laissiez pas venir si vous étiez au courant.

Ils parurent tous décontenancés quelques instants, puis Ruth ouvrit grand ses bras pour nous serrer contre elle.

— Dieu merci, dit-elle. Nous étions fous d'inquiétude ! Nous avons vu ton nom sur la liste mais des gens disaient qu'elle n'était pas forcément juste, alors on n'en était pas sûrs.

Elle recula pour me regarder bien en face et porta une main à sa bouche. Elle avait tout de suite vu que je mentais, j'en étais convaincue. Je m'apprêtais à lui dire que je m'étais trompée, qu'ils n'étaient pas ceux que je cherchais, mais elle parla avant moi :

— Doux Jésus. Ce que tu ressembles à ta mère.

Per proposa de porter Teddy – il y avait un certain temps de marche jusque chez eux – mais je prétextai une excuse pour le garder. Le serrer contre moi était la seule chose qui me paraissait encore réelle. J'avais l'impression d'être dans un rêve des plus étranges ; je n'arrivais pas à croire à ce que j'étais en train de faire et, en même temps, je devais garder la tête froide afin de pouvoir répondre aux questions de Ruth et de Per à propos du naufrage sans commettre d'impair.

À mon grand soulagement, Anna, qui n'avait quasiment rien dit jusqu'ici, déclara avec fermeté :

— Je crois que Molly a répondu à assez de questions pour le moment.

Per parlait comme les Américains que nous avions vus sur le bateau, mais Anna s'exprimait avec un fort accent suédois. Molly m'avait-elle dit depuis combien de temps elle vivait aux États-Unis ? Je ne m'en souvenais plus, ce qui ne fit qu'ajouter à ma panique. Combien d'autres détails que j'ignorais encore risquaient de me mettre en difficulté ?

Je sursautai quand elle posa une main sur mon bras, mais elle me dit simplement :

— On n'est pas obligés de continuer de parler de ça, si tu n'as pas envie.

Je n'en avais pas envie, et je ne pouvais pas me le permettre. J'avais besoin de me concentrer si je voulais pouvoir tenir mon rôle, ce qui impliquait de faire abstraction de tout ce qui s'était passé ces derniers jours. Par bonheur, Per suivit le conseil de sa mère et changea de sujet – sans que je puisse savoir de quoi il parlait. Autour de moi, je ne voyais que des rues pavées, sales, encombrées de tas d'ordures, et des enfilades de grands immeubles étroits en brique rouge flanqués d'escaliers de secours en métal qui zigzaguaient du sol jusqu'au toit, comme à l'extérieur des fabriques de mon père. Sauf qu'il ne pouvait pas s'agir de fabriques – il y avait des rideaux aux fenêtres et des plantes derrière les vitres.

Ce n'est pas possible.

Où étaient les gratte-ciel, les grands magasins, le parc gigantesque dont j'avais entendu parler ?

Au bout d'un moment, Ruth s'arrêta devant l'un de ces immeubles en brique.

— On est arrivés.

Ce fut un choc pour moi quand ils poussèrent la porte. La cage d'escalier était à peine éclairée et les marches s'enfonçaient dans l'obscurité. D'une porte à gauche, on entendait la voix d'un homme et d'une femme se disputant dans une langue que je ne connaissais pas, et il flottait dans l'air une affreuse odeur de chou qui s'accentua encore comme nous prenions l'escalier. Au deuxième étage, Per s'arrêta devant l'une des quatre portes du palier, mais l'escalier continuait. Il devait donc y avoir au moins trois, peut-être quatre étages. Si tous comptaient quatre appartements, en incluant le rez-de-chaussée, cela faisait vingt familles au même endroit. Comment était-ce possible ?

La porte s'ouvrait directement sur une très petite pièce contenant une cuisinière en fonte, une petite table et des bancs de chaque côté ainsi qu'un gros coffre en bois. Des rideaux en coton à carreaux rouges – du même tissu que celui des coussins sur les bancs – ornaient l'unique fenêtre de la pièce. La table était recouverte d'une nappe blanche brodée de rouge, et, pour toute décoration, un tableau représentant un lac entouré de bouleaux était accroché au mur. Dans un coin, deux machines à coudre à pédales. À côté, deux étranges fenêtres intérieures occultées par des rideaux révélaient chacune une chambre à coucher, toutes deux meublées d'un simple lit et d'une commode. L'endroit était gai et parfaitement tenu, mais comment diable faisaient-ils pour vivre ici à cinq – et maintenant sept ? Où allions-nous dormir ? Et où se trouvait la salle de bains ? Après cette longue marche depuis le port, j'avais déjà besoin d'aller aux toilettes et, à la façon dont Teddy gigotait maintenant, je me doutais qu'il devait avoir le même besoin que moi, peut-être même plus pressant.

— Euh… où sont les commodités ? demandai-je.

Trois visages ahuris se tournèrent vers moi. Les leçons de vocabulaire sur les mots à employer ou ne pas employer s'étaient incrustées si profondément dans mon cerveau que j'avais oublié que les gens ordinaires n'appelaient pas ces lieux ainsi. Mais Ruth vit que Teddy ne cessait de gigoter.

— Oh ! En bas, dans la cour, me dit-elle. Utilise celui de droite, je l'ai nettoyé à fond ce matin et j'espère que ce cochon du premier étage n'y est pas allé depuis.

Les toilettes étaient une sorte d'appentis en bois à cinq portes au fond de la cour – je sentis leur présence avant de les voir. Suivant les instructions de Ruth, j'ouvris prudemment la porte de droite, derrière laquelle je découvris un simple cube en bois avec un trou percé dans le couvercle et des carrés de papier journal accrochés à un clou sur le côté. L'odeur puissante du désinfectant ne suffisait pas à masquer la puanteur qui imprégnait les lieux. Retenant mon souffle, j'aidai Teddy ; j'étais en train de remonter son pantalon quand – horreur ! – j'entendis un bruit de pas et l'une des autres portes s'ouvrir et se fermer près de nous. Une voix d'homme commença à chanter dans une langue étrangère et bientôt, la chanson fut accompagnée des bruits et des odeurs les plus hideux qui soient. Teddy se mit à rire. Je lui fis signe de se taire et me soulageai aussi rapidement que possible, sans trop savoir si j'étais plus gênée que cet homme m'entende ou que je l'entende. Comment les gens pouvaient-ils vivre de cette manière ?

Bien sûr, je me doutais que la famille de Molly ne serait pas riche ; je ne m'attendais pas à cela pour autant. Les cottages sur la propriété de Winterton avaient des toilettes extérieures, mais elles ne se trouvaient pas en bas de trois volées de marches obscures, et n'étaient pas partagées par vingt autres familles. Et cinq personnes dans trois pièces ! Même les petites maisons dans lesquelles habitaient les ouvriers de mon père étaient plus spacieuses. Je n'osais même pas imaginer comment ils faisaient pour se laver. Le seul robinet que j'avais vu se trouvait dans le couloir et gouttait dans un évier en fer rouillé.

En bas des marches, Teddy recula, me tirant par la main.

— Nan, maman, dit-il. Y fait noir.

On sentait un tremblement évoquant les larmes dans sa voix, et je n'étais pas loin de pleurer moi-même. Dans quelle galère nous avais-je embarqués ? Avant le mariage, j'étais inquiète à l'idée d'aller vivre à Winterton parmi tous ces inconnus ; hélas, mes inquiétudes s'étaient révélées fondées. Et aujourd'hui, j'étais sur le point de me retrouver entassée dans un espace minuscule avec cinq personnes que je ne connaissais pas, et je partageais des toilettes avec Dieu sait combien d'individus que je n'avais jamais vus. Mon fils et moi n'avions rien d'autre que les habits que nous portions, je n'avais aucune possession, pas un sou en poche, et pas la moindre idée de la manière dont je pourrais gagner ma vie. Par-dessus le marché, l'idée que je puisse continuer de faire semblant d'être Molly me paraissait de plus en plus inconcevable. La famille ne s'était pas méfiée jusqu'ici, n'ayant aucune raison de le faire. Ils attendaient Molly, ils ne l'avaient jamais vue et j'avais à peu près le même âge et l'accent de Manchester. Ruth avait même imaginé une ressemblance avec la mère de Molly, juste parce qu'elle avait vu ce qu'elle avait envie de voir. Mais de toute ma vie, je n'avais jamais fait mon lit ni épluché une pomme de terre.

Comment allais-je leur faire croire que j'avais grandi dans la pauvreté et travaillé en tant que domestique ?

Ça ne pouvait pas marcher. Il s'agissait d'une idée absurde, qui m'était venue dans un moment où je n'avais pas toute ma tête. Nous ne pouvions pas rester ici. Il fallait que nous retournions au port, que nous disions à quelqu'un qu'il y avait eu une erreur, qu'on envoie un marconigramme. Personne à Winterton ne saurait jamais que j'avais essayé de m'enfuir – c'était le chaos sur le quai et, comme Ruth l'avait dit, personne n'était sûr que les listes soient justes. En agissant vite, je pourrais m'en tirer à bon compte.

Je faillis le faire. Et puis, je repensai à ce document dont j'avais négligé l'importance auparavant, celui qui stipulait que lord et lady Storton étaient désormais les tuteurs de Teddy. Si je rentrais, ce document allait décider de notre existence. Mes beaux-parents auraient tout contrôle sur Teddy, et donc sur moi. Encore une situation où je n'aurais pas mon mot à dire.

Je me rappelai alors tous ces cris dans le noir de la mer, tous ces gens qui avaient perdu la simple possibilité de vivre, et cette promesse que je m'étais faite sur le *Carpathia*, celle de ne pas laisser passer la chance qui m'avait été donnée. Pour une fois, j'avais effectué mon propre choix et pris la responsabilité de ce qui m'arriverait. Soit je m'y tenais, soit je continuais de laisser d'autres personnes décider de ma vie pour moi.

Tu es Molly maintenant, et Molly prenait ses décisions elle-même.

— Viens, dis-je à Teddy. Je vais te porter.

30

Lorsque nous parvînmes en haut des marches, Ruth nous attendait devant la porte de l'appartement.

— Ça va, ma belle ? Je m'apprêtais à aller vous chercher. On peut facilement se tromper d'étage dans le noir.

Elle posa un bras sur mon épaule. Personne n'avait fait cela depuis la mort de ma mère.

— Ma pauvre, tu dois être épuisée. Viens donc manger un peu de soupe et après, vous irez vous coucher.

Je m'assis à table avec Per et Anna, Teddy à mon côté – son visage timidement tourné vers mon épaule. Ruth posa devant moi un bol d'une soupe d'un jaune d'or, épaisse et appétissante, où flottaient des morceaux de jambon, et un plus petit devant Teddy. Je parvins à l'inciter à se retourner et à manger mais, pour ma part, je n'étais pas sûre d'être capable d'avaler une seule cuillérée. Je me forçai et me rendis bientôt compte que j'étais affamée. Faire semblant d'être Molly m'avait tellement stressée que je n'avais quasiment rien mangé sur le *Carpathia*.

Impatiente de me débarrasser de l'histoire que j'avais concoctée à propos de Teddy, je la racontai dès que j'en eus l'occasion : j'avais perdu ma place de domestique lorsque j'étais tombée enceinte, mais mon employeuse avait eu pitié de moi et m'avait donné suffisamment d'argent pour que je subsiste jusqu'à la naissance de mon fils.

— Elle m'a également donné une lettre de recommandation, si bien que lorsque j'ai trouvé quelqu'un pour s'occuper de Teddy, j'ai pu obtenir une autre place. Mais je voulais lui offrir de meilleures chances et je me suis rappelé ce que tu racontais dans tes lettres, quand tu disais que les enfants pouvaient recevoir une bonne éducation ici, et faire quelque chose de leur vie.

Je fus surprise de la facilité avec laquelle sortaient les mots que j'avais répétés dans ma tête. Je n'avais jamais eu pour habitude de mentir, même quand j'étais petite. Était-ce parce que je m'étais habituée à être quelqu'un d'autre, à Winterton ? Après tout, il s'agissait déjà d'une forme de mensonge.

Ruth me tapota l'épaule.

— Tu as eu raison, me dit-elle. Ici, tu peux faire ce que tu veux si tu reçois une bonne éducation. Micke veut devenir ingénieur, construire des ponts et des routes, et s'il travaille bien à l'école, il y arrivera. Ce n'est pas comme chez nous, où chacun doit rester à sa place dans la société.

Elle hocha la tête en regardant Teddy qui piquait du nez sur mes genoux.

— Micke et Lena vont être ravis de voir leur petit cousin.

— Où sont-ils ? demandai-je.

— Chez une voisine, en bas. Ils avaient hâte de vous voir, mais on s'est dit qu'il valait mieux que vous soyez au calme ce soir.

On frappa à la porte. Ruth alla ouvrir, et je vis apparaître deux femmes, l'une d'environ son âge, aux yeux et cheveux noirs, l'autre plus vieille et presque à l'opposé physiquement – rousse, au teint pâle constellé de taches de rousseur. Elle portait une petite caisse en bois.

— On vous a vus arriver, dit cette dernière avec un accent irlandais. Les listes étaient donc justes, Dieu soit loué.

— Molly, ce sont nos voisines, expliqua Ruth. Eileen habite en dessous et Giovanna de l'autre côté du couloir.

— Nous ne voulons pas vous déranger, juste vous souhaiter la bienvenue et vous apporter ceci, dit l'Irlandaise en tendant la caisse à Ruth. Il y a quelques petites affaires dont vous pourriez avoir besoin, des habits, tout ça. Tout est propre. Mais je vois que vous êtes deux finalement, je ne savais pas…

— C'est Teddy, dit Ruth. Le fils de Molly.

Un court silence se fit, mais, voyant que Ruth ne donnait pas plus d'explications, Eileen reprit :

— Eh bien, j'irai chercher quelques vieilles affaires de Liam pour ce petit gars.

— Merci, répondis-je. C'est très gentil de votre part.

— Nous sommes vraiment navrées de ce qui vous est arrivé, dit la brune, qui devait être italienne. Tout le monde est prêt à vous aider.

Sitôt que Ruth eut refermé la porte derrière elles, Anna grogna :

— Curieuse comme une chatte, cette Irlandaise ! On voyait bien qu'elle avait envie de demander « où est le mari ? ».

— Curieuse, peut-être, mais elle a bon cœur tout de même, répliqua Ruth. Je lui raconterai l'histoire demain, et si elle est la première à la connaître, ça suffira à faire son bonheur.

Elle se tourna vers moi.

— Il y aura peut-être des ragots, mais la plupart des gens d'ici t'acceptent tel que tu es. Beaucoup sont venus en Amérique pour échapper à bien pire que ce que tu as connu.

Tout en parlant, elle avait commencé à vider la caisse. Il y avait là tout un assortiment de vêtements et sous-vêtements, un pain de savon et un petit pot de crème pour le visage.

— Ça doit venir de chez les Coleman, en bas, dit Ruth. Il travaille à la pharmacie Bigelow's. Et ça…

Elle sortit une demi-douzaine d'oranges ainsi qu'un plat couvert d'un linge ; sous le linge, de petites pâtisseries qui sentaient bon le miel.

— Des fruits de la part d'Eileen – son Patrick travaille dans les primeurs. Et les pâtisseries doivent venir de chez Eleni, la porte d'à côté.

Ruth sortit le dernier objet de la caisse, une petite boîte en fer, et l'ouvrit. Horrifiée, je constatai qu'elle était remplie de pièces. Ces gens qui vivaient à vingt familles dans un même bâtiment et devaient gagner moins d'argent en une semaine que je n'en dépensais pour une simple paire de chaussures s'étaient tous cotisés pour moi.

— Je ne peux pas accepter leur argent, dis-je.

Au moment même où ces mots sortaient de ma bouche, je me rendis compte de leur absurdité de la part de quelqu'un qui n'avait pas un sou en poche.

— Pardon. Je voulais dire... c'est vraiment gentil de leur part.

— Comme a dit Giovanna, ils ont envie d'aider. Elle a fait brûler un cierge à l'église tous les jours pour toi, jusqu'à ce qu'on soit sûrs que tu étais saine et sauve.

— Superstitions de bonne femme, jeta Anna.

— Mama ! s'indigna Per.

— C'est la vérité, persista Anna. Mais l'intention est bonne. Ils ont tous de bonnes intentions.

Ce premier soir, Anna insista pour que Teddy et moi prenions le lit qu'elle partageait habituellement avec les deux enfants dans la plus petite chambre. Le mystère concernant l'endroit où nous dormirions ensuite fut éclairci quand elle tira du coffre un matelas en plume, des couvertures et des oreillers, qu'elle étala sur le sol de la cuisine. Je protestai, mais elle leva une main en l'air et déclara fermement :

— Pas de politesse anglaise. Nous autres Suédois disons ce que nous pensons, et j'ai dit que je vous prêtais mon lit avec plaisir, juste pour cette nuit. Ton fils et toi avez besoin de bien dormir après ce que vous avez traversé. Alors bonne nuit.

Bien dormir ? Même épuisée comme je l'étais, il y avait peu de chances que cela arrive. Une fois couchée dans le noir, pelotonnée autour de Teddy comme une chatte avec son chaton, toute l'horreur de cette nuit en mer me revint et, avec elle, les pires spéculations. À quel moment mon père, Frederick et Terence s'étaient-ils rendu compte qu'il n'y avait pas de place pour eux dans un canot ? Je ne cessais de revoir les instants où, juste avant que le navire coule, des gens sautaient du pont dans l'eau glacée. Se trouvaient-ils parmi eux ? Leurs voix étaient-elles de celles qui avaient appelé à l'aide, pour se rendre compte que personne ne venait les secourir ? Et Molly, cette pauvre Molly. Pourquoi n'était-elle pas revenue sur le pont ? Pourquoi l'avais-je seulement laissée retourner à sa cabine ? J'aurais pu remplacer ses économies sans que cela me coûte, et elle s'en serait sortie, comme moi, et son bébé aurait pu voir le jour.

Enfin, je n'arrivais pas à croire à ce que j'avais fait. Nous déclarer morts. Prendre le nom d'une autre femme. Et qu'allait-il se passer maintenant ? Ces gens si généreux m'avaient crue, n'ayant aucune raison de ne pas le faire. Mais si je ne parvenais pas à maintenir l'illusion, nous serions perdus – s'ils nous mettaient à la porte, nous n'aurions d'autre choix que de rentrer. Et si lord et lady Storton avaient pu me juger folle du simple fait que je voulais voir mon bébé après sa naissance, ils n'auraient aucun mal à le prouver après un épisode comme celui-ci.

31

Lorsque je m'éveillai, le lendemain matin, j'entendis une sorte de vrombissement en provenance de la pièce principale. Je ne parvenais pas à identifier ce bruit, mais il paraissait clair que toute la maisonnée vaquait déjà à ses occupations. Je m'empressai de me lever et attrapai quelques vêtements dans la pile que l'on m'avait donnée – une chemise blanche toute simple et une jupe en laine marron qui semblait être à ma taille –, en essayant de ne pas songer au fait que j'étais en train de mettre les sous-vêtements et les bas de laine de quelqu'un d'autre – ces derniers, quoique parfaitement propres, portant encore la déformation des genoux d'une autre femme. Lorsque j'essayai d'habiller Teddy, il se mit à se tortiller dans le pantalon de flanelle qu'Eileen avait dû apporter la veille.

— Ça gratte ! J'aime pas !

— Ne dis pas de bêtises. Tu vas t'y habituer, tu vas voir.

Alors que je luttais pour lui mettre une chemise en coton usée, il se tortilla de plus belle avant de se figer, tout raide, refusant de lever les bras. Je m'efforçai d'être gentille mais, au bout du compte, je dus passer ses bras de force dans les manches et, lorsque j'eus fini de le boutonner, j'étais en nage, sur les nerfs, et lui rouge et pleurant à chaudes larmes.

— Teddy. Calme-toi maintenant, s'il te plaît.

Je le pris dans mes bras pour le réconforter mais il me repoussa et se mit à pleurer encore plus fort. Jusqu'ici, je l'avais uniquement vu un peu grincheux, et j'ignorais comment le calmer et faire cesser ses pleurs. Molly s'était occupée de cinq frères ; si Ruth et Anna nous voyaient dans une telle crise, elles sauraient sur-le-champ que je ne savais même pas m'occuper d'un seul enfant. Comment allais-je pouvoir tenir mon rôle si ma crédibilité s'effondrait avant même que nous sortions de cette chambre ?

Je lui promis un bon petit déjeuner, puis je le grondai en lui disant qu'il était vilain – rien ne fonctionnait. Comment miss Cairns faisait-elle dans ce genre de situation ? Ou bien cela n'arrivait-il jamais, avec elle ? Tout à coup, je ne pus retenir mes larmes de peur et de frustration. Les yeux de Teddy s'écarquillèrent alors et les cris cessèrent brusquement. Il me laissa le consoler et, quelques minutes plus tard, nous avions séché nos larmes et pûmes sortir affronter la journée.

La pièce était pleine de vapeur lorsque nous émergeâmes, Teddy serrant fort ma main dans la sienne. Une grosse marmite d'eau bouillait sur le poêle et Ruth, les joues empourprées et des mèches de cheveux s'échappant de son chignon, frottait des vêtements dans un baquet en zinc, à côté d'une grosse pile de linge sale posée à même le sol. L'étrange vrombissement provenait de l'une des machines à coudre ; Anna était assise derrière, ses pieds allant et venant sur la pédale tandis qu'elle manœuvrait le tissu sous l'aiguille qui montait et descendait à une vitesse stupéfiante. Ne voyant ni Per ni les enfants, je supposai qu'il devait déjà être au travail et eux à l'école.

— Désolée, dis-je. Je ne m'étais pas rendu compte qu'il était tard, et Teddy n'était pas dans son assiette, avec tout ça.

— Je te l'avais bien dit, fit Anna sans relever les yeux de sa machine. Vous aviez besoin de dormir.

— Le pauvre petit chéri ne doit pas trop comprendre où il est, me rassura Ruth avant de sourire à Teddy. Un bon petit déjeuner de grand garçon comme celui que prend Micke, rien que pour toi, qu'est-ce que tu dis de ça ?

Elle prit une casserole en émail rouge pour me servir du café, puis nous remplit deux bols d'un épais porridge sorti d'une poêle. Teddy s'attaqua à son petit déjeuner, ayant visiblement oublié ses larmes, mais j'avais du mal à avaler le mien ; la peur de me trahir à n'importe quel moment me nouait la gorge. Je devais me concentrer rien que pour me souvenir de parler avec mon ancien accent, alors comment allais-je me débrouiller pour tout le reste ? Me rappeler ce que Molly m'avait confié à propos d'elle et de sa famille, accomplir tout ce qu'elle devait savoir faire ?

Ruth sortit une chemise de l'eau grisâtre et la brossa avec vigueur sur une planche cannelée. Molly aurait su faire cela ; quant à moi, je ne m'étais même pas posé la question de savoir comment on lavait mes vêtements – Rose les emportait et ils réapparaissaient, impeccables, dans ma penderie. Ma mère cuisinait et devait faire la lessive elle-même au début de leur mariage, mais à mon arrivée ils avaient déjà des domestiques, de sorte qu'elle n'avait pas eu besoin de m'apprendre ces tâches-là. Ce travail paraissait pénible. Les mains de Ruth étaient rouges et rêches.

Arrivée au bout d'une couture, Anna releva les yeux de sa machine.

— As-tu déjà utilisé une machine à coudre ?

— Non, jamais, répondis-je en me demandant pourquoi elle me posait cette question. Si les bas de ma maîtresse avaient besoin d'être reprisés, je le faisais à la main.

Malgré – ou peut-être grâce à – ma nervosité, le mensonge sortit tout seul. Je n'avais peut-être pas été femme de chambre, mais j'avais tout de même vu cela depuis l'autre côté.

— Je ne connaissais pas non plus, dit Ruth. Mais avec un peu d'entraînement, tu vas vite prendre le coup de main.

De quoi parlait-elle ? Tandis qu'elle continuait sa tâche, tout s'éclaira soudain. Je m'étais totalement méprise sur la façon dont ces gens gagnaient leur vie. Quand Molly m'avait dit que sa famille était dans le commerce de l'habillement, j'avais imaginé une petite boutique avec pignon sur rue, mais ce n'était pas du tout cela. Comme Ruth me l'expliqua bientôt, elles travaillaient ici, à leur domicile. Raison pour laquelle elles possédaient deux machines à coudre. Cela m'avait paru curieux, dans un si petit logement, mais il ne m'était pas venu à l'esprit que cette pièce minuscule se transforme en petite fabrique pendant la journée.

— Nous confectionnons des chemisiers – enfin, des corsages en réalité, mais ils appellent ça comme ça ici, dit Ruth en désignant celui que je portais. Ça, c'est un chemisier. Ils sont coupés comme une chemise d'homme, donc à part les manches, il n'y a quasiment que des coutures droites.

Anna termina un ourlet, trancha le dernier fil de coton avec ses dents et brandit en l'air un corsage en linon bleu à motifs de marguerites.

— Tu vois, dit-elle. C'est facile.

— Tu en as déjà fait un ce matin ?

Ruth éclata de rire et me montra une pile sur le sol.

— On a fait tous ceux-là ce matin. On est payées à la pièce, selon le nombre qu'on fabrique, donc il vaut mieux être rapide.

— Et il faut tenir le rythme par rapport aux filles qui travaillent en usine, aussi, ajouta Anna. De nos jours, il n'y a plus beaucoup de chefs d'entreprise qui emploient les ouvrières travaillant à domicile, ces gars-là préfèrent vous avoir à l'œil toute la journée. Si on ne travaille pas assez vite, il pourrait se dire que ça n'en vaut pas la peine.

— En général, on en fait dix par jour, précisa Ruth. Mr Klein nous envoie le tissu tous les soirs, on confectionne le lendemain et son second vient les prendre en même temps qu'il apporte le lot suivant.

Je baissai les yeux sur mon bol de porridge pour dissimuler ma stupeur. Les vêtements que je portais auparavant avaient nécessité des semaines de fabrication, avec des liserés cousus à la main et des ourlets aux points si discrets qu'on les voyait à peine. J'ignorais combien pouvait coûter un chemisier ici, mais elles ne devaient pas être grassement payées pour avoir besoin d'en confectionner autant par jour. Comment diable allais-je pouvoir en faire autant ? Certes, j'avais été initiée à la couture, étant enfant, mais je n'avais jamais touché une machine à coudre de ma vie.

Respire à fond. Ça ne doit pas être si compliqué. Tu connais bien le tissu, ça va t'aider. Tu auras pris le coup de main dans une semaine ou deux.

— Tu n'es pas obligée de commencer dès aujourd'hui, après toutes tes mésaventures, me dit Ruth. Demain, ce sera très bien. Mr Klein voudra te voir en confectionner un, en guise de test, mais si on envoie tout ça avec le travail de demain, il ne t'apportera la machine que le lendemain. Il y a toujours beaucoup de travail à cette période de l'année, alors il sera content d'avoir une couturière de plus.

Je n'aurais donc pas des semaines pour apprendre ; mais une journée, au mieux. Que se passerait-il si j'échouais ? Mon plan délirant ne tenait debout que parce que Molly avait un endroit où vivre et la promesse d'un emploi pour gagner sa vie. Il était évident que ce foyer ne pouvait se permettre d'avoir deux bouches de plus à nourrir sans contrepartie, et nous n'avions aucun autre endroit où aller. À part Winterton, bien entendu, mais je connaissais les conséquences de ce choix.

Non.

Quel que soit le prix à payer, nous n'y retournerions pas. Je me forçai à avaler ma dernière bouchée de porridge et poussai mon bol sur le côté.

— Je peux commencer dès aujourd'hui, déclarai-je.

— Tu es sûre de te sentir d'attaque ? me demanda Ruth.

— Le travail est le meilleur remède, affirma Anna. Ça ne sert à rien de ruminer, il vaut mieux s'occuper l'esprit.

— Merci, docteur Svensson, ironisa Ruth. Mais Molly vient de vivre une rude épreuve et...

— Anna a raison. Je préfère m'y mettre tout de suite.

— Très bien. Si tu en es sûre, c'est aussi pratique que tu commences aujourd'hui. Comme ça, tu peux te servir de ma machine pendant que je m'occupe de la lessive, dit Ruth.

Alors que je me levais et quittais la table, je vis qu'Anna me regardait bizarrement. Qu'avais-je encore fait ? Je baissai les yeux.

Idiote ! La tasse et les bols.

La veille au soir, Ruth avait emporté mon bol de soupe et les tasses de café de tous les autres à l'évier dans le couloir. M'efforçant de donner l'impression que j'avais toujours accompli cette tâche, je fis donc la vaisselle – en grimaçant comme l'eau glaciale me coulait sur les mains. J'avais le sentiment que rien n'échappait aux yeux bleus et perçants d'Anna. Je devrais être beaucoup plus prudente si je voulais éviter qu'elle ne voie en moi l'imposteur que j'étais et qu'on me mette à la porte avant que j'aie pu gagner un peu d'argent. Il allait falloir que je sois vigilante en permanence, que j'observe et que j'apprenne sans que personne ne se rende compte que j'ignorais toutes ces choses qu'une fille comme Molly connaissait par cœur.

Ruth alla chercher quelques jouets appartenant à son fils afin que Teddy puisse s'occuper et dénicha ensuite une vieille taie d'oreiller sur laquelle je pourrais commencer à m'entraîner. Après quoi, elle me montra comment me servir de la pédale de la machine à coudre tout en maintenant le tissu avec mes doigts pour le faire passer sous une petite plaque métallique, puis comment lever l'aiguille pour changer de direction. Je me sentais mal ; c'était encore plus compliqué que ça n'en avait l'air.

— Tu vas vite t'habituer, me dit-elle. Entraîne-toi à faire ce que je t'ai montré et quand j'aurai terminé et étendu ma lessive, on essaiera d'assembler un chemisier.

Je n'avais d'autre choix que d'obtempérer. Donc, pendant qu'Anna faisait cliqueter sa machine à un rythme d'enfer à côté de moi, s'arrêtant de temps en temps pour presser un ourlet avec un fer qui chauffait sur le poêle, et que Ruth frottait son linge comme une diablesse sur sa planche, moi, je cousais des lignes droites, de haut en bas, à une lenteur épouvantable ; terrifiée à l'idée qu'un de mes doigts se prenne sous l'aiguille, et me démenant pour que celle-ci continue de piquer droit et avec régularité. Il me paraissait impossible que je puisse un jour coudre un chemisier comme celui que je portais, sans parler de le faire aussi vite qu'elles.

Au bout de vingt minutes, Anna soupira et se leva de sa machine.

— Arrête, me dit-elle. Tu as de longues jambes, comme moi. Essaie plutôt comme ça.

Elle se pencha et repositionna mes pieds sur la pédale – le gauche en haut, le droit en bas.

— Maintenant, il faut que tu prennes le rythme : en arrière, en avant, en arrière, en avant... Tu gagnes en vitesse quand le mouvement est fluide.

Au bout de deux minutes, je compris ce qu'elle voulait dire. Les mains et les pieds devaient travailler ensemble. Bientôt, je parvenais à piquer droit, ligne après ligne, allant un peu plus vite à chaque fois. J'étais tellement concentrée sur mon ouvrage, les mâchoires serrées et les épaules raides, que je sursautai quand Ruth me parla :

— Eh bien voilà, ça commence à venir.

Elle me montra le baquet en zinc rempli d'eau et de linge.

— Tu veux bien m'aider à porter ça jusqu'à l'évier ?

Nous prîmes chacune une poignée du baquet pour le soulever. Bon sang, il faisait le poids d'un âne mort ! Nous l'emportâmes jusqu'à l'évier du couloir pour le vider de son eau tandis que Ruth retenait le linge de son autre main.

— Je hais les lundis, dit-elle en faisant couler de l'eau froide sur les vêtements dans le baquet. Tout ce boulot, et quand on pense que tout ça va recommencer à se salir dès demain...

Elle remuait maintenant les vêtements dans l'eau de rinçage.

— Mais ça va bien nous aider que tu sois là, tu sais. Anna a beau s'obstiner à dire qu'elle est en pleine forme, son genou lui cause tellement de misère que je n'aime pas bien la voir porter des charges lourdes. Allez, on va étendre tout ça maintenant.

Nous reprîmes le baquet à deux et, l'espace d'un instant, je crus que nous allions devoir le porter jusqu'en bas. Mais Ruth se dirigea vers la petite plateforme de l'issue de secours. Là, suspendus entre leur immeuble et celui d'à côté, de bas jusqu'en haut, des dizaines de fils à linge exhibaient chemises, jupons, chaussettes et culottes ondulant sous le vent ; et c'était la même chose entre tous les bâtiments en vis-à-vis. J'ouvris la bouche pour demander si tout le monde faisait sa lessive le lundi à New York, puis me ravisai. Peut-être que partout dans le monde on faisait sa lessive le lundi, et que tous ceux qui lavaient leur linge eux-mêmes le savaient. Molly, elle, le savait certainement.

Ruth attrapa une chemise dans le baquet et l'essora de ses deux mains, en faisant dégoutter l'eau. Je l'imitai aussi bien que possible tout en m'efforçant d'avoir l'air rompue à cette tâche. J'avais dû me débrouiller correctement ; lorsqu'il ne resta plus que quelques pièces dans le baquet, elle me laissa terminer et alla actionner le fil, qui fonctionnait avec une sorte de système de poulie. J'étais donc assez contente de moi quand je me rendis compte que j'avais entre les mains un caleçon appartenant à Per. Saisie d'un brusque accès de gêne, je le lâchai et il glissa entre les barreaux de la plateforme pour aller s'échouer par terre, sur les pavés de la cour.

Ruth éclata de rire en avisant mon expression.

— Cours vite le chercher, on n'aura qu'à le rincer sous le robinet. Je ne le dirai à personne.

De retour dans l'appartement, alors qu'une autre tournée de lessive trempait dans le baquet, je montrai à Ruth les coutures que j'avais réalisées sur la taie d'oreiller.

— Tu vois, je t'avais dit que tu prendrais vite le coup de main, dit-elle. Bon, on va essayer d'assembler un chemisier alors – mais vas-y lentement. Ceux qu'on a à faire cette semaine ne sont pas trop compliqués – il n'y a pas de dentelle ni de fronces. Par contre, le tissu est très fin. Si tu te trompes, c'est un enfer à dépiquer.

— Et si tu saccages une pièce, ajouta Anna, son coût est déduit de notre paye.

Je restai interdite en entendant cela. Mon père avait l'habitude de retenir une certaine somme sur les salaires quand le travail n'était pas bien fait, et, à l'époque, je trouvais cette mesure tout à fait normale. Je n'avais jamais songé aux conséquences que cela pouvait avoir de l'autre côté – et encore moins que je m'y trouverais moi-même un jour. Il ne s'agissait pas de coudre des guirlandes de fanions pour la fête du village, mais du travail de Ruth et Anna pour pouvoir nourrir la famille ; je devais l'effectuer avec une qualité suffisante pour que quelqu'un le juge digne d'être payé. Moi qui avais repris un peu d'assurance, c'est finalement d'une main tremblante que je commençai à assembler mes deux premières pièces.

Le tissu était bien plus délicat que celui de la taie d'oreiller. Le moindre défaut se verrait. Craignant de commettre une erreur, même sur des coutures droites, j'avançai avec une telle lenteur que j'aurais eu meilleur temps de les coudre à la main. Et les manches ! Il fallait glisser le tissu dans d'horribles coutures courbes. Même avec les conseils patients et avisés de Ruth, je finis épuisée et en sueur. Mais au bout du compte, je tenais entre les mains un chemisier complet, qui n'était que des bouts de tissu deux heures avant.

Ruth s'en empara alors qu'il était encore sur l'envers et l'examina. Elle se tourna vers Anna.

— Il est bien, déclara-t-elle. Je trouve qu'il est assez bien pour qu'on puisse le montrer à Mr Klein. Qu'est-ce que tu en penses ?

Anna observa les points. Les sourcils froncés, elle tira sur une couture puis étira l'ourlet. Je retins mon souffle.

— Ça va, oui, dit-elle.

Je souris, très satisfaite de moi.

— Mais il va falloir travailler beaucoup plus vite. Voyons combien tu peux en faire de plus aujourd'hui.

Par bonheur, Teddy resta tranquille toute la journée. Il joua longtemps avec des briquettes en bois que Ruth lui avait données puis alla se coucher sans protester à l'heure de la sieste, comme il l'avait fait sur le bateau.

— Il sait bien jouer tout seul, commenta Ruth. Micke partait dans tous les sens à cet âge-là, il était incapable de jouer tranquillement comme ça.

Teddy l'avait-il appris à la nursery avec sa nourrice ? Je n'en avais aucune idée ; je ne l'avais jamais vu jouer avec des jouets auparavant.

En fin d'après-midi, les enfants de Ruth rentrèrent de l'école : Lena, huit ans, menue et blonde, telle une petite fée, et Micke, dix ans, blond aussi et grand pour son âge, porteur de lunettes et d'un regard bleu empreint de gravité. Ils lancèrent un bonjour à l'unisson, puis Lena sortit un bout d'étoffe de son cartable et vint auprès de moi à la machine à coudre.

— Tiens, c'est pour toi, dit-elle en me tendant un mouchoir aux bords brodés de rouge, comme la nappe – mais moins délicatement.

Elle hocha la tête en regardant sa grand-mère puis ajouta :

— *Farmor* m'a aidée à le faire.

Elle l'avait confectionné pour Molly.

— Merci, lui dis-je, submergée par la honte d'accepter un cadeau qui ne m'était pas destiné. C'est adorable.

Elle regarda Teddy, qui était venu se cacher à moitié derrière moi.

— On n'a rien pour toi parce qu'on ne savait pas que tu venais. Mais Micke peut te prêter ses jouets.

À en juger par l'expression de Micke, sa sœur ne lui avait pas demandé son avis au préalable. Il regarda la pile de briquettes en bois avec laquelle Teddy avait joué, dont trois ou quatre étaient empilées de manière très précaire, et lui dit :

— Tu veux que je te montre comment construire une tour qui ne tombe pas ?

Teddy resta agrippé à mes jambes mais regarda Micke avec attention tandis que celui-ci commençait à empiler les briquettes.

— Tu veux bien m'aider ? demanda Micke.

Teddy leva les yeux vers moi.

— Vas-y, l'encourageai-je.

Il trotta jusqu'à lui et s'accroupit en écoutant attentivement Micke lui expliquer – avec force détails – comment empiler les morceaux de bois de façon à fournir à la tour des fondations solides.

— Je crois que ces deux-là vont être copains, dit Ruth.

À la fin de la journée, j'avais confectionné un autre chemisier et commencé un troisième, étendu deux autres tournées de linge avec Ruth et rentré celui qui avait séché, puis, après avoir bien observé comment elle procédait, j'avais proposé de me charger de la dernière lessive moi-même. Elle accepta avec reconnaissance et alla directement s'asseoir derrière sa machine. Lorsque j'eus fini de frotter le linge – tâche encore plus pénible qu'elle n'en avait l'air, même si cette dernière tournée était du linge de couleur sombre – elle avait ajouté plusieurs pièces à la pile des chemisiers terminés. Je l'aidai à les emporter en bas, où l'on viendrait les chercher, et à remonter le tissu pour l'ouvrage du lendemain. À ce moment-là, Anna commençait à préparer le dîner.

J'étais tellement fatiguée que ce fut un véritable effort de monter les escaliers, et je serais volontiers aller me coucher sur-le-champ. Mais j'avais réussi ma journée. J'avais accompli le travail nécessaire, je n'avais pas commis d'imprudence et, en me concentrant de la sorte, j'avais même réussi à chasser le *Titanic* de mes pensées. Il y reviendrait sûrement sitôt que je fermerais les paupières, mais peut-être que la fatigue physique allait m'aider, cette fois. Tout cela ressemblait encore à un rêve très étrange, mais si j'avais pu tenir une journée, je pourrais sûrement tenir une de plus, puis une autre, jusqu'à ce que nous soyons suffisamment armés pour partir ?

Per rentra à la maison avec le journal et le posa sur la table. Là, en première page, il y avait une photo de moi, tout sourire.

32

TRAGIQUES VICTIMES DU *TITANIC*, annonçait le gros titre. En dessous figuraient deux rangées de photographies avec, au beau milieu de celle du bas, Frederick et moi le jour de notre mariage, souriant à l'appareil photo. Mon sang ne fit qu'un tour. J'avisai Teddy, qui jouait par terre. Pouvais-je le prendre sous mon bras et m'enfuir ? Non. Il était déjà trop tard. Ils ne garderaient pas cela pour eux – pourquoi m'aideraient-ils alors que j'avais menti en prétendant être Molly ? Et en acceptant leur charité alors qu'en Angleterre, j'étais riche à millions ? Dès que l'on saurait que je n'étais pas du tout une « tragique victime », mais bel et bien vivante, nous n'aurions plus nulle part où nous réfugier. Je pris ma tête entre mes mains, attendant que le couperet tombe.

— Per ! gronda Ruth. Molly n'a pas envie de voir ça !

Elle s'empara du journal et le rangea dans un tiroir de la commode.

— Désolé, dit-il en accrochant son manteau au clou derrière la porte. Je n'ai pas réfléchi. Malheureusement, je crois que ça va être dur d'éviter le sujet. La ville entière parle du *Titanic*.

Il se tourna vers Anna, qui agitait une poêle sur le feu.

— Qu'est-ce qu'on mange ce soir, Mama ?

Mon cœur battait si fort que j'étais sûre qu'ils l'entendaient.

— Arrête ! jeta Anna en frappant la main de Per qui plongeait une cuillère dans le ragoût. Assieds-toi et attends que ce soit prêt.

— Lena, tu veux bien mettre le couvert, s'il te plaît ? demanda Ruth.

La petite fille commença à ranger ses devoirs. Je me rappelai alors où Ruth avait pris les cuillères à soupe, la veille.

— Je m'en occupe, dis-je en me levant.

Ruth secoua la tête.

— Non, reste assise. Les enfants ont chacun leurs tâches à faire. Mais Lena oublie l'heure quand elle a la tête plongée dans ses mathématiques.

Je me figeai en voyant Lena se diriger vers la commode. Allait-elle voir la photo ? Ses yeux acérés de petite fille allaient-ils me reconnaître ?

Mais elle se contenta d'écarter le journal pour prendre les couverts. Lorsqu'elle referma le tiroir, un coin de l'article dépassait. Je n'arrivais pas à le quitter des yeux.

Anna nous servit des boulettes de viande dans un épais ragoût brun. Ce devait être délicieux, car tout le monde se jeta dessus, y compris Teddy, une fois que je lui eus tout découpé en petits morceaux. Mais pour moi, il eût aussi bien pu s'agir de faisan rôti ou du plus vulgaire gruau, tant j'avais la tête ailleurs. De là où j'étais assise, contre le mur, ce petit triangle de papier n'avait de cesse de me narguer, et je m'efforçais désespérément de préparer une réponse pour le moment où ils verraient ma photo. Pouvais-je les implorer de garder le secret, en leur expliquant ce qui m'avait poussée à agir de la sorte ?

Ne sois pas ridicule !

L'histoire de la pauvre petite fille riche qui n'était pas heureuse dans sa grande maison avait peu de chances d'émouvoir des gens qui partageaient leurs toilettes avec vingt autres familles. Et leur éventuelle clémence s'évaporerait quand ils apprendraient que Molly avait péri et que j'avais profité de sa mort pour échapper à ma vie de luxe.

Ils seraient furieux, et ils auraient toutes les raisons de l'être. En outre, une fois qu'ils sauraient que nous avions fui une famille riche et puissante, ils pourraient être tentés – à juste titre – de réclamer une récompense pour nous avoir recueillis. La seule chose qui me paraissait faisable était de m'assurer qu'ils ne regardent pas ce journal ce soir et, lorsqu'ils seraient tous couchés, de trouver un moyen de m'en débarrasser.

Dès que les enfants furent au lit, je m'empressai donc de les bombarder de questions sur New York. Ils me racontèrent comme ils avaient tous trouvé cette ville étrange les premiers temps, avant de s'y habituer – ce qui serait aussi mon cas, disaient-ils.

— Nous venions d'un tout petit village en Suède, où tout le monde se connaissait, expliqua Anna avec son accent chantant. Mais ici, il y avait tellement d'inconnus ! J'avais l'impression que ma tête allait éclater avec tout ce bruit, et les rues et les immeubles me faisaient peur – pas de forêts, pas de prairies, rien que des briques et du fer.

Elle leva les yeux vers la peinture accrochée au mur, avec son lac bleu entouré d'arbres.

— C'était dur, les cinq premières années, pour une veuve seule avec un enfant. Per était juste un peu plus grand que ton fils, et nous étions obligés de vivre sous le même toit qu'une autre famille pour pouvoir payer le loyer. Ils étaient suédois, au moins, ce qui nous donnait le sentiment d'être chez nous, mais dehors, on entendait des tas de langues étrangères et je n'en comprenais aucune. Et puis, Per a appris l'anglais à l'école, et j'ai appris grâce à lui, et ça allait déjà mieux. La plupart des Suédois que nous connaissions ne restaient ici qu'un moment puis s'installaient à la campagne, dans le Minnesota, pour avoir une ferme. Mais moi, je me disais, est-ce que c'est bien la peine d'avoir traversé la moitié de la terre si c'est pour vivre comme avant ? Donc on est restés ici.

— Et regarde le chemin que tu as accompli depuis, intervint Per. Grand-mère de deux vrais petits Américains, qui disent hot-dog au lieu de *varmkorv* !

Anna plissa le front.

— Quel mot stupide.

— Tout a été plus facile pour moi de ce point de vue-là, dit Ruth. Au moins, je n'ai pas eu à apprendre une nouvelle langue. Mais c'est tout de même étrange et effrayant d'arriver dans un nouveau pays, surtout seule. Je ne me sentais pas vraiment chez moi jusqu'à ce que je rencontre ce monsieur, là, dit-elle en souriant à Per.

Sa main vint tapoter la mienne sur la table.

— Mais toi, tu nous as, tu as déjà de la famille sur place. Tu sais, ça m'a fait très plaisir quand tu as écrit que tu aimerais venir ici. Ta mère et moi, on était comme des sœurs. Je l'ai suppliée je ne sais combien de fois de venir avec moi, et je sais qu'elle aurait aimé, mais ton père n'a pas voulu prendre le risque. Le fait que tu viennes rattrape le coup, d'une certaine manière.

Je ne répondis rien à cela. Je ne pouvais pas. Pendant tout le temps de ma réflexion sur le *Carpathia*, quand je me demandais comment mon plan pourrait fonctionner, pas une minute je n'avais songé à cette famille. Sachant qu'ils n'avaient jamais vu Molly, j'avais présumé qu'il ne s'agissait que de rendre service à une parente, comme le ferait n'importe quelle famille – en lui fournissant juste l'hébergement, le temps qu'elle soit autonome puis s'installe ailleurs. Et je me disais que si j'agissais de la sorte, si j'économisais de l'argent pour partir dès que je le pourrais, je n'aurais pas vraiment fait de mal à quiconque. Seulement, Molly comptait beaucoup pour eux. Ils avaient été fous d'inquiétude en apprenant la nouvelle du naufrage, et maintenant, ils la croyaient vivante. Je ne pensais pas qu'il fût possible de se sentir plus coupable que je ne l'étais déjà, et pourtant, en les écoutant parler, ce sentiment me rendait malade.

— Je sais qu'on est à l'étroit ici, poursuivit Ruth, mais ce ne sera pas toujours comme ça. On n'enverra pas les enfants travailler, comme beaucoup de gens. On veut qu'ils aient une bonne éducation. Ici, les loyers sont bas parce que le propriétaire ne respecte pas les règles sanitaires, alors on le supporte pour le moment et on met un peu d'argent de côté toutes les semaines jusqu'à ce qu'on puisse s'installer ailleurs. À Brooklyn, peut-être – les Goldberg du premier y sont partis l'année dernière, dans des immeubles tout neufs avec des toilettes sur chaque palier et l'eau courante dans leur cuisine.

— Et un jour, nous aurons une maison à nous, affirma Per. Ce n'est pas pour tout de suite, mais en travaillant bien, on y arrivera.

Ruth eut un petit sourire et se leva.

— Bon, en attendant, il faut descendre dans la cour.

L'instant d'après, elle prenait le journal dans la commode et demandait à Per :

— Tu as fini de le lire ? Parce qu'on est presque à court, dans les cabinets.

Mon cœur se mit à battre à tout rompre comme elle se rasseyait, dépliait le journal et commençait méthodiquement à en déchirer les pages pour les empiler les unes sur les autres.

— Attends, je vais t'aider.

— Penses-tu. Ça ne prend qu'une minute.

Elle retourna la page, devant croire que je préférais toujours éviter de voir les articles sur le *Titanic*. La première page, celle avec ma photo, devait donc se retrouver en bas de la pile, et à l'envers ; ils ne la verraient pas. Malgré tout, la sensation d'oppression persista tout le temps qu'elle déchirait les pages une à une, et je dus me retenir de lâcher un soupir quand elle posa la dernière page en haut de la pile. Elle la plia alors en deux, et la photo de mon mariage apparut aux yeux de tous.

Elle baissa les yeux, puis y regarda de plus près. Il fallait que j'intervienne, et je ne vis qu'une manière de le faire :

— Mon Dieu ! dis-je en plaquant une main sur ma bouche. C'est Mr et Mrs Coombes. Je peux... ?

Je pris la page du journal.

— Tu connais ces gens ? s'étonna Per.

— Je les ai connus sur le bateau, oui. Mais je suis bête, je ne vous l'avais pas dit ? Ils m'ont embauchée comme femme de chambre de Mrs Coombes, j'ai voyagé en première classe avec eux.

Je leur racontai l'histoire comme Molly aurait pu la leur raconter. Que j'avais saisi l'occasion de gagner un peu d'argent, que Mrs Coombes venait elle aussi de Manchester, même si elle avait épousé un homme de la noblesse. Puis, tel un funambule sur une corde raide, je conclus :

— En plus, elle avait le même âge que moi. Et elle me disait tout le temps qu'on se ressemblait.

Ruth observa l'image. Je gardai la main sur le texte en dessous. Ils pouvaient gober mon histoire, mais s'ils voyaient que Mrs Coombes avait un fils du même âge que Teddy, je serais dans le pétrin pour de bon.

— C'est vrai qu'il y a un air... Pauvre femme, si jeune !

— Comment se fait-il qu'elle n'ait pas pu monter dans un canot de sauvetage ? demanda Per. Les journaux disent qu'ils ont évacué en premier les femmes et les enfants de la première classe.

— Oui, je me le demande aussi, répondis-je. Mais on a été séparées dans tout ce chaos, alors je ne sais pas.

— Comme quoi, l'argent ne suffit pas toujours à vous sauver, commenta Anna.

— Ils ont tout de même sauvé bien plus de riches que de pauvres, dit Per. Apparemment, la plupart des morts étaient dans l'entrepont, en bas, femmes et enfants tout pareil.

Ruth secoua la tête, la mine attristée.

— Je n'ose même pas y penser. Si tu n'avais pas voyagé en première avec eux...

— Ça suffit, les pensées morbides, dit Anna. Elle a été sauvée, on peut remercier le ciel pour ça. Et aussi pour le fait qu'on est tous ici, en Amérique, et qu'on n'aura plus jamais à retraverser l'océan.

Lorsque tout le monde fut couché et que j'eus installé mon lit sur le sol de la cuisine, je sortis la page du journal – personne ne semblait avoir remarqué que je l'avais gardée, ou alors, ils avaient préféré ne rien dire. Notre portrait figurait parmi une douzaine d'autres, principalement de riches et célèbres Américains. J'en reconnus certains, dont j'ignorais tout lorsque nous étions sur le bateau : l'homme que j'avais vu parler à l'actrice Dorothy Gibson était un homme d'affaires millionnaire appelé John Jacob Astor, et un couple de personnes âgées dont la table se trouvait proche de la nôtre au restaurant se révéla être les fondateurs d'un grand magasin. Sous notre photographie, il était écrit :

Mr Frederick Coombes était le fils de lord Storton, un aristocrate anglais. Il voyageait avec son épouse, Elinor, et leur jeune fils, Edward, qui ont également péri.

Les mots semblaient danser sous mes yeux. Mon propre décès était inscrit là, noir sur blanc, visible de tous. Je m'étais tirée d'affaire ce soir – il n'y a rien de tel que la peur pour affûter votre répartie. Parce que j'avais souligné moi-même la ressemblance avant que quelqu'un ne la remarque, ils avaient accepté l'idée que la femme portant cette robe de mariage ridiculement chère, dont le voile était tenu par des épingles en diamant, rappelait un peu celle qui était assise à leur table, avec ses vêtements prêtés, le visage luisant et les cheveux frisottés par les vapeurs d'une journée de lessive. Le problème, c'est qu'ils ne seraient pas les seuls à avoir vu cette photographie et lu ces mots.

La ville entière parle du Titanic.

33

Le matin venu, je plaçai le papier journal dans les toilettes. Mais la seule pensée de mettre un pied dehors, où n'importe qui pourrait désormais me reconnaître, me terrifiait. Je ne cessais d'imaginer des regards accusateurs et des doigts pointés sur moi. Alors, quand Ruth me demanda si je voulais l'accompagner au moment de sortir faire ses courses, je lui répondis que je préférais continuer de m'exercer sur la machine à coudre. Comme elle l'avait prédit, mon chemisier s'était avéré conforme aux attentes de leur employeur, Mr Klein, et une machine venait d'arriver pour moi ce matin. J'avais disparu dans la chambre quand deux garçons étaient venus la livrer, de peur qu'ils me reconnaissent.

Je m'inquiétais d'être capable de coudre plus vite, mais je me rappelai qu'au début, je ne croyais même pas pouvoir assembler un chemisier, alors que j'avais réussi. Je pouvais donc recommencer, et en moins de temps. À la fin de la matinée, j'en avais déjà fait deux, en n'ayant qu'une seule couture à dépiquer. Nous prîmes un déjeuner sur le pouce – du pain, du fromage et un café fort – avant de nous remettre aux machines.

— C'est la période la plus chargée de l'année, me redit Ruth. Il en prendra autant que nous en produirons, alors on travaille autant qu'on peut, ce qui nous fera un peu d'avance pour les périodes où il y a moins de travail.

Teddy joua tranquillement avec les petites voitures de Micke pendant une grande partie de la matinée, fit sa sieste dans la chambre des enfants en début d'après-midi, après quoi Lena et Micke s'amusèrent avec lui en rentrant de l'école. Je confectionnai cinq chemisiers ce jour-là et, lorsque je les soumis au jugement d'Anna, elle arqua un sourcil et me dit :

— C'est du bon travail. Bravo.

Ruth eut un petit rire.

— Tu as mis du sucre dans ton café aujourd'hui, Mama ? Ce n'est pas dans tes habitudes de faire des compliments.

— Je dis ce que je pense, rétorqua Anna avant de se tourner vers moi. Tu as bien travaillé aujourd'hui. Et tu n'en dormiras que mieux cette nuit.

Sur ce dernier point, elle avait à la fois raison et tort. J'étais tellement harassée à la fin de la journée que je m'endormis dès que je me couchai sur notre matelas dans la cuisine, à côté de Teddy. Mais avant l'aube, je m'éveillai soudain en sursaut. Je ne sais pas si j'étais ou non en train de rêver du *Titanic*, mais des souvenirs de cette nuit-là m'envahirent sans que je parvienne à les refouler. Le bruit du bateau heurtant l'iceberg. La confusion qui régnait sur le pont. La disparition de Molly. Frederick se disputant avec ce membre de l'équipage afin que nous puissions monter dans le canot de sauvetage. La dernière image de mon père, mettant ses mains en porte-voix autour de sa bouche tandis qu'on faisait descendre le canot.

Ne t'inquiète pas, on se retrouve très vite.

Un sanglot me monta dans la gorge comme je me remémorais la conversation que nous avions eue à bord, à propos du comité qu'il avait constitué pour diriger la société après lui. « J'ai choisi des jeunots, avait-il dit, parce que je n'ai pas l'intention de casser ma pipe avant un bon bout de temps. »

Comment pouvait-il être mort ? Ce n'était pas possible, et pourtant, telle était la réalité.

Et Molly, comment avait-elle pu périr, elle aussi ? Cette femme était une survivante par nature ; elle avait toujours pris son destin en main et s'apprêtait à offrir une belle vie à son enfant. Je ne cessais de revoir cette ligne de lumières des cabines, comme une guirlande, qui s'enfonçait dans la mer. Avait-elle perdu son chemin en voulant revenir sur le pont, pour être piégée par l'eau ? Avait-elle su, avant nous autres, là-haut, que le navire était en train de sombrer et qu'elle ne pouvait pas en réchapper ?

Des vagues de culpabilité m'assaillaient sans relâche. Voler la vie de Molly. Mentir à sa famille. Laisser mes beaux-parents croire que Teddy était mort, comme Frederick. Je ne les aimais pas, certes, mais j'aurais souhaité de tout mon cœur qu'il existât une autre manière de me sauver, qui fût moins douloureuse pour eux.

Parmi toutes ces pensées, les cris des naufragés tombés à l'eau résonnaient en boucle dans ma tête. Des cris appelant à l'aide, aide qui ne viendrait jamais. Je savais que ce son n'avait d'existence que dans mon esprit, mais il était tellement clair, les appels tellement distincts, que j'aurais aussi bien pu me trouver à nouveau sur ce canot. J'ignore combien de temps tout cela me tint éveillée. Ce que je sais, c'est que lorsque j'entendis Per partir au travail sur la pointe des pieds, j'avais l'impression de n'avoir presque pas dormi de la nuit.

Pendant toute cette première semaine, je ne mis pas un seul pied hors de notre immeuble. Parce qu'il y avait des gens qui savaient que nous n'étions pas morts. Des gens présents sur le pont qui nous avaient vus monter dans le premier canot de sauvetage. Des gens qui étaient montés dans ce canot avec nous – nous nous étions à peine vus dans l'obscurité, mais j'étais la seule Anglaise, autant que je sache, et assurément la seule avec un enfant. Or si l'un d'eux avait vu cette photo dans le journal, et constaté que Teddy et moi faisions partie de la liste des personnes déclarées perdues tout en sachant que ce n'était pas vrai, il allait sûrement se manifester, n'est-ce pas ? Qui sait si on ne nous recherchait pas déjà ?

Le simple fait de descendre aux toilettes me faisait paniquer si un voisin sortait de chez lui en même temps ou me croisait dans le couloir. N'importe lequel d'entre eux avait pu voir le journal, et tous savaient que j'avais été sur le *Titanic*. Il suffirait que l'un d'entre eux commente notre ressemblance pour que Ruth, Per ou Anna regarde l'article de plus près et découvre ce qu'ils n'avaient pas encore découvert – qu'Elinor Coombes avait un petit garçon.

C'est pourquoi je me figeai en entendant soudain frapper à la porte, ce vendredi soir. On m'avait percée à jour. Quelqu'un avait vu cette photo, dénoncé les faits, et maintenant, lord et lady Storton savaient que nous étions vivants et avaient chargé quelqu'un de nous retrouver. Cette fois, je ne parviendrais pas à convaincre qui que ce soit. Je regardai en direction de l'issue de secours. Était-il encore temps de partir en courant ? Mais Anna avait déjà ouvert la porte.

Un homme âgé portant un paquet de tissu pour les chemisiers entra.

— Mr Klein, voici Molly, dit Ruth.

L'homme pour qui elles travaillaient. Mon soulagement fut tel que je sentis mes jambes flageoler. Je me rappelai alors avoir entendu Anna mentionner qu'il venait les voir le vendredi, avec leur salaire de la semaine.

— Notre nouvelle recrue, dit-il. Bienvenue à New York, mademoiselle.

Mon cœur battait encore un peu trop vite quand il examina chacune des pièces que nous avions fabriquées. Je ne compris pas tout de suite qu'il s'adressait à moi :

— Votre travail est impeccable. Étiez-vous déjà dans le textile, en Angleterre ?

— Non, j'étais femme de chambre.

— Ah, dans une grande maison, c'est ça ?

— Assez grande, en effet.

— J'imagine que le Lower East Side doit être un sacré changement pour vous, alors. Vous vous plaisez ici ?

— Oui.

— Bien. Donc, donc...

Il sortit une petite pochette en cuir et compta ma paye. Ruth m'avait expliqué que la première semaine, il en déduirait de l'argent pour m'avoir fourni la machine, mais, en déposant les pièces dans ma main, il dit d'un ton bourru :

— Je ne retiens rien pour la machine, considérant ce qui vous est arrivé.

Tandis qu'Anna et Ruth échangeaient un regard surpris, il leur remit à chacune leur rémunération, puis nous tira son chapeau pour prendre congé.

— Et voilà, mesdames. Ne dépensez pas tout en diamants et en perles.

J'étais encore sous le coup de l'émotion, si bien qu'il me fallut m'y reprendre à deux fois pour compter mon salaire ; pour la première fois de ma vie, je ne parvenais pas à donner un sens aux chiffres. Lorsque je me calmai assez pour évaluer ce que représentaient ces pièces étrangères, ma première pensée fut que toute ma paye n'aurait pas suffi pour m'acheter une culotte dans mon ancienne vie. Mais tout de suite après, je me dis que je n'aurais pas pu être plus fière de moi si j'avais gagné cent livres. En dépit de toutes mes frayeurs, de mes cauchemars et des efforts que je fournissais pour faire semblant d'être Molly, j'avais gagné un salaire. Assez maigre, certes, mais en mettant de côté ce qu'il me resterait après avoir dédommagé Ruth pour le quotidien, je pourrais commencer à espérer gagner mon autonomie dans quelque temps et partir avec Teddy, loin de cette famille trop gentille qui me rendait malade de culpabilité chaque fois que j'ouvrais la bouche pour leur mentir. Peut-être pourrais-je même partir loin de New York, dans un endroit où personne ne saurait que nous étions des rescapés du *Titanic*. Si je parvenais à garder le secret jusque-là.

Ruth étira ses bras en l'air.

— Oh, quelle semaine ! Vous avez bien travaillé. On a toutes bien travaillé, d'ailleurs. Allez, plus qu'une journée et dimanche, on pourra sortir prendre l'air.

34

Chaque matin, nous faisions une toilette de chat avec de l'eau chauffée sur le poêle. Mais le dimanche, expliqua Ruth, ils se rendaient aux bains publics, à quelques rues de là.

— Tu pourras prendre un bon bain chaud là-bas, et gratuitement, dit-elle en se massant l'épaule. On en a bien besoin après six jours penchées sur ces machines. Et après, la plupart du temps, on emmène les enfants au parc.

Toute la journée du samedi, je cogitai sur le stratagème à adopter. Devais-je simuler quelque maladie ou indisposition ? Mais si je faisais cela, Ruth allait sûrement proposer d'emmener Teddy, et j'étais terrifiée à l'idée de le laisser sortir sans moi. Je ne voyais pas comment refuser sans que cela paraisse louche, or il fallait à tout prix que j'évite d'éveiller les soupçons de Ruth et du reste de la famille.

Lorsque le dimanche vint, je décidai donc de m'habiller avec les vêtements les moins flatteurs de la pile qu'on m'avait donnée. Aucun d'eux n'était particulièrement chic, de toute façon, mais je ressemblais encore moins à celle que j'avais été une fois affublée d'une jupe noire en forme de sac élimée jusqu'à la corde et d'un chemisier en coutil bleu délavé. Privés des soins d'une femme de chambre, mes cheveux étaient ternes et plats ; je les tirai en arrière en enfermant mes boucles dans un chignon serré qui me donnait l'air d'une maîtresse d'école acariâtre. Je n'avais aucune allure, mais au moins ne ressemblais-je pas à Elinor Coombes le jour de son mariage. Et dans son pantalon rapiécé et sa chemise en flanelle, Teddy n'avait rien non plus de l'héritier d'un aristocrate anglais. Au dernier moment, j'eus l'idée de demander à Per de le porter, arguant que mon fils n'avait pas l'habitude de marcher au bord de routes fréquentées. Si quelqu'un était sur nos traces, il chercherait une femme avec un enfant, pas une famille de sept personnes et trois générations.

Malgré tout, c'est les jambes tremblantes que je fis mes premiers pas dans la rue. Je gardais la tête baissée et les yeux rivés au sol, redoutant de voir un avis de recherche sur un réverbère ou un policier courant vers moi si je relevais la tête. Cela se voyait-il sur mon visage que je n'avais pas le droit d'être ici ? Parce que tel est bien le cas, n'est-ce pas, quand vous vous trouvez dans un endroit qui n'est pas votre place ? Cela me faisait penser au bal de lady Burnham, où ma robe et mes bijoux étaient aussi chers que ceux des autres, mais où j'aurais parié que toutes les personnes présentes savaient que je n'étais pas des leurs. Et maintenant, alors que je marchais dans ces rues pavées sordides, j'étais peut-être habillée comme Ruth, ou comme cette autre femme de l'autre côté de la rue, ou celle-ci, qui avançait vers nous, mais ces gens devaient sûrement voir que j'étais un imposteur, une femme qui avait commis un acte ignoble et méritait d'être dénoncée.

Deux femmes âgées en longs habits noirs nous croisèrent, portant un lourd cabas à provisions entre elles et parlant dans une langue qui m'était inconnue. Une famille se promenait sur le trottoir d'en face, le père et ses deux garçons arborant une petite calotte semblable à celle qu'arborait le tailleur juif de mon père, et une jeune femme en beau manteau vert et talons hauts nous dépassa en faisant signe à un homme qui l'attendait au coin de la rue. Aucun d'eux ne m'accorda un seul coup d'œil, et pourtant, rien n'y faisait ; j'étais crispée de la tête aux pieds. Ruth parla pendant tout le trajet, mais j'avais tellement peur d'entendre quelqu'un crier mon nom à tout instant que je n'enregistrais pas un traître mot de ce qu'elle disait.

— Nous y voilà, dit-elle comme nous approchions d'un grand bâtiment en pierre blanche avec des dauphins sculptés au-dessus de deux entrées en arche – une pour les hommes et une pour les femmes.

Notre marche n'avait pas duré plus de dix minutes, mais j'étais tellement soulagée à l'idée de me réfugier à l'intérieur que je dus me retenir de ne pas gravir les marches quatre à quatre. Une fois entrées, nous prîmes des serviettes et, enfin, une dame à l'air sévère nous désigna une cabine chacune en aboyant : « Vingt minutes, pas plus, et on ne rajoute pas d'eau chaude ».

Je poussai Teddy à l'intérieur, verrouillai la porte derrière nous et m'appuyai contre elle en prenant de grandes inspirations pour essayer de me calmer. Nous y étions. Pendant un petit moment, au moins, personne ne pourrait nous voir. Personne ne pourrait nous trouver. La cabine était laide et spartiate, avec de la faïence blanche sur les murs et un carrelage vert bien usé au sol. La baignoire, remplie d'une quinzaine de centimètres d'eau, n'était pas plus accueillante. Mais tout paraissait propre. Toute la semaine, je m'étais efforcée d'ignorer le malaise que j'éprouvais à porter les mêmes vêtements chaque jour, après une toilette plus que rudimentaire. Maintenant que je m'autorisais à y penser, j'avais l'impression que tout mon corps me démangeait.

Je testai le verrou – deux fois – puis m'empressai de nous déshabiller tous les deux et pris place dans la baignoire avec Teddy. Il s'assit à une extrémité et se mit à patauger gaiement, comme la fois où je lui avais donné son bain sur le bateau. Quelques jours seulement s'étaient écoulés depuis lors, mais j'avais l'impression d'avoir gravi une montagne à genoux entre-temps. Mes muscles étaient endoloris par un travail auquel je n'étais pas accoutumée, j'avais mal au dos à force de dormir par terre, mais avant tout, je souffrais de la peur et de la tension qui me traversaient à chaque instant de la journée, si bien que lorsque venait le moment de me coucher, mon cerveau était essoré et je n'avais plus les idées claires.

La moindre conversation avec Ruth risquait de me trahir. Molly m'avait un peu parlé de sa vie et de sa famille lors de nos quatre jours sur le bateau – elle était bavarde pour une domestique, ce qui m'avait plu, et je remerciais maintenant le ciel pour ça. Mais il demeurait forcément d'immenses zones d'ombre. Je devais en permanence choisir mes formules pour éviter de montrer que je ne connaissais pas les noms de tous les frères de Molly, ou que j'ignorais en quelles matières elle était douée à l'école. Et en même temps, il me fallait mémoriser tous les détails que Ruth pouvait glisser, afin de remplir peu à peu ces parties vacantes.

Par-dessus le marché, j'observais en permanence les gestes de Ruth et d'Anna pour voir comment effectuer les tâches familières à n'importe quelle femme ordinaire : éplucher une pomme de terre, laver le sol, faire un lit. C'est toujours Anna qui préparait le repas – « Elle n'aime pas ma façon de cuisiner, m'avait dit Ruth, alors je la laisse se charger de ça ». Mais un jour, lors de cette première semaine, un problème avec sa machine à coudre avait retardé Anna dans la préparation du dîner.

— Tiens, Molly, dit-elle en me passant un plat de pommes de terre qu'elle venait d'éplucher. Émince-les finement.

Je n'avais jamais coupé un légume de toute ma vie. Tout à coup, j'avais deux mains gauches. Les pommes de terre glissaient sous le couteau, produisant des rondelles tordues, épaisses, irrégulières. Lorsque je relevai les yeux, je vis qu'Anna me regardait.

Je pris une grande inspiration pour empêcher ma voix de trembler.

— Je crois que j'ai oublié les bases de la cuisine. J'ai travaillé trop longtemps comme femme de chambre, et la cuisinière m'interdisait de mettre un pied sur son territoire.

— Quel curieux métier, tout de même, fit Anna. Ces dames doivent être bien fainéantes pour avoir besoin de quelqu'un pour leur brosser les cheveux et leur faire couler un bain.

— Elles ont surtout de la chance, dit Ruth tout en nouant une ficelle autour d'un lot de chemisiers prêts à partir. Personnellement, ça me plairait bien d'avoir quelqu'un qui s'occupe de moi, comme ça.

Que penseraient-elles si elles savaient que j'avais vécu toute ma vie de cette manière ?

Ma capacité à faire semblant jusqu'ici me venait certainement de l'entraînement que j'avais suivi malgré moi ces deux dernières années : parler d'une façon qui n'était pas la mienne, jouer la petite femme docile, faire comme si j'étais devenue celle qu'ils voulaient que je sois. Mais si tout cela était dur – et cela l'était –, ce n'était rien en comparaison du rôle que je jouais pour être Molly. Et j'allais devoir le tenir longtemps encore. Après avoir donné à Ruth une part de mon salaire pour le gîte et le couvert, il ne me restait pas grand-chose. En rangeant les pièces dans la boîte en fer qui contenait la collecte des voisins, je m'étais dit que j'étais à une semaine de moins de mon départ de l'appartement. Mais cela allait prendre bien plus de temps que je ne l'avais espéré.

Le savon qui nous avait été fourni sentait le désinfectant. Je me lavai, frictionnai Teddy puis m'allongeai dans le peu d'eau qu'il y avait. J'étais vraiment fatiguée. Toutes les nuits, je m'étais réveillée en rêvant du *Titanic* et, quand j'émergeais du sommeil, c'était toujours pour entendre ces terribles cris dans ma tête. Une fois, je crus entendre la voix de mon père parmi ces cris. À mon réveil, le matin, mon oreiller était trempé de larmes.

Les cloisons séparant les salles de bains ne s'élevaient pas jusqu'au plafond et les gens bavardaient d'une cabine à l'autre, certains en anglais – avec des accents irlandais ou américain –, d'autres dans des langues qui m'étaient étrangères. Toutes ces personnes étaient venues ici du monde entier en espérant se construire un avenir meilleur pour eux et pour leurs enfants, et travaillaient comme des damnés pour vivre dans de minuscules appartements, alors que j'avais laissé derrière moi une existence dont ils n'auraient même pas osé rêver. Même aux plus durs moments de la semaine passée, je n'avais pas une seule fois envisagé de retourner là-bas, maintenant que j'avais perdu mon père et que la mort de Frederick faisait de ses parents les tuteurs légaux de Teddy. Mais avais-je fait le bon choix pour lui ? En le privant de son héritage et de la position sociale que lui offrait sa naissance ?

Des coups contre la porte vinrent interrompre mes ruminations.

— C'est l'heure, sortez !

Le parc dont Ruth avait parlé se révéla être un grand square, à quelques rues des bains publics. On y trouvait des balançoires classiques, d'autres à bascule, un toboggan et une sorte d'arbre de mai permanent avec de longs bras en métal à la place des rubans. L'endroit grouillait d'enfants, certains très dépenaillés, mais tous ravis d'être là et de jouer ou de se courir après en poussant de grands cris d'excitation. Les parents et quelques grands-parents restaient sur les bords du square, à discuter et regarder les enfants s'amuser. La panique s'empara à nouveau de moi, et je gardai la tête baissée.

Micke et Lena entraînèrent Per et Anna pour qu'ils les poussent aux balançoires.

— Il y en a des plus petites par là pour les plus jeunes, me dit Ruth. Tu veux y emmener Teddy ?

Il se montra d'abord inquiet comme je le posais sur l'assise avant de le pousser doucement. Bientôt, une petite fille toute menue d'environ trois ans arriva avec sa mère et grimpa sur la balançoire voisine.

— Pousse-moi haut ! s'écria-t-elle tandis que Teddy la regardait se balancer de plus en plus vite, de plus en plus haut.

— Pousse Teddy haut ! lança-t-il.

— D'accord, mais tiens-toi bien.

Je poussai plus fort. Au bout de quelques minutes, il riait à gorge déployée et, imitant la petite fille, pliait et dépliait ses petites jambes dodues pour essayer de prendre de l'élan lui-même.

Ruth rit en le regardant.

— Ta mère était comme ça quand on était gamines. Toujours un peu craintive au début, mais une fois qu'elle se lançait, il fallait que ce soit mieux que tout le monde. Elle se serait tellement bien débrouillée si elle était venue vivre ici.

Elle se tourna vers moi.

— Je crois que tu as été choquée en arrivant ici et en voyant comment on vivait, pas vrai ?

Mon ventre se noua. Comment le savait-elle ? Pourquoi ne me l'avait-elle pas dit avant ?

— Je...

— Ce n'est pas grave, me coupa-t-elle. Je sais que tu n'étais pas habituée à ça, ces derniers temps. Et même à Manchester, on ne partageait pas les cabinets avec les voisins.

Respire. C'est à Molly qu'elle parle.

— Mais la différence, c'est que chez nous, on vous force à rester à votre place. Ici, on peut devenir quelqu'un. Donc ne t'inquiète pas pour lui. Tu as bien fait de l'emmener ici.

J'espérais qu'elle avait raison.

35

Le *Titanic* continua de faire la une de la presse pendant des semaines. Quelques jours après le naufrage, une enquête fut ouverte afin de comprendre pourquoi il avait occasionné autant de victimes. Les journaux en rapportaient le moindre élément, mentionnant qui avait fait quoi à quel moment sur le bateau, combien de canots de sauvetage il comptait, pourquoi il avait fallu autant de temps pour qu'un autre navire vienne nous secourir, etc. Autant de questions qui me hantaient aussi la nuit, en même temps que j'entendais les cris des mourants dans ma tête.

Le temps se faisait de plus en plus doux à New York et, quand la fenêtre était ouverte, les cris des vendeurs de journaux annonçant les gros titres de l'édition du jour tout en arpentant la rue montaient jusqu'à l'appartement. Cela ne faisait qu'amplifier ma peur de sortir. À part l'inévitable sortie du dimanche aux bains publics et au parc, je ne mis pas un pied dehors pendant des semaines. Les piles de tissu pour chemisiers qui arrivaient quotidiennement me fournissaient une excuse toute trouvée pour ne pas quitter ma machine, et je remerciais chaque jour le ciel d'être arrivée à la saison où la demande était la plus forte.

Après cette première soirée, je pus constater que Per posait toujours son journal sur le haut de la pile qu'ils gardaient pour envelopper des articles ou allumer le poêle, mais je m'en emparais uniquement lorsque tout le monde était allé se coucher. Je n'avais aucune envie de voir ce que la presse disait, seulement, je ne pouvais pas me permettre de l'ignorer. Je n'osais croire que j'étais déjà tirée d'affaire, que personne ne se rappelait m'avoir vue dans un canot de sauvetage alors que mon nom figurait sur la liste des victimes. Chaque fois que je tirais un journal de la pile, je m'attendais à revoir mon portrait, cette fois avec la question : *Où est-elle ?*

L'enquête faisait état d'éléments que je connaissais déjà – qu'il n'y avait pas suffisamment de canots de sauvetage, que la plupart étaient partis à moitié vides – et d'autres que j'ignorais. Une information en particulier me rendit folle de rage : au moment du naufrage, un autre navire était présent dans les parages, à une distance suffisante pour voir les fusées de détresse du *Titanic*. L'explication fournie par le commandant était pitoyable – ils ne pensaient pas qu'il y avait un bateau si près d'eux, ils avaient essayé d'envoyer un message sans obtenir de réponse et, comble de l'absurde, le commandant avait même cru que la lueur de la fusée était une étoile filante ! Résultat des courses : ils n'avaient rien fait. Il y avait des centaines de gens dans l'eau, à appeler à l'aide, le navire se trouvait assez proche pour les sauver et ils n'avaient rien fait.

Avec le temps, le *Titanic* finit tout de même par disparaître des premières pages, avant d'être totalement éclipsé par un horrible meurtre à la hache dont les vendeurs de journaux clamèrent certains détails sordides pendant des jours entiers. Au fil des semaines, je commençai à me dire que si quelqu'un m'avait reconnue et avait lancé des recherches, je le saurais désormais. Cette nuit avait été pour le moins chaotique ; moi-même, je me souvenais à peine de qui j'avais vu et à quel moment. Il devait en être de même pour les autres rescapés. Il faisait sombre dans le canot, et, sur le *Carpathia*, j'avais passé l'essentiel de mon temps dans la cabine des Allemandes. Ces femmes étaient les deux seules personnes à m'avoir clairement vue, or elles ne connaissaient pas mon nom. Et si elles n'avaient pas lu le journal le jour où ma photo avait été publiée, elles n'en sauraient jamais rien – ce qui était fort probable.

Je restais tout de même prudente lorsque nous allions aux bains et au parc, m'habillant toujours de manière aussi modeste que possible, les cheveux tirés en arrière. Pourtant, ces courtes promenades me persuadèrent bientôt que je n'aurais pu rêver de meilleur endroit que le Lower East Side de New York pour disparaître. Dans ce quartier, on n'entendait pas moins de six langues différentes à chaque coin de rue. Qui allait se soucier de savoir d'où vous veniez ou vous demander votre histoire alors que tout le monde ici avait peu ou prou la même ? Ces gens étaient venus dans cette ville pour avoir une vie meilleure que chez eux, et ils étaient trop occupés à travailler dès l'aube dans des usines, des magasins, ou, comme Per, sur des chantiers de construction, pour remarquer une nouvelle arrivante venue d'ailleurs.

Un vendredi, après que Mr Klein était venu nous remettre notre salaire, Ruth avisa les bottines à lacets que l'on m'avait données sur le *Carpathia* et me dit :

— Il va bientôt faire chaud, tu devrais t'acheter d'autres chaussures. Je t'emmènerai sur Grand Street dimanche.

Elle se rendait chaque jour sur Grand Street pour ses commissions, mais je n'y étais jamais allée. Jusqu'ici, je n'avais rien vu d'autre que le trajet du premier soir entre le port et l'appartement, puis celui qui nous emmenait aux bains et au parc. Seulement, il était clair désormais que nous allions devoir rester ici un bon moment ; je devais donc surmonter mon angoisse de sortir. Je redoutais encore de laisser Teddy, mais il serait moins susceptible d'attirer l'attention avec le reste de la famille qu'avec moi, de sorte que je le laissai en compagnie d'Anna, de Per et des enfants au moment d'aller au parc. Ruth et moi continuâmes notre chemin avant de bifurquer quelques rues plus loin.

— C'est là, me dit-elle. Le meilleur endroit de tout le Lower East Side pour faire des emplettes.

La rue était bordée de petites échoppes surmontées d'un auvent rayé abritant un étal de marchandises qui empiétait sur le trottoir. Ici, un portant de chemises pour homme de piètre facture ; là, une rangée de poulets plumés, suspendus par les pattes et qui ne semblaient pas de la première fraîcheur. Devant tous les magasins, de chaque côté de la route, se trouvait une enfilade de charrettes à bras avec des plateaux en bois d'environ deux mètres sur quatre, munis de poignées de chaque côté et perchés sur de hautes roues métalliques, qui croulaient sous des denrées aussi diverses que des pommes de terre ou des livres de prière. Dans un intense brouhaha, des foules de gens choisissaient parmi ces articles entassés sur les charrettes. Nous passâmes devant un joueur d'orgue de Barbarie, tandis que des floppées de camelots vantaient leurs marchandises aux chalands dans une cacophonie d'accents différents.

« Des pêches gorgées du soleil de Californie ! »

« Poêles et casseroles, de bonnes poêles et de belles casseroles ! »

« Ils sont beaux, mes harengs, ils sont beaux ! »

Je n'avais jamais rien vu de tel. Ruth sourit devant ma surprise.

— À côté de ça, le marché de Church Street est bien calme, pas vrai ?

Je n'étais jamais allée au marché de Church Street, mais j'acquiesçai d'un signe de tête et suivis Ruth qui se frayait un chemin parmi la foule. Au début, je gardais les yeux baissés. Mais très vite, je m'aperçus que personne ne m'accordait la moindre attention. Chacun était trop occupé par ses propres affaires, qu'il s'agisse de vendre ou d'acheter.

— Il y a toujours autant de monde ? demandai-je à Ruth.

— Oh, ce n'est rien aujourd'hui. Tu devrais voir ça le vendredi, quand tous les Juifs font leurs courses. Maintenant, écoute-moi : c'est aux charrettes à bras qu'on fait les meilleures affaires, mais il faut marchander. Il n'y a que les blancs-becs tout juste débarqués du bateau qui paient le prix qu'ils demandent. D'habitude, le marchand de chaussures est là le dimanche... tiens, le voilà.

Nous avançâmes vers une charrette remplie de chaussures pour dames. En hauteur, des souliers plats à lacets de type Oxford, tous marron ; au milieu, des Mary Jane à lanière et petit talon ; et sur la rangée du bas, des escarpins à talon haut très à la mode dans de jolis coloris – violine, vert jade et bleu foncé.

Le vendeur, un homme de petite taille aux sourcils broussailleux et entièrement chauve, nous sourit.

— Que puis-je faire pour vous, mesdames ?

M'inspirant des chaussures de Ruth, je lui désignai une paire sur la rangée du haut.

— Est-ce que je peux essayer celles-ci ?

Ruth secoua la tête.

— Allons, tu ne vas pas prendre un modèle ringard comme les miennes. Tu es jeune ! Essaie plutôt celles-ci.

Elle prit une paire de Mary Jane, marron elles aussi mais plus jolies que les Oxford, avec un joli bout arrondi. Je m'assis sur le petit tabouret à côté de la charrette et les essayai. Le cuir me paraissait raide après les paires en cuir de chevreau dont j'avais l'habitude, mais elles m'allaient.

— La taille est parfaite, dit le vendeur. Je vous les fais à soixante-cinq cents.

Il faut marchander. Il n'y a que les blancs-becs tout juste débarqués du bateau qui paient le prix qu'ils demandent.

Voilà au moins une chose dont je me sentais capable. Je lui offris mon plus beau sourire.

— Vous avez dû vous tromper. Vous vouliez dire vingt, peut-être ?

Il haussa les sourcils.

— Vingt cents ? C'est une plaisanterie, mademoiselle ?

— Pas du tout. Vingt cents me semble être un bon prix.

— Pour un cuir de cette qualité ? Ce sont de bonnes chaussures, vous les garderez longtemps.

Il me regarda, attendant ma réaction, et je soutins son regard en lui souriant. Le silence entre nous dura un long moment avant qu'il lâche :

— Allez, je vous les fais à cinquante.

Lentement, je retirai les chaussures, remis mes bottines, me relevai et lui rendis la paire. Puis je me tournai vers Ruth.

— Tu m'as dit que tu en avais vu d'autres ailleurs, c'est bien ça ?

Il leva les mains en l'air avant qu'elle ait le temps de répondre.

— Vous alors, on peut dire que vous êtes dure en affaires. Quarante cents.

J'exhalai un soupir las.

— Bon. Je n'ai pas envie de courir partout. Je vous en donne trente et n'en parlons plus.

Ruth se mit à glousser comme nous repartions avec la paire que je venais d'acheter.

— Eh bien, ça c'est du marchandage ! Pour ma part, je n'ai jamais réussi à obtenir une telle réduction.

— La chance du débutant, dis-je.

Je ne pouvais pas lui avouer que j'avais appris cet art auprès d'un maître en la matière. Obtenir un rabais de quelques cents sur le prix d'une paire de chaussures était facile quand on avait vu mon père négocier des expéditions de tissu valant des centaines de livres. J'avais scrupuleusement suivi ses règles : regarder l'interlocuteur dans les yeux en souriant quand on donnait son prix ; rester on ne peut plus calme dès que la négociation commençait ; ne pas rater le moment où on l'a emmené là où on voulait l'emmener.

— Alors, fit Ruth. Nous avons besoin de patates, d'un chou et d'une pièce de porc pour le dîner. Voyons si ta chance du débutant fonctionne toujours.

Naturellement, cela fonctionnait toujours. Un marchand de fruits et légumes n'était pas de taille face à la fille du roi du coton. J'obtins tous les légumes à moitié prix et, une fois que j'eus convaincu le boucher de nous céder sa viande au meilleur prix, je le poussai à y ajouter des os à moelle pour la soupe, sans supplément de prix. Mon père aurait été fier de moi. Pour la première fois depuis le naufrage, je pensai à lui avec un sourire. J'espérais vraiment qu'il me voyait de là-haut, et qu'il riait dans sa barbe.

Lorsque nous revînmes à notre immeuble, Lena était sur les marches du bâtiment, en train de discuter avec une jeune fille très jolie plus âgée qu'elle – dix-huit ou dix-neuf ans, peut-être –, vêtue d'un manteau couleur prune à l'élégante coupe ajustée, d'un chapeau assorti et d'escarpins à talon haut semblables à ceux que j'avais vus sur la charrette.

— C'est Erin, du premier, me dit Ruth. La fille d'Eileen. Lena la trouve « sensass ».

Erin venait de donner un magazine à Lena quand deux autres filles du même âge, tout aussi bien habillées et perchées sur des talons, arrivèrent bras dessus bras dessous de l'autre côté de la rue. Erin leur fit de grands signes et descendit des marches comme nous montions. Vu de près, le tissu de son manteau était de qualité médiocre, mais le style était aussi recherché que ce que je portais dans mon ancienne vie.

— Bonjour, Mrs Stevenson, dit-elle en nous croisant. Et vous devez être Molly, bonjour à vous aussi. Désolée, je ne peux pas rester, nous partons au cinéma.

Sur ce, elle courut rejoindre ses amies, faisant claquer ses talons sur le pavé sous le regard envieux et admiratif de Lena qui serrait son magazine contre elle.

— Quand je serai secrétaire dans une banque, je m'habillerai comme ça, dit-elle. Et j'aurai une tenue différente tous les jours, comme Erin.

— C'est facile quand on n'a rien d'autre à faire, répliqua Ruth. On verra à quoi ressemblera Erin quand elle devra s'occuper de ses enfants et d'un mari.

Je crois que c'est ce soir-là que Ruth et moi restâmes pour la première fois à discuter une fois que tous les autres étaient allés se coucher. Nous buvions du café autour de la petite table en feuilletant le magazine qu'Erin avait donné à Lena, qui regorgeait de dessins de vêtements à la mode.

En les regardant, ceux que je portais me paraissaient encore plus laids, et cela me redonna envie de pouvoir porter des habits neufs, propres et beaux qui n'auraient appartenu qu'à moi.

Quoique les prix dans ce magazine ne se limitent pas à quelques cents, comme mes chaussures, même la robe d'été la plus chère n'aurait pas suffi à payer une manche de la dernière que j'avais achetée en Angleterre – faite à la main, en linon bordé de dentelle de Calais. Ruth soupira en tournant les pages.

— Imagine ne pas avoir à marchander, dit-elle avant de pointer le doigt sur une image. Imagine entrer simplement chez Lord and Taylor et payer cette somme-là pour une robe, sans discuter.

— Comment fait Erin pour se le permettre ?

Elle rit.

— Erin ne s'habille pas chez Lord and Taylor ! Elle achète ses vêtements aux charrettes, comme toutes les jeunes filles du coin.

Elle m'expliqua alors que les entreprises comme celle de Mr Klein fabriquaient des vêtements pour les boutiques du centre-ville, mais que d'autres les copiaient en utilisant des tissus moins onéreux.

— Un chemisier sera en popeline plutôt qu'en linon, et les manches ne seront peut-être pas aussi froncées, mais tant qu'ils sont dans le dernier style en vogue, les filles s'en fichent. C'est une sorte de défilé de mode quand elles partent au travail le matin, même si la plupart vont simplement à l'usine pour passer la journée assise derrière une machine à coudre.

Elle poursuivit, l'air nostalgique :

— J'étais comme ça moi aussi, avant. Je travaillais dans une boutique de mode en ville et le propriétaire aimait bien que nous portions ses modèles, pour les montrer. Pour que les clientes aient envie d'acheter ce que nous portions, disait-il. J'avais une tenue différente tous les jours, et les gens venaient pour autre chose mais souvent, quand ils voyaient un corsage ou une jupe sur moi, ils l'achetaient. Oh, c'était il y a longtemps déjà...

Elle but sa dernière gorgée de café, ferma le magazine et se leva.

— En tout cas, je crois que je n'aurai plus jamais besoin de marchander. La prochaine fois, tu t'en chargeras à ma place.

36

À partir de ce jour, je fus chargée des commissions quotidiennes. C'était l'idée de Ruth – « Tu déniches les bonnes affaires, et moi je reste ici et je fais un chemisier de plus » –, mais maintenant que ma peur de sortir s'était émoussée, je me réjouissais d'avoir l'occasion de m'échapper un peu du petit appartement surpeuplé. Lors de mon arrivée, je m'étais demandé comment cinq personnes pouvaient vivre dans un espace si restreint – sans parler de sept – et cela se révélait aussi difficile que je l'avais imaginé. Ce n'était déjà pas évident en journée, avec nous trois et Teddy ; quand toutes les machines à coudre tournaient, il n'y avait pas de place pour circuler et le bruit remplissait toute la pièce. Mais une fois que Per et les enfants rentraient et qu'Anna se mettait aux fourneaux, l'air devenait carrément étouffant et nous nous gênions tous en permanence. En outre, à cette heure de la journée, tout le monde était fatigué. Ruth aboyait sur Per pour qu'il suspende sa veste au crochet plutôt que de la balancer sur une chaise, et Anna grondait les enfants pour qu'ils fassent moins de bruit. Quand les chamailleries montaient en intensité, Per prenait son journal et décampait vers l'issue de secours, « Pour avoir un peu la paix ! ».

Le pire était le jour de la lessive. Le lundi, le poêle tournait sans discontinuer pour faire bouillir une marmite qui emplissait toute la pièce de vapeur, si bien qu'on ne voyait même plus à travers les vitres de la fenêtre. Anna ne supportait pas les courants d'air ; même par beau temps, elle n'aimait pas que la fenêtre soit ouverte, or Ruth détestait que la pièce soit humide. Par conséquent, elles se disputaient toute la journée. J'avais encore plus mal au dos que d'habitude à force de porter le linge dehors avec Ruth et, s'il pleuvait, l'appartement se retrouvait envahi de linge humide qui mettait deux jours à sécher et laissait planer partout une odeur de chien mouillé.

Même la nuit, il était impossible d'oublier que nous étions sept dans un espace minuscule. Les ronflements retentissants d'Anna s'entendaient bien au-delà de la chambre qu'elle partageait avec les enfants et, lorsqu'elle nous servait du ragoût aux haricots à dîner, les effets sur la digestion des uns et des autres étaient presque aussi retentissants. Un samedi soir, peu de temps après mon arrivée, je commençais tout juste à m'assoupir sur mon matelas dans la cuisine quand j'avais entendu un grincement rythmique en provenance de la chambre de Ruth et Per ; j'avais rougi seule dans le noir en pensant à ce qu'ils devaient être en train de faire – et à l'idée qu'ils savaient sûrement que je les entendais.

Je n'aurais jamais cru me réjouir un jour d'avoir appris à masquer mes sentiments à Winterton, mais c'était maintenant un don du ciel que d'être capable de taire une remarque acerbe ou de dissimuler les fois où j'étais moi-même fatiguée et irritable. Et ce non seulement à cause de ma peur d'être mise à la porte, mais surtout de ma culpabilité. Il était désormais clair qu'il me faudrait des mois, peut-être même toute une année avant de pouvoir envisager de prendre un logement rien que pour Teddy et moi. Pourtant, malgré notre présence et celle de la machine à coudre supplémentaire, qui rendait les lieux encore plus étouffants, pas une seule fois ils ne m'avaient donné le sentiment que nous n'étions pas les bienvenus.

Le comble était que plus le temps passait, plus je devais dire de mensonges, des mensonges que je ne disais plus à des étrangers mais à trois personnes que je connaissais de mieux en mieux. À Per, le gentil, le taiseux, qui rapportait des morceaux de bois de son chantier afin de fabriquer des jouets pour Teddy et emportait chaque soir un bol d'eau froide dans leur chambre afin de pouvoir se laver et se raser sans faire de bruit le matin et ne pas me réveiller trop tôt. À Anna, la vieille grincheuse, qui ne tardait jamais à râler si vous passiez un peu trop de temps à la bassine le matin ou si son café n'était pas assez fort, mais qui nous faisait mourir de rire, quand elle était de bonne humeur, en nous racontant ses mésaventures lors de son arrivée à New York, quand elle n'était qu'une jeune veuve timide avec un enfant. Mais surtout, à Ruth. C'était à elle que je trouvais le plus dur de mentir, parce que Molly était le seul lien qu'il lui restait avec une personne qu'elle avait aimée, et parce qu'en dépit de notre différence d'âge – elle n'avait que quelques années de moins que ma mère n'en aurait eu –, je commençais à la considérer comme une amie. Elle et moi restions souvent à discuter autour de la table une fois que Per et Anna étaient allés se coucher.

— Je suis entourée de Suédois depuis des années, me dit-elle un soir. Ça fait du bien de pouvoir parler de l'Angleterre avec quelqu'un.

Au début, quand elle se remémorait sa vie là-bas, je redoutais de commettre un faux pas. Mais comme elle n'entretenait plus de contact avec la famille depuis le décès de la mère de Molly, il y avait beaucoup de choses qu'elle ignorait de fait. Et en l'écoutant attentivement, j'en apprenais toujours plus sur l'histoire de Molly.

Elle me parla également de ses premiers temps aux États Unis. De la solitude qu'elle avait éprouvée jusqu'à ce qu'elle rencontre Per un jour, en se trompant de tramway – il avait fait un détour à pied de vingt minutes pour s'assurer qu'elle aille prendre le bon.

— Il m'a plu immédiatement, mais il était tellement timide qu'il n'a quasiment rien dit pendant tout le trajet. Mais moi, je pensais : celui-là, je ne vais pas le laisser me filer entre les doigts. Alors quand on est arrivés à l'arrêt de tram, j'ai fait semblant de m'être foulé la cheville…

Elle releva les yeux en battant des cils vers un Per imaginaire.

— « Oh zut, je ne peux plus marcher... Vous voulez bien venir avec moi pour que je puisse m'appuyer sur vous ? », dit-elle en riant. Une fois arrivés à mon arrêt, il ne m'avait toujours pas proposé de se revoir, alors je lui ai dit que la douleur était de plus en plus vive – pouvait-il me porter dans ses bras ? Lorsqu'on est arrivés chez moi, on peut dire que la glace était brisée.

Nous riions beaucoup, mais elle me confiait également des épisodes tristes de sa vie, comme les trois bébés qu'ils avaient perdus avant la naissance de Micke, deux filles et un garçon, tous nés prématurément.

— Tu vois comme Anna peut être pénible parfois... Mais elle a été d'une gentillesse incroyable chaque fois que c'est arrivé. Per, lui, ne voulait pas en parler – tu sais comment sont les hommes. Anna, elle, m'a toujours tenu la main et m'a laissée pleurer tout mon soûl, jusqu'à ce que je n'aie plus de larmes.

J'avais passé une sorte de contrat avec moi-même, m'engageant à essayer de ne pas mentir à moins que ce ne soit strictement nécessaire. Je ne répétais donc pas les anecdotes que Molly m'avait racontées, me contentant de hocher la tête quand Ruth parlait de chez elle, de ce que la mère de Molly avait écrit dans ses lettres, et je ne répondais à une question par un mensonge que lorsque je n'avais pas d'autre choix. En réalité, le principe restait pourtant le même. C'était d'ailleurs ce que Frederick avait fait, lui aussi. Il avait pris soin de ne jamais me dire qu'il m'aimait ; il m'avait juste poussée à le croire, mais cela restait tout de même un mensonge.

Parler de la mère de Molly avec Ruth représentait la pire épreuve pour moi, car je savais combien elles avaient été proches.

— Tu me fais vraiment penser à elle, tu sais, me dit-elle un soir. Elle avait du cran, comme toi. Cela dit, elle en avait bien besoin avec ton père. Je ne les ai jamais trouvés très assortis, mais ta mère ne voulait rien entendre. Elle était dingue de lui. Ça me brisait le cœur quand elle me disait combien elle était malheureuse, dans ses lettres. Ça n'a pas dû être facile pour vous non plus, en tant qu'enfants.

Il y avait une question dans sa voix. Je baissai les yeux vers la table et tripotai un crayon que Micke avait oublié là afin de ne pas avoir à croiser son regard.

— En effet, c'était difficile pour nous aussi, murmurai-je.

Un silence se fit. J'étais sur le point de changer de sujet quand elle déclara :

— Elle serait vraiment contente de savoir que tu fais partie de notre famille maintenant.

C'est la bouche sèche que je répondis :

— Oui. Sûrement.

Et pourtant, en dépit de toutes ces difficultés et de ma culpabilité, deux mois après notre arrivée, j'étais dans les quinze centimètres d'eau de ma baignoire aux bains publics, à repenser à la semaine qui venait de s'écouler, quand je me rendis compte que j'étais fière de moi. Qu'aurait pensé l'ancienne Elinor, qui ne s'était jamais fait couler un bain elle-même, si on lui avait dit qu'elle allait mettre deux grandes casseroles d'eau sur le feu tous les matins afin que six personnes puissent se laver tour à tour ? Sans parler de descendre un escalier obscur jusqu'aux toilettes de la cour, pour y vider le seau nauséabond dans lequel nous mettions le contenu de nos pots de chambre.

J'avais du mal à croire que je m'étais inquiétée de ne pas savoir coudre – je confectionnais maintenant dix chemisiers par jour. Ce travail demeurait toutefois pénible et ennuyeux, penchée sur la machine pendant des heures. Toutes les deux semaines, le tissu et le patron changeaient légèrement – une fronce par-ci, un morceau de dentelle par là –, ce qui rompait un peu la monotonie pour les premiers exemplaires du nouveau modèle, mais l'ennui me rongeait malgré tout. Le défi du marchandage sur Grand Street était donc devenu le moment le plus excitant de ma journée.

Voilà qui était nouveau pour moi, qui n'avais jamais eu besoin de compter ce que j'achetais auparavant ; et parvenir à économiser quelques cents du budget familial sur une livre de pommes de terre ou un morceau de bacon me donnait le sentiment d'être à nouveau utile. En outre, chaque fois que je décrochais un bon prix, je me sentais proche de mon père. Parfois, sur le chemin du retour, je m'adressais à lui dans ma tête, lui parlant des vêtements que j'avais vus sur les jeunes filles du quartier, de leur style irréprochable mais de la piètre qualité des étoffes, et de la façon dont les usines copiaient sans vergogne les styles à la mode. Je lui demandais ce qu'il en pensait – était-ce malin du point de vue commercial, ou désapprouvait-il le fait de copier le travail de quelqu'un d'autre ? Je jouais dans ma tête la dispute que nous aurions pu avoir à ce sujet et, pendant ces quelques minutes, je me faisais croire qu'il était encore en vie.

Je ne pourrais pas dire que j'étais heureuse. Je continuais de me réveiller la nuit en entendant et en revoyant cette nuit fatidique, en pensant à mon père, à Frederick et à Terence qui devaient regarder les canots partir depuis le pont en se disant qu'il n'y aurait pas de place pour eux. Et à Molly – en ce qui la concernait, je n'osais même pas penser à ce qui avait pu lui arriver quand elle s'était rendu compte qu'elle était coincée. Parfois, je me demandais s'il existait un seul rescapé de ce naufrage qui serait un jour capable de retrouver un vrai bonheur. Mais en dépit de tout cela, en dépit de l'épuisement qui était le mien à la fin de chaque journée, en dépit de la surveillance constante que je m'imposais quand je parlais, en dépit même de l'horreur que m'inspiraient ces toilettes dans la cour, je ne regrettais pas ma décision. Un jour, en écoutant Micke raconter à Teddy qu'il serait ingénieur quand il serait grand, je fus frappée par la différence qu'il existait entre eux et la famille de Frederick. À Winterton, tout le monde était obsédé par le passé, par leur histoire. Prêt à tout pour que rien ne change. Mais Ruth, Per et Anna, et même les enfants, regardaient devant eux, en direction de l'avenir qu'ils désiraient se construire. Comme mon père et ma mère l'avaient fait. Peut-être était-ce pour cette raison qu'au bout de si peu de temps, je me sentais davantage chez moi dans ce minuscule appartement que je ne l'avais jamais été dans les immenses pièces froides de Winterton.

Par bonheur, Teddy allait très bien lui aussi. Je m'étais sentie tellement coupable à notre arrivée, en voyant les conditions de vie de la famille. Mon fils était destiné à vivre au milieu du personnel et des chandeliers en argent, et je l'avais emmené dans un endroit où il n'y avait même pas d'eau chaude. Et pourtant, dans la chaleur de ce petit foyer, il s'épanouissait visiblement. Il admirait Micke, son héros, il prenait la main de Per quand nous partions aux bains et le suivait maintenant du côté des garçons et des hommes ; il était même le seul à avoir le droit d'« aider » Anna quand elle préparait des boulettes de viande. Au début, il prononçait parfois les mots de « papa » ou « nounou », mais sa façon de parler était encore proche du babillage, de sorte que personne ne parut le remarquer. Et il semblait maintenant avoir tout oublié de Winterton.

Pendant les premières semaines, il s'assoupissait sur mes genoux après le repas puis dormait avec moi par terre, ses bras noués autour de mon cou. Mais un soir où il avait joué aux petites voitures avec Micke sur le sol, il se leva et suivit Micke et Lena dans leur chambre quand vint l'heure du coucher.

— Tu veux dormir avec nous ? demanda Micke en riant. Comme un grand garçon ?

— Oui, affirma Teddy avec beaucoup d'assurance.

Quand Anna alla se coucher avec eux, un peu plus tard, elle me fit signe en chuchotant :

— Viens voir.

Teddy était pelotonné contre Micke, le bras de ce dernier posé sur lui dans une position protectrice. Les trois enfants dormaient à poings fermés et la nuit se passa paisiblement, malgré mon angoisse que mon fils ne s'éveille en se demandant où il était.

Loin du regard sévère de miss Cairns, Teddy était cependant de moins en moins enclin à rester en place en jouant sagement avec une pile de briquettes. Étant désormais moins craintive, je l'emmenais avec moi au marché de Grand Street et, dès le milieu de la matinée, il ne cessait de me demander quand est-ce que nous sortirions, et je capitulais de plus en plus tôt, craignant qu'il ne tape sur les nerfs de Ruth et d'Anna avec ses gémissements. Le bruit, la vue et les odeurs des échoppes et des charrettes le divertissaient quand nous y étions, mais, dès que j'avais acheté ce qu'il me fallait et retournais vers la maison, il commençait à traîner des pieds en me tirant par la main et en ronchonnant. J'avoue qu'il m'énervait tellement que je me surprenais parfois à regretter de ne pas avoir miss Cairns sous la main pour le lui refourguer.

Un matin, alors que nous arrivions devant les marches de l'entrée, il lâcha ma main, tapa du pied et se mit à hurler :

— Non, non ! J'veux pas rentrer.

— Ne dis pas de bêtises. Maman doit travailler.

Il secoua la tête et recula d'un pas.

— Teddy, viens.

Je lui tendis la main, mais il tourna les talons et partit en courant. Je dus poser mon cabas pour pouvoir lui courir après. Et j'avais beau crier derrière lui, il continuait de détaler à toutes jambes. Lorsque je le rattrapai, j'étais bien fâchée et lui tirai fermement le bras.

— Non ! s'écria-t-il en cachant ses mains derrière son dos.

Pour finir, je dus le soulever et le caler sous mon bras pour le porter jusqu'aux marches du perron de l'immeuble – c'est qu'il commençait à être lourd ! –, mais dès que je le posai pour reprendre mon cabas, il essaya de s'enfuir à nouveau et je le retins de justesse.

Rouge de colère, il se mit à se débattre et, tournant sur lui-même, il me décocha un violent coup de pied dans le tibia. La douleur fut si vive que je faillis le lâcher. Je parvins tout de même à le tenir et à le traîner, en larmes, dans les trois volées de marches qui nous séparaient de l'appartement. Une fois que nous fûmes arrivés sur le palier, moi en sueur et haletante, lui hurlant à pleins poumons, je ne pus me contenir :

— Tu es un vilain, un affreux garçon ! Tais-toi, maintenant !

Rouge comme une pivoine, il ouvrit la bouche sans que rien n'en sorte. Il était muet, sa bouche formant un O parfait. Il ne respirait plus ! Qu'avais-je fait ? Je l'attrapai et tambourinai à notre porte. Ruth ouvrit immédiatement.

— Il ne peut plus respirer ! m'écriai-je. Il va mourir !

Teddy me fixait, terrifié, quand je vis avec horreur ses lèvres virer au bleu.

Ruth se pencha et souffla doucement sur son visage. Il poussa alors un petit cri de surprise et, un instant plus tard, reprit une grande inspiration. Les larmes revinrent aussitôt et il s'accrocha à moi en sanglotant.

— Ça a toujours bien marché avec Micke, dit Ruth. Ça va aller maintenant.

Mes jambes menaçaient de me lâcher. Je m'assis lourdement à côté de ma machine à coudre, Teddy suspendu à mon cou.

— J'ai cru qu'il allait mourir.

— Parfois ils se mettent dans tous leurs états et en oublient de respirer. Lena était pire : elle perdait carrément connaissance.

Elle me regarda, l'air perplexe.

Aucun de tes petits frères n'a jamais fait ça ? Je croyais que ça arrivait à tous les enfants.

Je cherchai quoi dire, mais j'étais tellement remuée que je ne voyais pas comment répondre sans me trahir. Il s'agissait donc d'un phénomène normal ? De quelque chose que la vraie Molly devait connaître ? Il y eut un horrible silence avant qu'Anna intervienne :

— Per n'a jamais fait ça.

Ruth eut un petit rire.

— Parce que c'était un bon petit Suédois, c'est ça ?

— Non, parce que tous les enfants sont différents. C'est pour ça que Molly est choquée.

Ruth haussa les épaules et retourna à sa machine.

— Eh bien, maintenant, tu sauras ce qu'il faut faire. Ça lui passera dans un an ou deux, tu verras.

Cet après-midi-là, tout en cousant, je gardais un œil sur Teddy qui regardait un livre d'images ayant appartenu à Lena et parlait tranquillement, tout seul, du chat qui figurait dans l'histoire. J'essayais de me convaincre qu'il allait très bien, mais ne pouvais m'empêcher de me demander comment ce pouvait être le même enfant que j'avais traîné dans les escaliers quelques heures plus tôt, braillant comme un veau. Je ne me reconnaissais pas davantage dans la femme qui lui avait crié de se taire. Je l'aimais plus que tout au monde et, en le regardant maintenant, l'idée de le heurter ou de lui faire du mal m'était insupportable. Or, pendant ces quelques minutes, j'avais eu le sentiment que c'était mon pire ennemi. Et la peur panique de le perdre qui avait succédé à ce moment... Ce souvenir me rendait malade, même si je savais désormais qu'il n'était pas en danger. Moi qui avais une telle hâte d'être pour de bon la mère de Teddy, je n'avais décidément aucune idée des difficultés qui m'attendraient.

Aucune idée non plus des difficultés que j'aurais à faire croire que je savais m'occuper de lui. Ruth avait dû trouver cela bien étrange en me voyant paniquer de la sorte ; je pouvais remercier Anna de son intervention. Même s'il était vrai que Per n'avait jamais eu de tels spasmes, le phénomène était apparemment plus que commun, et elle avait dû voir Micke ou Lena en être victimes. Mais elle ne ratait jamais une occasion de contredire Ruth et, cette fois, cela m'avait sauvée. Une fois de plus, Teddy et moi avions survécu.

37

Maintenant qu'il dormait avec Micke et Lena, le petit corps chaud de Teddy me manquait. L'avantage, si je me réveillais, c'est qu'avec les températures douces du printemps, je pouvais sortir et aller m'asseoir sur la plateforme de l'issue de secours pendant un moment au lieu de rester couchée, à revivre en boucle la scène du naufrage. Les cris des gens dans l'eau me hantaient toujours sans que je puisse les refouler ; dehors, je parvenais mieux à évacuer ces pensées. Je pouvais regarder les étoiles, ou les fenêtres d'en face, en me demandant qui habitait là, d'où venaient ces gens, pourquoi, etc. Parfois cela fonctionnait, je sentais le sommeil revenir et retournais me coucher. D'autres fois, je ne parvenais pas du tout à bloquer ces sons. C'est une de ces fois-là, alors que j'étais assise dehors, les joues striées de larmes en imaginant les derniers instants de mon père, qu'Anna vint me rejoindre.

— Encore une insomnie, me dit-elle.

— Je te réveille souvent ? Je suis désolée...

— Je suis vieille, ça m'arrive souvent de me réveiller la nuit. Mais ce n'est pas comme toi... Moi, ce n'est pas parce que je n'arrive pas à chasser certains souvenirs. Est-ce que ça te ferait du bien de m'en parler ?

Je n'avais jamais parlé à personne du *Titanic* ; la famille avait eu le tact de ne pas me questionner à ce sujet, et je n'éprouvais aucune envie de revivre cela le jour en plus de la nuit. Mais la façon dont Anna – habituellement si revêche et bourrue – venait de me le proposer était particulièrement touchante.

Je pris une profonde inspiration et me lançai :

— Le pire, c'étaient les sons, une fois que le bateau a coulé. Partout les gens criaient, appelaient à l'aide, et ça a duré, duré… Sauf que l'aide ne venait pas, et ils ont dû finir par s'en rendre compte, par comprendre qu'on allait les laisser mourir là. Et puis…

Je réprimai un sanglot à cette pensée.

— Et puis, peu à peu, tous les cris et les appels ont cessé. Ils étaient morts, tous. J'ai été soulagée que ça s'arrête, parce que je ne supportais plus d'entendre ça.

Je ne me l'étais jamais avoué jusqu'alors, mais c'était vrai, et je me sentis aussi soulagée de le dire.

— Et maintenant, j'entends ça presque toutes les nuits.

À côté de moi, Anna grimaça en bougeant son genou douloureux.

— C'est terrible, ce que tu as vécu, dit-elle. Tu ne l'oublieras pas facilement. Peut-être même jamais. Mais tu sais, on a ce proverbe en suédois, qui dit : tu ne peux pas empêcher les oiseaux de tristesse de voler au-dessus de ta tête, mais tu peux les empêcher de faire leur nid dans tes cheveux.

Malgré mes larmes, je ne pus m'empêcher de rire à l'image que ces mots évoquaient. Elle rit avec moi.

— Oui, ça paraît drôle en anglais. Le suédois est une langue bien plus adaptée à la mélancolie. Mais c'est la vérité.

Elle contempla la rue silencieuse, mais ses yeux étaient loin, ailleurs.

— Mon mari, le père de Per, a eu un accident en coupant des arbres en forêt. Ils me l'ont ramené à la maison, cassé de partout. Il a vécu six jours en pleurant de douleur jusqu'à ce qu'enfin, Dieu ait pitié et le rappelle à Lui. Pendant longtemps je n'ai pas pu fermer les yeux sans revoir et entendre ça. J'avais envie de mourir aussi, et c'est uniquement pour Per que j'ai choisi de vivre, pour venir ici et prendre un nouveau départ. Je croyais pouvoir laisser mes souvenirs derrière moi, mais ils m'ont suivie.

— Ils ne partent donc jamais ?

— Je ne vais pas te mentir pour te rassurer. Non, ils ne te quittent jamais – même aujourd'hui, il m'arrive parfois de me réveiller en revoyant tout ça. Mais ils perdent en puissance, avec le temps. Je pense que tu es quelqu'un de fort, et tu as pris un bon départ ici en te mettant tout de suite au travail – quand ton esprit est occupé, les mauvais souvenirs s'effacent. C'est mon sentiment, en tout cas.

En bas, dans la rue, deux chats se défiaient, prêts à se battre. Nous les regardâmes se tourner autour en feulant jusqu'à ce que l'un saute tout à coup sur l'autre, qui prit ses pattes à son cou et disparut bientôt.

— Ah, le lâche ! fit Anna avant de changer de sujet : Dis-moi, est-ce que tu aimes lire ?

Je ne m'attendais pas à cette question, qui me déconcerta. Bien sûr que j'aimais lire, mais ce n'était pas à moi qu'elle posait cette question. Tout à ma surprise de l'entendre me confier ses propres difficultés, j'avais presque oublié que c'est à Molly qu'elle parlait, et non à moi. Je ne savais pas du tout si Molly aimait la lecture. Mais Anna ne devait pas le savoir non plus, sans quoi elle n'aurait pas posé la question.

— Oui. Je lisais beaucoup quand j'étais plus jeune. Mais j'ai perdu l'habitude.

L'espace d'un instant, je revis mon exemplaire de *Middlemarch* voler à travers ma chambre à Winterton, manquant de heurter le miroir sur ma coiffeuse. Je n'avais pas ouvert de livre depuis ce jour-là.

— La lecture m'a sauvée quand je passais des nuits atroces, me dit Anna. Je gardais toujours un livre et une bougie près de mon lit et si je me réveillais en pleine nuit j'allumais la bougie et je... oh, comment dit-on, déjà, quand on passe d'un monde à un autre ?

Je voyais exactement ce qu'elle voulait dire.

— S'évader ?

— Oui, c'est ça. Je m'évadais de tout ce que je ne supportais pas et j'allais ailleurs, jusqu'à ce que mes yeux veuillent bien se fermer à nouveau.

Elle agita une main, désignant ce que nous avions devant nous.

— C'est ce qu'on espère pouvoir faire en venant ici, je suppose. Mais un livre, c'est mieux. Ceux que je possède sont en suédois, ils ne te serviraient à rien, mais tu pourrais peut-être aller à la bibliothèque municipale.

— Il y a une bibliothèque ici ?

— Oh oui, et une grande.

Elle se leva.

— Ce que je t'ai dit doit rester entre nous. Per croit que son père est mort sur le coup, sans souffrir, et il n'a pas besoin de savoir la vérité. Mais je pense que tu es le genre de personne capable de garder un secret.

— Merci de me l'avoir confié, répondis-je. Et pour le conseil, sur la lecture. Je crois que ça pourrait m'aider.

— Bien. Allez, ne traîne pas trop ici, tu vas attraper froid.

La bibliothèque municipale n'était qu'à quelques minutes de marche de l'appartement, presque sur le chemin du retour de Grand Street. Comment avais-je pu ignorer son existence ? Il faut dire que jusqu'alors, je n'avais jamais fréquenté de bibliothèque ; dans mon ancienne vie, j'avais les moyens d'acheter tous les livres que je désirais. En gravissant les marches de ce grand bâtiment trapu en pierre et brique rouge, je ne savais pas du tout à quoi m'attendre. Tenant Teddy par la main, je suivis les panneaux pour me diriger à l'intérieur. Tout à coup, mon cœur se mit à battre : j'avais devant moi des centaines et des centaines de livres. Je fis un premier tour dans les rayons. Ils étaient tous là : *Orgueil et préjugés*, *Middlemarch*, *Jane Eyre*, *Le Retour au pays natal*. Même *Lady Susan* ! J'avais l'impression de retrouver de vieux amis. De vieux amis avec qui je m'étais brouillée, mais cette brouille me paraissait lointaine désormais, et il s'était passé tant de choses depuis lors que cela n'avait plus d'importance.

Je remplis le formulaire pour obtenir une carte de prêt et choisis quatre ouvrages : *Orgueil et préjugés* et *Jane Eyre*, ainsi que deux autres par des auteurs que je ne connaissais pas.

Lorsque la bibliothécaire tamponna ma carte, elle sourit à Teddy et me dit :

— Savez-vous que nous avons une salle réservée aux enfants, en bas ? Vous pouvez en emprunter pour lui aussi.

Je ne dirais pas que les livres chassèrent totalement mes horribles souvenirs – ce n'était d'ailleurs pas ce qu'Anna avait suggéré. Mais je peux tout de même dire qu'ils m'aidèrent. Je dépensai quelques cents pour m'acheter une petite lampe et, avant de dormir, je repris l'habitude de lire. Je commençai par mes vieux favoris, qui me faisaient un peu l'effet d'une bonne tasse de lait chaud avant d'aller au lit. Et lorsque je me réveillais la nuit et sentais ce qui allait venir, j'ouvrais un des nouveaux et m'évadais dans sa lecture. Cela ne fonctionnait pas toujours, mais si j'agissais rapidement et que le livre était bon, je parvenais à repousser les sons et les images parasites jusqu'à ce que le sommeil me gagne de nouveau.

Chaque fois que nous allions à la bibliothèque, Teddy choisissait un livre d'images et j'en prenais un autre que ma mère m'avait lu autrefois, dont je lui faisais la lecture avant qu'il aille se coucher. C'est ainsi que je lui lus, entre autres, *Alice au pays des merveilles*, *Le Livre de la jungle* et les contes d'Andersen, en m'amusant à imiter les voix des personnages comme ma mère le faisait quand j'étais petite. Et curieusement, ici, de l'autre côté de l'océan, dans un endroit qu'elle n'avait jamais vu, je me sentis plus proche d'elle que je ne l'avais été depuis longtemps. Lorsque mon père m'avait dit, sur le bateau, qu'elle serait fière de moi, je n'avais pas pu partager son avis – pas en sachant que j'avais laissé mon fils être élevé par quelqu'un qui était payé pour cette tâche. Mais peut-être le serait-elle maintenant.

38

L'animation sur Grand Street variait d'un jour à l'autre. Certains marchands des charrettes à bras s'installaient toujours au même endroit, mais on pouvait conduire sa charrette partout dans la ville et s'arrêter à n'importe quel coin qui paraissait prometteur, si bien que d'autres commerçants allaient et venaient et qu'il y avait constamment de nouveaux visages. La plupart d'entre eux étaient des hommes, à quelques exceptions près – ainsi, j'avais acheté des chaussures pour Teddy à une dame grecque, et je prenais toujours les harengs marinés dont Anna raffolait à une Allemande aux longues tresses blondes, qui me rappelait une poupée de mon enfance. Et presque tous les jours, je voyais une charrette de fromages appartenant à une femme de Leeds – l'une des rares personnes d'origine anglaise, à part Ruth, que j'aie rencontrées à New York. Elle avait remarqué mon accent la première fois que je lui avais acheté du fromage et m'en avait mis un petit surplus gracieusement « pour une compatriote anglaise, même si vous ne venez pas du bon côté des Pennines* ». Elle s'appelait Della, me dit-elle, et nous prîmes bientôt l'habitude de bavarder un peu quand nous en avions le temps.

Après m'avoir regardée marchander le prix d'un pantalon pour Teddy à la charrette d'en face, elle me dit un jour :

---

* Les Pennines sont une chaîne de montagnes traversant le centre et le nord de l'Angleterre sur un axe nord-sud.

— Tu devrais te lancer dans le business, ma belle. Acheter des produits au bon prix, ce n'est que la moitié de la bataille, et tu serais douée pour ça.

Ma première réaction fut de rire à cette idée mais, sur le trajet du retour, je me mis à y songer. Au rythme auquel je confectionnais maintenant les chemisiers, je recevais huit dollars par semaine de Mr Klein, comme Ruth et Anna, et j'étais toujours fière quand il les déposait dans ma main le vendredi. Seulement, ce n'était pas avec ça que j'allais pouvoir nous offrir une vie meilleure. Une fois que j'avais payé ma contribution aux dépenses du foyer, il ne restait plus grand-chose, et quels que soient les efforts que je fournisse, il n'était pas possible de gagner davantage, car je n'aurais pas pu aller plus vite sans que la qualité de mon travail s'en ressente. À moins d'avoir une deuxième paire de mains ou que les journées comptent soudain plus de vingt-quatre heures, j'étais bloquée à ce niveau de rendement ; or, si je voulais être en mesure d'avoir un logement à nous, il fallait que je gagne plus d'argent. Une charrette pourrait-elle être la solution ? Mon père tenait le même discours que Della : on encaisse son profit quand on vend, mais on le crée quand on achète. Il faudrait que je trouve des articles à faible coût pour les revendre avec une marge correcte.

Ce soir-là, alors qu'Anna faisait frire des oignons et que Ruth et moi emballions notre ouvrage de la semaine, j'évoquai cette idée.

Ruth fronça les sourcils.

— Une charrette ? Pour quoi faire ?

Je ne voulais pas leur avouer à quel point ce travail de couture m'ennuyait, alors qu'elles avaient eu la bonté de me l'offrir.

— Je crois que je pourrais être douée pour ça. Si je peux obtenir un prix bas pour ce que j'achète et le revendre à un prix correct, je pourrais en tirer des bénéfices.

— C'est possible, mais tu es au courant que ces petits marchands aux charrettes ne rentrent pas dormir dans de belles maisons sur la 5e Avenue le soir, n'est-ce pas ?

— Je sais, mais certains gagnent tout de même assez bien leur vie. Par exemple, cet homme qui vend des harengs, à l'angle. Eh bien, Della m'a dit qu'il avait maintenant trois autres charrettes à différents endroits – ce sont ses fils qui les tiennent. Et tu vois ce magasin de chaussures sur Hester Street ? Ils ont commencé avec une charrette. Si je travaille bien, peut-être que je pourrais gagner davantage d'argent qu'actuellement et en mettre un peu plus de côté pour notre avenir.

Ruth noua la ficelle autour du paquet de chemisiers et, sans me regarder, répondit sèchement :

— Je ne savais pas que confectionner des chemisiers n'était pas assez bien pour toi.

— Ce n'est pas ça, pas du tout. Je vous suis très reconnaissante de m'avoir fourni ce travail, tu le sais bien.

— Ce n'est pas l'impression que ça donne, si tu estimes que tu pourrais faire mieux en étant marchande dans les rues.

— Je me suis simplement dit que c'était une activité dans laquelle je pourrais avoir des compétences, rien de plus. J'ai envie de tenter ma chance pour voir ce que ça donne. Della m'a dit qu'on avait le droit d'essayer pendant deux semaines sans détenir de licence, donc si ça ne marche pas, j'arrêterai.

Elle posa les yeux sur moi.

— Et tu crois que Mr Klein va te reprendre comme ça ? C'est peut-être différent pour les femmes de chambre en Angleterre, Molly, mais ici, les bons employeurs ne courent pas les rues. Peu d'entre eux sont aussi honnêtes que Mr Klein, et la plupart ne veulent même plus embaucher de couturières à domicile. Mais si tu n'as pas peur de transpirer toute la journée dans une de ces usines, avec un petit chef qui ne te quitte pas des yeux une seconde et retiendra de l'argent sur ta paye à la moindre excuse, vas-y, lance-toi.

Sur ces mots, elle prit le paquet de chemisiers et sortit en claquant la porte.

Anna remua les oignons dans la poêle quelques minutes avant de parler.

— Je crois que tu as touché un point sensible, là.

— Comment ça ?

— Il est possible que ma belle-fille estime elle aussi mériter mieux que de coudre des chemisiers à longueur de journée. Les femmes modernes sont comme ça, que veux-tu. Moi, quand je suis arrivée ici, on devait prendre n'importe quel travail, et on était bien contentes de gagner trois sous.

Elle se tut comme la porte s'ouvrait sur Ruth, qui rentrait avec Per. Il accrocha sa veste tout en discutant avec elle d'un article qu'il avait vu en première page du journal, et elle ne me regarda pas. De toute évidence, notre discussion était close, mais à en juger par sa mine et la façon dont elle mit le couvert pour dîner, je voyais bien qu'elle était encore contrariée.

Exception faite des petits agacements pour trois fois rien, comme qui avait utilisé le plus d'eau chaude le matin, c'était la première fois que nous étions en froid, et je m'en voulais de l'avoir mise dans cet état ou de lui avoir laissé croire que je jugeais ce travail de couture indigne de moi. Mais ce n'était pas le cas ! Ils mettaient tous de l'argent de côté pour leurs projets, alors pourquoi pas moi ? Eux disposaient de trois salaires sur lesquels économiser ; de mon côté, je ne pouvais guère le faire sans trouver une manière de gagner davantage. Et, oui, je trouvais ce travail ennuyeux, mais je m'étais abstenue de le dire, elle n'avait donc pas à se sentir offensée. Les enfants jouaient dans la rue ; lorsque je descendis leur demander de venir dîner, c'est moi qui claquai la porte en sortant.

Nous prîmes le repas tous ensemble, comme à l'accoutumée, Ruth et moi nous joignant chacune à la conversation mais sans nous adresser directement la parole. Nous mangions du chou farci et, dès le début du repas, Anna entama sa tirade habituelle sur les choux américains, qui n'étaient pas aussi savoureux que les choux suédois. Nous avions entendu la même rengaine à propos des haricots, du porc et même du lait. Les autres fois, Ruth et moi échangions un sourire complice. Ce soir-là, il n'y eut pas même un regard entre nous. Je ne fus donc guère surprise quand, après le café, Ruth lança un « bonne nuit » assez sec et alla se coucher en même temps qu'Anna et Per au lieu de rester discuter autour de la table. Eh bien, tant pis. Je n'avais rien fait de mal, elle n'avait qu'à ruminer dans son coin jusqu'à ce qu'elle s'en rende compte.

39

Le froid entre nous persista le lendemain. Nous n'échangeâmes pas un mot autour du petit déjeuner et, quoique nous n'ayons pas l'habitude de papoter pendant que nous cousions, la simple manière dont Ruth me demandait de lui passer les ciseaux avait quelque chose de tranchant – du moins était-ce mon impression. En fin de matinée, nous fîmes une pause pour prendre un café. Anna nous parlait d'une rumeur selon laquelle la famille grecque habitant en face allait déménager à Brooklyn.

Comme Ruth ne disait rien et que je répondais simplement « Ah, oui ? » avant que le silence ne s'installe à nouveau, Anna continua :

— Et il paraît que les O'Reilly, en bas, vont acheter une grande maison sur Madison Avenue, avec vingt chambres et des écuries pour leurs chevaux.

Elle arqua un sourcil face à nos mines éberluées.

— Ah, vous n'êtes donc pas sourdes, même si vous êtes muettes ? *Herregud*, qu'est-ce qui vous prend, toutes les deux ? On dirait deux gamines, à bouder comme ça.

Elle se leva et prit le cabas pour les courses.

— Aujourd'hui, c'est moi qui vais au marché. Vous, vous allez rester ici et vous parler. À mon retour, je veux trouver deux adultes, et pas deux idiotes de petites filles qui se disputent à cause d'une poupée.

Quand la porte se referma, Ruth grimaça en imitant l'accent d'Anna :

— Des Suédoises ne se disputeraient jamais à cause d'une poupée.

Nous échangeâmes un regard prudent le temps d'une seconde, avant d'éclater de rire toutes les deux. La glace était brisée.

— Je suis désolée, dit Ruth. Je n'aurais pas dû m'énerver contre toi. J'étais jalouse.

— Jalouse ? Pourquoi ?

Elle exhala un soupir.

— Tu te souviens de la fois où je t'ai dit que je travaillais dans une boutique de mode ? J'adorais ça. J'adorais porter ces vêtements, le contact avec les clients, et j'étais ravie de voir l'argent entrer dans la caisse grâce à moi. Parfois, j'avais l'impression d'être dans un film. Et puis, j'ai épousé Per, et tout de suite après...

Elle fit un geste devant son ventre, mimant la grossesse.

— Je ne pouvais plus entrer dans ces habits, donc je ne servais plus à rien. Anna travaillait déjà pour Mr Klein, et il m'a embauchée. Après, quand j'ai perdu le bébé, puis un autre, et encore un autre, j'étais contente de ne pas avoir à me rendre en ville tous les jours et à faire semblant d'être heureuse devant les clients. Et quand les enfants sont arrivés, je me suis retrouvée coincée. On avait besoin d'un revenu régulier, je ne pouvais pas me permettre de lâcher ce travail pour un autre qui risquait de ne pas marcher, ou que je pouvais perdre si je tombais à nouveau enceinte.

Elle prit une bobine de fil qu'elle fit rouler entre ses mains.

— C'est pour ça que j'étais contrariée. Parce que quand je suis arrivée ici, j'étais comme toi : je prenais des risques. J'avais traversé l'océan pour commencer une nouvelle vie, j'avais trouvé un endroit où vivre. En voyant cette boutique, je m'étais dit que ce serait chouette de travailler là, alors j'étais entrée en demandant s'ils cherchaient du monde et j'avais été embauchée. Quand tu as parlé de prendre une charrette, tu avais l'air tellement excitée à cette idée que ça m'a rappelé la jeune femme que j'étais. Ça m'a rendue jalouse, et je suis désolée de te l'avoir fait sentir.

Avant que j'aie le temps de répondre, la porte s'ouvrit et Anna entra, brandissant un petit paquet emballé.

— Je vous ai acheté du gâteau aux pommes à la boulangerie, mais vous n'en aurez pas avant d'être réconciliées.

Ruth tourna les yeux vers moi.

— Nous sommes réconciliées, déclarai-je.

— Bien. Et quel était le sujet de la discorde, au fait ?

Ruth secoua légèrement la tête tout en m'interrogeant du regard.

— Rien, répondis-je. Un simple malentendu.

— À propos d'une poupée, ajouta Ruth.

Ce soir-là, nous étions à table après que les autres étaient partis se coucher quand Ruth me demanda :

— Alors, tu vas le faire ? Tu vas prendre une charrette ?

— Je ne sais pas... Comme tu l'as dit, ça représente un risque de laisser tomber la couture pour Mr Klein.

— C'était aussi un risque de venir ici, mais ça s'est bien passé, pas vrai ? Pour toi comme pour moi. Et je pense que tu as raison : tu ferais une bonne commerçante. Dieu sait de qui tu tiens ça, parce que personne dans notre famille n'a jamais eu le sens des affaires.

Si tu savais...

— Mais qu'est-ce que je pourrais vendre ? Je ne connais rien aux produits frais, pas plus qu'aux poêles, aux casseroles ou autres ustensiles de ce genre.

— La réponse me semble assez évidente : tu devrais vendre des vêtements.

— Il y a déjà plusieurs charrettes qui en proposent. Ce sera dur d'obtenir un bon prix si j'ai beaucoup de concurrence.

— D'accord, mais à qui appartiennent ces charrettes ? Des hommes, uniquement. Tu es jeune et jolie, Molly. Les filles qui aiment la mode préféreront acheter chez toi. C'est pour cette raison que les boutiques en ville incitent leurs vendeuses à porter leurs tenues. En voyant les vêtements sur toi, elles auront envie de les acheter.

Elle se leva et prit un magazine qu'Erin avait donné à Lena ce matin.

— Tu peux être sûre que tout ce qu'il y a là-dedans va bientôt être copié – au rabais – par les usines de la 7e Avenue.

Nous prîmes le temps de le feuilleter en notant les modèles qui nous semblaient réalisables à moindre coût dans des usines : un chemisier froncé autour de l'encolure, une jupe plissée rehaussée de galons en bas, une robe simple avec un col et des manchettes en dentelle.

— Maintenant, tu n'as plus qu'à faire ce pour quoi tu es le plus douée, dit Ruth. Vas-y et négocie un bon tarif.

La première usine se trouvait au deuxième étage d'un bâtiment industriel. À mesure que je montais l'escalier, le vrombissement familier des machines à coudre se faisait de plus en plus fort, et je compris bientôt pourquoi. Il y avait là une centaine de femmes postées de chaque côté de trois longues rangées de tables, tête baissée, tout à leur ouvrage. À l'entrée se trouvait un bureau où un homme que je supposai être le patron était assis.

Il releva les yeux et me dit :

— On n'a pas besoin de main-d'œuvre en ce moment. Essayez chez Gold's, un peu plus loin dans la rue.

— Je ne cherche pas de travail. Je voudrais vous acheter des marchandises, pour ma charrette.

Il me regarda par-dessus ses binocles.

— Acheter quoi, exactement ?

Je lui souris.

— Quel serait votre meilleur prix pour une douzaine de chemisiers ?

Je lui désignai un portant avec des articles similaires à celui que nous avions vu dans le magazine.

— Comme celui-ci, avec les fronces autour du col.

— Pour une douzaine ? Trente cents la pièce.

— Que diriez-vous de sept ?

Il éclata de rire. J'étais partie trop bas. Beaucoup trop bas.

— Je ne peux même pas les fabriquer pour ce prix-là.

— Dans ce cas, pourriez-vous m'en fabriquer une douzaine pour un dollar cinquante ?

Il rit encore.

— Nous sommes loin du compte.

— Mais vous pouvez sûrement...

Mon père disait toujours que si vous ne partiez pas du bon pied dans une négociation, vous risquiez fort de la perdre. Et il avait raison.

Avant même que j'aie fini ma phrase, l'homme se pencha au-dessus de son bureau et me dit :

— Mademoiselle, vous êtes novice, n'est-ce pas ? Et vous pensez peut-être que vous pouvez être dure en affaires parce que vous avez un joli minois. Eh bien, votre joli minois ne suffira pas à payer tous ces salaires. Alors partez maintenant, s'il vous plaît, et cessez de me faire perdre mon temps.

Je descendis l'escalier les jambes tremblantes. Je ne m'étais pas du tout attendue à cela. Non seulement j'avais lamentablement échoué dans la négociation, mais les prix se révélaient bien au-delà de ce que j'imaginais. Bien sûr, si je n'avais pas contrarié cet homme en commençant si bas, j'aurais probablement pu obtenir une réduction, mais trente cents était bien loin du tarif que je m'étais fixé. Le bénéfice serait dérisoire.

Je passai toute la journée à aller d'usine en usine. Il en existait une telle quantité que j'allais bien réussir à conclure une affaire, me disais-je. Pourtant, même si je ne me ridiculisai pas comme la première fois, je ne pus obtenir un prix inférieur à vingt cents, et les réponses que j'obtins me laissèrent penser que même le meilleur négociateur du monde n'aurait pas eu davantage de chance. Les marchands ambulants qui vendaient des vêtements parvenaient peut-être à en vivre, mais l'activité ne devait pas être très rentable. Le premier imbécile venu pouvait avoir une charrette et faire son petit commerce avec, mais sans marges correctes, l'activité serait trop précaire. Il ne servait à rien d'abandonner un travail stable pour se lancer dans une telle entreprise.

— Tu avais raison, dis-je à Ruth ce soir-là. Ça ne fonctionnera pas. Je ne vais pas prendre le risque d'arrêter de travailler pour Mr Klein sans être sûre de pouvoir gagner plus avec une charrette.

— Je crois quand même que tu en es capable.

Elle inclina la tête sur le côté et me regarda fixement.

— Quand tu es arrivée, tu ne savais pas te servir d'une machine à coudre. J'ai bien vu que tu étais effarée quand tu as appris combien de chemisiers nous devions confectionner par jour. Mais tu as retroussé tes manches et tu as appris à le faire. Alors ne me dis pas que tu vas abandonner si vite. On a moins de travail cette semaine, Anna et moi pouvons nous charger de confectionner tous les chemisiers que Mr Klein nous a commandés. Prends un jour de plus, et si ça ne marche pas, au moins, tu auras vraiment essayé.

Encouragée par son enthousiasme, je me remis à la tâche dès le lendemain matin. S'il existait une seule usine où je pourrais conclure un marché, je la dénicherais. Je gravis les marches de la première d'un pas sautillant et offris mon plus beau sourire en annonçant mon prix. L'homme me rit au nez.

La deuxième et la troisième ne donnèrent rien de mieux, et, lorsque j'empruntai l'escalier d'une quatrième usine, ce fut pour apprendre qu'ils ne fabriquaient même pas de copies bon marché à vendre sur Grand Street. Il y avait bien un portant de chemisiers près de la porte, mais les tissus étaient de belle qualité et les coutures plus soignées, ce qui nécessitait davantage de temps de travail. Il était donc totalement inutile de m'attarder ici.

Au moment où je tournais les talons pour partir, un homme âgé en costume bien coupé arrivait par l'escalier.

Le passage étant étroit, j'attendis qu'il soit parvenu sur le palier. Là, il s'arrêta et me demanda :

— Voilà une mine bien triste. Que vous arrive-t-il, ma jolie ?

— Oh, vous n'y pourrez rien, mais c'est gentil à vous de demander.

Il sourit.

— Vous êtes anglaise ! J'ai des cousins là-bas, dans un endroit appelé Bethnal Green. Vous connaissez ?

Cela semblait évident pour lui, mais je n'avais jamais entendu ce nom. Par pure politesse, je répondis :

— Formidable, j'espère qu'ils s'y plaisent.

— Eh bien, apparemment, il pleut tout le temps, mais à part ça, ils s'y plaisent, oui. Alors, qu'est-ce qui vous a amenée à New York ?

— Comme tout le monde : l'espoir d'une vie meilleure.

— Et l'avez-vous trouvée ?

— Oui, merci.

— Dans ce cas, pourquoi cette mine si triste ?

— J'avais une idée pour la rendre meilleure encore, une idée commerciale, mais je crois finalement que ça ne va pas marcher.

— Une idée commerciale ? Tiens donc. Et de quoi s'agissait-il ?

Son sourire était engageant. Après tout, puisqu'il me posait la question, autant lui répondre. Il connaissait le milieu et aurait peut-être un conseil à me donner. Et puis, qu'est-ce que j'avais à perdre ? Je lui exposai donc mon projet et expliquai ce que j'avais constaté en faisant le tour des usines. Il parut un peu surpris lorsque j'eus terminé mon compte rendu.

— Eh bien, au moins, vous avez compris le problème. La plupart des gens ici se dégotent une charrette à peine sortis du bateau, en pensant qu'ils vont pouvoir vendre n'importe quelle vieillerie et se faire une fortune. Vous, au moins, vous avez la tête sur les épaules.

Il me désigna le portant de chemisiers de l'autre côté de la porte.

— Venez donc jeter un œil là-dessus.

Le vieil homme sortit un chemisier du portant pour me le montrer. Je touchai le tissu ; un coton de bonne qualité, probablement en fibres de Sea Island. Le genre d'article que produisaient les fabriques de mon père. J'éprouvai un brusque accès de tristesse en pensant qu'elles devaient poursuivre leur activité là-bas, mais sans lui.

— C'est très beau, dis-je en espérant maîtriser l'émotion dans ma voix.

— Il y a trente usines dans cette rue qui en fabriquent des copies bon marché, mais nous sommes seulement trois à proposer cette qualité-là, ce qui signifie que nous pouvons obtenir un bon prix des magasins qui les vendent. C'est la raison pour laquelle je suis sorti du commerce des chemisiers bon marché pour monter en gamme – les bénéfices ne sont pas au rendez-vous quand vous vendez la même camelote que tout le monde.

Je le remerciai pour son conseil ; au moins, il s'était montré aimable avec moi, à la différence des trois autres – même si son conseil m'était inutile et sa façon de me le dire un peu infantilisante. Je savais déjà qu'on ne peut espérer de gros bénéfices en présence d'une forte concurrence, mais il ne pouvait pas savoir que j'entendais ce genre de discours depuis que j'étais haute comme trois pommes.

Découragée, je me tournai pour partir. Au même moment, une porte s'ouvrit sur le côté et un jeune homme en sortit, portant une énorme caisse qui l'empêchait de voir devant lui. Avant que je puisse m'écarter, il me percuta et la caisse bascula, déversant sur le sol des chutes de tissu et autres bouts de dentelle et de galons. Il jura et s'agenouilla pour les ramasser tandis que je me baissais pour l'aider. Il y avait là un morceau de dentelle ressemblant à celle que nous avions vue au col et aux manchettes d'une robe dans le magazine de Lena – je m'en souvenais très bien car j'avais beaucoup aimé la couleur de ce modèle. Je pris le bout de dentelle et l'observai de plus près. C'était exactement la même. Il y en avait d'autres, ainsi que des morceaux de tissu de la même qualité que celle des chemisiers sur le portant.

Je me tournai vers le patron.

— Combien pour ça ? demandai-je. Toute la boîte ?

Il me regarda comme si j'étais folle.

— Ce ne sont que des chutes à mettre au rebut, ma jolie.

— Vous voudriez bien me les vendre ?

— Elles ne nous servent à rien, à part augmenter le risque en cas d'incendie, dit-il. Si vous pouvez les emporter, elles sont à vous.

Après avoir porté cette caisse dans l'escalier, dans le tramway puis jusqu'à l'appartement, j'étais en nage, essoufflée et ne sentais plus mes bras. Et pendant tout ce temps, je n'avais cessé de me demander si j'avais rêvé, ou si j'étais juste en train de transporter une boîte de déchets à travers toute la ville.

Les yeux de Ruth s'illuminèrent quand elle me vit rentrer avec la caisse et la lâcher sur la table.

— Tu vois, je t'avais dit que tu y arriverais ! Quel prix en as-tu obtenu ?

J'étais encore en train de reprendre mon souffle quand elle ouvrit la caisse et regarda à l'intérieur.

— Oh, non ! Molly, on t'a roulée. Regarde, il n'y a que des chutes !

— Pas du tout, dis-je en cherchant le morceau de dentelle que j'avais vu. Tiens, regarde un peu ça.

Le magazine était sur la table. Je retrouvai l'image de la robe avec le col et les manchettes en dentelle puis positionnai la pièce autour de mon cou en la coinçant dans mon col.

— Disons dix cents, et tu as une nouvelle robe à la place d'une vieille.

— Tu veux dire qu'on fabriquerait les cols et les manchettes nous-mêmes ? Mais à quel moment veux-tu qu'on fasse ça ? On travaille déjà comme des forcenées.

— Non, on ne les fabrique pas. On prend ça, dis-je en montrant le magazine, et on l'emporte sur la charrette pour montrer aux clientes ce qu'elles peuvent faire elles-mêmes avec dix cents de dentelle. C'est le même principe qu'à l'époque où tu travaillais à la boutique, en montrant les vêtements pour leur donner envie d'avoir les mêmes.

Elle réfléchit quelques instants, le front plissé.

— Ça pourrait marcher, dit-elle enfin. Qu'est-ce qu'il y a d'autre dans cette caisse ?

Nous sortîmes tout son contenu pour l'étaler sur la table en le triant. Une fois que la caisse fut vide et que nous eûmes jeté tous les petits bouts inutilisables, nous avions devant nous vingt chutes de la dentelle blanche repérée dans le magazine, environ le même nombre d'une très jolie dentelle ivoire, une pile de petits coupons de linon, unis ou à motifs, et des quantités de rubans de satin dans les coloris eau de Nil, lavande et rose pâle.

— Ça nous fait déjà quarante cols en dentelle pour démarrer, dis-je. Et ça ne m'a rien coûté.

— Les rubans pourront facilement venir orner un chapeau. Et on peut sûrement trouver quoi faire de ça.

Ruth prit un coupon de tissu.

— Ce doit être une fin de rouleau, mais il reste tout de même pas mal de tissu.

— Ça peut valoir trente cents, à mon avis. Qu'est-ce que tu en penses ?

— Pour quelqu'un qui sait un peu manier du fil et une aiguille, c'est une affaire.

— Della m'a dit que la location d'une charrette coûtait dix cents par jour. Tout ce qu'on gagnera de plus sera du bénéfice net.

— Mais tu penses pouvoir t'en procurer d'autres après ce lot ?

— J'en suis sûre. Le patron était content de s'en débarrasser.

— Dans ce cas, tu n'as plus qu'à te renseigner pour louer une charrette.

40

Une semaine plus tard, à 6 heures du matin, je rejoignais la masse des commerçants en charrettes à bras de Grand Street pour la toute première fois. En poussant ma lourde charrette devant le marchand de pickles qui ouvrait ses tonneaux, le charcutier qui suspendait ses salamis et la grand-mère juive qui découvrait son stock de pains de seigle, leurs regards rivés sur moi me rappelèrent le jour de mon mariage. Je n'étais pas la seule femme ici, mais j'étais de loin la plus jeune, ce qui excitait clairement leur curiosité. Ce fut un soulagement quand je vis Della m'interpeller avec de grands signes.

— Molly, par ici !

Elle manœuvra sa charrette afin de me faire de la place entre la sienne et celle d'à côté, où un homme à l'air bougon empilait des poêles et des casseroles.

— Bouge un peu, Ivan chéri, dit-elle. Molly est nouvelle, et elle ne te fera pas de concurrence.

L'homme déplaça sa charrette afin que je puisse garer la mienne, puis il posa les poings sur ses hanches et me regarda installer ma marchandise. La veille au soir, Ruth et moi nous étions exercées sur la table en prévoyant avec précision la façon dont je devrais disposer mes articles pour attirer l'œil des passants. En plein milieu de mon étalage trônait la photo du col en dentelle de chez Lord and Taylor. Je l'avais collée sur du carton avec de la pâte à l'eau et à la farine, et Per m'avait fabriqué un petit bloc en bois qui permettait de tenir l'image droite. De chaque côté se trouvaient des piles de dentelle blanche ou ivoire ainsi que des coupons de linon, soigneusement pliés, et des longueurs de ruban enroulés.

Nous étions tout excitées devant notre belle présentation à la maison. Mais maintenant, sous le regard torve d'Ivan, je me sentais bête. Avisant ma charrette, il gratta son épaisse barbe grise.

— Des bouts de chiffons, c'est ça ? Il te faudrait plus de camelote, tu ne gagneras jamais d'argent avec de simples bouts de chiffons.

— Ce ne sont pas des bouts de chiffons, répondis-je avec autant de dignité que possible. Ce sont des chutes et des ornements. Pour fabriquer des cols et autres accessoires de mode.

Il haussa les épaules et retourna à ses casseroles tandis que je finissais d'installer ma marchandise.

— C'est chouette, tout ça, me dit Della. Ne t'inquiète pas si tu ne gagnes pas grand-chose au début. Parfois, on met un peu de temps avant de savoir ce que les gens ont envie d'acheter.

J'en conclus qu'elle non plus n'était pas convaincue par mon idée. Et elle n'était pas la seule. Quand les premiers clients apparurent et s'entassèrent peu à peu autour des autres charrettes, la mienne, elle, n'avait droit qu'à quelques coups d'œil intrigués. Personne ne s'arrêtait pour regarder. Je restais plantée à côté de ma charrette, m'efforçant malgré tout d'arborer un sourire engageant et de ne pas penser au nombre de chemisiers que j'aurais pu confectionner pendant ce temps-là. Mr Klein avait été surpris et un peu mécontent lorsque je lui avais annoncé que je ne pourrais plus travailler pour lui.

— Vous allez prendre une charrette ? m'avait-il dit. Dehors, par tous les temps, pour gagner des clopinettes ? Pourquoi donc ?

— Je ne compte pas gagner des clopinettes. Je compte me débrouiller suffisamment bien pour avoir une boutique, un jour.

Il avait ri.

— Ce n'est pas un projet, ça, c'est un rêve. Le rêve de tout le monde, d'ailleurs, sauf que très peu le voient se réaliser. Quoi qu'il en soit, je viendrai demain reprendre la machine – nous en avons besoin à l'usine, alors ne venez pas me demander de la récupérer plus tard.

Qu'allais-je faire si personne ne m'achetait rien ? C'était très bien d'avoir obtenu un stock gratuit, mais si je ne vendais pas, nous ne pourrions pas manger de la dentelle ou payer le loyer en rubans.

Tu es la fille de ton père. Donne-leur envie d'acheter ce que tu as à vendre.

Les joues empourprées, je pris une pièce de dentelle blanche, une grande inspiration et mon courage à deux mains :

— Tout droit sorti des magazines de mode ! Le même modèle que chez Lord and Taylor !

Je ne criai pas très fort – cela m'aurait paru très mal élevé –, et les gens continuaient de passer leur chemin devant moi. Mais bientôt, deux femmes dans les âges de Ruth tournèrent les yeux dans ma direction.

— Venez voir, mesdames ! leur lançai-je.

Elles échangèrent un regard, l'une haussa les épaules, et elles vinrent vers moi. Je pris une pièce de dentelle et leur montrai l'image.

— C'est exactement la même dentelle, commençai-je. Vous pouvez aller plus haut en ville, chez Lord and Taylor…

Elles eurent un petit rire – nous savions toutes que jamais elles ne mettraient un pied dans ce magasin.

— … ou bien vous pouvez le fabriquer vous-mêmes. C'est très facile, ça ne prend que cinq minutes, et ensuite, vous mettez ça sur n'importe quel chemisier ordinaire, ou sur une robe, et vous avez un habit neuf pour… disons, dix cents ?

Leurs regards s'illuminèrent, et je me rendis compte de ma bévue : dans mon enthousiasme à l'idée de faire une vente, j'avais annoncé le prix que je voulais obtenir, et non celui à partir duquel nous pouvions commencer à marchander. J'étais maintenant coincée.

— Quatre cents, me dit une des femmes.

Je feignis le choc.

— Pour une qualité pareille ? dis-je en leur montrant le texte sous l'image. Vous voyez ce qui est écrit ici ? Un beau col en dentelle rehaussera votre vieille robe préférée ou n'importe quel chemisier pour lui donner l'allure du neuf. Cela vaut bien six cents, au moins ?

— Cinq, dit-elle.

— Vous êtes dure. Mais je peux vous en céder deux à cinq cents chacun, que dites-vous de ça ?

Les deux femmes se regardèrent en hochant la tête. Voilà, ma première vente était faite, et il était hors de question qu'à l'avenir, je commette à nouveau cette erreur de débutante. Cela me donna un regain de courage et, tandis que la foule des badauds enflait dans la rue, je me mis à pousser la voix comme les autres vendeurs pour attirer le chaland. C'était très fatigant – à 10 heures, j'avais mal au pied et la gorge en feu à force de crier. Mais j'avais vendu trois autres pièces de dentelle et un coupon de linon, en menant correctement la négociation.

Vers midi passé, lorsque Ruth arriva avec Teddy, je marchandais avec la femme du vendeur de fruits italien, qui avait repéré ma charrette en venant lui apporter son déjeuner. Elle avait examiné les coupons de tissu et trouvé un linon bleu clair juste assez grand pour fabriquer un chemisier pour sa fille, qu'elle était déterminée à obtenir pour dix cents. De mon côté, j'étais tout aussi déterminée à ne pas le lui laisser à moins de quinze, et nous étions dans une impasse lorsque Ruth s'immisça dans la conversation.

— Votre fille sera magnifique dans ce bleu, Mrs Petrassi, dit-elle avant de se tourner vers moi. Sophia est une très jolie jeune fille. Tout le monde voudra porter la même chose qu'elle en la voyant dans ce chemisier.

Il me fallut un instant et un clin d'œil de Ruth pour saisir le message.

— Bon, c'est d'accord, Mrs Petrassi. Dix cents, et vous demandez à Sophia de dire à tout le monde où vous avez acheté ce tissu.

Quand Mrs Petrassi s'en alla, heureuse de son affaire, Ruth me chuchota :

— Cette fille est une vraie beauté, elle va te ramener des clientes, c'est certain.

— C'est peut-être toi qui devrais prendre ma place, dis-je. Je n'y aurais pas pensé.

— À nous deux, on forme une bonne équipe.

Elle regarda le stock qu'il restait sur la charrette.

— Ça se passe plutôt bien, on dirait. Tu en as vendu une bonne partie. Pendant ce temps-là..., dit-elle en grimaçant. Nous, on a eu droit à une grande scène de rhumatismes de la part d'Anna. Elle était assez grognon, pas vrai, Teddy ?

— Très grognon, affirma-t-il solennellement. Teddy fait trop de bruit.

— Pourtant, il ne faisait que jouer avec ses petites voitures, je ne sais même pas comment elle pouvait l'entendre par-dessus le bruit des machines, mais tu sais comment elle est quand elle a mal.

— Dans ce cas, tu n'as qu'à le laisser ici avec moi. Histoire de laisser un peu de répit à Anna.

Naturellement, Grand Street était bien plus divertissante pour un petit garçon que de rester jouer tout seul à l'appartement ; c'est donc un Teddy heureux qui se percha sur le bord de la charrette, balançant ses jambes dans le vide en regardant les passants aller et venir. Il saluait d'un bonjour enthousiaste tous les gens qui venaient jeter un œil à notre marchandise et faisait écho à mes remerciements quand je leur donnais leurs achats. Lorsqu'un joueur d'orgue de Barbarie approcha, je le fis descendre de son perchoir et il courut écouter la musique. Mais quand il revint, il avait toujours dans la main la pièce d'un cent que je lui avais donnée.

— Tu devais la donner à ce monsieur. Pour la musique.

Il regarda la pièce, étonné, puis haussa les épaules.

— C'est à Teddy main'nant, dit-il en la mettant dans sa poche.

Della rit à côté de nous.

— Quel petit malin, celui-là. Il te rendra riche, un jour.

Ruth envoya Lena chercher Teddy vers 17 heures, mais les charrettes remballaient leurs marchandises bien plus tard, afin de profiter du flux des clients sortant du travail. Chaque marchand de rue avait maintenant allumé sa petite lampe – Della m'avait conseillé d'en apporter une – et la rue était jonchée des déchets de la journée, mais il y avait toujours du monde. Si les clients de la journée étaient plutôt des femmes au foyer et des personnes âgées, je voyais maintenant les jeunes filles et femmes qui rentraient chez elles après avoir travaillé dans les usines de confection, les commerces et bureaux du centre-ville, vêtues des copies bon marché des articles haut de gamme que l'on vendait sur la 5e Avenue. Ma formule « Tout droit sorti des magazines de mode ! » attira immédiatement leur attention, et je vendis cinq pièces de dentelle, deux coupons et presque tous mes rubans en l'espace d'une demi-heure.

Après cela, il me fallut ramener la charrette à son garage puis rentrer en portant ce qu'il me restait de marchandise. J'étais exténuée, mais aux anges. J'avais du mal à croire que j'avais pu passer la journée dans la rue, à interpeller les gens et négocier âprement chacune de mes ventes. Ç'avait été dur, mais je m'étais bien débrouillée. En un seul jour, j'avais déjà amorti la location de la charrette et gagné un peu plus d'argent que si j'étais restée à coudre des chemisiers. En montant les marches de notre immeuble, je regrettai que mon père n'ait pas pu me voir à l'œuvre. Il aurait été surpris, certainement, mais peut-être fier de moi aussi.

Ruth et moi traînions à table ce soir-là. J'étais encore sous le coup de l'excitation de la journée, et elle l'était presque autant que moi.

— Je suis vraiment fière de toi, me dit-elle. En arrivant sur Grand Street, ce midi, je t'entendais crier « Tout droit sorti des magazines de mode ! » et, franchement, on aurait dit que tu avais fait ça toute ta vie. C'est un vrai talent que tu as, et je suis contente que tu aies trouvé un moyen de l'employer.

— J'aurais tout de même deux ou trois astuces à apprendre de toi. J'ai vu Mrs Petrassi avec sa fille un peu plus tard, et tu avais raison – les autres filles voudront s'habiller comme elle.

— C'était le principe de base à la boutique où je travaillais : faire porter les vêtements par quelqu'un à qui ils vont bien, afin que tout le monde veuille lui ressembler.

— Je pourrais envisager d'accorder un tarif spécial à Mrs Petrassi toutes les semaines. Il y a Erin aussi, qui a toujours beaucoup de style... Il faudra que je lui dise de passer le mot à ses copines et aux filles avec qui elle travaille.

Ruth traça un cercle sur la nappe du bout du doigt et releva les yeux vers moi.

— Est-ce que tu étais sérieuse quand tu as dit à Mr Klein que tu aimerais avoir une boutique, un jour ?

— Absolument. Mr Klein a beau me dire que ce n'est qu'un rêve, si d'autres l'ont fait, pourquoi pas moi ? Je veux que Teddy ait une belle vie, et je suis prête à travailler dur pour ça. J'aimerais qu'il sache que j'ai fait le bon choix en venant ici, quand il sera grand.

Bien sûr, Ruth ne pouvait pas savoir quelle vérité se cachait derrière cette phrase. Elle l'interprétait tout autrement.

— Il n'a jamais été question de mariage avec son père ? s'enquit-elle.

M'en tenant au plus près de ce que Molly m'avait confié, je répondis :

— Non. Je croyais que nous avions commencé une belle histoire, mais en fait, il avait une femme et trois enfants. Je n'étais qu'une passade pour lui.

Elle me demanda alors si moi, je l'avais aimé. Je ne pouvais pas lui dire toute la vérité, mais je pouvais au moins être sincère sur mes sentiments envers l'homme qui était réellement le père de Teddy.

— J'ai d'abord cru que je l'aimais, et puis j'ai fini par me rendre compte que je ne le connaissais pas du tout. Et je ne pense pas qu'on puisse aimer quelqu'un qui n'est pas celui que l'on croyait. Donc en fait, je ne crois pas que je l'aie vraiment aimé. Je pense surtout avoir été naïve et stupide.

Je regardai mes mains, me rappelant les mots de Frederick le dernier soir, quand il m'avait dit qu'il aimait Lissy et l'aimerait toujours.

— Nous n'avons jamais été comme Per et toi. Parfois, il te regarde comme si tu étais la plus belle femme au monde. Le père de Teddy ne m'a jamais regardée de cette manière.

Elle eut un petit rire.

— Il me regarde uniquement comme ça quand il est plein de fougue ! Ah, les hommes… que veux-tu.

Presque tous les samedis soir, j'entendais le lit grincer dans la chambre de Ruth et Per ; personnellement, j'étais au comble de la gêne quand je me retrouvais face à Frederick le lendemain de ses visites dans ma chambre, or Ruth, elle, semblait n'en avoir cure. Au contraire, le couple se montrait particulièrement tendre dans ses gestes, ces matins-là. Per portait une main taquine sur les fesses de sa femme quand il passait près d'elle, ou Ruth lui souriait d'un air complice quand ils pensaient que personne ne les regardait. Tout cela me laissait perplexe. Était-il possible qu'elle ne déteste pas la chose ? Lorsqu'elle évoqua la fougue propre aux hommes, je pris donc mon courage à deux mains et ignorai l'embarras qui me chauffait déjà les joues.

— Ruth, est-ce que je peux te poser une question sur… les besoins des hommes ?

— Bien sûr. De quoi s'agit-il ?

— Eh bien… Est-ce que tu aimes ça ? Parce que moi, je n'aimais pas.

— Beaucoup de femmes sont du même avis que toi – tu devrais entendre ce que dit Eileen, à ce sujet… Mais je ne peux parler que de mon cas, et ce que je sais, c'est que si tu aimes un homme et qu'il t'aime, et s'il est doux et gentil avec toi...

Elle prit ma main sur la table.

— Tu as fait confiance à quelqu'un qui ne te méritait pas, c'est tout. Ce sera différent avec un homme que tu aimes.

— Ça ne te dérange pas que je t'aie parlé de ça ?

— Bien sûr que non. Tu n'as pas eu de mère à qui poser ces questions, n'est-ce pas ? C'est ce qui m'a le plus chamboulée, tu sais, quand Mary est morte. L'idée que tu sois sans elle au moment où une fille a le plus besoin de sa mère. Donc si je peux faire ma part maintenant, j'en suis ravie.

Elle agita un doigt en l'air en me regardant.

— Et je vais te dire ce qu'elle t'aurait dit : la prochaine fois, fais-toi passer la bague au doigt avant de laisser un homme succomber à son désir. Celui qui en vaut la peine attendra.

Je secouai la tête.

— Je ne veux pas d'un autre... homme.

J'avais failli dire mari, et m'étais reprise de justesse.

— Je comprends que tu puisses dire ça après ce qui t'est arrivé. Mais la vie est parfois dure pour une femme seule. Nous serons toujours à tes côtés, bien sûr, mais ça me ferait vraiment plaisir de te voir avec quelqu'un de bien, un homme qui prendrait soin de toi.

Elle eut un petit sourire en coin avant d'ajouter :

— Idéalement, un homme qui ne traîne pas sa mère avec lui.

— Ne dis pas ça, tu adores Anna.

— Oui, et je l'adorerais encore plus si elle vivait ailleurs. Mais de toute façon, Per ne serait pas vraiment Per s'il refusait de s'occuper de sa mère.

Elle nous servit ce qu'il restait de café, en but une gorgée et reprit :

— Il y a plein d'hommes très bien, tu sais. Et puis, tu n'es plus une oie blanche maintenant. Tu seras plus avisée dans ton choix la prochaine fois. Alors ne te ferme pas à cette possibilité.

— Je ne sais pas... Peut-être que tu devrais choisir pour moi. Peut-être que ton jugement est plus avisé que le mien.

Une lueur s'alluma dans ses yeux.

— C'est une proposition ? Tu veux que je te trouve un mari ?

— Non ! Franchement, je n'en veux pas pour le moment. Mais si un jour je change d'avis, je te le dirai.

Cette nuit-là, couchée sur mon matelas à même le sol, je pensai à ma mère et à toutes les fois où elle et moi aurions pu discuter comme je venais de le faire avec Ruth, si elle n'était pas partie trop tôt ; à toutes les questions qu'une fille devrait être en mesure de poser à sa mère, et à toutes les réponses qu'une mère devrait apporter à sa fille. Je songeai que, peut-être, ce n'était pas si mal de laisser Ruth prendre le rôle d'une figure maternelle envers Molly, puisqu'elle en avait envie et que j'en avais besoin. Mais en même temps, une petite voix dans ma tête chuchotait « Dans ce cas, dis-lui la vérité », et je savais que c'était impossible. Sa gentillesse à mon égard reposait sur un mensonge ; la vérité la ferait voler en éclats, et je le mériterais bien.

Malgré tout, son conseil m'avait fait du bien. C'était un soulagement de savoir que, si un jour je me remariais, les choses ne se passeraient pas forcément de la même manière. Et, après ce soir-là, en voyant Ruth et Per, je me demanderais souvent ce que l'on pouvait ressentir en ayant une telle complicité. Mais pour l'heure et pour l'avenir proche, je ne voulais pas de nouveau mari. Il m'arrivait parfois de repenser à la jeune fille que j'étais auparavant, celle qui lisait des romans et imaginait la fin heureuse que représenterait le jour de son mariage. Comment avais-je pu être aussi bête ? Toutes les héroïnes que j'admirais auraient pu finir comme moi, dans l'absolu. Jane et Elizabeth Bennet, par exemple – toutes deux contentes d'aller vivre à Netherfield et Pemberley, mais si Mr Bingley et Mr Darcy avaient décidé qu'elles ne verraient pas leur enfant plus de vingt minutes par jour, elles n'auraient rien pu y faire, elles non plus. Peut-être cela ne les aurait-il pas dérangées, à l'instar de Lissy, mais là n'était pas la question. La question était de savoir si, le cas échéant, elles auraient pu agir sur le destin. Elles avaient été achetées et vendues, comme moi – comme un ballot de coton, et avec autant de voix au chapitre que ce qui arrivait ensuite à ce ballot.

Je n'éprouvais plus de rancune envers les livres. Ce n'était pas leur faute si j'avais été trop naïve pour voir au-delà de leurs pages, et encore moins si Frederick et sa famille en avaient profité. En réalité, ce n'était la faute de personne. J'avais cru Frederick lorsqu'il m'avait dit qu'il n'avait jamais voulu que je sois malheureuse. Certes, il m'avait trompée en me laissant croire qu'il m'aimait afin que mon père ne leur mette pas de bâtons dans les roues avec la dot, mais il pensait sincèrement – comme le reste de sa famille – que j'avais de la chance de me marier « au-dessus » de ma condition, que devenir la future lady Storton était plus qu'enviable. Et mon père avait pensé comme lui. Aucun d'entre nous ne s'était rendu compte que nous lisions deux histoires différentes.

Je n'avais donc aucune intention de succomber à la prochaine promesse romantique d'un homme. Ce que je voulais maintenant, c'était gagner ma vie, pouvoir m'occuper de Teddy et, comme Ruth et Per, pouvoir faire des projets pour nous bâtir une vie meilleure.

41

À la fin de ma première semaine de charrette, j'étais laminée comme si je m'étais fait écraser par un tramway, mais j'avais presque tout vendu. Le vendredi matin, Ruth s'occupa des ventes pendant quelques heures afin que je puisse retourner à l'usine où je m'étais procuré les chutes et faire une proposition au patron.

— Qu'avez-vous dit ?

— Je veux vous payer pour les chutes, répétai-je.

— Je vous ai dit que je vous les donnais, ma jolie. Elles ne me servent à rien.

— Je préférerais contractualiser ça. J'ai besoin d'être sûre que vous me les mettrez de côté chaque semaine, et que vous ne les jetterez pas. Que diriez-vous de cinquante cents par caisse ?

Il rit.

— Je ne suis peut-être pas Rockefeller, mais cinquante cents, ce n'est pas un montant très convaincant.

— Mais vous êtes un bon homme d'affaires, et quand un tel homme conclut un accord, il s'y tient.

Il secoua la tête.

— Ah, vous êtes un drôle d'oiseau, mais bon, c'est entendu. Ça évite à mes gars d'aller les jeter, de toute façon.

Je passai aussi un autre accord, mais avec Erin, notre voisine d'en bas : une pièce de son choix gratuite chaque semaine sur ma charrette, en échange de ses magazines quand elle avait fini de les lire. Cette fois, rien de ce qui se trouvait dans la caisse ne correspondait exactement aux publications du *Ladies Home Journal*, mais cela ne parut pas inquiéter Ruth.

— Voilà ! Ça ! s'exclama-t-elle en lisant le magazine, avec une voix ressemblant étrangement à celle de ma belle-mère : La tendance de l'été, c'est la robe à bordure. Toutes les boutiques chics de l'Avenue en montrent. C'est un style vraiment charmant, et on peut choisir d'avoir une bordure large ou étroite, simple ou élaborée, au gré de sa fantaisie.

Les dessins montraient des robes en coton basiques rehaussées de bordures à motifs au niveau de l'ourlet du bas et des manches. Ruth prit un reste de coton à fleurs et le passa autour de son poignet.

— Ça fonctionnerait très bien – des bandes de différents tissus cousus en bas de la jupe et aux manches, et hop, une nouvelle robe. Il suffit de couper les chutes en bandes et de les vendre comme ça pour que l'idée saute aux yeux.

— Je crois que je devrais te donner la moitié de mes bénéfices, dis-je.

— Tu n'auras qu'à m'acheter un collier de diamants quand tu auras gagné ton premier million.

À la fin de chaque semaine, je donnais ma contribution à Ruth comme avant – elle refusa de prendre davantage, même si je le lui proposai – et mettais le reste de côté dans ma boîte en métal. Si les affaires continuaient de bien marcher, nous pourrions avoir notre propre appartement plus tôt que je ne l'avais pensé, si bien que je m'efforçais de ne pas dépenser un sou de plus que le strict nécessaire. Je fis toutefois une exception à cette règle. Depuis la nuit où nous avions discuté sur la plateforme de l'issue de secours, Anna n'avait jamais reparlé de notre échange. Elle était redevenue bougonne et grognon, comme à son habitude, mais je n'oubliais pas la gentillesse dont elle avait preuve en s'ouvrant à moi d'un secret dont le souvenir avait dû lui être pénible, même tant d'années plus tard. Comme son anniversaire approchait, je voulus donc lui réserver une surprise.

Elle parlait souvent des biscuits épicés – les *pepparkakor* – que sa mère cuisinait quand elle était enfant, en Suède, et qu'elle ne pouvait malheureusement pas préparer ici comme nous n'avions pas de four. Je décidai donc d'essayer de trouver ces biscuits.

Un après-midi, je quittai Grand Street de bonne heure et marchai tout un moment en demandant à des passants s'ils connaîtraient une boulangerie suédoise. Il me fallut monter jusqu'à la 51e Rue pour en trouver une, à l'angle près de la cathédrale. Et c'est toute fière que je rentrai à la maison en portant une boîte de *pepparkakor* ficelée avec un joli ruban bleu et jaune.

— Eh bien, avec ça, tu vas encore marquer des points, me dit Ruth quand je lui montrai la boîte. Et nous allons avoir droit à un discours, comme quoi personne ne fait les biscuits aussi bien que les Suédois, etc.

Je fus pleinement récompensée de ma longue marche en voyant le visage d'Anna quand je lui offris la boîte après le dîner, le soir de son anniversaire.

— *Jaha, pepparkakor !* Voilà des années que je n'en ai pas mangé.

Elle en prit une bouchée.

— Pas aussi bons que ceux de ma mère. Mais très bons tout de même. Où les as-tu trouvés ?

— Ils viennent d'une vraie boulangerie suédoise, sur la 51e Rue.

— Bien sûr – seuls les Suédois savent faire de vrais *pepparkakor*, parce que...

Bien entendu, nous eûmes droit au discours que Ruth avait anticipé. Je ne voulus pas croiser son regard pendant tout ce temps, et elle dut se tourner vers la fenêtre pour dissimuler son rire. Inévitablement, cela déboucha sur les souvenirs qu'Anna avait de la Suède, et les trois enfants la regardèrent avec de grands yeux comme elle racontait une longue histoire (très enjolivée, me sembla-t-il) où elle avait vu un ours dans la forêt. Alors qu'elle avait presque terminé, Teddy lui demanda soudain :

— *Farmor**, est-ce que l'ours t'a mordue ?

Il ne l'avait jamais appelée ainsi, et Lena, qui aimait être précise en tout, lui répondit gentiment :

— Ce n'est pas ta *farmor*, Teddy. Tu as une autre *farmor*.

Il regarda autour de lui, perplexe.

— Où ça ?

Anna me coula un bref regard puis répondit à Teddy :

— Mais tu sais, le jour de son anniversaire, une *farmor* peut choisir d'avoir un petit-enfant de plus, pour toujours. Et je te choisis, toi.

Teddy jeta à Lena un regard semblant lui dire « Ah, tu vois ! », puis, la réponse lui ayant visiblement donné pleine satisfaction, il se pencha en avant, brandissant un doigt insistant et demanda :

— Alors, *farmor*, est-ce que l'ours t'a mordue ?

Anna s'attarda un peu une fois que Ruth et Per furent allés se coucher ce soir-là. J'étais en train d'installer mon lit par terre quand elle me dit :

— Tu as fait une sacrée trotte pour aller me chercher les *pepparkakor*. Et c'est une attention très touchante. Merci.

— Merci à toi pour ce que tu as dit à Teddy. D'accepter d'être sa *farmor*.

Elle haussa les épaules.

— J'ai laissé ma famille derrière moi, mais j'ai appris que la famille est partout où on la trouve. Je crois que tu vis peut-être la même expérience.

Elle ignorait à quel point elle avait raison. Lorsque j'avais pris cette folle décision sur le *Carpathia*, leur famille était pour moi – presque littéralement – un phare dans la tempête. Le fait que Molly ait un point de chute rendait mon plan possible, mais je n'avais jamais eu l'intention de rester aussi longtemps, et en aucun cas de les connaître aussi intimement ou d'en venir à les considérer comme de la

* Grand-mère (paternelle) en suédois.

famille. Et pourtant, quand nous étions tous serrés autour de la table ce soir-là, Ruth et moi luttant contre le fou rire, Teddy captivé par le récit d'Anna, c'était exactement ce que j'avais ressenti. Et je n'étais pas la seule dans ce cas – lui aussi. J'avais beau désirer de tout mon cœur un logement pour nous deux, je ne parvenais plus à imaginer ma vie sans eux ; mais il fallait que je me rappelle que je ne faisais pas partie de cette famille. Je leur mentais à tous, et je ne méritais pas de rester parmi eux.

Les bandes de tissu pour fabriquer des bordures se vendirent si bien que je les proposai deux semaines de suite, et j'eus bientôt la petite satisfaction de voir les employées de bureau dans des robes qu'elles avaient personnalisées avec ces accessoires. Le vendredi, quand les filles touchaient leur paye, je restais souvent un peu plus tard à vanter ma marchandise sur Grand Street, profitant de ce qu'elles avaient tout leur argent en poche. C'est l'un de ces soirs qu'un homme dans mes âges, en tenue d'ouvrier, s'arrêta pour jeter un œil à ma marchandise. J'étais en train de discuter avec deux filles qui ne parvenaient pas à se décider entre une popeline à pois et un imprimé floral. À ma grande surprise, lorsqu'elles se décidèrent enfin à prendre les deux – avec un petit coup de pouce de la fille du roi du coton –, il était encore là. Je n'avais pas beaucoup d'hommes comme clients, mais lorsqu'ils venaient, cherchant un cadeau pour leur femme ou l'élue de leur cœur, la vente était facile car ils ne savaient pas du tout juger ce qu'ils avaient sous les yeux.

— Vous cherchez un cadeau pour votre femme ? demandai-je en prenant un large ruban de satin récupéré dans la caisse de cette semaine. Ceci serait très joli sur un chapeau. Ou alors, si elle se débrouille un peu en couture, il y a ces bandes de dentelle pour fabriquer un col et des manchettes, qui plaisent beaucoup.

— Vous êtes anglaise, dit-il. Je m'en doutais.

Il était anglais également. Cela me décontenança ; parmi tous les accents que l'on entendait sur Grand Street, l'anglais n'était pas commun. Un accent du Sud, si je ne me trompais pas.

— Nous ne sommes pas si nombreux, répondis-je. Vous êtes à New York depuis longtemps ?

— Un moment maintenant, oui.

Il eut un geste en direction de l'animation qui régnait encore dans la rue malgré l'heure tardive.

— Il faut un peu de temps pour s'habituer à ça, pas vrai ? dit-il avant de hocher la tête vers ma charrette. Apparemment, vous vous en sortez bien. Le pays des opportunités, comme ils disent... Moi, je n'ai pas encore trouvé la mienne, mais je continue de chercher.

Il désigna le ruban que je tenais toujours à la main.

— Je ne suis pas marié, désolé, continua-t-il, donc je ne vais rien vous acheter. Je voulais juste dire bonjour à une compatriote.

Il me tendit la main.

— Tommy. Tommy Jenkins.

— Molly Mortimer.

— Enchanté, Molly, dit-il avant de porter la main à sa casquette. À une prochaine fois, peut-être.

Il s'en alla en sifflotant au moment où Ruth arrivait.

— Qui était-ce ?

Je haussai les épaules.

— C'est un Anglais, il voulait juste me dire bonjour.

— Eh bien, vu la mine réjouie qu'il avait, je crois qu'il est très content de l'avoir fait. Tu as peut-être un admirateur, Molly.

— Je t'ai dit que je ne cherchais pas d'homme.

— Ça, c'est ce qu'on verra, répondit-elle avec un sourire en coin.

42

Jusqu'ici, le temps de ce début d'été à New York avait été très similaire à ce que j'avais connu en Angleterre, et, en dépit des avertissements de Ruth, je ne m'attendais pas du tout à la chaleur qui s'abattit brusquement sur la ville. En l'espace d'une journée ou deux, on passa d'un temps agréablement doux et ensoleillé à une température torride, moite et étouffante. Rien qu'en poussant ma charrette jusqu'à Grand Street, j'avais l'impression de marcher en repoussant une épaisse couverture humide, et j'étais en nage au bout de deux pâtés de maisons. Mais c'était pire encore en fin de journée, quand je retrouvais notre petit appartement à l'atmosphère suffocante. Il n'y avait qu'une seule fenêtre donnant sur la rue, et même quand celle-ci était ouverte, l'air était tellement figé et humide que l'on aurait aussi bien pu dormir dans un four. Comme tous les autres habitants de notre immeuble et de notre rue, nous prîmes donc l'habitude de passer la nuit dehors.

Certains emportaient matelas et oreillers sur les plateformes des escaliers de secours; pour notre part, nous nous installions sur le toit, où l'on pouvait parfois sentir un semblant de brise. Chaque famille avait son coin plus ou moins attitré – le nôtre se trouvait dans l'angle, à l'avant – et aux alentours de 22 heures, le toit était rempli de petits campements. Les enfants s'endormaient tandis que les adultes, tous en vêtements de nuit, bavardaient jusqu'à ce que le ciel soit bien noir et que les étoiles apparaissent; les conversations déclinaient alors peu à peu pour être bientôt remplacées par des ronflements.

Au début, je trouvais un peu bizarre de me retrouver au milieu de tous nos voisins en sous-vêtements ou chemises de nuit, mais c'était un tel soulagement d'échapper à la touffeur de l'appartement qu'une fois tout le monde couché, mes yeux ne tardaient pas à se fermer. Je dormais beaucoup mieux là que je n'avais jamais dormi sur le sol de la cuisine, et m'éveillais rarement avant le lever du soleil. Une fois, cependant, je m'éveillai avant l'aube. J'avais cessé de garder un livre à portée de main, mes nuits étant bien plus réparatrices ; alors, pour distraire mon esprit des souvenirs qui menaçaient toujours de revenir, je me levai sans faire de bruit et me postai au bord du mur qui cernait le toit pour regarder la rue en bas. Les issues de secours de l'immeuble d'en face étaient elles aussi encombrées de gens endormis, quand d'autres avaient fait leur lit sur le pas de leur porte. Il y avait tellement de monde, rien que dans ce petit bloc, et tellement encore dans le suivant, et le suivant, tous venus ici dans l'espoir d'avoir une existence meilleure. Et, contre toute attente, Teddy et moi faisions partie de ce lot.

Perdant peu à peu sa timidité, Teddy devenait moins facile à garder pour Ruth et Anna quand elles travaillaient sur leur machine à coudre, si bien qu'à cette époque, je l'emmenais le plus souvent sur Grand Street avec moi. Tous les vendeurs habitués le connaissaient : la marchande de primeurs lui glissait une pomme ou une mandarine, et l'homme qui vendait des pickles le laissait se mettre sur la pointe des pieds pour remuer les saumures dans ses tonneaux. Teddy allait écouter le joueur d'orgue de Barbarie ou observer les filous avec leurs jeux de dés, mais, plus que tout, il aimait regarder ce grincheux d'Ivan, dont la charrette de poêles et de casseroles jouxtait habituellement la mienne. Ivan ne s'embêtait pas à alpaguer les passants. Il restait assis, le dos courbé sur un tabouret à côté de sa charrette, et, de temps en temps, il se levait et disait « Ne m'en proposez pas moins de dix cents, mesdames, ce sont de bonnes poêles », ou « Je vous préviens, si vous voulez de la camelote à cinq cents, vous êtes au mauvais endroit ».

Je ne m'étais pas rendu compte de l'attention avec laquelle Teddy l'observait, jusqu'à ce qu'un jour, alors que je négociais sur le prix d'un coupon de coton à rayures, mon fils se penche vers nous et déclare avec l'accent de New York caractéristique d'Ivan : « Ne m'en proposez pas moins de dix cents, madame. »

Della et ma cliente éclatèrent de rire, aussi amusées par cette saillie que par mon expression médusée ; même Ivan se joignit à l'hilarité générale, avant d'ajouter : « Eh bien, tu apprends vite, mon garçon. »

Bien entendu, après cela, Teddy répéta cette phrase tout l'après-midi, avec une prononciation de plus en plus fidèle à celle d'Ivan et un sourire plus que satisfait devant les rires qu'il provoquait.

— Il va devenir un vrai petit Américain, comme mes garçons, me dit Della. À les entendre aujourd'hui, on ne devinerait jamais que leurs parents viennent du Yorkshire.

Je pensais à cela, perchée au bord du toit, en regardant les rues tandis que nos voisins ronflaient autour de moi. Della avait raison, bien sûr. Maintenant qu'il faisait bon le soir, tous les enfants de l'immeuble jouaient ensemble dehors, et si la plupart des parents révélaient leur pays d'origine dès qu'ils ouvraient la bouche, les cris joyeux qui montaient jusqu'à nos fenêtres ouvertes n'avaient, eux, rien qui évoquât Naples, le Kerry ou Småland. Ils n'avaient jamais connu d'autre terre que celle des États-Unis, et il en serait de même pour Teddy. J'avais l'impression qu'il ne conservait pas de souvenirs de Winterton Hall, et j'étais certaine que, dans le cas contraire, cela ne lui manquerait pas. Il n'avait pas besoin de domestiques ou de chandeliers en argent ; il pourrait très bien apprendre à mener sa vie comme il lui plairait, ainsi que l'avaient fait mon père et ma mère, et moi aujourd'hui.

Je me sentais toujours coupable à l'idée d'avoir causé de la peine à lord et lady Storton, mais j'étais loin de regretter mon choix. Cet endroit, qui m'avait paru si étrange et intimidant au début, était désormais chez nous. Et même si cette vie se révélait bien différente de celle qui avait été la mienne, j'avais le sentiment d'être redevenue moi-même. Lorsque Ruth et moi feuilletions les magazines pour chercher des idées de ce que j'allais vendre sur ma charrette, cela ressemblait aux jours où mon père et moi discutions à bâtons rompus des couleurs et des imprimés de nos tissus. Et lorsque je menais une négociation avec une cliente, même si cela ne représentait que quelques cents, j'entendais à nouveau la voix de la jeune femme qui savait qu'elle pourrait diriger Haywards aussi bien qu'un homme.

Je me demandais souvent ce qui se passait là-bas, sans mon père et avec le comité de direction qui avait pris la tête des affaires bien plus tôt que cela n'était prévu. Si les choses avaient été différentes, j'aurais dû avoir un siège à ce comité mais, étonnamment, cette place ne me faisait plus aucune envie maintenant. Tant que mon père était vivant, les responsables de la fabrique étaient obligés de m'écouter ; sans lui, en revanche, est-ce que ma voix, celle d'une femme, aurait été entendue ? Il avait fait de son mieux pour m'offrir ce que je désirais – une place dans son entreprise –, mais je n'aurais jamais été que la fille de son fondateur, celle que l'on tolère mais que l'on n'écoute pas. Ma charrette était peut-être de la roupie de sansonnet en comparaison de la société Haywards, mais tout cela était à moi et j'en étais fière, ainsi que de l'argent qu'elle me rapportait. Elle nous assurait un avenir, et cet avenir était ici.

Le lendemain matin, alors que je quittais l'appartement avec Teddy, un jeune garçon m'attendait sur le palier.

— Z'êtes Molly Mortimer ?

— Oui, pourquoi ?

Il me tendit une enveloppe.

— Un type m'a demandé de vous donner ça.

Je l'ouvris. Dès que je le lus les premiers mots, un haut-le-cœur me saisit.

— Qui t'a donné ça ? demandai-je.

— Un type.

— Quel type ? Où ça ?

Il haussa les épaules.

— Chai pas, il m'a juste payé pour venir vous donner ça.

Il s'en alla. Je rouvris la lettre et relus la première phrase :

Je sais que vous n'êtes pas celle que vous prétendez être.

43

Je glissai la lettre dans la poche de ma jupe. Je ne pouvais pas rester à la lire ici, juste devant l'appartement, alors que Ruth ou Anna pouvait surgir à tout instant pour descendre aux toilettes, et je ne voulais pas non plus la lire devant Della. Il fallait que j'aille dans un endroit où je pourrais me calmer et réfléchir. Le cœur battant la chamade, je pris la main de Teddy et m'empressai de descendre dans la rue.

— Où on va ? me demanda Teddy, voyant que nous ne partions pas en direction de Grand Street.

— Au parc.

— Youpi !

Je n'avais vu Seward Park que le dimanche, quand le square grouillait d'enfants. Aujourd'hui, il était calme. Il n'y avait que deux vieilles dames grecques en robe noire en train de discuter sur un banc et un vieil homme qui promenait un petit chien dont les pattes semblaient aussi raides que les jambes de son maître.

Teddy courut au toboggan, qu'il adorait, et j'allai m'asseoir sur un banc d'où je pourrais le surveiller. Les mains tremblantes, je dépliai la lettre. Elle ne comportait ni adresse ni salutation. Juste deux courts paragraphes.

Je sais que vous n'êtes pas celle que vous prétendez être. Votre nom est Elinor Coombes, et votre fils est Edward Coombes.

Si vous voulez garder votre secret, retrouvez-moi demain à 7 heures, près de la fontaine du parc de Madison Square.

J'eus une bouffée de chaleur suivie d'un frisson. Nous y étions donc. Quelqu'un m'avait vue, quelqu'un qui savait qui j'étais. Je m'étais imaginé ce moment tellement de fois pendant les premières semaines, après la publication de ma photo dans le journal ; mais les semaines puis les mois avaient passé, et rien ne venait, alors je m'étais crue tirée d'affaire. J'avais eu la conviction de commencer à nous construire un avenir, à Teddy et moi, afin de pouvoir réellement laisser notre ancienne vie derrière nous. Et tout ce temps-là, je m'étais leurrée.

Je relus les quelques phrases, le cœur battant. Elles ne pouvaient pas venir de quelqu'un ayant vu ma photo il y a plusieurs mois, et qui s'en serait souvenu en me voyant dans la rue. Aucun inconnu total n'aurait pu reconnaître mon visage d'après une photo après tant de temps, et encore moins se rappeler nos noms. La personne qui avait écrit cela m'avait déjà vue avant et savait que nous avions quitté le *Titanic* vivants. Puis, elle avait dû me voir à New York. Madison Square se trouvait à une bonne distance de l'appartement, mais c'était aussi sur le chemin de la boulangerie suédoise où j'avais acheté les biscuits pour Anna. L'expéditeur de cette lettre avait dû me voir quand j'étais allée là-bas. Voilà quelle était ma récompense pour avoir voulu être gentille.

Je m'étais tellement habituée à me fondre dans la masse du Lower East Side que j'avais perdu toute crainte et ne vérifiais plus jamais si quelqu'un me suivait ou posait sur moi un regard soupçonneux. Pourquoi n'avais-je pas été plus prudente ? Ce jour-là, comme ce quartier ne m'était pas familier, j'étais trop occupée à suivre le nom des rues que j'empruntais afin de ne pas me perdre au retour, de sorte que je n'accordais aucune attention aux personnes que je croisais. Une autre pensée vint soudain me donner un frisson dans le dos. Qui qu'elle soit, cette personne ne m'avait pas seulement vue. Elle m'avait aussi suivie jusque chez moi. Dans ma panique, je n'y avais pas pensé avant, mais c'était évident. Elle savait où j'habitais. Pire encore : elle avait découvert quel nom j'empruntais.

J'étais maintenant dévorée par la peur. Comment avait-elle su que je m'appelais Molly Mortimer ? Avait-elle questionné les gens du quartier en demandant s'ils connaissaient une Anglaise rescapée du *Titanic* ? Mais à part les voisins immédiats de Ruth, personne ici ne détenait cette information à mon sujet. Je scrutai les alentours, craignant soudain que cette personne soit là, en train de m'épier. Il n'y avait personne – rien que les deux vieilles dames et l'homme avec son chien.

Avec le recul, je me demande comment j'ai pu venir à bout de cette journée. J'accomplis mon travail à la charrette, comme à l'accoutumée, mais j'étais tellement distraite que je dus brader ma marchandise sans m'en rendre compte. C'était un vendredi, il y avait donc foule sur Grand Street, et je ne cessais de scruter les passants, même si je ne savais pas quoi ou qui chercher. Le pauvre Teddy fit les frais de mon anxiété quand il partit voir le marchand de harengs et que je le perdis de vue.

— Il est là-bas, me dit Della en constatant ma panique.

J'allai le chercher avec une certaine brutalité et le grondai bien plus que nécessaire.

— Tout va bien, Molly ? me demanda Della. Tu as l'air un peu sur les nerfs aujourd'hui.

— Ça va, oui, aboyai-je. Pardon, je suis un peu ailleurs, c'est tout. Quelques pensées qui me tracassent.

— Est-ce que je peux t'aider ?

Je fus tentée de lui demander si quelqu'un lui avait posé des questions à mon sujet, mais je n'avais jamais parlé à Della ou aux autres commerçants de ma mésaventure sur le *Titanic*, et il aurait été encore plus absurde de le faire maintenant.

— Non, mais je te remercie quand même.

Elle eut un haussement d'épaules.

— N'hésite pas à le dire si besoin. On doit se serrer les coudes entre Anglais, comme les autres communautés.

Elle se tourna pour s'occuper d'un client, mais je dus rester plantée sur place, le regard perdu dans le vide. Parce que c'est à ce moment-là que j'eus le déclic. Il y avait bien quelqu'un qui avait appris mon nom, il y a juste une semaine. Quelqu'un que je ne connaissais pas et que je n'avais jamais vu par ici auparavant.

Je voulais juste dire bonjour à une compatriote.

Je savais que je ne dormirais pas cette nuit-là. Sur le toit de l'immeuble, lorsque toutes les conversations furent éteintes et que tout le monde s'endormait, je fus assaillie par un tourbillon de questions. Oui, ce devait être l'homme qui était venu me voir sur Grand Street, c'était forcément lui. Comment s'appelait-il, déjà ? Tommy je ne sais quoi... Jennings, Jenkinson. Non, Jenkins. Tommy Jenkins. Ce nom ne me disait rien, mais cela n'avait rien d'étonnant.

Il avait dû me voir sur le chemin de la boulangerie suédoise, me reconnaître et me suivre jusque chez moi. Il m'avait même suivie d'ici jusqu'à Grand Street. Ce qui signifiait qu'il était certain de me reconnaître. Mais d'où ? Je n'avais de cesse d'essayer de me rappeler son visage : environ mon âge, cheveux clairs, yeux marron... ou bleus, peut-être ? Pas assez singuliers pour que je m'en souvienne, en tout cas. J'étais certaine de ne l'avoir jamais vu avant. Ce qui m'intriguait, c'étaient ses habits – son apparence générale, d'ailleurs. Salopette d'ouvrier, casquette miteuse. Il avait grand besoin d'une coupe de cheveux et il me semblait avoir vu de vieux souliers usés à ses pieds quand il était parti. S'il était présent sur le *Titanic*, il devait donc faire partie des passagers de troisième classe. Or les quelques hommes que j'avais vus sur le *Carpathia* étaient des passagers de première. Alors quand et comment avait-il pu me voir ?

Une fois certaine que toute la famille était endormie, je me levai et me rendis près du muret pour regarder les toits de la ville. Il était là, quelque part, cet homme qui savait qui j'étais. Probablement en train de dormir du sommeil du juste, alors que je tremblais de peur, sachant que notre destin reposait maintenant entre ses mains. S'il le voulait, il pourrait me priver en un rien de temps de la nouvelle vie que je m'étais construite : il suffirait d'un appel à la White Star Line, ou d'un tuyau glissé à un journal. Et dès que l'information serait connue, dès que le monde saurait que nous étions toujours vivants, on viendrait nous chercher pour nous ramener en Angleterre, Teddy et moi.

Je ne pouvais pas laisser un tel événement se produire. Seulement, je ne voyais pas du tout comment l'éviter.

44

Cette fois, je le vis avant qu'il me voie. Il se trouvait près de la fontaine et regardait en direction du Flatiron Building, devant s'attendre à ce que j'arrive par la direction de Broadway. En fait, j'avais effectué un détour exprès afin d'arriver par l'autre côté du parc. L'idée m'était venue pendant ma nuit blanche sur le toit : j'allais essayer de l'observer pendant un moment avant la rencontre, histoire de voir s'il paraissait nerveux ou sûr de lui, et de me préparer à ce qui allait suivre.

Il avait bel et bien l'air nerveux – les mains serrées devant lui, se dandinant d'une jambe sur l'autre, tournant sans cesse la tête pour voir si j'arrivais. Bien. S'il s'attendait à tomber sur une pauvre femme effrayée, il allait être déçu. J'étais effrayée, certes – terrifiée, même –, mais plutôt mourir que de le lui laisser paraître. Il ne faut jamais aborder une négociation en ayant l'air vulnérable, ne cessais-je de me répéter. Cet homme avait certainement le pouvoir de me briser, mais je devais bien avoir quelque chose à négocier avec lui, sans quoi il aurait déjà vendu la mèche et nous ne serions pas là.

Il sursauta quand je déboulai en disant :

— Mr Jenkins. Je crois que nous avons besoin de discuter, vous et moi.

J'avais beaucoup réfléchi à la personne que je devrais être pendant cette conversation. Il savait pertinemment que je n'étais pas Molly Mortimer, il aurait donc été vain de faire semblant. Et quitte à être Elinor Coombes, autant employer la façon de parler qu'elle avait eu tant de peine à adopter. J'avais déjà constaté l'effet que produisaient les voyelles tranchantes et les consonnes bien marquées pour intimider les gens.

Il se retourna.

— Ah, vous l'admettez donc. Fini l'accent de vendeuse ?

M'efforçant d'imiter les manières de lady Storton, je me tins droite et déclarai :

— Je suis bien consciente que ce n'est pas une surprise pour vous. Alors ne perdons pas de temps, je vous prie. Pourquoi suis-je ici ?

Il secoua la tête.

— Vous ne changez jamais, vous autres, pas vrai ? Eh ben, vous savez quoi ? Déjà, vous ne me parlez pas sur ce ton-là. On n'est plus sur le bateau, et vous n'êtes pas dans le joli salon à claquer des doigts pour avoir un cocktail.

Je dus rester bouche bée quelques instants, et, lorsque je fus en mesure de répondre, ma voix n'avait plus rien de la fermeté de lady Storton.

— Vous faisiez partie de l'équipage ? Sur le *Titanic* ?

Que faisait un marin ici, habillé comme un ouvrier ?

— À votre avis ? Vous croyez peut-être que j'étais un passager de première classe ?

— Je ne me rappelle pas vous avoir vu.

Je lâchai ces mots sans réfléchir et le regrettai aussitôt en avisant son expression.

— Évidemment. On était invisibles pour les gens comme vous.

Je me maudis intérieurement. Je n'aurais pu commettre pire bévue que de me comporter avec l'arrogance de lady Storton. Il fronça les sourcils.

— Vous ne m'avez pas vu non plus la semaine dernière, quand vous m'avez croisé. Un simple terrassier qui prend une bière après avoir passé sa journée à creuser une route, ce n'est personne pour vous. Mais j'ai une bonne mémoire des visages, et moi, je me suis souvenu du vôtre. Au début, je n'arrivais pas à vous remettre, mais ça me turlupinait.

Il me scruta de la tête aux pieds.

— Et puis, une demi-heure plus tard, voilà que vous repassez dans l'autre sens en portant une boîte avec un beau ruban, l'air bien contente de vous, et ça m'est revenu. Vous étiez avec le rupin qui a menacé de me faire virer si vous et votre gosse ne montiez pas dans le prochain canot.

Je me rappelais maintenant. Frederick s'était disputé avec un matelot qui s'apprêtait à faire partir le premier canot à moitié vide. Je n'avais vu la scène que de loin, et l'homme me tournait le dos, même si, je dois l'admettre, je ne me serais peut-être pas souvenu de lui si je l'avais vu de face.

— Vous êtes montée dans un canot, continua-t-il. Je vous ai vus, vous et votre fils. Et voilà que je vous retrouve en train de vous promener à New York, sauf que vous n'êtes plus lady Machin-Chouette, et là, je me demande, c'est quoi cette histoire ?

— Donc, vous m'avez suivie jusque chez moi.

Il haussa les épaules.

— Je n'ai pas grand-chose à faire de mes soirées, et je n'avais pas de quoi me payer une deuxième bière.

— Comment avez-vous découvert mon vrai nom ?

— J'ai gardé le journal avec les listes des rescapés et des disparus. Et puis, beaucoup de mes camarades – mes potes – étaient sur la mauvaise liste, alors je l'ai gardé parce que de temps en temps, j'ai eu besoin de me rappeler que moi, j'étais sur la bonne. Que j'ai eu de la *chance*.

Il prononça ce dernier mot comme si c'était tout sauf cela.

— Ça n'a pas été bien compliqué de trouver qui vous étiez – il n'y avait pas d'autre femme du même âge avec un enfant en première classe. Alors je me suis dit, tiens, c'est intéressant, elle a pris le môme et elle s'est fait déclarer disparue, comment ça se fait ?

Nouveau haussement d'épaules.

— Vous savez, c'est normal d'être curieux quand on ne fait rien de ses journées.

— Vous ne travaillez plus dans le transport maritime ?

— Je n'y arrive pas. Je ne peux même pas mettre les pieds sur un bateau pour rentrer chez moi, alors ne me parlez pas d'y travailler à nouveau.

Il fit un geste sur sa gauche en direction de l'East River.

— Je croyais que ça allait me passer avec le temps, mais je ne peux toujours pas m'approcher de l'eau. Je n'arrive pas à la regarder, et je ne supporte même plus son odeur. Pas vous ?

Je hochai la tête. Je ne m'étais pas approchée de l'eau depuis le jour où j'avais débarqué du *Carpathia*. J'avais toujours conscience de sa présence en bordure du Lower East Side, et j'évitais tous les endroits d'où je pouvais simplement l'apercevoir.

— Donc vous avez été obligé de rester ici et de trouver du travail, c'est ça ? demandai-je.

— La White Star Line ne nous a pas donné un penny de dédommagement, on a juste été payés jusqu'au jour où le *Titanic* a coulé. Je me suis d'abord trouvé un boulot dans un restaurant – ils étaient contents de m'embaucher, le service de White Star étant réputé. Mais le bruit a couru parmi la clientèle, et tous les jours on me posait des questions du genre : est-ce que j'avais vu l'iceberg ? Quelle taille faisait-il ? Est-ce que c'est vrai que l'orchestre a joué jusqu'à la dernière minute ? Quel morceau jouaient-ils à la fin ? Sans blague, vous imaginez ça, demander à quelqu'un qui a vécu un tel choc quel morceau jouait ce foutu orchestre ? Je ne pouvais pas le supporter, ça me mettait dans tous mes états.

Il tendit ses deux mains devant lui ; elles tremblaient.

— Essayez donc de faire un service de qualité dans un état pareil.

— Je suis désolée pour vous. Je croyais que la White Star Line aurait pris soin de ses employés.

— Pris soin de nous ? Ne me faites pas rire. Vous avez lu le résultat de l'enquête, je suppose ? En gros, l'équipage n'a pas fait son boulot. C'est un peu facile de lancer ce genre d'accusations quand la plupart des gens concernés sont morts et ne peuvent pas s'expliquer. On a fait de notre mieux pour les passagers ce soir-là, tous autant qu'on était. Mais personne n'a pris notre défense. On n'a même pas eu droit à un merci.

Je ne m'étais pas attendue à cela et ne savais plus comment réagir. J'étais venue ici prête à batailler, effrayée par ce que cet homme pourrait nous faire – et cela m'effrayait encore. Mais je ne m'étais pas préparée à éprouver de la compassion pour lui. Mon père ne m'avait jamais appris à négocier avec quelqu'un pour qui l'on éprouve ce sentiment.

Il baissa les yeux vers ses mains.

— Les gens disent qu'on a eu de la chance, mais parfois, je regrette de ne pas être mort avec mes copains. Je n'ai pas de vie ici, et pas d'avenir. Quand je vous ai suivie, c'était par simple curiosité, pour me distraire, je vous jure que c'est vrai. Et puis je vous ai vue avec votre fils et cette gentille famille avec laquelle vous vivez, en train de gagner votre croûte avec cette charrette. Vous aviez l'air heureuse, et je vous ai détestée à ce moment-là. Alors je me suis dit qu'il devait y avoir des gens en Angleterre qui seraient sûrement prêts à débourser une belle somme pour savoir où vous étiez, vous et votre gamin. Après tout, qu'est-ce qui m'empêcherait de les mettre au courant ?

Je pris une grande inspiration. Nous y étions.

— Est-ce que vous me détestez encore ?

Il se contenta de hausser les épaules, sans répondre. C'était un début.

— Si je suis heureuse ici, dis-je en pesant mes mots, c'est parce que j'étais malheureuse avant. J'étais riche, comme vous le savez. Et vous devez penser que cela signifie que j'avais une belle vie. Eh bien, non. Je ne vais pas vous raconter toute mon histoire, parce que cela ne vous regarde pas, mais dites-vous bien que si je préfère être ici, à travailler toute la journée, à partager un logement minuscule avec cinq personnes et des toilettes infâmes avec vingt autres familles, plutôt que vivre cette vie là-bas, c'est que ça ne devait pas être aussi reluisant que vous pouvez l'imaginer. Alors quand le *Titanic* a coulé, j'ai profité de l'occasion pour disparaître.

— Tant mieux pour vous. Mais en arrivant, tout à l'heure, vous m'avez quand même pris de haut, pas vrai ? En fait, vous jouez l'aristo quand ça vous arrange.

— J'avais peur. Vous m'avez demandé de venir ici si je voulais pouvoir garder mon secret. J'ai cru que je parviendrais mieux à vous convaincre si j'avais l'air d'être… comme je l'étais avant.

— Eh bien, vous vous êtes trompée.

— En effet. Et je m'en excuse.

— Écoutez, arrêtons de tourner autour du pot. Je ne peux pas rentrer chez moi et je ne veux pas rester dans cette ville maudite, sinon je vais devenir complètement cinglé. Je veux prendre un nouveau départ ailleurs, dans un endroit où il y a des arbres, des champs et pas trop de monde, et où personne ne saura que j'ai mis un pied sur ce foutu *Titanic*. J'ai besoin d'argent pour ça. Vous m'aidez à régler ce petit problème, ou bien je le règle autrement.

— Mais vous voyez bien que je ne suis plus riche – il suffit de me regarder ! J'ai quitté le bateau avec ce que j'avais sur le dos, rien de plus.

— Vous avez gagné de l'argent depuis. Et je ne vous demande pas une fortune, juste de quoi me payer un billet de train et quelques semaines de loyer. Ça me suffirait.

— Mais je ne possède même pas cette somme-là !

— Débrouillez-vous. Empruntez de l'argent, volez-en, ça m'est égal. Je vous rappelle que je n'étais même pas obligé de vous donner cette chance, j'aurais pu vous balancer directement en demandant une belle récompense. Mais je ne suis pas mauvais bougre. Alors voilà mes conditions : vous m'apportez l'argent ici, vendredi en huit, et je disparais. Si vous ne le faites pas, votre joli tour de passe-passe sera terminé.

45

Je savais au centime près combien j'avais dans ma petite boîte en fer, et j'étais loin du compte que Tommy Jenkins exigeait. Je croyais en effet que ce n'était pas un mauvais bougre – s'il était allé directement à la White Star Line, je suis sûre qu'il aurait pu obtenir bien davantage en demandant une récompense à lord et lady Storton. Et c'est justement cela qui m'affolait : je sentais presque l'odeur de son désespoir. Je l'avais vu, dans le tremblement de ses mains. L'homme ne tenait pas à me trahir, mais s'il y était contraint, s'il devait choisir entre lui et moi, il le ferait. Il fallait donç absolument que je me procure cet argent et qu'il s'en aille avant de vouloir tirer un meilleur profit de l'occasion.

Empruntez de l'argent, volez-en, ça m'est égal.

Sur l'étagère du haut du buffet, il y avait une autre boîte en fer, un peu plus grande que la mienne. Avec des fleurs jaunes et bleues peintes sur un fond blanc. Anna l'avait apportée de Suède et, chaque semaine, elle, Ruth et Per y déposaient le peu d'argent qu'ils pouvaient mettre de côté. Je n'avais aucune idée de la somme qui s'y trouvait. Ils piochaient parfois dedans pour acheter des vêtements, des chaussures ou un cadeau pour l'anniversaire des enfants, et j'avais entendu Ruth dire que cette réserve les aidait à subsister quand venait la saison creuse en couture. Mais c'était également là que se trouvaient leurs économies pour emménager dans un appartement plus grand et plus confortable. Y aurait-il assez pour me sortir de ce mauvais pas ?

Je ne pouvais pas demander à emprunter cet argent sans leur fournir une explication, ce dont j'étais incapable. En revanche, il serait facile de m'en emparer pendant que tout le monde dormait.

Non.

Qu'est-ce qui me prenait ? Comment pouvais-je simplement envisager de voler les gens qui avaient été si généreux avec moi ? Qui avaient tout partagé avec nous alors qu'ils possédaient si peu eux-mêmes ? C'était impensable. Il fallait que je trouve cet argent, mais, pour ce faire, je devrais trouver un moyen légal et honnête de l'emprunter ailleurs.

Je ne voyais qu'une seule personne dans mon entourage à qui le demander. Della ne m'avait-elle pas dit que nous devions nous entraider, entre Anglais ? Malheureusement, je ne fus guère surprise quand elle fit non de la tête après que je lui eus posé la question :

— Je n'ai pas d'économies dignes de ce nom, ma belle. Ce que je gagne ici paie le loyer et la nourriture, mais c'est à peu près tout. Pour quoi as-tu besoin de cet argent ?

— Je préfère ne pas en parler. Et je compte sur toi pour ne dire à personne que je te l'ai demandé.

— T'inquiète, je suis une tombe.

Elle me regarda attentivement et dut déceler la marque de l'inquiétude sur mon visage.

— Tu as vraiment besoin de ce fric ?

— Oui, à tout prix. Je ne peux pas t'en dire plus.

— Et si tu le trouves, tu pourras le rembourser ?

— Oui. Le seul problème, c'est que j'en ai besoin rapidement.

— Dans ce cas, si tu n'as pas d'autre choix, tu peux toujours essayer d'aller voir Bill sur Orchard Street. Mais sois prudente.

Elle accepta de surveiller ma charrette et je partis aussitôt vers Orchard Street en nourrissant un semblant d'espoir pour la première fois depuis ma discussion avec Tommy

Jenkins. Si je parvenais à emprunter l'argent qu'il me manquait, je serais débarrassée de lui. J'aurais perdu toutes mes économies et devrais repartir de zéro avec en plus une dette sur le dos, mais je n'avais pas d'autre choix.

J'avais déjà vu la taverne – un établissement miteux devant lequel traînaient toujours cinq ou six types à l'air louche. En général, je changeais de trottoir pour éviter leurs regards ; je dus donc m'armer de courage pour avancer droit vers la porte. À quelques pas du seuil, l'un des hommes se planta devant moi et me scruta de haut en bas.

— Je peux vous aider, mademoiselle ?

— Je cherche Bill.

— Si c'est votre père qui vous a envoyée demander une rallonge pour rembourser, vous perdez votre temps. Une date limite est une date limite.

— Non, je voudrais emprunter de l'argent.

Il regarda ses comparses en ricanant.

— Encore un qui a envoyé sa femme en croyant qu'un joli minois lui permettra d'avoir un meilleur taux. Y en a qu'ont pas honte, j'te jure.

— Personne ne m'a envoyée ici. Je veux emprunter de l'argent pour mon propre compte.

— Oh, fit-il d'un ton moqueur. Dans ce cas, ça change tout.

Il ouvrit la porte et, d'un geste, m'invita à entrer avant de crier à un homme assis dans un coin :

— Une cliente pour toi, Bill.

Tandis qu'il refermait la porte derrière lui, je l'entendis persifler :

— Ça le fera au moins rigoler un peu.

L'intérieur de la taverne était sinistre, et il flottait dans l'air une odeur aigre de bière et de transpiration. Le sol collait sous mes semelles comme j'avançais entre les quelques tables, ignorant les regards braqués sur moi. L'homme assis à la table dans le coin était brun et trapu. Sur la chaise à côté de lui, il y avait un petit chien noir avec un foulard rouge autour du cou. Devant eux, sur la table, un cahier ressemblant à un livre de comptes était ouvert, posé à côté d'un couteau. L'homme me regarda venir vers lui avec une expression totalement impassible.

— C'est vous, Bill ? demandai-je en m'efforçant de ne pas baisser les yeux vers le couteau.

— C'est mon nom, oui, répondit-il.

— On m'a dit que vous prêtiez de l'argent.

Il se tourna vers le chien.

— T'entends ça, Snapper ? On a dit à cette petite dame que nous prêtions de l'argent.

Il se tourna alors vers moi.

— Et donc ?

— Je voudrais vous en emprunter.

— J'imagine. De quelle somme parlons-nous ? Mille dollars ? Un million ?

Il rit grassement.

— Je plaisante. Combien voulez-vous ?

Je lui annonçai la somme et il se tourna à nouveau vers le chien.

— Qu'est-ce que t'en penses, Snapper ?

Il se tut, comme s'il s'attendait réellement à ce que le chien lui réponde, puis me dit :

— Deux cents pour cent d'intérêt si vous remboursez comme prévu...

— Quoi ? Ça veut dire que je devrais vous payer trois fois la somme que j'emprunte !

— T'as vu ça ? demanda-t-il au chien. Elle sait calculer, celle-là. Et ça augmente de dix pour cent chaque fois que vous manquez une échéance, ajouta-t-il pour moi.

— Si vous réduisez vos intérêts de moitié, vous récupérerez votre argent plus vite. Je pourrai vous le rendre en six mois.

Il me dévisagea en haussant les sourcils, puis regarda son chien et posa à nouveau les yeux sur moi.

— Vous essayez de marchander avec moi ?

Sa tête bascula en arrière comme il éclatait de rire avant de se pencher au-dessus de la table.

— Rien que pour ça, les intérêts seront de deux cent cinquante maintenant.

Il prit le couteau et passa la pointe de la lame sous l'ongle de son pouce avant d'observer la crasse qu'il venait de déloger et de la balayer d'un geste. J'étais tiraillée. Cela représentait beaucoup d'argent. Je devrais rembourser cette dette pendant des mois, sans pouvoir mettre un sou de côté. Mais c'était toujours mieux que voler Ruth et sa famille.

— D'accord.

Il tira le cahier vers lui.

— Votre adresse ?

— Pourquoi en avez-vous besoin ?

Il regarda le chien et secoua la tête.

— Elle demande pourquoi. Pourquoi, à votre avis ? Pour que je sois sûr de pouvoir récupérer mon investissement, d'une manière ou d'une autre. Vous en avez besoin rapidement, je me trompe ?

— Avant la fin de la semaine.

— Bon, je peux vous envoyer mes gars demain matin pour voir ce que vous avez, et s'il y a assez pour que je retombe sur mes pattes, l'affaire est conclue. Vous pourrez venir prendre l'argent demain après-midi.

— Je ne comprends pas... Comment ça, voir ce que j'ai ?

Il soupira.

— Vous débarquez ici la bouche en cœur, vous essayez de marchander et d'un coup, vous êtes la Vierge Marie, toute innocente...

Il termina lentement, en détachant chaque mot :

— J'ai besoin de savoir ce que vous possédez chez vous, au cas où vous ne pourriez pas rembourser.

— Mais je pourrai rembourser. Je ne manquerai pas une seule échéance.

— Mademoiselle, si j'avais gagné un dollar à chaque fois que j'ai entendu ça, je serais en train de dîner avec Rockefeller. Si vous pouvez rembourser, c'est très bien. Sinon, je prendrai ce qui est vendable et je récupérerai ma mise comme ça. Meubles, poêles, marmites, n'importe quoi – du moment que mes gars me disent que vous avez assez de trucs pour couvrir le prêt, ça me va.

Il prit un stylo.

— Alors, quelle adresse ?

— Il faut que je réfléchisse. Je ne suis pas sûre de vouloir le faire, finalement.

Il eut un haussement d'épaules.

— Réfléchissez. Mais ne tardez pas trop, sinon je serai obligé d'augmenter encore les intérêts.

Je ne me sentais pas capable de retourner directement sur Grand Street et marchai tout un moment en essayant de réfléchir. Je ne pouvais pas contracter cet emprunt, cela me paraissait évident. À part mes vêtements et ceux de Teddy, je ne possédais rien. Et quelque part, cela me soulageait. J'avais beau être sûre de pouvoir rembourser, si le moindre imprévu survenait, je n'osais imaginer les « gars » de Bill débarquant à l'appartement. Ce ne devait pas juste être pour porter des meubles qu'ils étaient bâtis comme des armoires à glace, et ce couteau sur la table devait forcément servir de message.

Mais où allais-je trouver l'argent maintenant ? Je me rappelle qu'à un moment, je me mis à rire en marchant. Tout cela était tellement absurde ! J'étais la fille d'un millionnaire, et voilà à quoi j'en étais réduite, par manque d'une somme inférieure à la valeur d'une jolie robe en soie. J'étais la fille du roi du coton, formée à la négociation depuis l'enfance, mais je n'avais rien dans ma manche pour négocier. Et j'étais tellement acculée que j'aurais accepté ce prêt si je l'avais pu, même s'il m'avait coûté un bras.

Je m'arrêtai lorsqu'une odeur dans l'air m'avertit de la proximité du fleuve. Je fis alors demi-tour et m'empressai de retourner vers Grand Street. Là, je remerciai Della pour le service rendu et passai le reste de ma journée à m'égosiller « Tout droit sortis des magazines de mode ! » et « Nouveaux styles cette semaine ! », comme si cela avait une chance de m'aider.

Cette nuit-là, sur le toit, je fus à nouveau incapable de fermer l'œil. Comment diable allais-je pouvoir trouver l'argent pour me débarrasser de Tommy Jenkins ? Je ne cessais de penser à la boîte aux fleurs peintes sur l'étagère du haut du buffet, et mes pensées tournaient en boucle, à me donner la nausée.

Je pourrais peut-être aller y jeter un œil, histoire de voir combien il y a ? S'il n'y a pas assez, le sujet sera clos.

Le sujet est déjà clos. Tu ne touches pas à cette boîte.

Mais s'il n'y a pas d'autre solution...

Au bout d'un moment, je n'y tins plus. Je me redressai et regardai autour de moi. Tout le monde dormait. Je me levai et partis à pas de loup jusqu'à l'escalier de secours pour revenir dans l'appartement. En me dressant sur la pointe des pieds, je parvins à attraper la boîte. Lentement, très lentement, sans quitter la porte des yeux, je la soulevai en la tenant avec mes deux mains afin d'éviter que les pièces ne fassent du bruit.

Elle était lourde. J'ouvris le couvercle. À moitié pleine. Inutile de prendre le risque de compter ; de toute évidence, il y avait là de quoi payer Tommy Jenkins en y ajoutant mes propres économies. Mais pas assez pour que cela passe inaperçu lorsqu'ils l'ouvriraient.

Les mains tremblantes, je remis la boîte en place sur l'étagère et revins discrètement me coucher avec les autres sur le toit. L'argent était là. Je regrettais à moitié que ce soit le cas – au moins, cette possibilité aurait été éliminée. Seulement, il était là. Je me mis à imaginer l'expression sidérée de Ruth quand elle ouvrirait la boîte à la fin de la semaine et constaterait qu'il manquait de l'argent. Je serais forcément la coupable toute désignée. Ils ne risquaient pas de se voler entre eux. Elle saurait, ils sauraient tous que je les avais volés, et je ne pourrais même pas leur expliquer pourquoi. Même en cet instant, alors que je n'avais encore rien fait, cette pensée m'accabla de honte.

Et puis, en admettant que je sois capable de laisser ma conscience de côté, qu'arriverait-il ensuite ? Ils nous mettraient à la porte, bien entendu. Et n'ayant plus un sou en poche, où irions-nous ? Allongée sur mon matelas, les yeux dans les étoiles, j'essayai de trouver une autre solution. Mais à part prier pour qu'un miracle se produise, je n'en voyais pas. Je m'efforçai tout de même de le faire, sans grand espoir.

46

Je pris l'argent le jeudi soir, lorsqu'il devint évident que – comme on pouvait s'y attendre – prier ne suffisait pas. J'attendis que tout le monde soit endormi, me faufilai par l'escalier de secours et me servis dans la boîte, sans jamais cesser de penser aux longues heures qu'Anna et Ruth avaient passées penchées sur leurs machines et à toutes les souffrances qu'endurait Per sur ses chantiers. J'entendais aussi la voix de Ruth me disant comme elle était heureuse que je fasse partie de leur famille maintenant, et comme ma mère serait fière de moi. Je ne trouvai aucun réconfort dans l'idée que c'est à Molly qu'elle s'adressait, et de la mère de Molly qu'elle parlait ; qu'aurait pensé ma propre mère si elle avait pu me voir en cet instant ?

Incapable de trouver une excuse à fournir à Ruth pour justifier une quelconque sortie ce vendredi soir, je décidai donc de ramener la charrette de bonne heure et d'emmener Teddy avec moi. Tout heureux de se rendre dans un endroit qu'il ne connaissait pas, il trottait gaiement à mes côtés en chantonnant, sa main dans la mienne. Alors que nous étions presque arrivés, il vit une petite aire de jeux et s'arrêta net.

— Regarde, maman, des balançoires !

Il voulut s'y précipiter, mais je le retins par la main.

— Pas maintenant Teddy, il faut qu'on se dépêche.

Tommy Jenkins attendait près de la fontaine. Il avait l'air encore plus nerveux que la première fois et se tordait les mains en gigotant sur place.

— Ah, vous êtes venue, dit-il comme nous approchions.

— Vous ne m'avez pas vraiment laissé le choix.

Teddy le dévisagea avec curiosité puis, sur le même ton enjoué que celui avec lequel il saluait les clients, il lança :

— Bonjour, monsieur !

— Euh, bonjour, petit.

Il quitta rapidement Teddy des yeux pour se concentrer sur moi.

— Vous avez l'argent ?

Je lui tendis le sac de pièces. Il l'ouvrit et regarda à l'intérieur.

— Comptez, si vous voulez. Mais le compte y est, comme vous l'aviez demandé.

Il posa sur moi un regard empreint de honte et de fierté mêlées.

— Vous n'avez pas eu tant de mal que ça à trouver, finalement.

Je n'avais pas envie d'aller au conflit avec lui ; mais je ne pouvais pas laisser passer cela.

— Ce sont toutes mes économies, dis-je avec autant de calme que possible. Jusqu'au dernier sou. Et le reste, j'ai dû le voler aux gens qui nous ont accueillis. Je ne sais pas ce qui va se passer quand ils vont s'en apercevoir. Donc, non, ça n'a pas été facile à trouver, et si vous pensiez m'en demander davantage un jour…

— Non. Je ne ferai pas ça, dit-il en levant les mains en l'air. Je vous ai dit que jamais je n'aurais fait une chose pareille sans y être obligé. Il faut absolument que je parte d'ici. Mes nerfs vont de mal en pis.

— Où irez-vous ?

Je m'en fichais bien, du moment qu'il parte et ne revienne jamais, mais je voulais m'assurer qu'il avait déjà un projet bien défini.

— Dans le Nebraska. En pleine campagne. Ils manquent cruellement de main-d'œuvre, là-bas. Et c'est loin de la mer.

— Quand partez-vous ?

— Demain. Il y a des trains tous les jours, j'ai vérifié, et je dois payer mon loyer le samedi, raison de plus pour ne pas m'attarder.

— Bon, eh bien, je...

On entendit soudain un cri perçant en provenance de l'aire de jeux. Tommy se figea un instant avant de tomber à genoux, les mains plaquées sur les yeux, tremblant de tout son corps tandis qu'il secouait la tête frénétiquement comme pour dire non.

Je ne savais pas comment réagir, mais, déjà, Teddy était à côté de lui, posait une main sur son épaule et lui disait :

— Pleurez pas, monsieur. Ça va aller, c'est rien du tout.

C'était à peu près ce que je lui disais quand il tombait, afin de bloquer ses larmes avant qu'elles ne commencent à couler ; j'avais appris la leçon de Molly, sur le bateau. Mais Tommy ne retirait pas les mains de ses yeux. Teddy me regarda, l'air inquiet.

Je m'accroupis et demandai :

— Tommy, que se passe-t-il ?

Il secoua la tête sans retirer les mains de son visage. C'est alors que je compris.

— Il y a une aire de jeux juste à côté, dis-je. Ce n'était qu'un enfant qui criait. Ils s'amusent, rien de plus.

Je posai une main sur la sienne.

— Ce n'est rien, ce sont juste des enfants qui jouent.

Il exhala un soupir fébrile et se redressa à demi, les mains sur les genoux, la tête baissée vers le sol comme s'il s'efforçait de ne pas vomir.

— Vous les entendez aussi, n'est-ce pas ? lui dis-je. Les gens dans l'eau.

Il releva les yeux.

— Vous aussi ?

— Au début, toutes les nuits. Ça commence à s'espacer un peu maintenant, mais ils sont toujours là.

— Vous croyez qu'ils partiront un jour ?

On aurait dit un petit garçon, et je fus tentée de le réconforter avec un mensonge, comme le ferait une mère avec son enfant. Mais il saurait aussi bien que moi que ce n'était pas vrai.

— À mon avis, nous n'oublierons jamais ces voix, lui dis-je.

— Mais je ne peux pas vivre comme ça. Je n'ai aucun répit ! Tout ce qui s'est passé cette nuit-là bouillonne dans ma tête et menace d'exploser en permanence, sauf que je ne peux pas en parler parce que je ne veux pas que les gens sachent que j'y étais.

— Est-ce que ça vous ferait du bien de me parler, à moi ?

Il regarda ses pieds.

— Je suis un homme, je ne devrais pas réagir de cette manière.

— Vous avez vécu un drame terrible. Vous croyez qu'il y a une seule personne rescapée du *Titanic* qui n'ait pas vu sa vie bouleversée après le naufrage ?

Un couple aux tenues élégantes passa près de nous en nous jetant des regards intrigués.

— Venez, dis-je. Il y a un banc juste ici. Venez vous asseoir.

Nous nous installâmes sur le banc, dans un coin ombragé un peu en retrait, et je pris Teddy sur mes genoux. Tommy laissa son regard se perdre dans le vague pendant un moment, puis il dit tout bas :

— J'aurais dû couler avec le bateau. Ceux d'entre nous qu'il restait savaient qu'ils n'avaient aucune chance de s'en tirer. Mais à la toute fin, juste avant que le bateau coule, on essayait de lancer les derniers canots pliables, le pont était inondé, il y avait de l'eau qui venait de partout, et je ne sais pas ce qui s'est passé mais le canot s'est retourné et est tombé à l'envers. Et puis, tout a basculé, je ne voyais plus rien, je n'entendais plus rien, et quand j'ai repris mes esprits, j'étais dans l'eau.

J'avais le ventre noué.

— Je croyais qu'on vous avait attribué une place dans un canot. Que c'est ainsi que vous aviez survécu.

Il fit non de la tête.

— J'ai réussi à nager jusqu'au canot pliable, comme quelques autres. On n'arrivait pas à le retourner, alors on s'est juste hissés dessus. Et puis, d'autres sont arrivés, et d'autres, et d'autres encore. On s'est mis debout pour libérer plus de place, jusqu'à ce qu'on se retrouve à trente là-dessus, en équilibre précaire. Le premier officier Lightoller était là, il nous a répartis en deux rangs, un de chaque côté, pour qu'on maintienne l'équilibre. Et puis, on a relevé la tête pour voir ce qui se passait, et... enfin, vous savez.

Nous gardâmes le silence quelques instants. Je revoyais cet énorme bateau s'enfoncer dans la mer, et je savais qu'il voyait la même chose.

— On a passé toute la nuit comme ça, sur la coque du canot. Trempés et gelés jusqu'aux os, et terrifiés à l'idée de s'évanouir et de tomber dans l'eau. Ou pire, de faire chavirer le canot et d'entraîner tout le monde. Il faisait tellement froid que je me disais que mon sang allait geler dans mes veines, mais je n'arrêtais pas de me répéter « Il faut que tu restes en vie, Tom, il faut que tu restes en vie ». Parce qu'autour de moi j'entendais tous ceux qui allaient mourir. Je les entendais appeler leur mère en pleurant, ou à l'aide, alors qu'aucune aide ne venait. Et parfois, maintenant, je me dis que j'aurais mieux fait de mourir avec eux.

— Écoutez-moi, lui dis-je. Vous avez survécu. Moi aussi. Alors nous devons aller de l'avant, pour ceux qui n'ont pas eu la chance de pouvoir en faire autant. Nous n'oublierons jamais ce que nous avons vu et entendu cette nuit-là, mais une amie à moi, une femme très sage et qui sait de quoi elle parle, m'a dit qu'on finissait par apprendre à vivre même avec les pires souvenirs, avec le temps. Et elle n'est pas du genre à adoucir la vérité, donc je la crois sur parole. Alors vous faites bien de partir d'ici. Je pense que ça vous aidera.

Il prit sa tête entre ses mains. Teddy me regarda et dit, l'air soucieux :

— Il recommence à pleurer.

Tommy releva la tête, s'essuya le coin des yeux du revers de la main et sourit à Teddy.

— Mais non, fiston, ça va, regarde. Je fais juste un peu n'importe quoi.

Il resserra le cordon de la bourse contenant l'argent et me la tendit.

— Je ne peux pas le prendre. Je n'aurais jamais dû vous menacer. Vous avez vos raisons pour avoir voulu disparaître, et, comme vous l'avez dit, ça ne me regarde pas. Je ne vous dirai pas qu'on devrait se serrer les coudes, nous autres survivants, parce que j'imagine que vous n'avez aucune envie de me revoir, et ça se comprend. Mais on fait partie du même club, vous et moi, alors je ne peux pas vous prendre votre argent.

Je ne savais pas quoi dire. C'était un soulagement, et, en même temps, il valait mieux pour moi que Tommy Jenkins soit aussi loin que possible, refasse sa vie et m'oublie une fois pour toutes.

— Qu'est-ce que vous allez faire, alors ?

— Rester ici et enchaîner les petits boulots jusqu'à ce que j'aie assez d'argent pour partir.

— Si vous ne devenez pas fou avant.

J'ouvris le petit sac en toile.

— Vous pourriez peut-être prendre la moitié de la somme ? Faire une partie du trajet, au moins, trouver du travail un peu plus loin et passer à autre chose.

— Non, je ne veux rien...

— Ça m'est égal. Écoutez, je vais être franche avec vous : en effet, je n'ai aucune envie de vous revoir dans les parages. Ce serait un vrai soulagement pour moi de savoir que vous êtes dans le Nebraska ou ailleurs, à refaire votre vie, et de ne plus avoir peur de vous recroiser un jour. Parce que moi non plus, je n'ai pas envie qu'on ravive mes souvenirs du *Titanic*.

C'était vrai, même si ce n'était pas toute la vérité.

Il réfléchit une minute. Regarda Teddy, puis me regarda.

— Je vous rembourserai. Jusqu'au dernier sou. Dès que je me serai refait.

— J'avoue que j'apprécierais beaucoup. J'ai travaillé dur pour mettre cet argent de côté.

— Et je travaillerai dur pour vous le rendre, je vous le jure.

Lorsque nous nous séparâmes, je lui souhaitai bonne chance, en le pensant sincèrement. Si la nuit que j'avais passée dans le canot de sauvetage avait été un supplice – et c'était bel et bien le cas –, je n'osais même pas imaginer ce que cet homme avait pu endurer. Pas étonnant qu'il soit dans un état pareil. J'espérais que les paroles d'Anna soient aussi vraies pour lui que pour moi, mais de toute évidence, il lui faudrait du temps pour que ces souvenirs s'effacent, s'ils devaient s'effacer un jour.

J'étais donc de retour à la case départ concernant mes économies – réduites à néant – mais au moins, je pourrais remettre dans la boîte l'argent que j'avais pris à la famille. Je le ferais ce soir, en m'échappant du toit une fois que tout le monde serait endormi. Le soulagement m'envahissait déjà.

Alors que nous passions devant l'aire de jeux, Teddy me tira par la main.

— Maman, on va aux balançoires ?

— D'accord, mais juste un peu. Il ne faut pas qu'on tarde à rentrer, Anna aura bientôt préparé le repas et tu sais qu'elle n'aime pas qu'on arrive en retard.

Nous passâmes plus de temps aux balançoires que je ne le pensais. Teddy s'amusait comme un petit fou et ne cessait de me supplier de le pousser plus fort ; et moi, je souriais, infiniment soulagée.

Tout va bien se passer.

J'ai perdu mon argent, mais j'ai encore tout ce qui compte vraiment.

Je suis déjà repartie de zéro, je peux très bien recommencer.

Nous rentrâmes en marchant tranquillement, main dans la main, Teddy ne cessant de parler. Le chemin était long pour ses petites jambes, si bien qu'en arrivant, je le portai dans mes bras pour monter les escaliers. L'odeur du ragoût aux boulettes de viande d'Anna s'échappait de l'appartement quand nous parvînmes au deuxième étage.

— Ton plat préféré, dis-je à Teddy. J'espère qu'ils n'ont pas tout mangé !

Je poussai la porte pour l'ouvrir, tenant toujours Teddy dans mes bras. Anna était aux fourneaux, Per et les enfants assis autour de la table. Et Ruth se dressait sur la pointe des pieds pour remettre en place la boîte en fer sur l'étagère du haut du buffet.

47

Les conversations s'arrêtèrent dès que j'entrai dans la pièce. Mon cœur fit un bond dans ma poitrine, mais Ruth repoussa la boîte sur l'étagère et dit gaiement :

— Tu rentres tard ce soir. Beaucoup de travail aujourd'hui ?

Pourquoi ne disait-elle pas qu'il manquait de l'argent ? Avant que je puisse répondre, Teddy s'en chargea :

— Teddy a été aux balançoires. Pas les mêmes que d'habitude, d'autres. Et on a vu le copain de maman, Tommy.

Teddy parlait encore comme un bébé de temps en temps, mais il fallut que cette fois-là, il articule comme un grand. Ruth arqua un sourcil en me regardant et Anna cessa de remuer le contenu de la marmite, tendant l'oreille. Je décidai d'être aussi franche que possible.

— Tommy Jenkins, expliquai-je. L'Anglais qu'on a vu sur Grand Street, l'autre jour.

— Je me rappelle, dit Ruth.

— En fait, il était à bord du *Titanic*, lui aussi, et ça l'a beaucoup perturbé. Il voulait juste en parler un peu avec quelqu'un qui a vécu la même tragédie.

— Il pleurait, raconta Teddy, et maman a dit...

— Teddy, ça suffit, aboyai-je avant de m'adresser aux autres. Désolée, ça m'a un peu chamboulée de raviver tous ces souvenirs.

— Eh bien, on n'est pas obligés d'en parler, dit Anna. Asseyez-vous, le repas est prêt.

Je pris place à table, raide d'angoisse, tandis qu'ils continuaient de discuter comme si de rien n'était – des bonnes notes de Lena à l'école, de l'agacement de Per envers un nouvel ouvrier du chantier qui n'en ramait pas une, d'un article dans le journal relatant le meurtre d'un gangster. Micke chipa une boulette de viande à Lena quand elle regardait ailleurs, juste pour rire, et se fit gronder par son père ; Ruth demanda à Anna si elle avait ajouté quelque chose à sa sauce parce qu'elle avait un goût différent, et se vit rétorquer qu'elle devait avoir la langue malade. Pour ma part, une seule pensée tournait en boucle dans ma tête – *Ils savent tous ; pourquoi est-ce qu'ils ne disent rien ?* Ils étaient en train de discuter à notre arrivée, et s'étaient tus sur-le-champ. Et puis, il y avait un je-ne-sais-quoi de bizarre dans la voix de Ruth quand elle s'adressait à moi.

Micke était en train de nous expliquer par le menu comment le pont de Brooklyn avait été construit lorsque l'idée me vint soudain : avaient-ils appelé la police ? Peut-être qu'ils avaient tout de suite compris que c'était moi qui avais pris l'argent, et maintenant, ils attendaient simplement que la police arrive. Je n'avais jamais envisagé cela quand je cogitais à ce qui pourrait m'arriver si j'étais percée à jour, parce qu'ici, personne n'appelait jamais la police. Un jour, j'avais entendu Per affirmer que les policiers étaient tous de mèche avec les gangsters du quartier, et que si vous étiez honnête, il valait mieux ne pas avoir affaire à eux.

Ils n'auraient tout de même pas fait ça, surtout sans me parler d'abord ? Je les regardai un à un autour de la table. Non. Ce n'était pas possible. Ils n'auraient jamais pu faire semblant de la sorte, et ne devaient avoir aucune envie que la police débarque ici et fasse peur aux enfants. En admettant que les policiers veuillent bien se déplacer.

Calme-toi. Réfléchis. Que vas-tu dire pour t'expliquer ?

Le problème, c'est que je ne voyais pas quoi dire. Je ne pouvais pas avouer la vérité, et aucun mensonge ne suffirait à nous sauver. Il ne me restait plus qu'à les supplier de ne pas nous jeter à la rue.

Le dîner s'acheva sans qu'on aborde le sujet. Tout se déroula de façon parfaitement normale jusqu'à ce que, la nuit tombant, Per et les enfants commencent à rassembler leurs matelas pour les emporter sur le toit. J'allais prendre le mien quand Ruth posa une main sur mon bras et eut un geste en direction de la table.

— Je voudrais te parler.

Ce fut presque un soulagement après toute la tension que j'avais accumulée. Je m'assis, et elle prit place en face de moi.

Dès que tout le monde fut parti, elle me dit :

— J'ai entendu quelque chose aujourd'hui, et ça m'inquiète un peu.

Entendu quelque chose ?

— C'est Eileen, d'en bas... Elle dit qu'elle t'a vue sortir du White Horse, il y a quelques jours. J'ai dit que ce n'était pas possible, mais elle n'en démordait pas. Est-ce que c'était toi ?

Je n'eus pas le temps de réfléchir ou de contrôler l'expression de mon visage – qui était déjà un aveu.

— Est-ce que tu as emprunté de l'argent à ce Bill ?

— Non.

— Tu le jures ?

— Je le jure.

— Ouf ! Dieu soit loué, c'est déjà ça. Mais tu aurais voulu ?

Pourquoi mentir davantage ?

— Oui. Mais il a refusé.

— Je le savais ! s'exclama-t-elle en frappant sur la table, ce qui me fit sursauter. C'est à cause de notre déménagement, c'est ça ? Je l'ai dit à Per et Anna, l'autre jour : Molly doit penser qu'elle est de trop ici. Je suppose que tu crois que tu dois te trouver un autre logement pour le jour où on s'en ira ?

Était-ce de cela qu'ils parlaient lorsque j'étais arrivée ?

— Espèce de bécasse, dit-elle en déposant un petit baiser sur mon bras. Teddy et toi viendrez avec nous. Si jamais tu as mis suffisamment de côté pour avoir ton chez-toi à ce moment-là, parfait, mais si ce n'est pas le cas, on s'arrangera pour que vous restiez avec nous jusqu'à ce que tu sois prête.

Je ne pus rien faire d'autre que rester droite sur ma chaise afin de ne pas m'effondrer de soulagement. Elle n'avait pas regardé dans la boîte. Elle ne savait pas qu'il manquait de l'argent.

Je n'osais même pas parler.

— Enfin... si tu le souhaites ? dit-elle comme je ne répondais pas.

— Oui ! Bien sûr. Mais en effet, ça me gêne un peu de traîner dans vos pattes si longtemps. Vous avez déjà fait tellement pour nous.

— C'est normal, on est une famille, pas vrai ? Mais bon, ce n'est pas pour tout de suite.

Elle leva les yeux vers la boîte sur le buffet.

— Je n'ai pas fait les comptes depuis un moment. Je comptais y jeter un œil ce soir. Mais avec les enfants qui grandissent à toute vitesse, ça commence à urger.

Elle me coula un regard en biais.

— À moins, bien sûr, que tu aies d'autres projets avec un certain Mr Jenkins. Tu ne m'avais pas parlé de ce rendez-vous...

— Ce n'est pas ce que tu crois.

Elle haussa un sourcil.

— Vraiment ?

— Je t'assure. Il va quitter New York et avait juste besoin de quelqu'un à qui parler de ce qui s'est passé pendant le naufrage. Avant de partir, et d'essayer d'oublier tout ça.

Pauvre Tommy. À mon avis, il n'y parviendrait jamais.

Ruth posa une main sur la mienne.

— Je ne t'ai jamais posé de question à ce sujet parce que je me suis dit que tu n'avais pas envie de remuer le couteau dans la plaie. Mais sache que je suis prête à t'écouter, si tu le souhaites.

— Merci, Ruth. Mais non, franchement. J'ai juste envie d'oublier, moi aussi.

— En tout cas, si jamais tu changes d'avis, tu sais où me trouver. Allez, on monte sur le toit ? On étouffe ici.

Après avoir remis l'argent dans la boîte, au beau milieu de la nuit, je restai seule sur les marches de la sortie de secours pendant un moment. Je n'essayai pas de me distraire avec un livre ; je laissai les cris des gens dans l'eau monter et me forçai à les supporter. C'était tout à fait idiot, mais je voulais que Tommy ne soit pas seul avec eux ce soir-là.

48

Jusqu'au jour de mes adieux à Tommy Jenkins, j'avais toujours envisagé notre vie dans le petit appartement comme temporaire. Même après avoir pris conscience que nous devrions y rester plus longtemps que je l'imaginais en arrivant, je restais convaincue que nous devrions déménager. Et au début, je le désirais vraiment. Il était dur de devoir en permanence être sur mes gardes pour jouer le rôle de Molly, et même si j'avais l'intention de conserver son nom, j'aurais beaucoup moins besoin de faire semblant une fois que j'aurais quitté la famille pour vivre dans un logement à nous, avec des voisins qui ne sauraient de moi que ce que je voudrais bien leur dire. Mais le temps passant, maintenant que je connaissais bien notre famille adoptive, j'aurais aimé pouvoir rester avec eux – tout en sachant qu'un jour ou l'autre, il faudrait partir.

Ce soir-là, j'avais bien vu que Ruth était sincère lorsqu'elle m'avait dit que je n'avais pas besoin de me mettre de pression et que je pourrais les suivre quand ils déménageraient. Sur le coup, j'étais tellement soulagée qu'elle n'ait pas remarqué l'argent qu'il manquait que j'avais acquiescé sans réfléchir. Mais peu après, je pris le temps d'y repenser plus tranquillement et finis par conclure qu'en effet, je n'avais pas de raison de m'imposer une telle contrainte. Après tout, pendant tout ce temps avec eux, je ne m'étais pas trahie une seule fois. J'avais appris à accomplir tout ce que Molly devait savoir faire, y compris m'occuper de Teddy ; et après ces innombrables conversations du soir en tête à tête avec Ruth, il ne devait pas y avoir grand-chose de crucial sur son histoire qui m'ait échappé.

Je me rappelais souvent les mots d'Anna, quand elle avait dit que la famille était partout où on la trouvait. Eh bien, j'en avais trouvé une pour Teddy et moi, et je ne voulais pas la perdre. Visiblement, ils ne voulaient pas me perdre non plus. Certes, j'avais mal agi en leur mentant, mais qui sait si ce mensonge, sur le long terme, ne les aurait pas moins blessés que de savoir que Molly avait péri dans des circonstances tragiques ? Je pris donc une décision : un jour, Teddy et moi aurions une vie différente, meilleure, mais à ce moment-là, ce serait en tant que membres de la famille que nous en étions venus à aimer.

Au bout de deux mois de commerce avec ma charrette, j'avais appris quelles pièces partaient le mieux et comment les vendre. J'achetais trois ou quatre caisses de chutes par semaine à Mr Walden, le patron de l'usine de confection, et, après avoir pris mon courage à deux mains, j'achetai également au fabricant de chapeaux situé à l'étage du dessous une caisse de chutes pour cinquante cents chaque semaine. Une grande partie se révélait inutilisable, mais il demeurait toujours des petits morceaux que, avec l'aide de Ruth, je parvenais à sauver et rendre vendables. Elle avait un œil affûté en la matière

Chaque semaine, nous épluchions les magazines que nous donnait Erin et découpions les illustrations que nous allions présenter comme inspiration sur mon étal. Tous les matins, j'observais les filles qui partaient au travail afin de voir ce qu'elles portaient et, le samedi, quand Grand Street était plus calme en raison du shabbat des Juifs, je prenais parfois le train aérien jusqu'au centre ; là, je regardais les vitrines des grands magasins pour voir ce que nous pourrions copier. Nous changions notre offre tous les vendredis, si bien qu'il y avait toujours une nouveauté à découvrir quand les employées de bureau et de commerce rentraient chez elles avec leur paie de la semaine. Sur le conseil d'Erin, j'installai un petit miroir sur la charrette afin de pouvoir montrer comment un simple col pouvait rehausser une robe basique, ou qu'une couronne de fleurs en papier – les parties abîmées tournées vers l'intérieur – suffisait à rafraîchir un vieux chapeau. Et puis, un jour, Ruth arriva à ma charrette, un grand sourire aux lèvres et la moitié supérieure d'un mannequin de vitrine entre les bras.

— Regarde ! La boutique pour femmes sur Orchard Street était en train de fermer, ils vont s'installer à Jersey City, et j'ai eu ça pour cinquante cents. On pourrait lui mettre un chemisier et s'en servir pour présenter les pièces.

Cela fonctionna parfaitement. Anna confectionna un chemisier blanc tout simple et, chaque semaine, nous le rendions plus attrayant avec ce que nous trouvions dans nos caisses – une bande de dentelle autour du cou, un ruban épinglé sur l'empiècement, un galon fixé autour de la manche. Personne ne possédait rien de semblable, et, dans la marée des charrettes, cela produisait son petit effet. Nous baptisâmes le mannequin Dolly. Bientôt, les employées de bureau commencèrent à nous dire : « Alors, que nous propose Dolly cette semaine ? ».

Pour une obscure raison, Teddy était fasciné par Dolly et ne cessait de lui poser des questions :

— T'as quel âge, Dolly ?

— Tu dors où, Dolly ?

— Est-ce que t'aimes bien les chats, Dolly ?

Un après-midi plutôt calme, Ivan le grincheux lui répondit d'une voix stridente depuis sa charrette de poêles et de casseroles.

— Je déteeeste les chats, mais j'adore les lions !

Il conclut sa tirade avec un grand rugissement qui fit trembler Teddy avant que tous deux éclatent de rire. Ce devint ensuite leur petit jeu quand la rue était moins fréquentée, en milieu d'après-midi : Teddy posait des questions à Dolly et Ivan y répondait par des bêtises. Parfois, quand je le regardais se tordre de rire devant les facéties d'Ivan, ou jouant avec Micke et Lena, je pensais à la vie qui aurait été la sienne si nous étions rentrés à Winterton Hall. Enfermé toute la sainte journée dans la nursery avec miss Cairns, qui, malgré toutes ses qualifications et ses duchesses, ne lui avait jamais témoigné le moindre signe d'affection. Emmené en bas à 4 heures comme un colis, et ramené là-haut au bout de vingt minutes, même s'il pleurait et se cramponnait à moi. Puis, quelques années plus tard, expédié en pension pour apprendre à être malheureux, comme son père l'avait été. Ici, il n'aurait peut-être jamais de domestiques ni de cuillères en argent, mais c'était un petit garçon heureux, entouré de gens qui l'aimaient.

En outre, nous étions déjà en chemin vers une vie meilleure. Les affaires tournaient correctement pendant la semaine et, le vendredi soir, les clientes se bousculaient autour de la charrette, qui se retrouvait presque vide une fois qu'elles étaient parties. Je gagnais ainsi sept ou huit fois plus qu'à la période où je travaillais pour Mr Klein, si bien que le nouveau tas de pièces dans ma petite boîte en fer grimpait assez vite. Je ne cessais de penser à ce que disait toujours mon père, quand il évoquait le moment où il avait créé Haywards à partir d'une simple boutique de drapier. « En affaires, disait-il, il ne faut jamais se satisfaire de ce que l'on a, mais toujours être à la recherche du prochain coup. » Et j'avais une idée de ce que pourrait être ce prochain coup.

Un soir, alors que Ruth et moi étions en train de trier les nouvelles chutes, je lui dis :

— Que penses-tu de l'idée de prendre une autre charrette ? On pourrait l'installer sur la 5e Avenue, et toucher la clientèle des employées de bureau du quartier.

Son front se plissa.

— Comment veux-tu faire ça ? Tu ne peux pas être dans deux endroits à la fois.

— Tu pourrais en tenir une, toi.

Elle roula des yeux.

— Ne dis pas de bêtises. C'est toi qui as la bosse du commerce.

— Je pourrais t'apprendre à marchander. C'est facile, tu sais. Écoute, rien de tout ça n'aurait pu se faire sans toi. C'est toi qui as toutes les idées, et on forme une bonne équipe toutes les deux, tu l'as dit toi-même, quand j'ai commencé.

— Mais… il faudrait que j'arrête de travailler pour Mr Klein. C'est un gros risque.

— Tu te rappelles ce que tu m'as dit, quand j'ai eu l'idée de prendre une charrette ? Tu m'as dit qu'en arrivant, tu étais comme moi. Que tu prenais des risques. Que tu avais traversé l'océan pour commencer une nouvelle vie, que tu avais trouvé un toit, et que tu étais entrée dans cette boutique pour demander un travail. Et tout ça a très bien marché, pas vrai ?

— Je sais, mais… c'était il y a longtemps.

— Tu es toujours la même personne, Ruth. Franchement, je crois qu'on pourrait réussir. Si on pouvait gagner le double de ce que je gagne actuellement, je crois même qu'on pourrait envisager de prendre une petite boutique dans quelques années.

— En vendant des chutes d'usine ?

— Non, les chutes n'ont pas vocation à être notre matière première éternellement. C'est juste pour commencer – et c'est un bon début.

Elle était tentée, je le voyais.

— Écoute, je te propose un marché.

— Oh, non, dit-elle en riant. Je ne négocie pas avec toi.

— Non, écoute-moi. C'est moi qui prends la deuxième charrette et qui paie la licence. Et quoi qu'on gagne ensuite, on partage les bénéfices en deux. Ma part rapporte assez pour couvrir ce que Mr Klein te payait, donc, même s'il faut un peu de temps pour lancer l'activité de la deuxième, tu ne seras pas perdante.

— Il faudrait que j'en discute avec Per.

— Mais s'il est d'accord, tu es partante ?

Elle réfléchit quelques instants, le regard perdu par la fenêtre. Sans pouvoir en être sûre, je crois qu'elle se remémorait alors la jeune fille qui avait un jour poussé la porte d'une boutique de confection pour demander du travail.

— Oui, répondit-elle. Je suis partante.

49

L'été fut long et chaud jusqu'en octobre. À la fin du mois, c'était l'anniversaire de Micke et, depuis des semaines, il ne cessait de harceler Ruth et Per pour qu'ils l'emmènent passer une journée au bord de la mer à Coney Island. Un de ses camarades de classe, Buddy, y était allé, et Micke voulait à tout prix visiter le parc d'attractions dont celui-ci lui avait parlé – où l'on pouvait monter à dos de chameau, admirer toute une ville miniature avec de vraies personnes de petite taille, et même aller sur la lune. Le soir où il rentra avec un sourire jusqu'aux oreilles après avoir obtenu la meilleure note à un contrôle, il fut convenu que nous irions tous là-bas le dimanche suivant.

J'avoue que j'étais nerveuse à l'idée de revoir la mer. Depuis la nuit de notre arrivée au quai 54, des mois plus tôt, je ne m'étais même pas approchée du fleuve. Je n'imaginais pas pouvoir contempler les eaux sombres et froides sans être à nouveau parachutée dans ce canot de sauvetage, à regarder le navire couler parmi tous ces cris horribles. Mais lorsque nous descendîmes du train à Coney Island, tout était à l'opposé de ce sinistre souvenir. Le soleil brillait et l'endroit était une sorte de carnaval géant, avec des attractions, des buvettes et des bonimenteurs vantant les merveilles du parc. Un trio d'hommes noirs en chemises rayées et canotiers en paille jouait du jazz sur le bord de l'allée, et il flottait dans l'air une odeur de barbe à papa, de caramel et d'oignons frits.

Nous suivîmes la foule jusqu'à Luna Park, attraction dont Buddy avait vanté les mérites à Micke. Sitôt les portes franchies, nous avons tous été saisis par le spectacle s'offrant à nous – une sorte de paysage féerique avec des minarets, des clochers à bulbe, des tours crénelées et des colonnades couvertes de cascades de fleurs. Où que l'on posât les yeux, il y avait quelque chose de comique ou d'étrange, voire les deux : ici, un homme et une femme sur des échasses, marchant main dans la main à travers la foule ; là, une troupe de clowns avec d'énormes chaussures, faisant semblant de trébucher l'un à cause de l'autre ; ailleurs, un homme au teint basané faisait tournoyer des torches enflammées, puis, juste sous nos yeux, ouvrait grand la bouche et avalait la flamme. Un jeune garçon fit passer devant nous un chameau sur lequel était perché un couple – dans un équilibre instable. Je crus rêver quand je constatai que l'animal était suivi d'un éléphant ; le regard mélancolique du pachyderme surveillait la foule autour de lui tandis qu'il avançait, mené par une jolie jeune fille en robe à paillettes.

— Vous voyez ? dit Micke, les yeux remplis d'étoiles. Buddy avait raison : toutes les merveilles du monde sont là !

Ruth lui avait promis qu'il pourrait choisir à quelle attraction nous irions en premier. La réponse ne s'était pas fait attendre :

— Aller sur la lune !

À l'intérieur d'un grand bâtiment blanc, nous prîmes place dans un « vaisseau spatial » avec d'énormes ailes en toile rouge. Les enfants se mirent à pousser des cris d'excitation quand elles commencèrent à battre. Les lumières s'éteignirent et, soudain, nous eûmes l'impression de nous élever dans le ciel nocturne, entourés d'étoiles, le vent fouettant nos cheveux, avec la ville en contrebas. Le tour était habilement réalisé : j'avais beau savoir qu'il y avait un toit à ce bâtiment et que nous nous trouvions toujours en dessous, nous avions bel et bien l'impression de voler. Notre atterrissage sur la lune fut, quant à lui, moins convaincant ; son sol en papier mâché n'était plus de la première fraîcheur, et les habitants de la lune au visage vert qui nous chantèrent une chanson de bienvenue manquaient cruellement d'enthousiasme dans leur tâche. Mais les enfants étaient aux anges, et c'est en cramponnant leur petit cadeau (un soi-disant « fromage vert ») qu'ils descendirent avec nous l'échelle de corde pour revenir sur terre.

Après avoir visité le pôle Nord, rencontré des sirènes et fait la course sur des chevaux mécaniques, nous nous arrêtâmes à une cabane pour manger des palourdes dont la sauce au beurre nous coulait sur le menton, et boire des bières allemandes directement à la bouteille. Les enfants burent de la racinette – c'était la première fois qu'ils en goûtaient, et Teddy éclata de rire en sentant les bulles du soda lui monter dans le nez. Au cours de ces derniers mois, il avait perdu ses joues de poupon et pris plusieurs centimètres. C'était un petit garçon maintenant, et plus le grand bébé que je serrais contre moi en sortant du bateau.

La voix de Per vint m'arracher à mes pensées :

— Alors, qui veut aller à la plage ?

Et tous les enfants de pousser des cris enthousiastes. Per ramassa les bouteilles de bière et alla récupérer la consigne tandis qu'ils couraient devant nous, Lena sautillant d'allégresse et Teddy essayant de suivre l'allure de Micke. Tout à coup, elle était là, devant nous : la mer. Scintillant sous le soleil, remplie de gens qui riaient et s'éclaboussaient dans l'écume de ses vagues. Elle paraissait tellement inoffensive, tellement différente des eaux ténébreuses de cette nuit-là. Mais c'était tout de même la mer. Mes yeux sondèrent l'horizon. Quelque part, dans le lointain, l'épave de ce somptueux navire gisait par le fond, sous les vagues, et le corps de centaines de gens avec elle. C'était aussi difficile à croire maintenant que lorsque je l'avais vu couler juste sous mes yeux.

Teddy se retourna et me fit de grands signes.

— Maman, regarde ! C'est la mer !

Par bonheur, il ne se rappelait rien de cette nuit funeste. Mais malgré tout, l'idée que lui ou n'importe lequel d'entre nous s'approche de cette eau qui avait englouti son père et son grand-père me rendait malade. Je n'avais livré mes angoisses à personne et je ne voulais pas risquer de gâcher cette belle journée, mais Anna, toujours aussi fine, remarqua que je ralentissais le pas comme nous avancions vers la plage.

Elle ralentit également, afin que nous restions quelques pas derrière Ruth et Per, et me dit tout bas :

— Cette journée ne doit pas être facile pour toi. Mais tu es une femme forte, et ce n'est pas ton genre de fuir devant ce qui t'effraie.

— Je ne veux pas que Teddy voie que j'ai peur et ait peur à son tour.

Elle tendit le doigt vers mon fils, qui courait déjà sur le sable avec Micke et Lena.

— À mon avis, tu n'as pas à t'inquiéter pour ça.

Nous louâmes des costumes de bain à une cahute où un panneau annonçait « Tous les costumes sont stérilisés ».

— D'après toi, comment font-ils ça ? demandai-je alors que Ruth, Lena et moi jouions des coudes dans une étroite cabine pour enfiler les maillots en laine et les culottes bouffantes.

Anna avait déjà déclaré que l'eau froide était bonne pour la morue, pas pour les humains, et qu'elle refusait d'y mettre un doigt de pied.

— C'est ce que je me demandais aussi, répondit Ruth en tirant sur sa culotte. On ne peut pas les faire bouillir, ça rétrécirait.

Elle eut un haussement d'épaules.

— Enfin, ils vont se détendre une fois dans l'eau, de toute façon.

Je me mordis la lèvre. Si le simple fait de regarder la mer me donnait envie de prendre mes jambes à mon cou, comment allais-je trouver le courage de me baigner ?

Une petite voix impatiente nous parvint de l'extérieur :

— Maman ! Viens, on vous attend !

Je plaquai sur mes lèvres le plus beau sourire de Molly Mortimer, celui que j'employais quand je devais âprement négocier avec une cliente, et sortis de la cabine. Il y avait tellement de monde sur la plage que l'on voyait à peine le sable, mais nous parvînmes à trouver un endroit où étaler la couverture que nous avions apportée. De longues cordes rouges reliées à des piquets partaient de la plage et s'étendaient dans l'eau, où elles étaient attachées à des barils flottants peints en rouge et jaune. Un panneau annonçait « Baignade interdite en dehors de la zone balisée », et la plupart des gens se tenaient aux cordes avec de l'eau à hauteur des cuisses, même si quelques hommes s'amusaient au centre ou nageaient à l'extérieur de la zone délimitée. Les enfants, eux, jouaient à patauger ou à s'éclabousser dans les petites vagues qui léchaient le sable. Il n'y avait aucun danger, c'était évident.

Micke, tout maigrichon dans son costume de bain trop lâche qui lui arrivait jusqu'aux coudes et aux genoux, sautillait sur place, surexcité.

— On peut aller dans l'eau maintenant ? On peut, dis ?

— Papa va vous emmener, répondit Ruth. Reste près de lui et n'éclabousse pas ta sœur.

Per se pencha pour prendre la main de Teddy, qui lui sourit puis demanda :

— Tu viens, maman ?

— Dans une minute. Vas-y avec Per mais reste bien au bord.

J'aurais voulu l'attraper et le serrer contre moi, mais je m'efforçai de sourire tandis que Per et les trois enfants avançaient vers le bord de l'eau.

— Elle n'a pas l'air bien chaude, commenta Anna en voyant les petits pousser des cris au moment de mettre un pied dans l'eau.

— Ça va être rafraîchissant, dit Ruth, appuyée sur ses coudes en levant le visage vers le soleil. Moi, je vais attendre d'avoir bien chaud, et après j'irai me baigner.

Je regardai les enfants barboter dans les petites vagues. Ils avaient commencé un jeu et harcelaient Per pour que celui-ci les tienne par les mains et les fasse tourner en l'air en effleurant la surface de l'eau. Lorsque vint le tour de Teddy, ce fut une cascade d'éclats de rire tandis qu'il tournoyait, la tête basculée en arrière. Per était désormais comme un père pour lui et il n'en connaissait pas d'autre, mais un jour ou l'autre, il en éprouverait certainement le manque. Peut-être qu'à l'avenir, pour son bien, je devrais songer à me remarier ; même si je n'en avais toujours aucune envie pour le moment.

— On y va ? demanda Ruth en se redressant.

— Je ne sais pas... Elle a l'air froide.

C'était absurde d'avoir peur de mettre les pieds dans l'eau alors que tant d'autres personnes s'y amusaient le plus tranquillement du monde. Mais le fait est que *j'avais* peur. Comme si je m'apprêtais à me jeter dans la gueule du loup.

Ruth se leva, les mains sur les hanches, et me toisa.

— Allez, juste une petite trempette. Tu ne peux pas aller à Coney Island sans goûter l'eau.

Je me levai et époussetai le sable de mon costume tout en jetant un regard à Anna. Elle eut un subtil hochement de tête.

Tu es une femme forte, et ce n'est pas ton genre de fuir devant ce qui t'effraie.

— D'accord. Allons-y.

Ruth avançait devant moi, une main posée sur la corde. Elle poussait de petits cris et riait comme les vagues lui léchaient les jambes. L'eau était très froide, même par cette belle journée chaude et ensoleillée. Quelle pouvait être sa température cette nuit-là ? Avec tous ces gens qui flottaient dans cette mer glacée, attendant la mort. J'essayai de repousser cette pensée et d'écouter les bruits autour de moi, les rires et la musique en provenance de l'allée, mais les cris s'élevant dans les ténèbres persistaient en toile de fond.

Mes jambes tremblaient ; seulement, je ne pouvais pas faire demi-tour et laisser Teddy se rendre compte que j'avais peur. Serrant les dents, les paupières mi-closes, je m'agrippai à la corde et avançai à tout petits pas en cramponnant mes orteils au sable sous mes pieds afin de conserver mon équilibre contre les assauts des vagues.

C'était bien différent de la nuit du naufrage, où la mer était parfaitement calme. Il n'y avait pas le moindre souffle de vent, juste ce froid mordant dans l'air. Pas étonnant que nous ayons cru ne courir aucun danger. Je me rappelai tous ces gens qui traînaient sur le pont avec leurs verres et leurs cigarettes, comme s'ils étaient à un cocktail mondain, alors que le bateau commençait déjà à s'enfoncer dans l'océan.

Je revoyais la scène à la manière d'un film projeté dans ma tête.

Les lumières des hublots des cabines qui allaient à la rencontre de leur reflet dans l'eau.

Les gens encore sur le pont alors qu'il était déjà trop tard.

Ce fauteuil en velours vert du salon de première classe qui flottait, quelques heures seulement après que quelqu'un l'avait occupé, sirotant du champagne.

À quel moment mon père, Frederick et Terence s'étaient-ils rendu compte qu'il n'y aurait pas assez de canots de sauvetage pour les hommes ? Étaient-ils restés à bord jusqu'à la fin, ou avaient-ils sauté ? Et Molly, coincée dans ces couloirs sans fin sous le pont, qui avait dû voir l'eau monter et être terrorisée...

Une vague vint percuter mes cuisses. Je gémis et ouvris la bouche au moment où Ruth se retournait en riant. Son sourire s'évanouit dès qu'elle vit mon expression

— Qu'est-ce qui se passe ? demanda-t-elle avant de porter une main devant sa bouche. Oh, pardon Molly, j'aurais dû me douter ! Viens, on sort.

Je secouai la tête.

— Non, ça va.

Je regardai droit devant moi, essayant de me ressaisir.

— Je vais aller jusqu'au premier baril, pour que Teddy voie que je n'ai pas peur. Même si je suis morte de trouille.

Elle lâcha la corde et vint se poster à côté de moi.

— Dans ce cas, prends ma main et on y va ensemble.

Je pris sa main, gardai les yeux rivés sur le baril et, lentement, nous avançâmes dans les vagues. Pendant tout ce temps, Ruth ne cessa de parler d'une voix posée, me disant qu'elle avait toujours voulu aller à la mer, en Angleterre, et qu'ils y étaient allés une fois mais qu'il faisait un froid de canard ce jour-là, même si c'était en plein mois de juillet, et que c'était tout de même bien plus agréable quand il faisait chaud, n'est-ce pas ? Je l'écoutais afin de ne plus penser à cette nuit cauchemardesque et regardais toujours droit devant moi, où le soleil dansait sur l'eau comme des paillettes. Un pied devant l'autre, Ruth et moi nous soutenant mutuellement quand une vague nous faisait vaciller. Et bientôt nous y étions, juste à côté du baril rouge et jaune, avec de l'eau jusqu'en haut des cuisses. Cela ne me plaisait pas, pas du tout. Mais je l'avais fait.

Elle serra ma main dans la sienne.

— Bravo. Maintenant, on sort et on va se sécher au soleil.

Elle tira sur la jupe de son costume de bain en plissant le nez.

— Même si, d'après moi, ce truc sera encore mouillé dans trois jours.

Nous restâmes pour voir les feux d'artifice de Luna Park, si bien qu'il était déjà fort tard quand nous reprîmes le train ; au bout de dix minutes, j'étais la seule à ne pas dormir dans le wagon. Per et Ruth étaient assis en face de moi, elle la tête sur son épaule, lui collé aux enfants. Teddy était couché contre moi, la tête sur mes cuisses, et Anna à côté de lui. Elle piquait du nez et relevait brusquement le menton toutes les trente secondes avant de se rendormir dans un grognement. Difficile de croire que lorsque nous étions sur le bateau, ces gens-là n'étaient que des noms pour moi, et cette vie une perspective aussi étrange que celle de marcher sur la lune. Quand le train entra dans Manhattan, je commençais moi aussi à m'assoupir, et je me disais que nous avions décidément eu beaucoup de chance de pouvoir nous construire une nouvelle vie.

Ce fut le dernier beau dimanche de l'année. L'automne débarqua brusquement et ne tarda pas à glisser vers l'hiver. Le froid piquant de New York me fit un choc, mais Anna, qui avait grandi dans les hivers polaires de Suède, m'apprit à ne pas perdre ma chaleur – « multiplie les couches et ne laisse l'air entrer nulle part ». Elle me prêta aussi un grand manteau de fourrure qu'elle avait rapporté de chez elle. Ainsi vêtue, j'avais l'air d'être prête à partir chasser l'ours, mais au moins il me tenait chaud, ainsi que le bouillon de poule que Della et moi allions acheter au traiteur juif à l'angle de Grand Street.

Nous fêtâmes Noël à la manière suédoise. Anna nous prépara un jambon épicé qui embauma l'appartement des odeurs chaudes de cannelle et de clous de girofle, et Per apporta un petit sapin à la maison. Le soir du réveillon, nous dansâmes en ronde autour de l'arbre. Anna rit aux larmes à force de s'évertuer à me faire prononcer correctement les paroles des chansons suédoises.

Au printemps, on inaugura le phare mémorial financé par une souscription publique afin de célébrer le premier anniversaire du naufrage du *Titanic*. Ruth me demanda si je souhaitais y aller et se proposa de m'accompagner, mais je refusai et elle ne me posa pas plus de questions. Ce soir-là, je m'assis sur les marches de l'escalier de secours et laissai les voix monter en moi afin que Tommy ne soit pas seul avec elles. J'espérais qu'il était au Nebraska maintenant, loin de la mer, entouré de gens qui ignoraient qu'il avait un jour mis le pied sur le *Titanic*.

À chaque saison qui passait, mon ancienne vie s'éloignait davantage et, avec elle, ma peur d'être un jour démasquée. C'est étrange de faire semblant d'être quelqu'un d'autre, mais cela devient de plus en plus facile, jusqu'à ce qu'un matin vous oubliiez presque qui vous étiez avant. Non que je sois tout à fait devenue Molly Mortimer – comment cela aurait-il été possible, alors que je l'avais si peu connue ? Mais je n'étais plus l'incapable Elinor Coombes qui ne savait même pas éplucher une pomme de terre, et encore moins la petite épouse soumise que Winterton Hall avait fait de moi. J'étais ce que Molly avait voulu être : une New-Yorkaise, qui gagnait son pain et travaillait dans le but d'obtenir une vie meilleure pour elle et pour son fils. Maintenant, quand quelqu'un appelait « Molly », je répondais automatiquement, sans avoir à me rappeler que l'on s'adressait à moi.

Au bout de deux années à New York, j'avais cessé depuis longtemps de m'inquiéter de ce que Ruth, Anna et Per penseraient de moi s'ils découvraient le pot aux roses. Il n'y avait plus de raison de croire que cela arriverait dorénavant. Mon ancienne vie était tellement loin de moi que, lorsque je tombai sur Lissy, je crus voir un fantôme.

50

C'était par un bel après-midi de printemps où j'avais pris le train aérien pour aller sur la 6e Avenue jeter un œil aux collections de chez Bloomingsdale's et Macy's. Ruth et moi faisions de bonnes affaires avec nos galons et tentions de repérer ce qui serait à la mode cet été. Je m'étais arrêtée pour regarder les vitrines de chez Macy's – beaucoup de couleurs vives et fraîches ; elles accrocheraient l'œil sur nos charrettes – quand tout à coup, un taxi se gara juste derrière moi.

La portière s'ouvrit et j'entendis une voix familière dire alors :

— Merci, chauffeur, c'est parfait.

Ce n'était pas possible. Et pourtant, je savais que si. Je reconnaissais cette voix, légère et enjouée, comme si elle était sur le point de rire. Je me figeai sur place. Dans le reflet de la vitrine, je vis alors Lissy sortir du taxi, suivie de sa belle-mère américaine. Après que nous étions allées faire du shopping à Londres, lady Harcourt nous avait souvent dit : « Un jour je vous montrerai les boutiques de New York, elles battent Harrods et Selfridges à plate couture. » Et voilà que ce jour était arrivé

Il fallait que je décampe, vite. Je m'apprêtais à tourner les talons et à partir dans la direction opposée mais, alors que lady Harcourt payait le taxi, Lissy vint contempler la vitrine. Je crus réellement que mon cœur allait s'arrêter. Elle était maintenant à moins d'un mètre de moi, aussi chic que d'habitude dans un ensemble caramel avec chapeau assorti. Tellement près que je sentais le parfum qui avait toujours été le sien – cette fragrance évoquant des roses en bouton.

Son regard était fixé sur le mannequin en vitrine qui arborait un manteau mi-saison jaune beurre – il lui serait allé à la perfection, mais il faut dire que tout lui allait. Pétrifiée, je craignais d'attirer son attention si je bougeais ne serait-ce que d'un pouce. Je tournai un peu la tête en baissant les yeux vers les pieds du mannequin afin qu'elle ne puisse pas voir le reflet de mon visage. Et je restai complètement immobile, les yeux rivés sur les chaussures du mannequin. N'osant plus respirer jusqu'à ce que lady Harcourt ait réglé le taxi et qu'elles entrent toutes deux dans le magasin. Je connaissais Lissy ; quand nous allions faire les boutiques à Londres, elle entamait souvent la conversation avec un portier, une vendeuse ou une autre cliente – juste, me semblait-il, afin d'éprouver l'effet de son charme sur cette personne. Elle se tournait vers vous avec ce grand sourire radieux, celui auquel j'avais accordé toute ma confiance, et elle lançait « Quel magnifique manteau ! » ou « Il y a tant de belles choses à regarder ici ! ». J'imaginais déjà ses grands yeux bleus s'écarquiller en me voyant, elle me dirait « Elinor ? », et je serais faite comme un rat.

Nous restâmes ainsi, côte à côte, pendant environ une minute qui me parut durer une éternité. Et puis, enfin, lady Harcourt s'approcha de sa belle-fille :

— Bien, allons voir si nous pouvons vous trouver ce nouveau chapeau.

Lissy se tourna pour répondre. Je sautai sur l'occasion et partis immédiatement dans la direction opposée. J'aurais voulu pouvoir courir ventre à terre, mais il y avait beaucoup de passants dans la rue et je dus me forcer à marcher de manière aussi détendue que les autres tout en slalomant entre les femmes chargées de sacs et de paquets. Mon cœur battait bien trop fort dans ma poitrine. Ç'avait été un tel choc de la voir que j'avais du mal à y croire.

Parvenue au coin de la rue, une centaine de mètres plus loin, je fis alors l'une des choses les plus stupides de ma vie : je me retournai pour regarder derrière moi. Lissy et lady Harcourt avaient dû contempler la vitrine pendant un moment car elles s'apprêtaient seulement à entrer dans le magasin. À cet ultime instant, Lissy tourna le visage sur sa gauche. Et, malgré la distance, nos regards se croisèrent. Je me détournai instantanément, fonçai dans la première petite rue et me mis à courir. Ignorant les gens qui me regardaient et n'osant pas me retourner, je ne m'arrêtai qu'une fois parvenue à la station de train aérien, où je gravis les marches quatre à quatre jusqu'au quai. Un train arrivait juste.

Quelques têtes se tournèrent vers moi comme je me laissais tomber sur un siège, rouge et hors d'haleine. Le conducteur s'apprêtait à refermer les portes quand une voix en provenance des escaliers cria « Attendez ! ». M'avait-elle poursuivie ?

Fermez les portes. Pitié, fermez les portes.

Habituellement, les conducteurs étaient pressés de partir, et je les soupçonnais souvent de fermer la porte au moment même où quelqu'un arrivait en courant sur le quai. Mais celui-ci ne l'était pas, trop occupé à reluquer une jolie blonde assise dans le fond de la voiture. « On se dépêche, madame ! » lança-t-il en laissant toujours les portes ouvertes.

Je me levai, prise de panique. Le problème, c'est que je ne pourrais pas m'enfuir sans me retrouver nez à nez avec elle. Et la voiture étant à moitié vide, je ne pouvais pas me cacher. Si elle montait maintenant, j'étais piégée. Mon cœur battait tellement fort que les autres passagers devaient l'entendre et, à en juger par leur expression, je devais avoir l'air d'une bête traquée.

Le haut d'une chevelure puis un visage apparurent dans l'escalier. Je retombai sur un siège et me pris la tête entre les mains. Ce n'était pas elle. Une femme rondelette portant une valise trotta péniblement jusqu'au train et monta à bord. Le conducteur coula un regard éloquent à la jolie blonde – « Vous avez vu comme je suis gentil ? » – et, enfin, referma la porte avant de démarrer.

Le train prit de la vitesse. Je me tournai vers la fenêtre ouverte afin de prendre l'air, me moquant éperdument de la fumée chargée de suie qui m'arrivait en plein visage. Ce n'était pas Lissy. Elle ne m'avait pas poursuivie. Elle ne m'avait pas reconnue ; c'était impossible. L'air était frais. Peu à peu, ma respiration redevint normale et je commençai à me calmer. J'avais paniqué en la voyant, mais elle n'avait pu m'apercevoir qu'une fraction de seconde. Et la femme qu'elle avait vue n'était pas Elinor Coombes, dans une robe coûtant des centaines de guinées, coiffée trois fois par jour par sa femme de chambre. C'était Molly Mortimer, vêtue d'un chemisier fait maison et de sa seule jupe correcte, les cheveux attachés en moins de deux minutes.

Un souvenir du jour de mon arrivée me revint : ce moment où Ruth avait en me voyant trouvé une ressemblance avec la mère de Molly. Nous avons tendance à voir ce que nous nous attendons à voir, or Lissy ne s'attendait pas à me trouver ici. Elle avait peut-être pensé un instant que Molly Mortimer ressemblait à Elinor Coombes, mais rien de plus. En admettant qu'elle ait remarqué mon visage, elle devait déjà l'avoir oublié.

La voie ferrée du train aérien s'enfonçait maintenant dans les rues étroites menant au Lower East Side. Elle passait si près des immeubles d'habitation comme le nôtre que l'on pouvait voir par les fenêtres l'intérieur des appartements et entrevoir de brèves scènes de la vie des gens : un couple qui se disputait, une mère préparant le repas, un homme qui grimaçait en se rasant devant un miroir. Cela me rappelait toujours une maison de poupée que j'avais, étant petite ; à ceci près que le délicat mobilier miniature de cette maison de poupée devait être beaucoup plus onéreux que tout ce qui pouvait se trouver dans ces appartements, ou dans le nôtre. Que penserait Lissy si elle savait que j'avais choisi cette existence plutôt qu'une semblable à la sienne ? Elle serait incapable de comprendre ce choix, j'en étais certaine. Le mode de vie que j'avais tellement détesté était totalement naturel pour elle, comme il l'était pour Frederick.

Je n'avais pas envie de penser à ce qu'elle aurait fait si elle m'avait vue. À mon avis, son opinion sur la place que Teddy devait occuper était tranchée d'office.

Les familles comme les nôtres constituent la colonne vertébrale de ce pays, et nous avons une responsabilité envers les générations à venir – celle de perpétuer la lignée.

51

Le lendemain était un dimanche. Nous allâmes aux bains publics comme à notre habitude, mais je ne parvins pas à apprécier mes vingt précieuses minutes d'eau chaude et d'intimité. J'avais beau m'efforcer de ne pas ressasser ma brève rencontre avec Lissy, mes pensées revenaient toujours à ce moment où je m'étais retournée et l'avais regardée dans les yeux, même de loin. Je ne cessais de me répéter qu'elle n'avait pas pu me reconnaître. Tout s'était passé tellement vite. Et pourtant, quand je me rejouais la scène, je me demandais encore si elle ne m'avait pas reconnue à ce moment-là.

Il lui faudrait remettre beaucoup de choses en question pour soupçonner la vérité, mais ce n'était pas impossible. Et je savais déjà ce qu'elle en ferait. Sitôt que lord et lady Storton sauraient que j'étais vivante, ils se douteraient que Teddy pouvait l'être, lui aussi. Ils n'auraient aucune envie de me revoir chez eux, après ce que j'avais fait ; en revanche, ils feraient tout pour récupérer leur héritier. Et la loi était de leur côté. Ils étaient ses tuteurs légaux. Ils pourraient me le reprendre sans que j'aie mon mot à dire. Ils le ramèneraient en Angleterre pour l'élever comme le prochain lord Storton et je ne le reverrais jamais.

Mais comment pourraient-ils nous retrouver ? Des centaines de femmes devaient arpenter la 6e Avenue tous les jours, et elles pouvaient venir de n'importe quel quartier de New York. Voire de l'extérieur de la ville : de nos jours, des trains arrivaient à Grand Central de tout le pays. Ils ne sauraient pas par où commencer à chercher. Malgré ce raisonnement, un frisson me parcourut l'échine. Ils n'avaient pas besoin de se poser ces questions. Ce ne serait pas eux qui mèneraient les recherches, mais leur argent.

Ils n'iraient pas à la police – l'affaire risquerait alors de s'étaler dans les journaux et de faire scandale. En revanche, il existait des détectives privés pour retrouver des gens – j'avais lu un article à ce sujet dans le journal, il y a quelques jours à peine. Un détective privé devait bien connaître la ville, et il ne lui faudrait pas bien longtemps pour se dire que si je devais me trouver quelque part, ce serait dans le Lower East Side. C'est là qu'échouaient tous ceux qui arrivaient à New York sans moyens et avaient besoin d'un travail et d'un toit sur la tête. Et le quartier avait beau être surpeuplé, en tant qu'Anglaise, je sortais un peu du lot. Combien de fois mes clients avaient-ils émis des remarques à propos de mon accent ? Bon sang, quelle idée avais-je eue en emmenant si souvent Teddy avec moi, ces derniers temps ? Il suffirait à un détective de se rendre sur Grand Street, de demander aux gens s'ils connaissaient une Anglaise avec un petit garçon, et il y aurait forcément quelqu'un pour lui indiquer où me trouver.

Je sursautai en entendant frapper à la porte.

— C'est l'heure, brailla l'employée. Sortez.

Je m'essuyai avec la serviette rugueuse de l'établissement en me demandant ce que faisait Lissy en ce moment. Et combien de temps cela prendrait pour qu'un télégramme partant d'ici parvienne en Angleterre.

Cette nuit-là, pour la première fois depuis longtemps, je rêvai du *Titanic* – sauf que cette fois, les membres de l'équipage disaient aux passagers de monter dans les canots de sauvetage, et que je ne parvenais pas à retrouver Teddy. Quelqu'un l'avait emmené, mais je ne savais pas qui. Je me réveillai en sueur et, même si je parvins à me rendormir, le rêve me revint au petit matin, me laissant un affreux sentiment de frayeur.

Je me rendis au travail comme à l'accoutumée, mais sans emmener Teddy. Je lui promis de lui rapporter des donuts en rentrant et dis à Anna qu'il semblait avoir pris froid et que je préférais qu'il reste à la maison. Elle ne me posa pas de questions. Il jouait tranquillement avec ses petites voitures quand je m'en allai.

La clientèle de Grand Street était toujours très variée. Je voyais certaines personnes tous les jours, d'autres de temps en temps, et comme chaque bateau déversait tout un flot de nouveaux arrivants, il y avait constamment de nouveaux visages. Je savais maintenant les repérer : s'ils ne se trahissaient pas par leur tenue vestimentaire différente de celle des Américains, leurs yeux écarquillés quand ils marchaient sur Grand Street le faisaient à la place. Mais ce matin-là, je me surpris à scruter la foule des passants en guettant un autre type de visage non familier, celui d'un individu qui connaîtrait les lieux et aurait l'air de chercher quelqu'un. J'avais beau me répéter que c'était ridicule, que personne n'était à ma recherche, je ne parvenais pas à oublier l'instant où mon regard avait croisé celui de Lissy.

En entendant Della essayer d'alpaguer le chaland à grands cris, je fus frappée par la façon dont son accent contrastait avec tous ceux qui constituaient le brouhaha de la rue. Le mien devait produire le même effet, si bien que je n'osai pas crier comme je le faisais habituellement et que je dus me mordre les lèvres pour m'empêcher de lui dire de se taire.

Un beau soleil brilla tout l'après-midi, entraînant un afflux de passants qui ne me facilita pas la tâche pour tenter de repérer un visage inhabituel. Mon angoisse ne cessait de croître, au point qu'aux alentours de 17 heures, j'avais un tel mal de tête que je dus remballer et rentrer à la maison. Après avoir déposé la charrette au hangar, et malgré l'absence de tout signe inquiétant, j'effectuai un détour de plusieurs rues pour regagner mes pénates. À chaque pas je me disais que j'étais stupide d'agir ainsi, mais je ne pouvais m'empêcher de regarder derrière moi toutes les deux minutes, jusqu'à ce que je sois sûre que personne ne m'avait suivie jusqu'à la maison.

J'étais épuisée en arrivant au pied de notre immeuble. Je gravis les marches péniblement, impatiente d'être rentrée, de refermer la porte derrière moi et de faire un gros câlin à Teddy. Mais lorsque j'ouvris la porte, l'appartement était vide. Les briquettes de bois étaient étalées par terre, comme s'il avait été contraint d'abandonner subitement son jeu. Où était-il ? J'ouvris les portes des deux chambres : vides.

Étaient-ils venus ? L'avaient-ils emmené ? Je sentis mon souffle se couper et, l'instant d'après, je me précipitai dans le couloir et tambourinai à la porte de Giovanna. Elle m'ouvrit, l'air affolée.

— Molly ! Qu'est-ce qui se passe ?

— Est-ce que quelqu'un est venu ici aujourd'hui ? As-tu vu quelqu'un entrer chez nous ?

— Non, pourquoi est-ce que...

— Teddy n'est plus là, il a disparu.

La panique enflait dans ma voix. Elle posa une main sur mon bras.

— Il n'est pas avec Ruth ?

— Je ne sais pas, elle n'est pas là non plus ! Il n'y a personne !

Elle me regarda comme si j'étais complètement folle.

— Eh bien, justement, il doit être avec Ruth ou Anna. Non ?

Je dus la dévisager avec un air hagard quelques instants, puis, en même temps que j'intégrais ce qu'elle venait de me dire, j'entendis des pas dans l'escalier.

— Maman, on a mangé des glaces !

Je me retournai. Il était là, sa petite frimousse barbouillée du rose de sa glace préférée – à la fraise. Ils étaient tous là, Ruth, Micke et Lena, Anna quelques pas derrière eux, grimaçant à cause de son genou.

J'avais une envie folle de le prendre et de le serrer dans mes bras pour sentir dans mon corps qu'il était bel et bien là, sain et sauf, mais je ne voulais pas que les autres voient dans quel état je m'étais mise. Je me forçai donc à rire et lançai :

— Ah, vous voilà ! Je croyais que vous étiez tous retournés à Coney Island et que vous étiez partis sur la lune !

J'espérais que Ruth n'avait pas entendu mon échange fébrile avec Giovanna, mais son expression semblait indiquer le contraire.

— Ça va ? me demanda-t-elle. Tu paraissais inquiète.

— Je suis rentrée de bonne heure parce que j'avais mal à la tête. Je me demandais juste où vous étiez passés, rien de plus.

— J'ai vu plein de nouvelles employées de bureau cette semaine, qui m'ont acheté presque tout ce que j'avais aujourd'hui, répondit Ruth. Alors je me suis dit que j'allais terminer plus tôt et offrir un petit plaisir aux enfants. Teddy avait l'air d'aller bien, je ne pense pas qu'il soit malade, donc...

Je plaquai un sourire sur mes lèvres.

— Rien qui résiste à une bonne glace, en tout cas, dis-je avant de lui tendre la main. Allez, viens, qu'on te débarbouille un peu.

Je revis Lissy ce soir-là. Pas en chair et en os, Dieu soit loué, mais dans les colonnes du journal que Per rapporta à la maison. J'étais en train de le feuilleter pendant qu'Anna préparait le repas et que Ruth nous parlait des problèmes d'Eileen avec son mari, quand je tournai une page et la vis soudain, tout sourire, sur une photographie.

— Qu'est-ce qu'il y a ? demanda Ruth – j'avais dû m'exclamer malgré moi.

Elle se pencha et regarda la page par-dessus mon épaule.

— Qui est-ce ?

Je dis la première chose qui me vint à l'esprit :

— Oh, juste quelqu'un que connaissait Mrs Fieldwood – tu sais, la dame chez qui je travaillais à Londres. Ça m'a surprise de la voir là.

— Joli chapeau. Bref, j'ai dit à Eileen que...

Lorsque tout le monde fut couché, je rouvris le journal. La photo de Lissy, ainsi qu'une demi-douzaine d'autres portraits, illustrait un article à propos d'un nouvel hôtel qui venait juste d'ouvrir ses portes, le Biltmore. La légende indiquait que lady Rosemary Harcourt était à New York avec sa belle-fille et qu'elles participeraient à un bal donné à l'ambassade de Grande-Bretagne mardi prochain, avant de rentrer chez elles à bord du *Mauretania.*

Toujours aussi belle, Lissy souriait à l'objectif. Elle semblait heureuse, insouciante, même. En la voyant, nul n'aurait pu deviner qu'elle avait perdu l'amour de sa vie à peine deux ans auparavant. Mais Lissy était Lissy ; et on ne pouvait jamais se fier à ce visage.

J'aurais aimé pouvoir rester cachée à l'appartement jusqu'à ce que le *Mauretania* reprenne la mer, mais si quelqu'un me cherchait il fallait que je le sache. Je demandai tout de même à Anna si elle voulait bien garder Teddy à la maison pendant une semaine, prétextant une toux occasionnelle. Cela ne la dérangeait pas. Ces deux-là s'aimaient beaucoup, et il se conduisait toujours de manière irréprochable avec sa grand-mère d'adoption.

Il y avait encore plus de monde sur Grand Street le lendemain, et le beau temps m'apporta un regain d'affaires – tout le monde aime rafraîchir sa garde-robe quand le printemps arrive. À cette période, la mode était aux chapeaux avec de grandes plumes, et je m'en étais procuré un lot dans de très jolis tons pastel. Elles étaient un peu abîmées, la boîte qui les contenait étant tombée, si bien que les boutiques chics n'en voulaient pas ; mais il suffisait d'en placer plusieurs côte à côte pour que cela ne se voie pas du tout. Ces plumes partaient comme des petits pains, sachant que pour cinq cents seulement, on pouvait se confectionner un chapeau neuf – au point que Ruth se demanda si nous ne devrions pas glisser une petite pièce au jeune livreur pour qu'il fasse tomber d'autres boîtes. J'avais également des coupons d'un joli coton à fleurs et de nouvelles dentelles, parfaites pour les cols et les manchettes, qui se vendaient toujours bien. Le flux des clientes ne tarissait donc pas, et elles firent de bonnes affaires ce jour-là, comme la veille, étant donné que toute mon attention était focalisée sur l'observation de la foule autour de moi.

J'étais en train de remballer, soulagée à l'idée de rentrer, quand Della me lança depuis l'autre côté de la rue :

— Molly, ton nom de famille c'est Morton, c'est ça ?

— Non, Mortimer.

Pourquoi me posait-elle cette question ?

— Ah, voilà. Je me disais bien que ça commençait par un M.

Elle vint me rejoindre, un petit paquet de fromage entre les mains.

— Tiens, prends ça pour Teddy. Il ne m'en reste qu'un tout petit morceau, et c'est celui qu'il préfère. Non, je te demandais ça parce que tout à l'heure, il y avait un type au magasin de volaille, près de la station, qui demandait si quelqu'un connaissait une Anglaise avec un petit garçon d'environ quatre ans. Mais il disait qu'elle s'appelait Coombes.

52

Je dus lutter de toute mon âme pour ne pas abandonner ma charrette sur place et courir à la maison. Si je l'avais fait, la rumeur serait remontée sur Orchard Street et cet homme, quand il reviendrait – car il reviendrait sûrement –, saurait tout de suite qu'il avait trouvé celle qu'il cherchait. Je m'empressai donc de finir de remballer, ramenai la charrette au hangar et me hâtai de rentrer, n'osant croire à ce qui était en train de se passer.

Lissy avait dû me reconnaître, finalement. Peut-être même avait-elle pensé à moi en venant ici, de sorte que le rapprochement n'avait pas été si difficile à faire dans son esprit quand elle m'avait vue. Peut-être n'étais-je pas si différente d'avant que je le croyais ? Quoi qu'il en soit, les dés étaient jetés. Elle avait dû envoyer un télégramme à Winterton Hall, et maintenant toutes les peurs que je voulais considérer comme ridicules venaient de devenir réalité. Un détective privé était à ma recherche, et il n'était pas loin.

Comment avais-je pu me convaincre qu'elle ne m'avait pas reconnue ? Si j'avais été plus prudente, j'aurais pris davantage de temps pour réfléchir, et voilà qu'à présent, il ne m'en restait plus. Plus du tout. La chance avait voulu que le détective ne commence pas son enquête sur Grand Street, mais tôt ou tard, il y viendrait. Dès demain, peut-être.

Lorsque j'arrivai à la maison, j'étais dans un état de panique totale, saisie de vertiges. En arrivant sur le palier du deuxième étage, j'entendis tourner la machine à coudre d'Anna. Il fallait que je me ressaisisse, que j'arrive avec les idées claires. Je décidai donc de continuer de monter les escaliers pour me rendre sur le toit. Là, je me postai devant le muret qui cernait le toit terrasse et pris de profondes respirations pour essayer de me calmer. De toute évidence, le détective privé n'avait pas tardé à deviner qu'une femme désargentée et désireuse de disparaître allait venir s'installer dans le Lower East Side, où il était facile de trouver de l'emploi et un logement. Il ne pouvait pas connaître le nom que j'empruntais – dans les listes des morts et des survivants, Molly était toujours enregistrée comme une passagère de troisième classe, de sorte que personne ne devait savoir que nous nous connaissions, et encore moins que j'avais pris son nom. Et personne à New York ne me connaissait sous celui d'Elinor Coombes. En revanche, si le détective questionnait les habitués de Grand Street à propos d'une Anglaise avec un petit garçon, il saurait vite que la personne que Lissy avait vue était bien moi, et que je ne me trouvais pas loin.

La situation était claire : si lord et lady Storton avaient la moindre raison de soupçonner que Teddy soit encore vivant et vive ici, à New York, ils nous retrouveraient. Il ne me restait donc plus qu'une seule possibilité : prendre Teddy sous mon bras et m'enfuir. Disparaître dans une autre région des États-Unis, où ils n'auraient aucune raison de soupçonner notre présence. Le pays était grand. Ils ne pourraient tout de même pas chercher partout. J'avais l'argent mis de côté pour notre déménagement. Cela pourrait nous permettre de tenir un petit moment, si je faisais attention. Ensuite, je n'aurais qu'à trouver un autre moyen de gagner ma vie. En travaillant dans un magasin peut-être, ou dans une usine. Je n'étais plus Elinor Coombes, cette femme sans compétences ; je saurais me débrouiller s'il le fallait.

Mais l'idée de repartir de zéro, et cette fois sans connaître personne, me terrifiait. Du toit de l'immeuble, je regardai ces endroits qui avaient été ma vie ces deux dernières années. L'angle de Grand Street, l'épicerie où Della et moi achetions le bouillon de poule qui nous réchauffait pendant l'hiver. Les bains publics où nous allions le dimanche, et l'espace de Seward Park entre les bâtiments, où les enfants jouaient. Le toit de la bibliothèque où j'avais retrouvé mes vieux amis dans les pages de ses livres. Cet endroit qui m'avait paru tellement étrange au début était chez moi maintenant, et je n'avais pas envie de le quitter, pas plus que la vie que nous nous y étions faite. Mais avant tout, je ne voulais pas perdre les gens que je considérais désormais comme notre famille.

C'est à ce moment-là que je pris la mesure de ce qui m'attendait. Je n'allais pas seulement devoir les quitter ; j'allais aussi devoir leur annoncer que je leur avais menti pendant tout ce temps. Nous ne pouvions pas disparaître sans explications – il était inconcevable que je m'en aille sans leur dire où nous allions et pourquoi nous partions.

Non, si nous étions obligés de partir, j'allais aussi être obligée de leur expliquer pourquoi. Et il n'y aurait pas d'autre explication valable que la vérité, c'est-à-dire que je n'étais pas celle que je prétendais être. Je les avais laissés nous accueillir à bras ouverts quand nous n'avions rien, nous offrir le peu qu'ils possédaient, et maintenant, je devrais aussi leur avouer ce que nous aurions pu retrouver en rentrant chez nous. Le titre dont Teddy était l'héritier, une demeure plus vaste que tout ce qu'ils auraient pu imaginer, et des centaines d'hectares de terres. J'allais devoir leur avouer mon énorme mensonge, que leur pauvre Molly était morte, et que je lui avais volé sa vie.

53

Per était en train d'accrocher son manteau au clou quand je rentrai enfin. Ruth et Lena feuilletaient le dernier magazine apporté par Erin, et, dans leur chambre, Teddy et Micke avaient entrepris la construction d'un nouveau pont en briquettes assez compliqué. Anna commençait à préparer le dîner ; de l'émincé de porc et des oignons crépitaient dans la poêle tandis qu'elle retirait les feuilles d'un chou vert. Je l'avais vue tant de fois préparer son chou farci. Celle-ci serait la dernière.

Je restai dans l'encadrement de la porte quelques instants et regardai l'appartement tout en me rappelant la façon dont je l'avais considéré, le premier soir – un endroit minuscule, où il devait être impossible de vivre à cinq, encore moins à sept. À ce moment-là, je ne savais pas que l'illustration sur le mur, montrant un lac bleu et étale, représentait l'endroit où Anna était née ; je ne savais pas non plus que la nappe brodée était son cadeau de mariage à Ruth et Per. Je ne savais pas que Per avait lui-même fabriqué le coffre en bois quand ils avaient appris que Molly allait les rejoindre, ni qu'ils avaient pioché dans leurs économies pour acheter le matelas en plumes qui se trouvait à l'intérieur, et que je finirais par être heureuse de m'y étendre après une dure journée de labeur. Je ne savais pas que j'allais tant aimer cet endroit et les gens qui l'habitaient.

Je ne voulais pas raconter mon histoire devant les enfants. J'attendrais donc qu'ils soient allés se coucher. Je profiterais d'un dernier repas autour de cette petite table en bois en tant que Molly, afin de pouvoir m'en souvenir quand nous serions loin d'ici, et seuls. Ensuite, je passerais aux aveux, et nous partirions demain, pour prendre le premier train qui nous emmènerait le plus loin possible de New York sans trop grever mes économies. S'ils ne nous mettaient pas à la porte dès ce soir.

Je les regardais un à un en essayant de fixer ces images dans ma mémoire : Micke qui taquinait Teddy en lui disant qu'il ne serait jamais capable de manger tout son chou, Lena qui nous racontait avoir vu Erin partir à une soirée dansante et nous détaillait la tenue de celle-ci, Per qui félicitait la cuisinière – il adorait le chou farci – et Anna qui lui répondait « Eh bien, je fais de mon mieux, mais ils ne savent pas élever les cochons dans ce pays. En Suède, le porc avait bien plus de goût. »

Ruth me coula son regard complice en entendant la rengaine de sa belle-mère, et cela me fit l'effet d'un coup de poing dans le ventre – c'était la dernière fois qu'elle m'accorderait ce regard. À la fin de la soirée, notre amitié aurait volé en éclats, et je n'osais imaginer ce qu'elle penserait de moi. Je leur avais menti à eux tous, mais les fois où j'avais menti à Ruth étaient les plus graves. Avec les autres, certes, j'avais prétendu être Molly et, quand cela s'imposait, j'avais raconté des histoires pour expliquer pourquoi je ne savais pas éplucher une pomme de terre ou utiliser une machine à coudre. Mais autour de cette table, seule avec Ruth, je lui avais parlé de la mère de Molly, qu'elle adorait, comme si je la connaissais. Je lui avais raconté toute une fable sur le père de Teddy et, même si ce que j'avais dit à propos de mes sentiments pour lui était vrai à l'égard de son véritable père, elle ne le verrait probablement pas de cet œil-là. Je ne pourrais pas lui en vouloir. Je ne savais que trop bien ce que c'était de se sentir trahie par une amie.

Mes yeux se posèrent sur Teddy. Micke lui avait beurré un morceau de pain, et il sourit en y mordant à pleines dents. Lady Storton aurait probablement appelé cela « manger comme un cochon ». Mais elle n'aurait pas l'occasion de le dire. Je ne comptais pas laisser ma belle-famille mettre le grappin sur mon fils, et si cela impliquait de quitter ces gens adorables, je le ferais, même si cela devait me briser le cœur.

Le dîner passa bien trop vite. Bientôt, les enfants allèrent se coucher, Ruth emporta la vaisselle à l'évier dans le couloir et je la suivis avec la casserole d'eau qui avait chauffé sur le poêle. Elle lavait, j'essuyais, comme à notre habitude. Tout en me passant la dernière assiette, elle lâcha un soupir et me dit :

— Ah, j'ai hâte qu'on ait un appartement avec l'eau courante. Ça nous changera la vie, tu ne crois pas ?

Comme je ne répondais pas – j'en étais incapable – elle se tourna vers moi.

— Tu es bien silencieuse ce soir. Tout va bien ?

À cet instant, j'aurais donné une vie entière sans eau courante pour pouvoir lui dire « Oui, tout va bien ». Mais le temps des mensonges était révolu.

— Pas vraiment, non. Retournons à l'intérieur. Il faut que je vous parle.

Anna posait la cafetière sur le poêle lorsque nous revînmes à l'appartement.

— On fait une partie de Kille ? lança-t-elle. Per, va prendre les cartes.

— Pas maintenant, Mama, dit Ruth. Molly a quelque chose à nous dire.

— Ça a l'air bien sérieux, dit Per.

— Ça l'est, oui, répondis-je.

Ruth s'assit près de son mari ; Anna et moi face à eux.

Ruth se pencha par-dessus la table pour poser une main sur mon bras.

— Molly, que se passe-t-il ? À te voir, on jurerait que quelqu'un est mort.

Moi qui ne savais pas par où commencer mes aveux... Elle venait de me donner la clé.

— Eh bien, c'est le cas. Molly est morte.

54

Ils me dévisagèrent sans comprendre. Je n'avais plus qu'à poursuivre.

— Je ne suis pas Molly Mortimer. Je m'appelle Elinor Coombes.

Ruth et Per échangèrent un regard ébahi.

— Quoi ? fit-elle. Comment ça, tu n'es pas Molly ?

— Je suis désolée. Molly… Molly n'a pas survécu.

— Mais qu'est-ce que tu racontes ? Bien sûr que tu as survécu, puisque tu es là.

— Je suis là, mais je ne suis pas Molly. J'ai pris son nom afin de pouvoir quitter le navire sans que personne ne sache que j'étais vivante.

Ruth me regarda comme si j'étais folle.

— Mais enfin, c'est ridicule. Qu'est-ce qui te prend ? Tu es malade ?

— Je crois que je devrais commencer par le début, dis-je.

Si j'avais eu moins peur qu'ils n'en viennent à me haïr, j'aurais trouvé leurs visages comiques tandis qu'ils écoutaient mon récit. La stupeur se lut dans leurs yeux quand je leur expliquai que mon père était un homme riche, et Ruth secoua la tête lorsque j'annonçai que le père de Teddy était le comte de Storton.

— Excuse-moi, c'est complètement absurde, c'est…

Anna la coupa en levant un doigt en l'air.

— Laisse-la raconter son histoire.

Aussi brièvement que possible, je leur relatai alors ma vie de femme mariée ; que j'étais malheureuse à Winterton

Hall, que je détestais la vie qu'ils voulaient imposer à Teddy. De loin en loin, Per secouait la tête avec une mine désabusée, et les yeux de Ruth n'exprimaient plus que de l'ahurissement, mais je voyais maintenant que tous me croyaient. Comme j'avais honte de leur dire ces choses-là, de leur parler de cette existence d'un luxe dont ils n'oseraient même pas rêver ! Celle de la vie d'une fille de millionnaire qui n'avait pas connu la fin heureuse promise dans les livres.

Je commençais à évoquer ma rencontre avec Molly sur le quai quand Anna se leva et se tourna vers le poêle. Je m'interrompis, mais elle eut un petit geste de la main.

— Continue. Il ne faudrait pas ajouter du café brûlé à toute cette tragédie.

Les larmes me montèrent aux yeux comme je leur expliquais que Molly était enceinte et pleine d'espoir de se créer une nouvelle vie pour elle et son bébé. Ne voulant pas les laisser croire que j'espérais leur compassion, je gardai les yeux rivés sur Anna qui servait le café et refoulai mes larmes.

— Tu savais qu'elle était enceinte ? demanda Per à Ruth.

— Non, elle ne me l'avait pas dit.

Je leur expliquai que Molly n'était pas sûre qu'ils veuillent bien l'accueillir s'ils l'avaient su.

— Bien sûr que nous l'aurions accueillie ! Quel dommage qu'elle en ait douté...

Elle traça un rond sur la table du bout du doigt puis leva sur moi un regard froid.

— Et donc, comment se fait-il qu'elle n'ait pas survécu ?

Je leur racontai notre dernière nuit sur le *Titanic*, et le moment où Molly avait fait demi-tour pour aller récupérer ses économies.

— Je sais que c'est difficile à croire, mais à ce moment-là, personne ne croyait que nous étions en danger. Et mon mari avait promis de veiller à ce qu'elle ait une place dans un canot. Si j'avais su qu'elle risquait de ne pas pouvoir quitter le navire, je ne l'aurais jamais laissée y retourner.

— À ton avis, qu'est-ce qui lui est arrivé ? demanda Per.

Combien de fois m'étais-je posé cette question au beau milieu de la nuit ?

— J'imagine qu'elle a dû se perdre en essayant de retourner à notre cabine, ou pour ensuite regagner le pont. Le bateau était tellement grand. Et il a coulé à une telle vitesse...

Je m'arrêtai, revoyant encore ces images et doutant de l'intérêt de leur en dire plus. Ruth pleurait déjà en silence à ce moment-là ; je n'avais pas envie de la bouleverser davantage. Mais je tenais à être honnête avec eux, à ne plus leur mentir.

— À bord, on ne se rendait compte de rien. Les cheminées faisaient un vacarme de tous les diables, mais à part ça, tout paraissait normal. Les gens continuaient de boire des verres, il y avait de la musique... C'est quand le canot de sauvetage s'est éloigné que j'ai pu voir que l'avant du navire avait déjà le nez dans l'eau. Donc je pense que les ponts inférieurs, où se trouvaient les cabines, devaient déjà être inondés à ce moment-là, et qu'elle a pris un mauvais chemin et s'est retrouvée piégée.

Je levai les yeux vers Ruth. Son visage était maintenant strié de larmes. Per lui prit la main.

— Je suis désolée, dis-je. Je sais qu'elle aurait eu une belle vie ici, avec vous.

— Et c'est toi qui l'as eue à sa place. Mais continue... comment as-tu dit que tu t'appelais, déjà ?

— Elinor.

— Continue, *Elinor*, jeta Ruth comme si mon nom était un poison dans sa bouche. À quel moment as-tu décidé que tu viendrais ici et ferais semblant d'être Molly ?

Ce serait la partie la plus difficile à expliquer. J'avais encore du mal à y croire moi-même.

— C'est à cause de tout ce que j'ai vu.

Et de ce que j'avais entendu. Mais je ne comptais pas leur décrire les cris atroces qui avaient résonné dans la nuit.

— Dans cette cabine, sur le *Carpathia*, j'ai pensé à tous les gens sur le bateau qui voulaient venir ici, comme Molly, pour commencer une nouvelle vie. Ils n'auraient finalement pas cette chance, et elle non plus, et je ne pouvais rien y faire... Mais le fait que Teddy et moi ayons survécu était comme une seconde chance pour nous, et je ne voulais pas la laisser passer. Je ne dis pas ça pour me trouver une excuse. J'ai mal agi en vous mentant et en prenant la place de Molly, c'est indéniable. Mais c'est pour cette raison que je l'ai fait.

Le silence régnait autour de la table. Ruth avait les yeux baissés sur ses mains. Soudain, elle releva la tête, et ce fut comme si elle regardait quelqu'un qu'elle n'avait jamais vu avant.

— Comment peut-on savoir si cette histoire est vraie ? Parce que franchement, je la trouve un peu tirée par les cheveux ! Lord et lady... comment as-tu dit, Storton ? Et ton père, un millionnaire ? On dirait un roman à quatre sous. C'est n'importe quoi.

Je m'apprêtais à leur rappeler la photo dans le journal, le lendemain de mon arrivée, quand Anna intervint :

— Bien sûr qu'elle dit vrai. Tu ne te souviens pas de ses mains quand elle est arrivée ? Douces et blanches. Curieux pour des mains de domestique, qu'on soit femme de chambre ou pas.

J'aurais dû me douter que ces yeux bleus perçants avaient décelé plus de choses qu'elle n'en laissait paraître.

— Elle ne savait même pas éplucher une patate. Tu n'as rien vu, mais moi, oui.

Ruth resta bouche bée en la fixant, ainsi que Per.

— Tu la soupçonnais dès le début ? demanda-t-elle. Et tu ne nous as rien dit ?

— C'était une jeune femme avec un enfant, qui débarquait dans un pays étranger, comme moi en arrivant de Suède. Et son voyage pour venir ici avait été horrible. Tu l'aurais mise à la porte, toi ?

— Non, mais...

— Eh bien, voilà.

— Ce n'est pas le sujet ! Nous avions une inconnue chez nous sans le savoir. Tu te rends compte ?

— Molly aussi était une inconnue, objecta Anna.

— Elle était de la famille !

— Ça ne change rien, nous ne la connaissions pas. Alors je l'aurais eue à l'œil pareillement, pour voir quel genre de personne elle était. Et je l'ai eue à l'œil… celle-là, dit-elle en pointant un doigt vers moi. Elle ne nous a pas volés, elle a travaillé dur et payé sa part dès le début. Alors, dis-moi, quel mal y avait-il à la laisser rester chez nous ?

— Elle nous a menti !

Anna haussa les épaules.

— Je pensais qu'elle devait avoir une bonne raison pour ça, et maintenant, je sais que c'était le cas.

Ruth leva les deux mains en l'air.

— Comment peux-tu prendre sa défense ?

Elle se tourna vers moi.

— Je n'arrive pas à croire que tu aies passé tout ce temps à me mentir en permanence. Ça t'amusait, de voir qu'on avait gobé ton histoire si facilement ?

— Non, bien sûr que non, je…

Per leva une main pour m'interrompre.

— Ce que je me demande, moi, c'est pourquoi tu nous racontes tout ça maintenant.

— Parce que Teddy et moi allons devoir quitter New York. Et je ne voulais pas partir sans vous avoir dit la vérité. Vous avez été tellement bons avec nous quand nous n'avions rien. Je sais que vous l'avez fait parce que vous pensiez que j'étais Molly… Mais, pour nous, vous êtes comme notre famille maintenant, et je ne peux pas vous dire combien de fois j'ai rêvé que ce soit réellement le cas.

Ruth eut un petit rire cassant.

— Comme votre famille ? On ne te connaît même pas.

— Laisse-la s'expliquer, dit Per. Pourquoi est-ce que vous devez partir ?

Je leur révélai l'épisode avec Lissy, et qu'un détective privé était à mes trousses.

— Je ne voulais pas croire qu'elle ait pu me reconnaître, mais apparemment, c'était bel et bien le cas. Et maintenant que mon mari est mort, mes beaux-parents sont les tuteurs légaux de Teddy. Ils ont pris des dispositions dans ce sens quand il était bébé. Et s'ils nous retrouvent, ils me l'enlèveront.

— Mais tu es sa mère, s'indigna Anna.

— Ça ne change rien. La loi est de leur côté, et ils s'en serviront. Teddy est l'héritier de leur titre et de leur domaine, ce qui compte plus que tout à leurs yeux. Donc, il faut qu'on s'en aille. Nous n'avons pas le choix.

Per fronça les sourcils.

— Et où est-ce que vous iriez ?

— Je n'ai pas eu le temps d'y réfléchir. Quelque part loin d'ici, en tout cas, où ils ne penseront pas à nous chercher. Si vous voulez bien que nous dormions ici cette nuit, nous partirons dès demain matin, par le premier train qui se présentera.

Anna fit non de la tête.

— Partir dans un endroit où tu ne connais personne ? C'est une très mauvaise idée.

— Tu en as une meilleure, Mama ? s'écria Ruth. Parce qu'il est hors de question qu'elle reste ici, après ça.

Jusqu'alors, j'avais gardé un soupçon d'espoir que Ruth me pardonne. Il s'évanouit à cet instant. Elle ne le pouvait pas, et d'ailleurs, je ne le méritais pas.

— Si tu dois vraiment partir, il faut aller dans le Minnesota, dit Anna. Chez les Andersson.

— Elle peut aller où ça lui chante, répliqua Ruth. Ça ne nous concerne plus et nous n'avons aucune raison de l'aider.

Per posa une main sur la sienne.

— Je sais que tu es en colère, Ruth. Je le suis, moi aussi. Mais on ne peut pas mettre à la rue une femme avec un enfant.

Il se tourna vers moi.

— Tu aurais dû nous dire la vérité bien plus tôt. Je n'arrive pas à croire que tu nous aies menti pendant tout ce temps. Même aux enfants ! Mais ce qui est fait est fait.

Les Andersson, c'est la famille avec laquelle nous sommes venus de Suède. Mama a raison : s'ils sont d'accord pour vous accueillir, vous devriez aller chez eux.

— Je vais leur écrire, et je leur demanderai de vous trouver un logement et du travail pour toi, dit Anna. Personne ne pensera à vous chercher dans une petite ville pleine de Suédois.

Je secouai la tête.

— Je crois qu'il vaut mieux que je parte demain. J'aurais dû vous dire tout cela il y a bien longtemps déjà, et m'en aller à ce moment-là.

Ruth frappa la table du plat de la main, nous faisant tous sursauter.

— C'est sûr, que tu aurais dû ! Mais Per a raison : tu ne peux pas partir n'importe où, sans connaître personne.

Elle se frotta les yeux, essuyant un reste de larmes.

— On te cachera ici, jusqu'à ce qu'on soit sûrs que tu as un endroit où aller.

— Merci, balbutiai-je. Je sais que j'ai...

— Non, non, ne me dis pas merci, *Elinor*. Ce n'est pas pour toi que je le fais, c'est pour Teddy, parce qu'il est innocent dans tout ça et qu'il ne mérite pas de se retrouver à la rue juste parce que sa mère est une menteuse et une imposteur. Alors tu peux rester ici jusqu'à ce qu'on ait des nouvelles des Andersson. Et à ce moment-là, tu pourras faire tes valises et ne jamais revenir.

55

J'étais déjà réveillée lorsque Per s'en alla sur la pointe des pieds le lendemain matin, mais je fis semblant de dormir, n'osant affronter son regard. Il n'avait rien dit de plus la veille au soir, et ce n'était pas nécessaire. Je lui inspirais un profond dégoût, ce qui me paraissait tout à fait normal.

Nous avions convenu de ne rien dire aux enfants, si bien que le petit déjeuner se déroula de manière assez particulière – eux trois bavardant comme à l'accoutumée, nous trois quasiment muettes. Ruth refusait tout bonnement de croiser mon regard ; dès qu'elle se leva, elle fit comme si je n'existais pas. Mais lorsque je commençai à rassembler la vaisselle pour aller la laver à l'évier, elle me lança :

— Cet endroit doit être un véritable taudis pour toi.

Que répondre à cela ? Je pris une grande inspiration.

— Écoute, j'ai promis de ne plus vous mentir et je vais tenir cette promesse. Alors, oui, j'ai eu un choc en arrivant, quand j'ai vu la taille de l'appartement et... enfin, les toilettes, surtout. Mais j'ai tout de suite senti que vous en aviez fait un vrai foyer. Et libre à toi de me croire ou non, mais je me suis davantage sentie chez moi ici que je ne l'ai jamais été à Winterton Hall.

Elle se détourna en marmonnant « Winterton Hall » comme si c'étaient les mots les plus ridicules qu'elle ait jamais entendus, puis cria à Micke et Lena de se dépêcher, sans quoi ils allaient être en retard à l'école.

Quand les enfants furent partis, Anna s'assit à table pour écrire aux Andersson, leur déclarant que j'étais une amie qui avait besoin d'un refuge en raison de problèmes familiaux.

— Tu décideras toi-même de ce que tu voudras leur dire quand tu seras là-bas, me dit-elle.

— Je leur dirai la vérité. Je leur dois la vérité.

— C'est à *nous* que tu la devais, jeta Ruth tout en prenant son manteau accroché au clou derrière la porte. Mais tu as menti malgré tout.

— Ruth, intervint Anna. Elle s'est excusée. Que veux-tu qu'elle fasse de plus ?

— Parler, parler, c'est facile pour elle, non ? rétorqua-t-elle avant de se tourner vers moi. Pourquoi est-ce qu'on devrait gober tes excuses alors qu'on ne peut plus croire un seul mot de tous ceux que tu as dits depuis qu'on se connaît ? Et qu'est-ce qui nous prouve que tu as dit la vérité à propos de Molly ? Si ça se trouve, tu l'as renvoyée dans ta cabine pour aller chercher... je ne sais pas, moi, tes diamants ? Ou ton argent ? Et c'est par ta faute qu'elle est morte !

Anna posa une main sur le bras de Ruth.

— Je ne crois pas qu'elle ait menti à ce sujet. Et toi non plus, d'ailleurs. Tu es en colère et tu ne penses pas ce que tu dis.

— Je le jure, me défendis-je. Je ne serais jamais montée dans le canot si j'avais cru que Molly n'aurait pas une place après moi.

Ruth me regarda droit dans les yeux.

— Ça, on ne le saura jamais.

Sur ces mots, elle partit en claquant la porte.

Anna alla poster la lettre et revint en nous disant qu'il faudrait deux jours pour qu'elle parvienne à son destinataire, et au moins autant pour que la réponse nous parvienne.

— Je ne peux pas rester ici quatre jours de plus, lui dis-je.

— Ruth va se calmer avec le temps.

— Elle a parfaitement le droit de ne pas décolérer. Comme vous tous.

— Tu connais déjà mon point de vue à ce sujet. Je ne prétends pas que ce que tu as fait était bien, mais tu te trouvais dans une situation désespérée. Cela dit, ce n'est pas la même chose pour eux que pour moi. Molly n'était qu'un nom pour moi, mais elle était bien plus pour Ruth. Et quand on blesse Ruth, on blesse Per. Donc c'est difficile pour eux.

Elle haussa les épaules.

— Ces quatre jours ne seront peut-être pas très agréables, seulement, tu n'as pas le choix avec ce détective à tes trousses dans le quartier. Alors reste en sécurité avec nous jusque-là.

Quand Anna s'installa à sa machine et commença à coudre, Teddy grognait déjà, contrarié de ne pas pouvoir sortir. Je parvins à l'occuper avec un livre d'images mais je ne supportais pas de rester là sans rien faire et entrepris donc de balayer tout l'appartement, de dégraisser le poêle et de récurer la table. Ce faisant, j'avais constamment l'oreille dressée, guettant des pas dans l'escalier, et je ne cessais d'aller jeter un œil par la fenêtre au cas où quelque individu suspect traînerait dans la rue. J'avais la chair de poule à l'idée que quelqu'un nous recherchait, si près de nous, et se frottait peut-être les mains en pensant à la somme rondelette qu'il toucherait en nous retrouvant. Il ne devait pas connaître la vérité ; on avait dû lui dire que j'étais une folle ayant kidnappé son propre enfant. Et cela lui était probablement égal, du moment qu'il touche son argent.

Anna se consacra à sa couture toute la matinée, comme à l'époque où nous travaillions toutes les trois pour Mr Klein : tête baissée, sans parler, marmonnant juste dans sa barbe de temps en temps. En milieu de journée, elle fit une pause et nous mangeâmes un peu de pain et de fromage ensemble.

— Il est déjà loin, le temps où nous faisions cela tous les jours, dit-elle. Tu étais une bonne travailleuse, pour une femme qui a eu des domestiques toute sa vie.

— Quand est-ce que tu as su ? Que je n'étais pas Molly ?

— Tes mains, comme je t'ai dit. Je les ai remarquées tout de suite. Mais je me suis dit, ce n'est pas possible, pourquoi est-ce qu'une femme menant une vie qui lui permet d'avoir des mains pareilles voudrait venir ici ? Et puis, quand j'ai vu que tu ne savais pas éplucher les patates, j'ai compris que je ne m'étais pas trompée.

— Tu n'as jamais envisagé d'en parler à Ruth et Per ?

— Non. Parce que je savais que tu devais avoir une bonne raison de quitter ton ancienne vie pour choisir celle-là.

Quand elle retourna à sa machine, je pris un pantalon de Micke, me rappelant que Ruth avait dit qu'il avait besoin d'être rapiécé aux genoux. Teddy posa son livre et vint observer mon ouvrage.

— Est-ce que Micke va bientôt rentrer ? demanda-t-il.

— Il est à l'école, tu le sais bien. Il rentrera tout à l'heure.

— Est-ce qu'on va bientôt aller chercher la charrette ?

— Non, je t'ai dit qu'on ne sortirait pas la charrette aujourd'hui. On reste à la maison. Sois gentil et lis ton livre.

Docile, il se rassit et je pus me consacrer à ma tâche tranquillement, en la faisant durer aussi longtemps que possible. Au moment où je terminai, Anna se leva et grimaça en étirant son dos.

— Laisse-moi finir tes chemisiers, lui proposai-je. Je ne supporte pas de rester assise sans rien faire.

— D'accord. Mais vas-y lentement : ce tissu est un enfer à piquer.

Elle avait raison. C'était une imitation soie très glissante et, par-dessus le marché, j'avais un peu perdu la main. Je terminai le premier moins vite qu'autrefois, mais j'en vins à bout. Je m'apprêtais à commencer le second, espérant en avoir fait deux avant que Ruth ne rentre, quand Teddy vint traîner dans mes jambes.

— Maman, quand est-ce que Micke rentre à la maison ?

— Je te l'ai dit, après l'école. Et tu sais que je ne veux pas que tu traînes autour de la machine à coudre. Va t'asseoir !

Son visage se décomposa et il se mit à pleurer, mais sans bouger. Je le poussai légèrement et pivotai sur ma chaise pour commencer ma première couture. C'était celle du bord, toute droite donc très facile, et j'accélérai. Au même instant, les pleurs de Teddy se muèrent en hurlements. Je tournai la tête, et l'aiguille s'enfonça au travers de mon ongle, épinglant mon doigt à la machine.

Je poussai un cri.

— Ne bouge pas, ne bouge pas ! s'écria Anna en bondissant de sa chaise.

Avec mille précautions, elle actionna la roue pour soulever l'aiguille. La douleur était si vive que je me sentais sur le point de vomir. De son côté, Teddy hurlait maintenant comme un diable, effrayé par mon cri. C'est alors que je vis que mon sang avait coulé sur le tissu. Cette pièce était inutilisable maintenant.

La porte s'ouvrit soudain à toute volée et Ruth apparut, hors d'haleine.

— Qu'est-ce qui se passe ? J'ai entendu des cris...

— Molly a eu un accident, dit Anna.

— Je suis désolée, haletai-je. Je vous paierai le tissu taché.

Je regardai le trou dans mon ongle, d'où surgit soudain une perle de sang rouge foncé. Mes oreilles se mirent tout à coup à bourdonner, et j'eus l'impression d'être dans un tunnel gris qui se refermait sur moi.

— Penche-toi en avant, dit Ruth en écartant ma chaise de la machine. Mets ta tête entre tes jambes. Respire profondément.

Je m'exécutai tandis qu'elle se baissait vers Teddy et lui frottait le dos en le rassurant :

— Ce n'est pas grave Teddy, maman s'est juste fait mal à un doigt. Elle va bien maintenant, ce n'est pas la peine de pleurer. Tu ne voudrais pas que Micke te prenne pour un bébé, pas vrai ?

Les hurlements se réduisirent à des sanglots, puis à un simple hoquet. Anna m'apporta un verre d'eau. Je me redressai lentement pour le boire.

— Je suis désolée, répétai-je.

— Tu as juste failli t'évanouir, jeta Ruth. Ça m'est arrivé une fois, quand Per s'est coupé le bout du doigt avec un ciseau.

— Non, je voulais dire, pour le tissu. Je vous rembourserai la somme que Mr Klein retiendra sur votre paye.

— On verra ça plus tard. Regardons plutôt ce doigt.

Elle s'accroupit devant moi. Je tendis ma main tremblante.

— C'est moche, dit-elle. Mais je crois que l'aiguille n'a pas pénétré trop loin.

Anna alla prendre la bouteille de désinfectant que nous utilisions pour l'entretien des toilettes et me nettoya le doigt. La puissance du produit me donna l'impression d'avoir mis la main dans le feu. Je dus me mordre la lèvre pour ne pas pleurer.

Tout en me confectionnant un pansement avec un bout de coton pioché dans ma caisse de chutes, Ruth dit, sans me regarder :

— C'était assez calme à la charrette aujourd'hui et je n'arrivais pas à me concentrer, alors j'ai remballé pour rentrer plus tôt. Quand j'ai entendu les cris, d'en bas, j'ai cru que quelqu'un était venu vous chercher, Teddy et toi. Quand tu dis qu'ils pourraient te l'enlever pour le prendre avec eux… c'est vrai ?

— Oui. Tout ce que je vous ai dit hier est vrai, je le jure. Je sais que tu as toutes les raisons de ne pas me croire, mais de mon côté, je n'ai plus aucune raison de vous mentir maintenant.

Elle soupira.

— Je ne sais pas quoi penser de tout ça, Moll… Pfff, c'est fou, je ne sais même plus comment t'appeler !

— Pour moi, c'est toujours Molly, affirma Anna. Qu'est-ce que ça change, de toute façon, que ce soit ou non son vrai prénom ?

— Sauf qu'elle n'est pas Molly, voilà tout, s'obstina Ruth. Si tu t'étais inventé un autre nom, ce serait une chose. Mais Molly était la fille de Mary, et elle a perdu sa mère trop jeune. Je n'étais plus là pour m'occuper d'elle à ce moment-là, mais je croyais m'occuper d'elle à présent.

Elle passa une main dans ses cheveux.

— Il y a autre chose qui me pose question : tu n'as pas eu honte de faire une chose pareille à ton père et à ta mère ?

Dans mon empressement de la veille, je n'avais pas mentionné que mon père se trouvait à bord avec nous.

— Mon père aussi était sur le *Titanic*. Et ma mère est morte quand j'avais quinze ans.

— Donc, dit Anna à Ruth, tu t'occupes de la fille d'une autre mère. Quel mal y a-t-il à cela ?

Ruth fit la moue.

— Tu m'as parlé de Mary comme si tu la connaissais, murmura-t-elle. Comment as-tu pu me faire ça ?

— Au début, je ne savais pas que vous étiez si proches, Mary et toi. Molly m'avait dit qu'elle ne t'avait jamais vue, alors j'ai supposé que tu offrais simplement l'hébergement à une personne de la famille. Et je ne comptais pas rester ici longtemps, juste le temps de retomber sur mes pattes. Donc j'ai pensé que ce ne serait pas trop grave. Et puis, plus tard, quand j'ai compris, je me suis dit qu'il était peut-être mieux que vous ne sachiez pas que Molly était morte.

— Ah, tu nous aurais donc *rendu service*, en fait ?

Elle me jeta un regard plein de haine. Tout à coup, je me sentis totalement épuisée et abattue, et les mots jaillirent tout seuls :

— Écoute, Ruth, j'essaie juste d'être honnête avec toi. J'ai mal agi en venant vivre ici, nous sommes d'accord. Mais j'ai fait cela quatre jours après avoir perdu mon père et mon mari, et après avoir regardé couler un bateau qui transportait encore un millier de personnes. Dans mon canot de sauvetage, j'ai entendu des centaines de gens crier, appeler à l'aide. Et puis les cris se sont arrêtés parce que ces gens sont morts en sachant que personne ne viendrait les secourir.

Je dus m'arrêter et reprendre mon souffle pour retenir mes larmes avant de poursuivre :

— Alors si tu imagines que j'ai manigancé et calculé tout ça froidement, calmement, tu te trompes. Je venais de vivre un cauchemar et j'avais peur de ce qui m'attendait, de ce qui attendait Teddy, si nous rentrions chez nous. Je n'avais pas les idées claires, et tu crois peut-être que mon ancienne vie était formidable, mais non, pas du tout, c'était une vie horrible, une vie de solitude, et ça aurait été pire encore pour lui comme pour moi à notre retour.

Les larmes coulaient maintenant sans que je puisse les contenir.

— Alors quand j'ai vu une chance de m'enfuir, je l'ai saisie. Et tu sais quoi ? À ma place, tu aurais fait la même chose.

Ruth me dévisagea de longs instants.

— Si cette femme ne t'avait pas vue ici... Est-ce que tu aurais fini par nous dire la vérité ? demanda-t-elle.

Je m'essuyai les yeux en reniflant.

— Franchement, je ne sais pas. Je voulais vous le dire, mais plus le temps passait, plus je mentais, plus il me paraissait difficile de le faire. Au début, j'avais simplement peur que vous me mettiez à la porte et que nous nous retrouvions à la rue. Et puis, j'ai appris à vous connaître, et je n'ai pas menti en vous disant qu'à mes yeux, vous étiez devenus une vraie famille pour moi. Donc si vous ne pouviez pas me pardonner, j'avais beaucoup plus à perdre qu'un simple toit sur la tête.

— Je ne pense pas que je pourrai te pardonner. Je ne suis même pas sûre de pouvoir te pardonner, *toi*, de ne nous avoir rien dit, ajouta-t-elle en se tournant vers Anna.

Celle-ci eut un bref haussement d'épaules.

— Le pardon, c'est pour Dieu, lâcha Anna. Laisse-Lui donc cette tâche. Ta Molly est morte. C'est terrible, mais ce n'est pas la faute de l'autre Molly. Elle avait besoin de notre aide et je ne regrette pas que nous l'ayons soutenue. Mais tu as raison sur un point : j'aurais dû vous en parler. Il aurait mieux valu que la vérité éclate plus tôt.

— C'est sûr, répondit Ruth avant de me regarder. Je ne suis pas sans cœur, tu sais. Si tu nous avais expliqué la situation dès le début, en nous annonçant que Molly était morte, jamais je ne t'aurais mise à la porte. Pas plus que Per. Bon sang, on ne te met même pas dehors maintenant ! Mais chaque fois que je te regarde, je suis en colère. Je ne peux pas m'en empêcher.

— Je sais. Et si cela ne tenait qu'à moi, je partirais tout de suite, pour ne pas vous embêter davantage. Seulement, il y a aussi Teddy, et je ne peux pas me permettre de refuser votre aide tant que nous n'avons pas un endroit sûr où aller. Alors je me disais qu'on devrait peut-être essayer de trouver un hôtel bon marché pour ces prochains jours.

Ruth secoua la tête.

— Ne dis pas de bêtises, tu vas avoir besoin de tes économies. On a dit qu'on te gardait ici jusqu'à ce que tu puisses quitter New York, et on va le faire. Mais s'il te plaît, ne dis plus jamais que tu nous considères comme ta famille. Chaque fois que tu dis ça, je pense à Molly. *Elle* était de notre famille. Toi, tu es juste une inconnue que nous hébergeons, rien de plus.

56

Un jour, quand j'étais petite, j'ai entendu le chant d'un coucou dans notre jardin de Clereston. Ma mère, qui était avec moi, m'a alors expliqué que ces oiseaux pondaient leurs œufs dans le nid d'autres espèces, et que lorsque l'oisillon sortait de l'œuf, il demandait à être nourri comme les autres. Elle rit quand je lui dis que ce devait être affreux d'être un bébé coucou, de savoir que vous n'étiez pas là où vous étiez censé être et que personne dans le nid ne voulait de vous.

Aujourd'hui, c'était moi ce petit coucou. Et s'il avait été compliqué de partager le nid auparavant, ce n'était rien par rapport à ce que nous vivions maintenant. Parce que je savais ce que Ruth ressentait. Après avoir appris la relation entre Lissy et Frederick, je n'avais cessé de ruminer mes conversations avec elle, me demandant ce qu'elle pensait réellement quand elle m'avait dit telle ou telle chose, si elle s'amusait de ma naïveté et me prenait pour une idiote de m'être laissé berner de la sorte. Si elle avait tout de même un peu d'amitié pour moi, si elle m'appréciait pour ce que j'étais. Et au cours de ces quelques jours, coincée que j'étais dans cet appartement, je voyais Ruth me regarder, et je savais qu'elle devait se poser ces mêmes questions. Je ne pouvais pas lui en vouloir. Je regrettais juste de tout mon cœur de ne pas avoir eu le courage de passer aux aveux plus tôt.

Ces quatre journées me parurent interminables, et les nuits furent pires encore. Incapable de trouver le sommeil, je restais les yeux ouverts dans le noir, me répétant que personne ne devait nous rechercher en pleine nuit mais sursautant tout de même au moindre bruit. Je faillis donc fondre en larmes de soulagement quand la réponse des Andersson nous parvint.

Je n'avais pas vu la lettre qu'Anna leur avait adressée, mais les larmes me montèrent aux yeux quand je lus la leur et compris ce qu'elle avait dû leur dire à mon sujet.

Molly et son fils sont les bienvenus chez nous le temps que nous leur trouvions un endroit où vivre, et il y a de nombreuses occasions à saisir à Taylors Fall pour une jeune femme travailleuse et intelligente comme vous la décrivez. Puisque vous pensez qu'elle vous manquera beaucoup, venez donc nous rendre visite une fois qu'elle sera installée, chère Anna – cela fait trop de temps que nous ne nous sommes pas vus.

Per se rendit à la gare afin de consulter les horaires des trains et nous informa qu'il y en avait un le lendemain, dont les billets ne devraient pas trop entamer mes économies. Nous serions en sécurité sitôt à bord, mais, en dépit de toute la reconnaissance que j'éprouvais pour les Andersson, je n'avais aucune envie de partir.

Cette nuit-là, je ne pus pas davantage trouver le sommeil. J'écoutais les ronflements d'Anna tandis que les souvenirs défilaient dans ma tête : le premier chemisier que j'avais réussi à confectionner, alors que je m'en croyais incapable ; le jour où Mr Klein avait déposé mon premier salaire au creux de ma main ; nos dîners à sept, agglutinés autour de cette petite table ; les nombreuses conversations avec Ruth quand les autres étaient allés se coucher. Les nuits étouffantes à dormir sur le toit, les jours de froid avec la charrette. Coney Island, le voyage sur la Lune, Ruth me tenant par la main comme nous avancions dans l'eau. Tout cela était terminé maintenant. Il ne restait plus que Teddy et moi, obligés de repartir de zéro.

Mes yeux refusant de se fermer, je finis par me lever, pris un verre d'eau et m'assis à table. La porte de la chambre de Ruth et Per s'ouvrit alors, et Ruth apparut.

— Pardon, chuchotai-je. Je ne voulais pas te réveiller.

Elle fit non de la tête.

— Je n'arrivais pas à dormir non plus.

À mon grand étonnement, elle s'assit en face de moi.

— Combien de soirées avons-nous passées ici, comme ça, alors que je croyais que tu étais Molly, dit-elle. Je t'ai confié des choses que je n'avais jamais dites à personne. Je me sens tellement bête, maintenant...

Était-ce à cause du silence et de l'obscurité qui nous entouraient dans cette pièce où filtrait uniquement la lumière des réverbères à travers les rideaux ? En tout cas, ce moment ressemblait à ceux d'avant, et non à ces derniers jours, où tout ce qui sortait de ma bouche ne semblait qu'ajouter du mal au mal.

Je me risquai donc à livrer le fond de ma pensée :

— Tu sais, moi aussi je t'ai confié des choses que je n'avais jamais dites à personne. Quand je t'ai parlé du père de Teddy, qui ne m'aimait pas et m'a fait croire le contraire... eh bien, c'était entièrement vrai. J'ai essayé de ne jamais vous mentir plus que nécessaire.

— Mais tu prétends que tu étais une jeune femme naïve et opprimée, et pourtant tu as eu l'audace de prendre l'identité d'une autre et de venir ici, chez des inconnus, en te faisant passer pour elle.

— Je peux te dire que j'étais terrifiée dès l'instant où j'ai donné son nom à la place du mien. La seule façon dont je puisse l'expliquer, c'est que j'étais encore plus terrifiée à l'idée de rentrer.

— À Winterton Hall ?

— Oui. C'était horrible avant, mais ç'aurait été pire encore à notre retour. Ils ne voulaient déjà pas de moi au début – tout ce qu'ils voulaient, c'est l'argent de mon père. Frederick ne m'aimait pas, mais le fait d'être sa femme me garantissait tout de même une certaine place parmi eux. Avec sa mort, c'était terminé. Mais c'est surtout pour Teddy que je m'inquiétais.

Ruth et moi tournâmes les yeux vers la porte où Teddy devait dormir à poings fermés, blotti contre Micke. Ces deux-là allaient beaucoup se manquer.

— Je sais qu'on ronchonne souvent quand les enfants font trop de bruit mais franchement, Ruth, tu t'imagines n'avoir le droit de voir Micke et Lena que vingt minutes par jour ? T'entendre dire qu'il ne faut pas les consoler quand ils ont du chagrin ? Et ensuite, les voir partir en pensionnat à l'âge de sept ans, où ils seront formatés pour une vie qui fait passer la propriété et le titre avant tout le reste, absolument tout le reste, et où ils devront épouser quelqu'un qu'ils n'aiment pas dans le seul but de faire perdurer ce système absurde ? Alors, voilà : j'ai vu une occasion pour lui – et pour moi – d'échapper à cette vie-là, et je l'ai saisie.

Elle exhala un soupir.

— D'accord, ça, je crois que je peux le comprendre. Mais tu as fait semblant pendant si longtemps... C'est vrai que tu n'avais jamais épluché une patate de ta vie ?

— Je n'avais jamais fait aucune des choses qui devaient être le quotidien de Molly. Je connaissais uniquement les petites tâches qu'elle avait pu accomplir en tant que femme de chambre, parce que j'en ai toujours eu une. Les premiers mois, j'étais sûre que j'allais me trahir.

— Eh bien, ç'a été le cas, du moins en ce qui concerne Anna. Je n'arrive pas à croire qu'elle s'en soit rendu compte alors que moi, je n'ai rien vu. Tu te souviens de la fois où je t'ai dit que tu ressemblais à Mary, sur le quai ? Quelle idiote j'étais.

— Ça n'a rien d'idiot, Ruth. Tu t'attendais à voir Molly, et j'ai prétendu être Molly. En outre, nous n'étions pas si différentes. Elle faisait à peu près ma taille, avec la même silhouette, et nous avions le même type de peau et de cheveux.

— J'aurais aimé la connaître.

— Tu l'aurais beaucoup aimée. Je l'ai trouvée impressionnante, dès notre première rencontre sur le quai à Southampton. Elle a sauté sur l'occasion quand elle nous a entendus parler. Plus tard, quand elle m'a raconté ses malheurs et la façon dont elle avait pris le taureau par les cornes afin de partir et prendre un nouveau départ, pour elle et pour son enfant, je l'ai enviée ; j'aurais aimé être comme elle. Tu sais, les fois où j'avais peur, quand nous sommes arrivés ici, je me répétais tout le temps : tu es Molly maintenant, et Molly serait courageuse.

Elle baissa les yeux vers la table et se mit à y tracer des cercles du bout du doigt, comme elle le faisait souvent.

— Tu nous écriras pour nous dire quand tu seras installée ?

— Si tu le veux, oui.

Elle roula des yeux.

— Bien sûr que je le veux. Je sais que je t'ai dit des choses horribles, ces derniers jours, mais...

— C'était parfaitement compréhensible.

— En effet. Mais j'ai aussi réfléchi à ce que tu m'as dit, et tu avais raison. À ta place, j'aurais peut-être fait la même chose, si j'en avais eu le courage.

— C'est Molly qui m'a donné ce courage. Je lui ai emprunté son courage en même temps que son nom.

Elle eut un petit rire étouffé.

— Eh bien, tu n'en auras plus besoin maintenant.

— Que veux-tu dire ?

— Tu n'es pas Molly. Tu ne l'as jamais été. Et pourtant, tu as réussi à faire fonctionner cette idée folle et à te forger une vie à toi ici. Certes, nous t'avons aidée au début, mais tu as appris à fabriquer ces satanés chemisiers alors que tu n'avais jamais levé le petit doigt de ta vie, puis tu t'es lancée dans l'aventure avec cette charrette, et ça a fonctionné aussi. Tout ça, c'est toi, et toi seule. Et en plus, tu es parvenue à devenir un membre à part entière de cette famille, qui... (Sa voix vacilla.) Qui t'aime maintenant. Toi, pas Molly. Oh, tu vas tellement me manquer.

Nous versâmes quelques larmes ensemble, que Ruth finit par essuyer dans un rire en disant :

— Les Suédoises, elles, ne pleureraient jamais comme des gamines.

Sur ce, elle retourna se coucher. Je m'apprêtais à en faire de même afin d'essayer de dormir, mais je ne pus m'empêcher de reprendre le journal pour regarder la photo de Lissy. Elle était là, pimpante, coiffée d'un très joli chapeau orné de boutons de rose – peut-être celui qu'elles cherchaient chez Macy's ce jour-là –, souriant au photographe avec un air d'insouciance absolu. Quand de mon côté, je me retrouvais prise au piège comme une mouche dans une toile d'araignée. Sursautant au moindre bruit de pas dans l'escalier, affolée à l'idée qu'on puisse venir me prendre mon fils à tout instant. Terrifiée et impuissante, comme à l'époque de Winterton Hall.

Mais Ruth avait dit juste : ce n'était pas Molly qui avait pris le risque de se bâtir cette nouvelle vie ; c'était moi. C'était moi qui avais accompli et appris des choses auxquelles je n'aurais jamais cru être un jour confrontée. C'était moi qui avais travaillé d'arrache-pied pour nous assurer cette nouvelle existence que j'aimais, et que Teddy aimait aussi. J'avais maintenant un choix à faire. Soit je prenais la fuite et laissais ma belle-famille m'arracher tout cela, à l'instar de la femme que j'étais autrefois, soit je prenais un nouveau risque et je ripostais.

Je relus l'article dans le journal. Le bal aurait lieu dans deux jours. Lissy allait probablement rentrer en Angleterre juste après. Si je voulais riposter, je n'avais pas de temps à perdre.

57

L'hôtel Biltmore était vaste, avec sa surface couvrant un bloc entier et ses dix étages pointant vers le ciel. J'avançais vers l'entrée, vêtue d'une tenue empruntée à Erin, à l'exception de mes chaussures, que j'avais conservées au cas où je serais forcée de courir. Les badauds flânaient sur Broadway, insouciants ; moi, j'avais le ventre noué et les jambes en coton. Même quand l'idée m'était venue, un peu avant l'aube, elle m'avait paru risquée. Mais maintenant, à la lueur du soleil matinal, elle me paraissait proche de la folie. Je venais de passer quatre jours cachée, à appréhender le moindre bruit dans la cage d'escalier, n'attendant que le moment où nous pourrions nous enfuir. Et voilà que je m'apprêtais à entrer dans l'hôtel où logeait Lissy, et à l'affronter.

Jusqu'à présent, elle ne pouvait avoir la certitude que j'étais vivante. Cette fraction de seconde où elle m'avait aperçue n'avait pas pu lui suffire à en être sûre, et si elle n'en était pas sûre, lord et lady Storton ne pouvaient pas l'être non plus. Leur détective enquêtait dans les parages, mais il ne m'avait toujours pas retrouvée, et tant qu'il n'y parviendrait pas, il était tout aussi vraisemblable – voire plus – que Lissy ait simplement aperçu quelqu'un qui me ressemblait. En revanche, une fois que je serais entrée dans cet hôtel, me montrant aux yeux de tous, je ne pourrais plus faire machine arrière. Et si cela se passait mal…

Je ralentis le pas. Allais-je vraiment prendre un tel risque ? Je pouvais encore m'enfuir. M'en tenir au plan initial et monter dans ce train pour le Minnesota. Nous avions un endroit où loger, et j'aurais un emploi. Cela ne suffisait-il pas ?

Non. Non ! Teddy était heureux ici, et moi aussi. Alors s'il existait une chance que nous puissions rester, je devais la saisir. Je les avais laissés me vaincre par le passé, mais j'avais fourni trop d'efforts depuis lors pour me laisser faire à nouveau sans me défendre. Je me rappelai les mots d'Anna à Coney Island, et qu'elle m'avait répétés ce matin même au moment où je quittais l'appartement :

Tu es une femme forte, tu ne fuis pas devant ce qui t'effraie.

Je redressai les épaules et gravis les marches, hochant la tête en direction du portier comme si franchir les portes du plus grand hôtel de la ville faisait partie de mon quotidien. À la réception, je déposai le billet anonyme que j'avais apporté – selon lequel je détenais des informations sur Elinor Coombes – et demandai qu'il soit monté à la chambre d'Alicia Harcourt. Le concierge jeta un coup d'œil en direction du compartiment rempli de clés derrière lui puis tendit l'enveloppe à un groom afin que celui-ci la porte à sa destinataire. Elle était donc présente. Dans quelques minutes, elle saurait que c'était bel et bien moi qu'elle avait vue. Les dés étaient jetés, je ne pouvais plus faire demi-tour.

Feignant la désinvolture comme si j'allais retrouver une amie pour prendre un café, j'avançai vers le salon des dames où j'avais donné rendez-vous à Lissy. Le cœur battant, je choisis une table sur un côté, d'où je pourrais voir la porte sans être vue immédiatement. Elle viendrait sitôt qu'elle aurait lu le billet, j'en étais certaine, mais il fallait qu'elle vienne seule. Si lady Harcourt l'accompagnait, tout mon plan tomberait à l'eau et je devrais m'enfuir d'ici sans qu'elles me voient. Puis courir.

Comme je l'espérais, la plupart des tables étaient occupées : des mères et leurs filles prenant un café, un groupe de dames distinguées en train de bavarder, quelques femmes seules, lisant ou écrivant une lettre. Le bourdonnement des conversations et le cliquètement des cuillères sur la porcelaine produisaient juste ce qu'il faut de bruit de fond pour que notre conversation ne puisse être entendue des autres. Je calculai rapidement le chemin à emprunter pour sortir en urgence – tourner le dos à l'entrée, passer entre les tables comme si j'avais repéré une connaissance, puis filer vers la porte. Après quoi, je m'assis au bord de ma chaise, prête à prendre la fuite si je voyais deux femmes arriver et non une. Je commençai alors à attendre, mes yeux ne cessant de se lever vers la grande horloge dorée fixée au mur, le visage tendu à force de vouloir paraître détendue. Bon sang, combien de temps lui fallait-il pour lire un message de deux lignes et descendre au rez-de-chaussée ?

Soudain elle était là, dans l'encadrement de la porte. Elle devait être descendue précipitamment ; une mèche de cheveux cuivrés dépassait de l'arrière de sa coiffure, retenant encore une épingle décrochée. Alors qu'elle balayait la salle du regard, je faillis me lever et l'appeler mais m'arrêtai juste à temps. Elle n'était pas seule.

Je ne connaissais pas la femme à ses côtés. Seulement, qui que celle-ci puisse être, je ne pouvais pas prendre le risque que deux personnes me voient. Tout était fini. Il fallait que je parte d'ici le plus vite possible. Tête baissée, je me levai et pivotai pour prendre l'itinéraire que j'avais calculé. Je n'avais fait que quelques pas quand un serveur passa devant moi avec un plateau de café et s'arrêta à la table suivante, me bloquant le passage. Paniquée, je tentai de me faufiler à côté de lui mais la chaise d'une des clientes était tirée trop en arrière, m'empêchant de passer.

— Veuillez m'excuser, dis-je. Pourriez-vous déplacer un peu votre chaise ?

La femme souffla, l'air agacé, et bougea sa chaise de quelques centimètres seulement.

— S'il vous plaît, insistai-je. Je suis pressée.

Elle grogna et déplaça sa chaise un peu plus. Je m'engouffrai dans l'étroit passage, tête baissée.

Sors tout de suite, avant qu'elle ne te voie.

Trop tard.

— Elinor ?

C'est un automatisme de tourner la tête lorsqu'on vous appelle par votre nom. Et c'est ce qui m'arriva, dans ma panique. Je constatai alors que Lissy était seule. L'autre femme se dirigeait vers un coin différent de la pièce en faisant signe à quelqu'un. Elles n'étaient pas ensemble. Elles étaient juste entrées en même temps. Mon plan tenait toujours.

Je pris une grande inspiration et répondis :

— Bonjour, Lissy.

Elle porta une main devant sa bouche bée.

— Elinor ! C'était donc bien vous !

Elle avança vers moi, les bras grands ouverts.

— Oh mon Dieu, nous croyions que vous étiez morte.

Je reculai d'un pas et m'efforçai d'adopter un ton posé.

— Eh bien, comme vous pouvez le voir, je ne le suis pas.

— Je n'arrive pas à le croire… Que s'est-il passé ? Où étiez-vous ?

— Ici, à New York.

— Mais comment est-ce possible ? Où cela ? Comment ?

— Allons nous asseoir, je vais vous expliquer.

Nous prîmes place l'une en face de l'autre, comme nous le faisions autrefois chez Fortnum's après une journée de shopping. Ce temps me paraissait tellement loin maintenant. Elle avisa mon chapeau et ma veste. Ils étaient peut-être à la dernière mode, mais Lissy repérerait en un clin d'œil que je n'étais plus habillée par des couturiers français.

— Que s'est-il passé ? demanda-t-elle. Comment se fait-il que vous ayez été déclarée disparue ? Est-ce que Teddy… ?

— Oui, Teddy est vivant. J'ai donné un faux nom quand nous avons quitté le bateau, afin que nous puissions rester aux États-Unis. J'ai eu l'occasion de prendre un nouveau départ, et je l'ai saisie.

Elle me dévisagea quelques instants puis secoua la tête comme si elle n'était pas sûre d'avoir bien entendu.

— Vous ne voulez pas dire que... J'ai cru que vous aviez peut-être perdu la mémoire – on a pu lire des témoignages de ce genre –, ou que vous aviez à nouveau des soucis de santé mentale. Mais... vous n'êtes pas en train de me dire que vous avez délibérément laissé tout le monde croire que vous et Teddy étiez morts ?

— Si, précisément.

— Pourquoi diable ?

— Vous ne comprendriez pas si je vous expliquais, et je ne suis pas venue ici pour me justifier. Je suis venue parce que j'ai besoin que vous fassiez quelque chose pour moi.

Ses yeux s'écarquillèrent comme je continuais :

— Elinor Coombes est morte. Vous allez donc dire à lord et lady Storton que finalement ce n'est pas elle que vous avez vue. Vous avez aperçu quelqu'un qui lui ressemblait un peu, mais vous avez revu cette femme, et il se trouve que vous vous êtes trompée.

Une incompréhension totale se lisait sur ses traits ; j'aurais aussi bien pu lui parler en grec.

— Mais enfin, qu'est-ce que vous racontez ? Je ne peux pas faire comme si je ne vous avais pas vue !

— Si, vous le pouvez. Parce que si vous ne le faites pas, ils se lanceront à mes trousses et ils me reprendront Teddy.

Regarde ton interlocuteur dans les yeux et souris au moment d'annoncer ton prix.

— Et s'ils font cela, je rentrerai en Angleterre et je mettrai tout le monde au courant de votre histoire avec Frederick.

Je m'étais toujours demandé si elle m'avait soupçonnée de savoir la vérité. La stupeur dans ses yeux me fournissait maintenant une réponse assez éloquente.

— Elinor, je...

— S'il vous plaît, ne m'insultez pas en niant les faits. J'étais crédule à cette époque, je ne le suis plus aujourd'hui. Je suis au courant de toute votre histoire, et si l'on m'enlève Teddy, je prendrai des dispositions pour que tout le monde la connaisse également. J'irai même voir la presse s'il le faut. La rubrique des cancans sera ravie d'en faire des gorges chaudes.

— Vous ne feriez pas ça.

Elle voulut prendre ma main sur la table, mais je la retirai.

— Écoutez, me dit-elle, je comprends que vous soyez fâchée contre moi. Mais Teddy est l'héritier de Storton. Sa place est là-bas. Vous ne comptez tout de même que je taise à lord et lady Storton qu'il est toujours vivant ?

— C'est exactement ce que j'attends de vous. Et je viens de vous donner la raison pour laquelle vous avez tout intérêt à obtempérer.

— Ils ont vécu un enfer. Nous avons organisé des obsèques pour vous, pour vous trois. Il y a une tombe dans le cimetière avec vos noms. Les journalistes étaient là.

Garde ton calme une fois que la négociation a commencé.

— Je regrette de leur avoir infligé cette peine. Mais je ne regrette absolument pas d'être restée ici, et il n'est pas question que nous rentrions.

— Avez-vous donc perdu la tête ? dit-elle lentement, comme si elle s'adressait à une attardée. Sans Teddy, quand lord Storton mourra, le titre disparaîtra. Six cents ans d'histoire envolés, pour toujours ! Cette seule idée leur brise le cœur, sans parler du fait que le domaine échappera à la famille. Lord Storton a été obligé de rédiger un testament le léguant à Kitty, c'est-à-dire à Mr Bannerman, en fin de compte. Ce ne sera plus la terre des Coombes.

Elle se pencha vers moi.

— Écoutez, nous pourrons dire que vous étiez malade, ou inventer autre chose, mais il faut que vous rentriez. Vous ne pouvez tout de même pas imaginer que je vais les laisser continuer de croire que Teddy est mort. C'est impensable.

Je reconnus ce ton. Ils avaient tous le même, que ce soit elle, George ou toute la famille de Frederick. C'était celui que mon mari avait adopté pour me dire que nous allions devoir nous accommoder au mieux de ce mariage dans lequel il m'avait piégée, et celui que lady Storton employait toujours pour signifier qu'une conversation était terminée et que rien de ce que je pouvais dire ne lui importait. Et maintenant que je menaçais de révéler à tous leur relation, Lissy semblait partir du principe que je ne le ferais pas, forte de cette assurance inébranlable avec laquelle ils semblaient tous être nés.

Semblant lire dans mes pensées, elle poursuivit :

— Je sais que vous n'avez aucune intention de mettre ces menaces absurdes à exécution. On oubliera cet incident, je vous le promets. Allons chercher Teddy maintenant, et ensuite, nous vous prendrons une chambre ici jusqu'à ce que nous partions.

Sur ce, elle se leva et me coula un regard signifiant son attente.

— Elinor ?

Il existait forcément d'autres arguments que je pouvais employer. Quelque chose qui lui ferait peur comme elle essayait de me faire peur. Je la regardai et pensai : *Quelle est la pire chose que je pourrais te dire ? Qu'est-ce qui compte plus que tout au monde pour toi – et pour eux tous ?*

— Un jour, me lançai-je, vous m'avez dit que nous avions la responsabilité de maintenir la lignée de nos familles. Eh bien, voilà pourquoi vous devez faire ce que je vous demande : non seulement je révélerai à tout le monde votre relation avec Frederick, mais je leur dirai aussi qu'il est fort possible qu'il soit le père de vos enfants.

C'était un coup de bluff, bien sûr. Je savais qu'elle avait promis à George de se tenir à l'écart du lit de Frederick jusqu'à ce qu'ils aient un héritier. Mon idée était qu'elle se rende compte que le simple doute sur cette question provoquerait un scandale dont elle ne se relèverait pas. Mais tandis que je proférais ce qui me semblait être un mensonge, je la vis soudain blêmir. Et, pour une fois, son visage trahit la vérité.

J'ignore comment je parvins à dissimuler mon choc. Ce dut pourtant être le cas, car elle se rassit alors et me murmura :

— Comment l'avez-vous su ? Freddie m'avait juré qu'il n'en parlerait à personne.

Je souris. Ce fut plus fort que moi.

Ne pas rater le moment où tu as emmené l'autre là où tu voulais l'emmener.

— Je l'ignorais. Mais maintenant, je le sais. Et je n'hésiterai pas à m'en servir s'il le faut. Vous savez, George m'a confié qu'il était trop embarrassé pour annuler le mariage et révéler la vérité sur vous...

Elle porta une main anxieuse devant sa bouche.

— ... mais si lui et sa famille devaient apprendre que les garçons ne sont peut-être pas de lui, vous savez aussi bien que moi que ce ne serait plus du tout la même histoire. Il n'aurait aucune difficulté à obtenir le divorce.

— George ne divorcerait pas de moi !

Je haussai les épaules.

— Ce n'est pas sûr, en effet. Mais qui sait ? Et puis, quand bien même il ne le ferait pas, la belle vie que vous avez à Bellingham Hall ne sera plus la même une fois qu'ils sauront tous la vérité, n'est-ce pas ? Par conséquent, il vaut mieux pour tout le monde que vous fassiez ce que je vous demande, et déclariez à lord et lady Storton que ce n'est pas moi que vous avez vue. Après quoi, vous rentrez chez vous et continuez de profiter de cette belle vie.

Elle baissa les yeux vers ses mains en faisant tourner la bague de fiançailles à son doigt. Puis elle releva la tête.

— Je n'ai pas besoin de leur dire cela.

— Oh que si, parce que si vous ne le faites pas...

— Je n'ai pas besoin de leur dire, parce qu'ils ne savent pas encore que je vous ai vue.

— Mais ils ont envoyé un détective privé à mes trousses.

— C'est *moi* qui l'ai engagé. Il me paraissait tellement impossible de vous avoir vue, que vous soyez vivante, que je n'ai pas voulu leur donner de faux espoirs sans être certaine de ce que j'avançais.

Je dois admettre que ce fut un soulagement. J'avais beau ne pas aimer lord et lady Storton, j'avais tout de même un cœur. Et en échafaudant mon plan, je n'étais pas à l'aise à l'idée de la déception qui serait la leur en voyant leurs espoirs réduits à néant.

— Eh bien, voilà qui facilite encore notre accord, pas vrai ? dis-je.

— Mais vous agissez mal envers Teddy en le privant de son droit de naissance ! Il est le fils de Frederick. Sa place légitime est à Winterton Hall.

— Sa place légitime est auprès de moi. Il est heureux ici, et il sera en mesure de se construire une vie agréable en grandissant. Je cherche simplement à le préserver d'une famille qui fait passer la terre et les titres avant tout le reste. Je refuse qu'il finisse comme son père, à épouser quelqu'un qu'il n'aime pas et à aimer quelqu'un qu'il n'a pas le droit d'épouser. Sans se soucier du mal que tout cela peut occasionner.

— Frederick n'a jamais voulu vous faire de mal. Et moi non plus, d'ailleurs.

— Eh bien, vous m'en avez pourtant fait, tous les deux. Et puisque nous en parlons, permettez-moi de vous dire que vous m'avez encore plus blessée que lui. J'ai vite compris que Frederick ne m'aimait pas, il me l'a dit lui-même. Mais vous avez fait semblant d'être mon amie jusqu'à la fin.

— Je ne faisais pas semblant, Elinor. Je vous aimais comme une sœur !

Lissy n'avait décidément pas changé – toujours convaincue que son charme allait opérer, même après tout ce que venions de nous dire.

— Je n'ai jamais eu de sœur, Lissy ; en revanche, je sais maintenant à quoi ressemble une véritable amie. Et vous n'étiez pas mon amie.

Elle ouvrit la bouche pour répliquer mais se contenta de hausser les épaules, telle une enfant boudeuse. Avant de me glisser tout bas :

— Avez-vous la moindre idée de ce que j'ai ressenti à l'église, le jour de votre mariage ? En sachant que ce serait vous qui alliez porter son nom alors que je l'aimais de tout mon cœur ? Même à sa mort, je n'ai pas pu accomplir le deuil que mes sentiments exigeaient. J'avais perdu l'amour de ma vie, et j'ai dû faire comme s'il ne s'agissait que d'un ami de la famille.

J'aurais eu beaucoup de choses à répondre à cela, toutes plus acerbes les unes que les autres. Mais je me rappelai cette dernière soirée sur le bateau, et la tristesse dans la voix de Frederick quand il avait parlé d'elle. Cette situation désastreuse n'avait rendu personne heureux.

— Il m'a parlé de vous, quelques heures avant sa mort. Il a dit qu'il vous avait toujours aimée, et qu'il vous aimerait toujours.

Les yeux de Lissy s'emplirent de larmes. Elle sortit un mouchoir parfumé à la rose.

— Merci, dit-elle en tamponnant délicatement son beau visage. Je suis bien consciente que vous n'étiez pas obligée de me le dire.

— Considérez cela comme un cadeau d'adieu, répondis-je. Je récapitule, afin que tout soit bien clair : vous gardez mon secret et je garde le vôtre. Mais si vous ne le faites pas, sachez que je créerai un scandale tel que vous ne pourrez plus jamais vous montrer dans la belle société.

Un serveur vint vers nous, un plateau d'argent en équilibre sur sa main.

— Désirez-vous prendre quelque chose, mesdames ?

— Non, merci. J'allais partir, répondis-je.

Je me levai.

— Donc, nous sommes d'accord ? Elinor Coombes est bel et bien morte ?

Elle acquiesça d'un hochement de tête.

— Bien, conclus-je. Au revoir, Lissy.

Je levai les yeux vers la pendule du hall en partant. Moins d'une heure s'était écoulée depuis mon arrivée à l'hôtel, mais tout avait changé. Nous étions libres maintenant. Nous pouvions rester à New York et conserver la vie que nous nous étions créée. J'avais eu une peur terrible en voyant Lissy descendre de ce taxi, il y a quelques jours, mais si cela ne s'était pas produit, je serais encore en train de mentir à ceux que je considérais désormais comme ma famille. Prenant encore le risque que ma nouvelle vie s'écroule avec perte et fracas s'ils découvraient un jour ma véritable identité. Maintenant, tout cela était derrière moi. Derrière nous.

Je souris en pensant que ce qui nous avait vraiment sauvés était cette promesse non tenue de Lissy à George. À en juger par son expression quand je lui avais dit cela, elle devait être pratiquement sûre que Frederick était le père des jumeaux, même s'il subsistait un léger doute. Et je me surpris à me réjouir pour elle en pensant qu'avec ses garçons, elle avait encore un peu de Frederick à ses côtés. Elle l'avait réellement aimé, tout comme lui. Quel gâchis.

La gare de Grand Central Station ne se trouvait pas bien loin, mais je courus tout de même. Et ils étaient là, sous l'horloge, Ruth tenant Teddy par la main. À m'attendre sur le quai du train en partance pour Taylors Fall, comme nous en avions convenu ce matin. Au cas où je n'aurais pas gagné, et où il nous aurait fallu prendre la fuite.

Je pris mon fils dans mes bras et le serrai contre mon cœur.

— Tu as réussi, s'exclama Ruth en nous enlaçant tous deux. Tu as réussi !

— On prend le train maintenant, maman ? demanda Teddy.

— Non, mon chéri. On rentre à la maison.

58

Longtemps j'évitai le mémorial du *Titanic*, celui qui avait été financé par des chèques de millionnaires et l'argent de poche des écoliers. Mais au cinquième anniversaire du naufrage, je décidai de m'y rendre. C'était alors un phare dressé sur le toit du Seamen's Church Institute, un bâtiment en brique rouge de douze étages donnant sur le port. Je me postai dans la rue, parmi les passants, et contemplai l'édifice en me rappelant cette nuit fatidique. Cinq ans, et mes souvenirs étaient toujours aussi clairs.

Là, je pensai à Frederick, qui aurait dû épouser Lissy, être heureux avec elle et n'avoir jamais mis un pied sur ce bateau. Je pensai à Molly, qui aurait adoré New York. Et je pensai à mon père, qui m'avait offert bien plus qu'il ne le saurait jamais. Après un ultime regard, je leur dis un dernier adieu à tous.

Je repartis alors en direction du pont pour gagner Brooklyn, où nous avions emménagé l'année précédente. Teddy et moi habitions un appartement sur le même palier que Ruth, Per, Anna et les enfants. Les logements étaient encore petits, mais nous avions chacun notre chambre – et un lit ! – maintenant. C'en était également fini des toilettes infâmes au fond de la cour : l'appartement avait l'eau courante et nous partagions une salle de bains. Un véritable luxe, après des années à fréquenter les bains publics le dimanche. Ce n'était que rarement, par un frileux matin d'hiver, qu'il m'arrivait de songer avec nostalgie aux bains chauds et parfumés que Rose me faisait couler tandis que ma serviette chauffait sur un gros radiateur en fonte.

De loin en loin, je me demandais comment Kitty se débrouillait avec la gestion du domaine. Maintenant qu'elle était assurée d'en hériter, j'étais certaine que Mr Bannerman et elle avaient dû se réinstaller à Winterton, et qu'elle devait déjà œuvrer main dans la main avec son père. Avec, fort probablement, de biens meilleurs résultats que ceux obtenus par celui-ci et son fils. J'espérais que lord et lady Storton étaient en paix avec cette situation. Peut-être Kitty avait-elle un fils maintenant, auquel cas ils veilleraient sûrement à ce que la propriété demeure dans la famille, même si le nom devait être différent ? Je doutais qu'ils se fassent un jour à l'idée de perdre leur titre, mais quand je repensais à la façon dont ils s'étaient arrogé la tutelle de mon propre fils, j'avoue que cela ne m'inspirait que peu de compassion.

La plupart du temps, je ne pensais pas à mon ancienne vie. J'étais trop occupée pour cela : une petite boutique s'était libérée non loin de chez nous et nous avions calculé qu'en parvenant à négocier un peu le loyer, Ruth et moi pourrions arrêter l'activité des charrettes et prendre ce bail. Je ne lui avais pas dit qu'une partie de l'argent pour le stock que nous achetions était arrivée, dix-huit mois plus tôt, dans une enveloppe avec un timbre du Nebraska. Le double de la somme que j'avais donnée à Tommy Jenkins, accompagnée d'un bref message :

Remboursement avec les intérêts. Merci.

De l'autre côté du pont, je m'arrêtai à la librairie du coin pour m'acheter un livre ainsi qu'un autre pour Teddy. Le propriétaire était en train de déballer des cartons dans le fond de la pièce et me salua comme j'entrais. Je venais si souvent ici qu'il connaissait mon nom et me mettait souvent de côté un ouvrage qui, selon lui, devrait me plaire – et il ne s'était jamais trompé. Ruth m'accompagnait lors de ma dernière visite, la semaine dernière ; le temps que je choisisse un livre sur les étagères, elle était parvenue à savoir que l'homme était veuf et avait une fille âgée d'un an de plus que Teddy.

— Et tu as un ticket avec lui, me dit-elle tandis que nous rentrions à la maison.

Je préférai en rire, et en même temps, je me surpris à ne pas rejeter cette idée. Le temps nous dirait si elle avait raison ou s'il se montrait simplement gentil avec moi parce que j'étais une bonne cliente. Lorsque nous avions emménagé à Brooklyn, Per m'avait fabriqué toute une bibliothèque dans le nouvel appartement, que je remplissais consciencieusement de tous mes anciens titres préférés. On y trouvait *Jane Eyre*, *De grandes espérances*, *Sous la verte feuillée*, *Middlemarch*, *Nord et Sud*, et tous les Jane Austen, même *Lady Susan* ; mais aussi beaucoup de nouveautés, des romans modernes qui ne se terminaient pas toujours par un mariage. Parce que j'avais maintenant appris qu'il existe d'autres sortes de fins heureuses.

Annonce parue dans le *New York Sentinel*, le 13 mars 1951

OUVERTURE CE JOUR : MORTIMERS SUR LA 6e AVENUE

Venez découvrir le nouveau grand magasin de New York, avec ses trois étages de vente, le « Anna's Café » pour vous servir café et douceurs, ainsi qu'une vaste bibliothèque de prêt en rez-de-chaussée.

Le propriétaire, Teddy Mortimer, garantit la continuité du service aux clients, de la qualité des articles et des prix abordables qui ont depuis longtemps fidélisé la clientèle de ses six magasins de vêtements dans toute la ville.

Ne manquez pas les offres exceptionnelles du jour de l'ouverture !

Cet ouvrage a été composé
Par Atlant'Communication au Bernard (Vendée)

Impression réalisée par
CPI France
en août 2025
pour le compte des Éditions de l'Archipel
département éditorial
de la S.A.S. Écriture-Communication.

Pour plus d'information :
www.lisez.com
Imprimé sur du papier issu de forêts gérées durablement.

Imprimé en France
N° d'impression : 3061568
Rang de tirage : 01
Dépôt légal : septembre 2025